陈崎嵘——著

走向共富的足音

浙江文艺出版社

图书在版编目(CIP)数据

走向共富的足音 / 陈崎嵘著. —— 杭州：浙江文艺出版社, 2024.4
ISBN 978-7-5339-7512-8

Ⅰ.①走… Ⅱ.①陈… Ⅲ.①报告文学－中国－当代 Ⅳ.①I25

中国国家版本馆CIP数据核字(2024)第040568号

策划统筹　柳明晔　许龙桃
责任编辑　周　易
书名题字　樵　夫
封面设计　徐然然
责任印制　吴春娟

走向共富的足音

陈崎嵘　著

出　　版	浙江文艺出版社
地　　址	杭州市体育场路347号
邮　　编	310006
电　　话	0571-85176953（总编办） 0571-85152727（市场部）
制　　版	浙江新华图文制作有限公司
印　　刷	浙江省邮电印刷股份有限公司
开　　本	710毫米×1000毫米　1/16
字　　数	337千字
印　　张	26.25
版　　次	2024年4月第1版
印　　次	2024年4月第1次印刷
书　　号	ISBN 978-7-5339-7512-8
定　　价	128.00元

版权所有　侵权必究

广济桥

艺尚小镇

目 录

引　子　在历史的天幕上 /001

第一章　一出场，就站在共富的新起点上 /005
　　　　决策者的历史自觉与宽广视野 /005
　　　　做一只浴火重生的金凤凰 /013
　　　　共富蓝图，基层需要一个指标体系 /022
　　　　用共富之路链接千村万户 /031

第二章　关键是做大做优共同富裕的"蛋糕" /037
　　　　从"老虎钳"到"黑灯工厂"的穿越 /037
　　　　艺尚小镇里的风流人物 /051
　　　　"无中生有"的算力小镇 /084

第三章　"三农洼地"向"共富高地"的艰难蝶变 /097
　　　　多轮驱动，才能构筑生机勃勃的造血机制 /098
　　　　坐落在农舍群里的"百匠工坊" /107
　　　　销售乡村风景的职业经理人 /116
　　　　唐公村响起《义勇军进行曲》 /124

第四章 "二次分配"不仅仅是收税 /131
  财政人要做蓄水养鱼的渔翁 /132
  找到四两拨千斤的支点 /139
  让公共财政的阳光洒向普罗大众 /146
  一家布艺企业的四重贡献 /157

第五章 打开"三次分配"的广袤天地 /168
  残联和慈善总会开始扮演重要角色 /168
  "滴水公益"映射的公益阳光 /176
  理想之愿:一个企业的慈善案例 /183
  开始萌芽的"嵌入式微型养老院" /195
  外卖小哥叶阳辉和助餐团队 /204

第六章 未来已向临平山飞来 /212
  "未来工厂":传统产业的华丽转身 /212
  "未来社区":打造共同富裕现代化基本单元 /221
  "未来乡村":土地与诗意的完美融合 /232
  "未来智造工程师":培养共富大厦的构筑者 /241

第七章　教育公平，走向共富社会之必需 /251
　　翱翔于职业教育高空的领头雁 /251
　　育才教育集团，破题的一种新形态 /260
　　城乡花朵应该同样怒放 /269
　　一所特殊学校，温暖一座城 /276

第八章　让人们生活在山水文化间 /285
　　一幅大运河水居图徐徐展开 /285
　　一馆尽收江南景 /296
　　公共文化之光洒向大街小巷 /304
　　探索公共文化的社会化之路 /311
　　超山赏梅，寻觅日常生活中的诗味 /319

第九章　形塑共富社会的精神标识 /325
　　赓续先驱者的红色基因 /325
　　阿勒临平格年轻人 /335
　　基层治理，一道永远答不完的考题 /347

第十章 从参差十万人家中走出来的"临平十家" /355

全国"五好家庭"中的女警官 /355

"鱼鹰"之家 /362

阿虎师傅的修鞋摊 /366

小林黄姜的传人徐建荣 /371

张国顺的家庭农场 /376

生活在历史街区里的电商夫妇 /380

开老底子面店的一家子 /386

农民斫琴师 /391

聋哑夫妇的发屋 /397

一个农村低保户家庭调查速记 /402

跋 /407

引 子
在历史的天幕上

2021年,注定是历史上一个独特的不平凡的年份。中国共产党百年华诞,中华民族伟大复兴两个百年交汇之点,新时代徐徐拉开帷幕,百年未有之大变局波诡云谲,肆虐全球的新冠疫情此伏彼起。

时代怎么啦?世界向何处去?时代之问、世界之问、人民之问、历史之问,摆在中国共产党和中国人民面前。

历史的天幕将记录如下史实:

中国共产党人不忘初心与使命,谋求公平与正义,不断满足人民对美好生活的向往,顺应人们对公平正义的追求,在中国全面建成小康社会之后,无缝对接,高高举起实现共同富裕、建设共富社会的大纛。带领全党全军全国马不停蹄地建设全体人民共同富裕的中国式现代化。让天下大同从圣人孔子的《论语》中走过来,让桃花源从陶渊明描绘的远古山村中搬出来,让科学社会主义从革命领袖的经典著作中走下来,形成社会体制、分配机制、道德倡导、舆论环境,从而进入当下,走近人们,逐步变为现实。

2021年5月20日,《中共中央 国务院关于支持浙江高质量发展建设共同富裕示范区的意见》发布。党中央要求浙江通过实践进一步丰富共同富裕的思想内涵，探索破解新时代社会主要矛盾的有效途径，为全国推动共同富裕提供省域范例，打造新时代全面展示中国特色社会主义制度优越性的重要窗口。

2022年10月，党的二十大在北京隆重召开。习近平总书记在报告中阐述了中国式现代化的五大特征，其中之一是全体人民共同富裕。

东方风来满眼春，钱塘潮涌天下闻。在以习近平同志为核心的党中央坚强领导下，浙江以10万平方公里为广阔舞台，以6500万人为演出主体，以七山一水二分田为基本要素，以每7.5人中就有1个老板的社会结构，展开一场前无古人、世所罕匹的建设共同富裕社会的伟大实践，开辟中国特色社会主义的浙江窗口，为全国建设共同富裕社会提供浙江样本，为人类共享物质文明与精神文明提供新的社会形态。

省域范围建设共富社会的理论探索和实践层面由此展开。

犹如杭州湾远处刚刚露面的一条白色波纹，在地球引力与时间的共同作用下，波纹不断加宽、加高、加大，逐渐演变为汹涌波涛，前浪牵引着后浪，后浪推涌着前浪，最后形成惊天巨澜，席卷而来。看似万马奔腾、白练飞舞，闻如惊雷震空、排山倒海，呈现出"壮观天下无"的钱江奇观。

潮涌潮涨之际，必然会有绚丽浪花涌现，必然会有"手把红旗旗不湿"的弄潮儿诞生。2021年3月11日，经国务院批准，浙江省人民政府发布《关于调整杭州市部分行政区划的通知》，临平独立设区，成为中国2890余个县区市旗中的一员，成为中华人民共和国最年轻的县域之一。

在历史长河中，在中国母体中，临平自三国东吴赤乌十二年（公元249年）起开始孕育，历时1772年，今日终于一朝分娩、呱呱坠地。

仿佛,临平就是为共同富裕而生。共同富裕,成为临平的"胎记"与"母液"。

应当说,在富甲一方、强手如林的浙江,新生的临平是弱小的:区域面积仅有286平方公里;新生的临平也是普通的:它并不是浙江经济社会发展的冠亚军。但正应了两句老话:初生牛犊不怕虎、雏凤清于老凤声。临平既不盲目自大,也不妄自菲薄。上上下下积极响应党中央号召,坚定贯彻浙江省委决策,链接历史基础,指点现有版图,展开"田忌赛马",探索一个新生区域实现共同富裕之路,并以起步就是冲刺的姿态,立志让新生的临平成为浙江共同富裕示范区中绚丽夺目的一个板块,成为一个具有鲜明辨识度的新窗口。

一个个新理念、新思路若雨后春笋般破土而出,一套套新政策、新举措似量身定制般斗榫合缝,一个个新事物、新场景如春风蓓蕾般次第绽开。

这,需要胸怀视野,需要创新魄力,更需要脚踏实地的艰苦奋斗。

临平人走向共富社会的某些追求与思考、探索与实践,具有可复制、可推广的价值,并将被定格在历史的天幕上。

壬寅暮春,春雨潇潇。笔者走进化蛹为蝶、生气勃勃的临平,用脚丈量、用眼观察、用耳倾听、用心感受、用笔记录有关新临平建设共富社会的点点滴滴……

第一章
一出场,就站在共富的新起点上

古谚:郡县治,天下安。在中国治理体系中,县区是承上启下的特殊一环;在实现共同富裕的历史进程中,县区是前沿指挥部。这个指挥部的战略眼光、战略思维、战略决策、战略艺术,很大程度上会决定一个县区建设共富社会的成败与快慢。作为地方和基层而言,重要的不是从理论上再去论证共富的内涵与外延,而是重在结合当地实际,从中观和微观上整合各种资源,创造性地探索出符合中央要求、适合当地情况的实现共富的路径,提出路线图、任务书、时间表。

——采访札记

决策者的历史自觉与宽广视野

这是2021年4月9日,清明刚过,惠风和畅、桃红柳绿,正是江南水乡一年中最好的阳春时节。临平区委办公室主任华东对这个日子,恐怕一辈子都不会忘记。不仅仅是华东，对一百五六十万临平人而言，这也是个不会轻易忘记的日子。

这天上午，杭州市召开动员部署会议，正式宣布临平设立县级区建制。由此，临平作为中国最年轻的行政区之一，首次站上历史舞台，与全国2890余个兄弟县区市旗并立。

关于临平设区的传闻已有一段时间，其中不乏质疑、担忧的声音。华东彼时是东湖街道党工委书记，作为土生土长的临平塘栖人，他的看法与一些人不同。他凭直觉认为，这对临平是个绝好机遇，这对希望干事创业的干部来说，也是一个绝好机遇。临平之名烙上行政区属性后，发展主线将更为清晰，工作重点将更加聚焦，要素配置将更为高效。他一边听着台上市区领导的讲话，一边开始思考东湖街道在临平新区全局工作中的位置，内心盘算起来，东湖街道应该干点什么、怎么干。

两年过去，华东已记不清自己当时坐在第几排，但他至今仍清晰记得会上区委领导的那番讲话，还能回忆起会场上自己如海浪翻滚般的思绪。

没有想到的是，临平区成立后，华东却被区委调到发改局当局长。他于4月28日到区发改局报到上任，摆在他面前的第一项工作，不是项目，而是项目的"老爸"：区委要求华东任职的区发展改革局，在极短时间内，编制出临平设区后的第一个五年发展规划。

极短时间，短成什么样子？70天。因为，根据设区后工作日程安排，临平将在7月初召开新区第一届党代会，区委领导将在大会报告中正式提出临平未来五年发展规划建议。党代会之后，紧接着是区"两会"，人大代表和政协委员将审议临平区第一个五年规划。这个时间表是铁定的，区委领导给华东下了死命令，就差让他立个军令状了。

新设立的临平区数据摆在大家面前：区域面积286平方公里，现有户籍人口59.9万人，常住人口119.1万人，实际管理服务人口超160万人。人口密度约5594人/平方公里，是全国人口密度的38倍（147人）、北京人口密度的4.3倍（1289人）、上海人口密度的1.4倍（3925人）、杭州人口密度的7.8倍（710人）。的确，临平人口密度大，现有发展空间受限，急需一个高质量的五年规划，为今后发展指明方向。在这一点上，华东高度认同。

根据区委领导意见，发改局在第一时间牵头组织了规划起草组。在发改局内部，华东把副书记鲍永华，综合规划科科长何泉、科员俞宏远等一拨精兵强将抽出来。另外，区经科局、农业农村局、财政局等派员参与。规划起草组的任务很明确，在这70天里，完成五年规划中的三件大事：对临平区范围内所有资源进行重新配置，对临平区空间进行重新规划和布局，对区域发展目标进行重新定位。完不成这三件事，规划就拿不出来，即使勉强拿出来，区委领导处通不过，人大代表那里自然也通不过。

编制临平区规划，首先需要用新理念、新视角对区情重新审视。大余杭以前有个规划，但重点是余杭西部区块，也就是现属新余杭区的地方。发展应有重点，突破得有缺口。大余杭GDP和财政收入的百分之六七十都在西部，重视一些无可厚非。且大余杭区域广阔，东部西部合在一起时，东西互补、软硬结合，看上去也蛮完美，对临平区块发展并不会有多少负面影响。现在一分设，就像一个原先完整的葫芦，被人生生地斜切了一刀。且不是一分为二，而仿若只留下葫芦脖子部分。高层自然有高层的考量，新余杭区以高科技尤其是软件产业为主，需要相应的上下游企业与生态环境。但这么一切分，原先潜藏着的临平区域的一些短板，立刻凸显出来。这，自然也成为规划起草组遇到的课题。

调查研究是谋事之基、成事之道。为更好开拓思路、破解难题，规划起草组抓住一切机会，跟随区委领导深入镇街和企业进行调研，摸区情、听民意、集民智，与基层干部和企业干部一起探讨新区发展之道。每当听到精彩处、新鲜处的时候，大家赶紧记下来，作为考虑五年规划的指导性意见。

正当临平区委领导和华东等人紧锣密鼓调研考察之际，发生了一件对浙江全省发展具有战略性意义的大事：5月20日，《中共中央 国务院关于支持浙江高质量发展建设共同富裕示范区的意见》公开发表，以习近平同志为核心的党中央赋予浙江探索省域范围建设共同富裕示范区的光荣使命。

规划起草组同志逐字逐句地学习《意见》。尤其是对其中一段文字，他们反复体会："以解决地区差距、城乡差距、收入差距问题为主攻方向，更加注重向农村、基层、相对欠发达地区倾斜，向困难群众倾斜，支持浙江创造性贯彻'八八战略'，在高质量发展中扎实推动共同富裕，着力在完善收入分配制度、统筹城乡区域发展、发展社会主义先进文化、促进人与自然和谐共生、创新社会治理等方面先行示范，构建推动共同富裕的体制机制，着力激发人民群众的积极性、主动性、创造性，促进社会公平，增进民生福祉，不断增强人民群众的获得感、幸福感、安全感和认同感，为实现共同富裕提供浙江示范。"

这实在太好啦！简直是及时雨呀！大家由衷感觉到。临平刚刚新设区，正在考虑何去何从，党中央的指示好像专门为新生的临平而发，赋予临平第一个五年规划以"共同富裕"这一内涵和使命，从而廓清了许多之前并不清晰的思路。规划起草组的同志茅塞顿开，似乎一下子站到建设共富社会的高度。临平该怎么发展、发展什么，一下子变得清清楚楚、明明白白。大家重新审视区域内政治、经济、文化、社会和自然禀赋等资源，并在此基础上，思考未来主攻方向，对其进行科学合理的组合和规划。

作为一个全新的五年规划，除主要发展指标外，最重要的是找准区域定位，明确空间布局。规划起草组在经历无数次推翻重来后，终于找到了临平实现跨越式发展的两大重要突破口：南融、西优。

临平地处杭州东北部，"三路一环"、运溪高架快速路网畅达四方，轨道交通编织成网，可实现20分钟直达杭州主城区。规划起草组立足临平区位优势，提出"南融"战略。所谓"南融"，就是指立足深度融合，推动临平南部，即乔司一带等高对接、全面融入杭州主城一体发展。以临平新城为重点板块，以乔司全域土地综合整治与生态修复为关键抓手，加快空间改造提升，拓展创新创业空间，同频共振，建成如钱江新城般现代化城区，使之成为杭州主城区重要组成部分。经过几番探讨后，大家一致认为这个思路正确，是临平实现蝶变的光明大道，应该将"南融"战略作为重中之重，写进规划，让"南融"成为五年规划亮点之一。

规划起草组同时从"补短板"角度着手，思考"新临平缺什么"的问题。临平新区现有8个镇街，拥有国家级经济技术开发区和临平新城两大平台，制造业基础深厚，基本功能配套较为齐全。但与大余杭相比，大家觉得还是缺点什么。究竟缺什么呢？啊！缺文化、缺科技呀！

对呀！大余杭有城西大走廊，有阿里巴巴基地，那么，我们临平呢？是否也应当有个科技文化发展带呀！科技是第一生产力，文化是最基础、最深沉的力量。这道理谁都懂，但大家在制订规划时，怎么就忘记了这些最基本的要素呢？

新临平区应该布局一个科技文化发展带。这个科技文化发展带放在哪个区块合适呢？从空间上看，新城和开发区分别位于南部和北部，各有特色。而西部似乎还没有重要布局，具备发展空间。该区域拥有世界文化遗产大运河临平段、千年古镇塘栖，超山、丁山湖等山水资源丰富，各种人文景观遗存众多，名山、名湖、名镇、名人交相辉映，非常适合打造具有临平特色的科技文化发展带。当然，这一区域也是临平亟待发展的广阔农村地区。相对后进就是潜力，相对空白就有空间。如今，天时、地利、人和皆备，是重新将塘栖—超山片区推到舞台中央、担负起临平"第三增长极"历史重任的时候了。

"西优"战略就此成形。

征得区规划管理部门同意后，规划起草组将"南融""西优"战略写入五年规划之中。让大运河科创城和大运河国家文化公园融为一体，并与原有的经济技术开发区、临平新城两个产业平台一起，形成三足鼎立、三大平台共创共进的区域空间布局和战略规划。

这个三足鼎立的规划方案，很快被提交区里讨论。大家见仁见智、议论纷纷。

待众人议论完毕，大家目光自然转向区委主要领导，等待着拍板。只见区委主要领导决心很果断、态度很鲜明，认为设立大运河科创城对临平区发展具有全局意义，它能与开发区平台和新城平台互补，三足鼎立，相互倚重，打造成经济发展主引擎、科技创新主阵地、对外开放主窗口。于是，拍板定局。

会后，区委主要领导带着规划起草组人员，积极与市领导及市有关部门对接说明，最大程度争取理解和支持。最后，众人终于商量出一个两全其美办法：将临平区原有的超山风景区管委会与新设的大运河科创城合署办公，两块牌子、一套人马。这样，既没有突破关于机构编制的政策规定，又满足了实际发展需要。

条条大路通罗马。围绕着目标的变通和圆融，大概算得上是杭州干部的高明和聪敏之处。

时间如白驹过隙，瞬间即逝。五年规划主体部分已具雏形，但关于临平区发展目标定位的提法，却迟迟确定不下来。规划起草组的同志都有点着急。大家深知，这个目标定位，看上去只是一个口号，但实质上是一个区域发展目标的浓缩，与提升临平辨识度、展示临平对外形象密切相关。

这个口号讨论到最后，区委主要领导最终提出两句话、八个字："数智临平·品质城区。"

华东当即由衷地服膺，接受了这个口号。

接受这个临平形象定位口号的，自然不止华东一人。在区委常委会上，与会者一致同意，将"数智临平·品质城区"作为临平新区的形象口号，遂形成决议。在之后召开的临平区第一次党代会和"两会"上，这一提法被绝大多数党代表和人大代表、政协委员所认可，从而广为人知，渐渐成为临平区域品牌。

临平区第一次党代会和"两会"顺利圆满闭幕，全区士气为之一振。临平区建设共富社会的进程，犹如蓄积了巨大能量的高铁，骤然提速。一系列建设共同富裕的政策措施相继出台、次第展开。

8月初，区委、区政府下发《临平区高质量发展建设共同富裕示范区样板实施方案（2021—2025年）》。方案提出，要创造产业美、生活美、人文美、生态美、治理美的"五美临平"。同时，自我加压，决心将临平建设成为浙江共同富裕示范区的样板，走在全省前列。10月下旬，召开区委文化工作会议，出台了《关于推进新时代文化临平工程的实施意见》，推出文化发展"1510规划"。不久，区社会建设委员会正式成立，专司建设共同富裕社会之职。

区社会建设委员会成立，也把原先在规划起草组的何泉推向了前台。他被区委任命为区社会建设委员会专职副主任，主持日常工作。何泉仿佛是一名普通演员，不经意间导演给了他一个特写镜头，一下子被推到观众面前。

何泉自然成为采访对象。这个来自大别山区的"80后"，是中南财经政法大学的研究生，下过油田，当过老师。2009年，他通过社会公开招聘，来临平工作，从基层干起，一步步历练成长。他长得高而瘦，话语中明显夹带着湖北口音，说话节奏较慢，似乎力争把每个字词的读音都吐得很清晰。

在何泉看来，共同富裕，不能成为干部嘴上的口号，不能化作老百姓眼前的肥皂泡泡，而要让老百姓实实在在受益。自己的职责应该是了解情况，做好上下沟通，对一些事关建设共同富裕社会的重大问题，做好推动工作，将某些"三不管"事项落到实处、落到基层。

那你说说你们所做的事吧！我提出要求。

见此，何泉开始介绍。对临平而言，建设共同富裕社会，必须突出解决农村这个堵点，加快补齐关键短板，确保共富路上城乡同步。年初，何泉根据区委领导意见，组织了一次较大规模的农村调查，用两个星期时间，走访了全区57个行政村中的30个村，摸排了方方面面情况，重点了解临平在建设共富社会中存在的短板。然后，社会建设委员会出面邀请有关部门、镇街一起商量，如何解决这些问题。最终，形成一个高质量调研报告，上报给区里。至今，调研报告所提的几个问题，区里都已有明确意见。

说到此处，何泉扳着手指，如数家珍般向我介绍道：第一件事，为推动城乡共富，区里决定区级三大平台和国有企业与全区54个行政村结对帮扶，制订帮扶计划，落实帮扶项目，实现强村富民。第二件事，住建局明确将农村绿道建设统一纳入城乡绿道建设规划，同等对待、统一建设。第三件事，将城区天然气管道供应延伸至全区农村57个行政村，实现村村通、户户通。区财政拿出5个亿，实施这一惠及几万农户的工程。后来，区天然气公司也承担了部分费用，整个工程造价压缩至3个亿。这事，受益面大，代价较小，一劳永逸地解决了农民用气问题。

一直娓娓叙说着的何泉，说到这里时，禁不住两眼放光，声调略微显得有点激动。他似乎看见了千家万户的农民，开心地使用上了远道而来的天然气。那跳跃着的蓝色火苗，点燃了农民的新生活，也点燃了共同富裕的新希望。

做一只浴火重生的金凤凰

从空中俯瞰，临平区域犹如一片锯齿形的桑叶，深深嵌入杭州主城上城区和拱墅区，形成犬牙交错、你中有我、我中有你的格局。而地处临平南端的乔司街道，则是锯齿形边缘。两条高速公路和一条高铁从杭州主城区凌空飞来，穿越乔司街道，毫不犹豫地将乔司揽入杭州主城区的怀抱。

这只是从交通布局看。

乔司街道全域30多平方公里，夹在杭州市区与临平城区之间，在地形上成为"隔离带"，在经济形态上是城市丛中的"小农村"，在城市发展规划中成为"被遗忘的角落"。本地人口6.8万人，常住人口29.6万人，最高时达到42万人，其人口密度堪比澳门。乔司的主导产业是服装加工业。人们经常这样形容：杭派女装在临平，因为临平占总份额的80%；临平女装出乔司，多数在乔司街道范围内加工生产。服装加工生产，是劳动密集型产业，大多靠简陋厂房，甚至靠老百姓住宅支撑着。人多、厂多，工业垃圾、生活垃圾必然增多，生态环境建设和社会管理难度大、压力大。有人说，乔司是"镇级建制、县级活儿"。

说这话的，是乔司街道现任党工委书记曹永佳。

那天，正是历史上"卢沟桥事变"纪念日。一大早，微信群里，朋友们都在相互提醒"毋忘国耻、珍视和平"，爱国氛围浓郁。

曹永佳拄着拐棍，从办公桌边上立起身来，稍微挪动了一下打着绑腿的左脚，表示欢迎。

问他"脚怎么啦？"，曹永佳笑笑说，没事。前段时间下村督查拆迁，一不小心崴了脚。他觉得没关系，医生非得让他绑腿。逼得他不得不在办公室里休息7天。哈哈哈……

曹永佳一副历经农村风雨的模样。上身穿一件军绿色T恤，方脸盘，戴着一副无框眼镜，理个平头，两鬓已有几缕白发。在内行人眼里，这些白发佐证的是当镇街干部的不易。

看上去，曹永佳今天心情不错。略略寒暄后，采访便进入正题。

不过，曹永佳的话题显得比较宏观。

乔司片区土地全域综合整治，是农村城市化的必然过程，也就是历史发展的必然过程。在曹永佳心里，古城杭州像个处在青春发育期的孩子，正在成长中。几十年间，它已实现从"西湖时代"向"钱塘江时代"的跨越，形成事实上的双峰并峙。但它的体量还会增大，身体还会长高，功能需要完善，最终逐步成长为超特大型都市。杭州发展会有多种途径，"东扩"必将成为其中一策。从钱江新城始，先开发下沙，再开发九堡，然后就是他们乔司片区，这是城市发展的必然规律。曹永佳像一位站在沙盘边的前线指挥员，给我分析着乔司的今天和未来。

虽说眼前没有沙盘，但曹永佳指点着杭州地图的这番介绍，使我大致弄明白了乔司街道全域整治的来龙去脉。

再回过头来看乔司街道现状，可以确认，全域整治更是乔司街道自身发展的需要。曹永佳逻辑严密，精心组织着句子，以便让自己的表述更清晰、更准确。从产业上看，乔司街道以服装加工和销售为主体，产业层级比较低，产品和工人大多集中在低端，相当于上世纪八九十年代水平。对地方经济发展贡献不多，政府却要投入大量人力、物力、财力去管理。什么供电、供水、供气，还有教育、医疗、社会管理等。从基本农田保护角度看，也极不合理和有效。过去，人们并不太考虑宏观和长远，种田、盖房，都有点零打碎敲、见缝插针。结果，一块块农田被分隔，呈碎片化分布；一幢幢农房四处散落，星罗棋布，既不美观，又浪费土地。打个通俗的比方，大家手里拿着一只只金饭碗，却去盛了一些残汤剩水。

作为一方领导，掌管黄金地段，自然要考虑黄金价值，让这片土地产出与其身价相适应的收益。

开发挖掘乔司街道黄金价值和发展潜力的事，最早于2016年被提出来，彼时还是大余杭时期。斯年，杭州要举行G20峰会，全球20个主要国家领导人莅临钱塘江畔，讨论世界大事。为迎接这一盛会，杭州全市开展了一场声势浩大的拆除违章建筑行动。乔司街道被列入拆除违章建筑的重点地区，要求打通生命通道。

拆除违章建筑，自然需要大量人工和机械，需要街道干部在现场指挥。由此，曹永佳全程参与了这场"大会战"。在"大会战"中，有些干部提出，这样拆拆建建，不是治本之法。应当考虑把这些违章建筑彻底拆除，把这些工坊全部搬迁出去。

这大概就是乔司片区全域土地整治的缘起吧！曹永佳用亲身经历向我介绍着这些往事。

乔司全域整治，是一次彻底全面的整治，是一次凤凰涅槃、浴火重生、脱胎换骨，是一次腾笼换鸟、战略转移。反正你用什么词形容都可以。曹永佳这么告诉我。

按照区街两级共商确定的构架，乔司街道全域整治方案是这样的：在星桥街道规划建设一个服装产业园，将现在乔司街道那些低、小、散、乱的服装加工企业全部迁移出去；同时，好中选优，把它们集中搬进星桥服装产业园内。以临平高铁站为中心，与杭州主城区对接，构建同一层次的CBD（中央商务区），引进数字经济产业、时尚产业和总部办公区，形成楼宇经济带。将零星散布的农田集中起来，形成万亩以上的永久基本农田，从中调剂置换出1400亩产业用地，作为乔司街道未来产业发展的土地储备。

从上述构想中不难看出，乔司全域整治，首先涉及土地。国家对土地使用，尤其是对永久基本农田保护极其严格。永久基本农田，既是国人的生命线，也是干部的高压线。这一点，上上下下心中有数，多年工作在乡镇的曹永佳自然更明白。但严格划定永久基本农田，不等于无所作为。如果城市和乡村的土地进行适当调剂，城市像城市，农村像农村，那该有多好！如果将数量相等的永久基本农田进行调换，解决永久基本农田碎片化现象，从而形成万亩良田连成片，"喜看稻菽千重浪"，那该有多好！

循着这样的思路，按照合法合理的程序，区领导指示区有关部门会同乔司街道，向上级主管部门申报乔司街道全域土地综合整治及生态修复方案。让人欣慰的是，国家主管部门非常重视和赞赏乔司街道方案，派员实地考察。2021年1月初，国家自然资源部同意将乔司街道全域土地综合整治列为全国试点单位。

乔司人将一件看似不可能的事变成了可能，排除了全域整治的最大难关。现在有了尚方宝剑，乔司人完全可以放手一搏，朝着朝思暮想的目标前进。

话是这么说，但真正干起来，并非易事。

这种整治，一般都会碰上两件难事，一是拆迁，二是安置。过去，人们把计划生育当作天下第一难；现在，人们则把拆迁安置视作天下第一难。在中国城市化和农村现代化进程中，发生了多少拆迁安置的喜剧、悲剧、闹剧？恶意拆迁时有耳闻，"钉子户"司空见惯，连续剧见怪不怪。

现在，这样的难题摆在乔司街道干部面前，摆在这位年近知天命的基层主官曹永佳面前。是进，是退？用勇，用智？采取速决战，还是持久战？

对曹永佳而言，考验是如此严峻和严肃。曹永佳从18岁开始担任村委副主任，33岁考取公务员，之后，就一直在乡镇工作。转来转去、风风雨雨。临平设区后不久，曹永佳担任了乔司街道党工委书记，成为这块30平方公里土地的主事人。

曹永佳意识到，这是自己担当主官后的第一场大考，以前没有过，今后也不一定会再有。全域整治，对乔司街道是一次机会，对自己同样也是一次考验。人生一世，草生一秋；为官一任，造福一方。作为基层领导，应当做点事情，要有点百姓情怀。如果做好了，说不定会被写进乔司街道历史。以后自己老了，可以带上孙子孙女来看看乔司街道。也许，孩子们会问：爷爷，这里是杭州吗？他可以自豪地对孙辈们说，对，对，乔司就是杭州。这就是你们长辈当年干成的事！

真的，曹永佳就是那么想的，他那天也是这么跟我说的。说到这里时，他有点小激动，拄着拐棍想站起来说。但似乎没站稳，一下子跌坐在椅子上，自己忍不住先笑将出来。

也许，正是这样一种情怀，也许，正是这几分浪漫，激励和支撑着曹永佳及乔司街道一班人，干成了天下第一难的大事。

要顺利推进全域整治，首要的是理念更新、精神升华。曹永佳和街道党工委推出第一招,举办村社党组织书记培训班,召开党员大会、户长会、代表会、老干部会、乡贤会,引导大家忆过去、看今天。20世纪90年代,乔司镇是周边乡村人心目中的偶像。乔司人抓住发展机遇,率先搞起服装加工业,发展商业流通,各地服装商人蜂拥而至。洛阳纸贵、乔司房贵,一房难求。仅出租住宅一项,许多人家年收入二三十万元,高的达到五六十万元。从物质层面看,乔司人早已实现了富裕。孤寡老人经济上并不发愁,愁的是精神孤独。人们开玩笑说,在乔司街道,最困难的事是找到"困难户"。但在精神层面呢?眼前的乔司人显得过于安逸、容易满足。企业创业激情不足,小孩读书升学愿望不强,年轻人愿意开着宝马和奔驰车到机关当临时工,中年人认为最安耽的工作是当保安。乔司人慢慢有了优越感,越来越看不起外地来此打工的人。但他们没有看到和想到,不少打工者赤手空拳而来,在乔司街道工作两三年后,开着奔驰车回去。

曹永佳问大家:乔司街道这样下去行吗?过去像钱塘江潮水般汹涌澎湃、敢于战天斗地的激情去哪里啦?弄潮儿般的勇气去哪里啦?我们乔司街道富了口袋,还要富脑袋呀!脑袋不富,口袋再富也没有幸福感。总有一天会被别人超越,最终口袋也会瘪下去!

这些话,有点盛世危言的味道,也有振聋发聩的作用。不少人开始醒悟,认真思考。

之后,便是全域整治的前景宣传,曹永佳幽默地称之为"画大饼"。当然,这个"大饼"有根有据、有事有实、有数有量,并非空中楼阁、海市蜃楼。乔司街道已被杭州市规划纳入主城区范畴,从理念和规划上已成为杭州主城区的一部分,他们要做的工作是将规划变为现实、让蓝图成为实景、让盆景化为风景。产业、环境、人才三统一,生产、生活、生态三融合,高铁、高速、高架三贯通,最终成为农村城市化的典范。

　　这次拆迁安置工作还有个难点，就是异地搬迁、集中安置。也就是说，不是搬一个村，建一个村，而是将搬迁的五个村集中安置到一个较远的地方。老百姓想不通，情感上割舍不了。以前他们是绕城居住呀，那儿相当于北京一环呢，现在搬到那么远的地方，出门不方便、生活不方便呀。再说，这么一搬，祖祖辈辈传下来的村名没了，过去低头不见抬头见的邻居没了，多可惜呀！

　　曹永佳非常理解老百姓的这种故土情结，意识到应加以引导和说服。他带着街道领导班子开了几次会，制订了一些实实在在的对策。曹永佳告诉乡亲们，集中居住是城市化的必由之路，它可以让公共设施和居住环境一步到位，节省建设成本和管理成本。从住宅价值看，本地人看历史、看远近，外地人看长远、看环境。从长远看，现在选定的安置房建设区，是临平将来的黄金地段，房子价值会大大增加。至于日常生活，曹永佳请大家放心，政府早有考虑，医院、养老院、学校、幼儿园、超市，都有。它们与安置房同步建设、同步落成。

　　"大家看看，大家看看，这就是街道根据规划做的模拟沙盘，多有档次，多漂亮呀！"这席话，说到了老百姓心坎上，他们听进去了。上到老，下到小，政府早给大家考虑好了。那还有什么可担心的呀？

　　因势利导，借风扬帆。乔司街道全域整治第一场战役拉开帷幕。

　　区委审时度势，给这一仗确定了战役目标：征收土地5480亩，占全域调整面积的50%；村民拆迁2206户，以村民小组为单位，实行整体拆迁。企业拆迁96宗地、建筑面积180万平方米。

　　还有就是拆迁时间。按照常规，这样的拆迁量，一般需要3年时间。而区委领导给的时间是最多8个月，对！最多8个月！

　　曹永佳回来，召开街道领导班子会议讨论，大家都有点纠结。实际上，区委给的时间只有7个月。大家左思右想、反复推演，最后，还是曹永佳拍了板。豁出去啦！7个月就7个月！6月底前完成农户签约，7月份农户腾空。对，保证在7月底前，把这一硬仗打下来！

这是乔司建镇以来最大的一次拆迁，也是时间最紧迫的一次拆迁。曹永佳用初唐诗人陈子昂的那句名诗来形容：前不见古人，后不见来者。有没有"来者"，真的说不好，谁知道千百年后的乔司街道一带会发展成什么样，但"前无古人"是肯定的。

被逼到河边，只有背水一战。曹永佳把班子成员派往最难啃的村民小组。街道所有干部，包括已退下来的调研员，悉数出动，奔赴"前线"。让曹永佳感动的是，区领导带着8个挂职干部下沉到第一线，坐镇指挥，每天工作到深夜。遇到拆迁中的问题，马上出面协调。这种上下同欲、万众一心的感觉，真好！这是曹永佳的心里话。

自然，曹永佳这些话都是在第一仗打完后说的。那6个月中，他根本没有时间说这些话。他整天泡在村里，与下村干部一起走村串户、监督进度、攻克难点。曹永佳要求每个村5天内完成农户签约。连续3周，街道干部不休假，连轴转，务必把大头啃下来。

于是，一批批街道干部深入村户，给群众摆事实、讲道理、算细账。一趟不行，两趟；两趟不行，三趟。最多的，跑过十几趟。街道党工委副书记方敏曾用开玩笑的口吻，给曹永佳说了两件真实的事：她们第一次去某村，村里有几只看家护院的狗狗，蛮凶狠地对着她们狂吠。后来，去的次数多了，彼此熟悉起来，这些狗狗与她们似乎成了朋友，会摇头摆尾地走在前面领路。还有一户人家更有趣，说只要街道干部看得起他，他就签约。那，什么叫看得起呢？他提出，请街道干部去他家吃一餐饭。一听这个略显古怪的要求，方敏有点哭笑不得。但为了签约，她还是忍住笑，答应下来。然后，几个街道干部自掏腰包，带着鸡鸭鱼肉，提着老酒饮料上门，扎扎实实地吃了一餐。那人真没有食言。喝了酒，吃完饭，他就爽爽快快地签了拆迁协议。

这些，大概都是农村工作中特有的事例和做法。镇街干部会使出浑身解数，用兵法的"三十六计"，学孙悟空的"七十二变"。围点打援、迂回包抄、水来土掩、兵来将挡、化整为零、各个击破。乡镇街道干部这些本事，每每让曾在市县工作过的我叹为观止。

犹如一场严肃的高考，乔司街道干部与群众的关系得到验证，动员工作的效果开始显现。在这么快节奏、高强度的推进中，大多数老百姓体现出大局意识和机遇意识，理解并支持街道的拆迁工作。多数村户签约顺利，其间还出现了一幕幕感人的特殊场景：一些老百姓上午给工作组送西瓜，中午送玉米，饭后送绿豆汤。

两天后，一个好消息传来：永西村700多农户百分百完成签约。列入第一批签约名单的3个村，原计划15天完成签约，通过努力，11天就顺利结束了。之后，签约速度不断加快，好消息接连而至。

初战告捷。到6月底，纳入第一期拆迁范围的2206户人家，已完成签约2204户；第一期征收土地5480亩，已全部完成；96宗企业用地清理完毕，其中440亩已复原复绿。万亩良田的成片管理工作，已与省农业发展集团谈妥，由他们负责；该种的水稻已插下秧苗，目前长势不错。

乔司这只凤凰，开始涅槃重生。

照理说，干到这个程度，曹永佳和同事们可以稍微歇口气了。坦率地说，这样的力度、速度、进度，已超越曹永佳自己的计划。

但曹永佳没有那样做。他很快发现，拆迁仅仅是"万里长征"第一步，农村城市化过程中的矛盾和问题，不断出现在乔司街道党工委面前。老百姓进城后，怎么分享城市化红利？首要的是充分就业。老百姓有工作、有钱赚，才能真正在城市安下心来。街道怎么组织就业培训和引导？村级经济组织还要不要存在和发展？街道和社区干部怎么学会服务？怎么培育和引导公益组织？原先的行政村一下子变成社区，干部群众的理念和生活习惯也得变。老百姓住进城里后，不习惯、不适应、不愉悦的问题相当普遍。有的搬进新房后，专门腾出房间，将那些再也不会用的老家具堆起来；有的舍不得抛弃旧农具和坛坛罐罐，把它们藏在新房角落里，显得极不协调；还有的在楼道、庭园里，到处乱扔生活垃圾……

自然，曹永佳不是不明白，农村城市化与共同富裕一样，是个历史过程，急不得。也许，他这一辈子都完不成，但也等不得呀！他要为后来者探路，解决眼下老百姓的大事、难事、烦心事。

近几天，曹永佳说自己在办公室里"休息"。其实，哪里是休息呀，他不断把人叫到办公室，一起商量事，然后，把人派出去处理问题，他再用电话"遥控指挥"。

这是一个有情怀、有担当的基层干部。当我采访完毕即将离开时，一名街道干部推开门，朝着曹永佳轻声说道，区里通知你参加杭州市"担当作为好干部"会议。

原来，就在前不久，曹永佳被评为杭州市"担当作为好干部"。

我向曹永佳表示祝贺。

"没什么，没什么！"曹永佳一副宠辱不惊的样子。

共富蓝图，基层需要一个指标体系

多年来默默无闻的运河街道，突然一下子成了"网红"。

中国顶级媒体《人民日报》客户端、新华社客户端、《经济日报》

等13家重量级媒体，先后报道了临平运河街道建立镇街共富指标体系的消息，而且明确指出，这是浙江省乡镇第一家。它是否也属于全国乡镇第一家？还没有人考证。

第一家，就意味着独倡、首倡。

运河街道要咸鱼翻身、铁树开花了吗？

这样说，其实是不准确的，甚至是冤枉运河人的。"祖上曾经辉煌过。"这是我采访运河街道时，街道党工委书记陈杭跟我说的第一句话。

略微了解运河街道历史的人，会承认此话不虚。

运河街道原先称运河镇，是杭嘉湖地区率先发展乡镇企业的地方，建设起兴旺工业城，大大小小企业星罗棋布。2004年，运河镇产值超百亿，排在杭州市第7位、浙江省第15位、全国第173位。各地乡镇到运河镇学习取经，运河人心里也有点"小确幸"。

但后来一段时间，由于各种原因，运河街道的发展似乎进入慢速通道。直到临平新设分区，临平区委将运河街道定位为建设共同富裕示范区样板才有了转变。

1979年出生的陈杭，实际上介于"70后"与"80后"之间，属于我国改革开放后生活和成长起来的一拨干部。这些干部的特点是，思想解放、思维独特、知识面广、视野开阔，有干事创业的心愿与能力，现已逐渐成为我国改革开放现代化建设的中坚力量。

那是2019年12月，陈杭被市委组织部作为机关与基层横向交流的干部，派遣到运河街道工作，先任主任，后任书记。

陈杭原本在杭州市场监督管理局工作，担任消费者权益保护委员会秘书长，一天到晚接收消费者的投诉，与市场上假冒伪劣商品作斗争。跟那些居心不良的奸商打交道，要遵循法律、斗智斗勇、讲究策略、把握分寸，这就让陈杭养成了工作习惯和工作方法：谋定而后动。

陈杭到运河街道之后，一个猛子扎到深水里，开始挨家挨户调研。他很快发现，运河街道地处偏僻，属于城市开发边缘地带，空间规划严重受限，是个典型的农村、农业型镇街。如果沿用传统思路，仍然希冀通过招商引资来发展运河街道，显然行不通。陈杭给街道干部分析原因：其一，运河街道土地价格偏低，而拆迁成本极高，导致价格倒挂，财政无法承受，农民无法接受。这就决定了运河街道发展"土地经济"的不可行性。其二，地处偏远，传统业态不太愿意离开繁华城镇，而落地到运河街道。

这一番分析，有理有据，使得运河街道干部群众对这位来自市里的新书记刮目相看。"那，运河街道的出路在哪里，陈书记？"人们自然而然地把目光投向这位新来的街道书记。

彼时的陈杭，尚在调研、思考、求证，还没有形成一整套思路和举措。既然还不成熟，那就再等等吧！

真是"好雨知时节，当春乃发生"啊。就在陈杭苦苦思索运河街道发展之路时，临平设区消息公布，区域格局为之一变。紧接着，《中共中央 国务院关于支持浙江高质量发展建设共同富裕示范区的意见》公开发表。顿时，浙江干部群众的眼睛为之一亮，建设共富社会进入新的历史阶段。

在临平采访的日日夜夜中，我有一个深切体会：中央关于支持浙江建设共同富裕示范区的意见，对地方和基层干部最大的引导和启发是，使大家立刻站到一个前所未有的高位，从我们党的性质和立党宗旨，从以人为本、终极目标建设共同富裕社会的宏阔视野，重新审视一个区域内的全部资源，然后重新组合调整，千方百计找出当地资源变资产、劣势变优势、弱项变强项的实现途径。

做这样思考和努力的基层干部很多，陈杭便是其中之一。

随着建设共富社会工程的推进，省市区先后出台了一套套实现共富的指标体系。这些指标体系，被印成一份份红头文件，陆续来到陈杭的办公桌上。看着这些文件，陈杭开始新的思考。是啊，省市区指标体系，很系统、很完整，为基层工作指明路径，这无疑是好事。但陈杭同时也在想，各级之所以能搞得这么全面系统，是因为有详尽完备的统计数据支撑着。而乡镇街道没有系统的统计数据，这就无法建立如此复杂详尽的指标体系。这是其一。其二，上级的指标体系要照顾到方方面面、需要大而全，而许多内容镇街未必会有。运河街道更是特殊，侧重面显然在农业，工业很弱，整个指标体系应该反映这个特征。其三，就是指标体系的针对性和可操作性。有些作为省市级指标很有必要，但到了镇街并不是很适合。有的指标早已超越，有的指标相距甚远，还有的指标，对于镇街，尤其是对运河街道而言，很重要、很必要，譬如，土地全域流转，还有……

那天采访中，陈杭就这么扳着手指，给我条分缕析地说着他的思考、他的理由。

镇街的指标体系，一定要能激发群众的创造性、干部的积极性。指标要服当地水土，看得见、摸得着、够得到，至多踮踮脚、往上跳一跳能撩得到。这是2021年6月初，在开始思考制定运河街道共富指标体系时，陈杭给自己确定的原则。

有了陈杭平时的思考和积累，再请省市区共富工作办公室领导专家把关，经过几上几下讨论修改，2021年11月初，浙江省第一个具有范本价值的《运河街道共同富裕指标体系》正式向社会发布。指标体系分为5个维度33项具体指标，囊括了一个街道区域实现共同富裕的主要目标和动态进程。5个维度分别为经济高质量发展、品质城区建设、精神文明建设、美丽环境建设、治理能力现代化。指标体系还附有运河街道土生土长的6种共富模式：绿色农业、公司加农户、村庄运营、乡贤助力、村企合作、以地换铺。

指标体系发布那天，可谓媒体云集、热闹非凡。也许是因为乡镇街道"首个"，也许是因为独特，此事受到媒体多次报道、社会广泛关注，产生了良好影响。

当然，陈杭要的不仅仅是社会影响，他更注重对运河街道共同富裕的实质性推进。

按照运河街道共富目标体系的构想和陈杭的要求，运河街道开始农村型集镇建设共富社会的新尝试。

要改变赛道，重组资源，在农村共富之路上，重新找寻发展机会，重点做好做足农村文化旅游这篇大文章。

文章的创作思路与先前迥然不同。运河街道的决策者与经营者将目光盯在农村文化旅游的主体青少年身上。

互联网时代，各行各业均需要互联网思维，农村文化旅游尤需如此。陈杭他们分析，当下，关于地段、关于距离的概念开始式微。很多年轻人明明下楼可买到物品，但仍要叫外卖送货上门。手机点击、网络购物似乎养了一大帮"懒汉"。但这些年轻人会因为品尝一顿美餐而驱车几个钟头，会为一张美照的背景而穿越大半个城市。针对这样的年轻人，运河街道着力打造当下年轻人喜欢的网红点。他们引入十多万元社会资本，把运河边一个已废弃多年的水塔改建成水塔型咖啡吧，每天吸引几百名年轻人去那里喝咖啡、摆姿势拍照。水塔二楼拍摄间，甚至需要提前10天预约，连陈杭也觉得有点夸张。

后疫情时代，人们的生活理念和习惯已见明显改变。大家因惧怕传染新冠，不愿去人多的商城、酒店，而愿意逛逛城市周边，亲近大自然。运河街道找了个合适地段，搭建起一个个天幕式帐篷，开展青少年喜欢的烧烤、采摘、垂钓等活动。年轻人喜欢的烧烤，是那种"半成品式"服务，不是完全熟食，但也不能完全生鲜。采摘要在现代化农业园里穿梭，不能太脏，也不能太累。垂钓，要符合现代人的忍耐心理，对象是那种谁都能捕捉到的生物，最佳玩物是小龙虾，平均每两分钟能钓上一只，既有满满的获得感，又不至于太煎熬。这种体验式、沉浸式旅游，需要提供必要的基础设施，水源、厕所、停车场等。

作为并无山水风光的乡村，运河街道缺乏吸引观光游客的优质资源。但陈杭认识到，任何场景，稀缺就是资源。即便如普通的农田和农作物，只要足够大，就会有游客、有流量。为此，他们进行大片农田整理、作物布局调整，形成了千亩油菜花、千亩荷塘、千亩稻田，天女散花、满地碎金，荷塘月色、荷花摇曳，稻浪翻滚、稻香扑鼻，乡村特有的宏阔壮观景象，吸引大批都市游客纷至沓来、络绎不绝，抖音平台上的宣传视频超过百万点击量。

运河街道开展的这些乡村旅游形式，能够吸引大量都市人群前来。而且，陈杭发现，这些人往往是带小孩的家庭组，具有超强的消费能力。高人气、高流量带来延伸消费和配套服务，运河街道举办共富集市，售卖当地土特产，让更多老百姓受益致富。

上述思路和做法，还只能算是乡村旅游的大路货，不少镇街也在这样做。陈杭开发运河街道的真正金点子是"乡村研学经济"。你问什么是"乡村研学经济"？不知道，真的不知道！这也许是陈杭自己的叫法？在教授们的讲义上，研学游是特指学校集体组织、学生参加，以学习专门知识、了解社会、培育人格为目标的校园外部专项旅游活动。陈杭则把乡村旅游与学校教育结合、保持稳定客源客流、形成规律性长期性的学习体验模式，叫作"乡村研学经济"。

乡村旅游存在的普遍性难题是，客流量不稳定。旅游带有明显的季节性，游客具有固定的时间节点。旺季时，人满为患；淡季时，门可罗雀。

运河街道在开展乡村文化旅游中，自然也遭遇到这样的难题。怎样使乡村旅游稳定发展，与城里的博物馆、名胜古迹一样保持常态流量？勤于思考的陈杭又开始观察和思考。他把搜寻的眼光扫过一个个群体，机关、事业、企业、学校、医院……突然，目光在学校上定格。对，学校，中小学校。这里有商机。哪止商机呀，简直是一座金山，亟待开发的金山呀！教育主管部门回应社会呼声，普遍提倡减轻作业负担、减轻校外培训负担，简称"双减"。学校要加强素质教育，学生势必会腾出许多时间，走向工厂、农村，体验工人和农民的生活。这就给以农业为强项的运河街道带来机遇。如果利用得好，把学校教育体验与农村文化旅游结合起来，变成"研学游"，那该多好呀！临平区少说也有20来万大中小学生，如果都能来运河街道体验一把，那就把运河街道填满了，短期游就变成了常年游。而且，这种研学游有个好处，它永远不会断流。因为，铁打的营盘流水的兵，学校年年都有一年级、二年级。可谓"子子孙孙无穷匮也"。陈杭突然想起了《列子·汤问》中愚公的这句名言，禁不住微微一笑。感觉古人写这句话，似乎就是为千百年后的陈杭考虑研学游思路时做注脚的。

主意想定后，陈杭及时与教育部门沟通协商。这好呀！教育部门正在为学生"双减"后的时间利用发愁呢。瞌睡时有人送枕头。这下好了，运河街道有大片的农田，建立现代农业园区，便于学校"大兵团作战"；学校将体验农业列入教学课程，政府可以给补贴；学生吃住在老百姓家里，老百姓能赚到钱。得，优势互补、强强联手、互利共赢啊！

在运河街道党工委强力推动下，校地合作共建研学产基地工作很快展开，并取得一些成果。街道与浙江理工大学服装学院共同发布"艺创共享"研学课程，聘任服装学院大学生任馆长，植入创意、培训、科研、展销等，打造大运河文化带活态文化传播展馆群落。新宇村与浙江科技学院人文学院共同创设"农文旅设计与运营"研学课程，打造红色文化和精品旅游路线。运河街道还与一大批中小学制订了乡村研学计划，让中小学生成建制进入农田，学习农活，体验现代化种植业的乐趣。

运河街道研学产的第一个高光时刻，无疑是2022年5月14日，首届"中国·大运河乡村研学节"启动仪式。

暮春温润，久雨初霁，正是一年中农事最繁忙的插秧时节。运河街道双桥村田野上，临时搭建起会场，以天作幕，以地为台，自有一种自然的豪放与开阔。一块红色背景板，"丰起大运河　乡村绘共富"10个大字，交相辉映，灯光投射在与会者脸上，显得分外喜庆。活动现场，人山人海。稚嫩的童音、刚变声的青春声浪，与共富集市的叫卖声、讨价还价声，还有田野上的风声、秧苗的清香交织在一起，形成了一种独特的节日氛围。

临平区委主要领导参加启动仪式，并作了充满鼓励与期待的致辞。启动仪式上，运河街道"研学共富产业带"正式发布，宣布大运河以北四个村形成"组织共建、人才共育、活动共办、项目共推"的联盟运转模式，积极引进优势资源，做好教育、文化、旅游三结合文章，把立德树人融入研学产各环节之中，加强校地多维合作，让多方共赢成为共同富裕的终极目标。活动现场正式发布临平区研学基地标准、大中小学研学课程，有关校村进行了研学基地项目签约仪式。

研学节的精彩结尾在5月21日。为纪念中国"杂交水稻之父"袁隆平逝世周年，双桥村在袁隆平的学生曾松亭博士指导下，创设"爷爷的水稻田"，种植功能水稻品种，成为杭州市第一家"功能水稻"示范点。

活动组织者据此策划了"袁爷爷对我们说"和"我对袁爷爷说"这一跨越时空的对话活动,借此纪念袁隆平,引导学生亲近稻谷、亲近田野、亲近科学。

研学节最后一天,运河中学、临平二小的上百名学生走进"爷爷的水稻田",体验插秧的艰辛与乐趣,研学体会粮食来之不易。

11岁的莫姝轶与同学们一起学习插秧,不一会儿,弄得身上全是泥水。她一转身看看周边同学,不是水湿衣衫,就是泥挂小脸。有个记者问她感受,小姝轶似乎忽然懂得了许多,有感而发:来之前以为蛮好玩,下了田才发现插秧很难很难,现在真正体会到"粒粒皆辛苦"的意思。以后,她会好好珍惜粮食,再也不会白白浪费啦!

做一粒好的种子,站出来,让祖国挑选。好好吃饭,好好长大,热爱劳动,珍惜粮食!这是活动现场孩子们喊出的口号。声音虽然不免有些稚嫩,但听上去,已不再空洞乏力。

这,正是陈杭和陈杭的同事们希望看到的场景、希望听到的声音!

几个月后,区里专门立项,拨付1.5亿元,在运河街道北部四个村建造"研学经济"硬件环境,打造"美丽经济",赋能运河街道,让这辆"发展单车"蝶变为"共富高铁"。

作为一名市里横向交流到运河街道工作的干部,陈杭的实践体会是,地方发展并非条件所限,只是思维局限。思维一变天地宽。时代发展提供的机会很多,无论你身任何职、地处何方,要做的只是解放思想、转变思维、顺势而为,让每个地方都自然生长。自然生长出来的业态才是最适合当地的,也才能真正让一个地方实现共富。

用共富之路链接千村万户

在上世纪八九十年代,中国城乡曾流行过一句富有号召力、影响力的口号:若要富,先修路!

如果,在今天,我复制一句:要共富,再修路!你会赞同吗?

但,这句话,是临平区老百姓的切身感受,也是徐峰这位"交二代"的工作目标。

所谓"交二代",就是在交通系统工作的第二代人。徐峰称自己为"交二代"的主要依据,自然是他老爸曾在区交通局工作,搞了一辈子交通工程。老爸退休回家后,仍心心念念着临平的交通运输业,时不时与"交二代"絮叨上几句。徐峰于2001年入职,接过老爸衣钵,子承父业,一干二十余年。当年的小徐,现已是中徐,并当上了临平区公路与运输管理中心副主任。

听徐峰讲共同富裕中的路,有不少生动的小故事,也有高大上的理念与认知。

临平地处杭嘉湖平原核心区域,区域高铁、城乡公路相对比较发达和完善,较早实现了乡村公路村村通。当然,彼时的"村村通"的村,是指行政村,而不是自然村,更不是农户家门口。

建设共富社会,人们对生活的标尺在提高,对乡村公路的结构布局、质和量等提出了新要求。简而言之,城乡同构、区域均衡,量多质优、方便快捷。

徐峰所在的公路与运输管理中心自然而然地承担着新一轮乡村公路建设的重任。

摸底调查,是基本前提。情况明,才能下决心。徐峰觉得,搞交通建设，最忌坐在办公室里拍脑袋、定决策。他根据局领导指示，带着一帮小青年，深入镇街和村社，广泛征询老百姓意见。

一次，徐峰到塘栖镇塘北村现场调研，听村干部讲了一个不是笑话的笑话。塘北村的马路，只有两米宽，且只修到行政村村口，多数人家与马路终点隔着几百米远。前不久，村里一个小伙子结婚，喜气洋洋地用小轿车把新娘接到村口。新娘子打扮得十分时尚，穿着拖地婚纱。她从小轿车中款款走下来，正想向村民展示展示自己漂亮的婚纱。谁知，天公不作美，顷刻间下起瓢泼大雨。新郎新娘一时手足无措，只好撑着一把雨伞，慌慌张张、踉踉跄跄跑上几百米，才跨进家门。那身漂亮婚纱早已被雨水和泥浆溅得一塌糊涂，真是既狼狈又扫兴。

村干部说完此事，似乎还在为那对新人遗憾，同时强烈希望区上能将塘北村列入新一轮乡村公路建设名单。徐峰听完后，也颇为同情，觉得塘北村这种情况符合乡村公路建设的条件。

类似塘北村的例子越来越多，徐峰手头的名单也在逐步增加。

当然，任何事情总有例外，也有一些村干部一时拿不定主意。再说，修建公路，毕竟会碰上一些土地调整、房屋搬迁之类的事，磕磕碰碰、叽叽喳喳，有的村干部就打了退堂鼓。也有一些村干部等待观望，他们似乎不太相信政府真的能拿出那么多真金白银来修路。等第一期工程完毕，宽阔平坦的公路通到许多村的农户家门口，那些迟疑着没有上报修建公路计划的村干部，就遭到群众的"臭骂"。

过了一段时间，一份极为详细的三年行动计划在徐峰手中形成。

网络上说，条条大路通罗马，有人就住罗马城。这世界本来就是不公平的。这话，徐峰自然也在网络上看到过。但徐峰不赞成这种说法。世界上只有一个罗马，但与罗马同等条件和环境的城市，却有好多。共富是个普惠概念，共富社会的交通就是普惠交通，临平全域镇街村社的道路应该同构同质，向乡村拓展，向农户延伸。他们坚持以景区的理念规划全区，以景点的标尺建设城乡，形成以美丽公路、生态廊道为骨架、以山水为资源、以人文环境为底色的空间布局，从注重联通功能向优质美观交通的转变，用农村公路串起美丽乡村，连接美丽景区，联动美丽产业，促进美好生活。

徐峰介绍说，上面这段话，是2018年2月6日印发的全区"四好农村路"建设三年行动计划提出的理念。应当说，从那时起，临平人对共富社会与乡村公路关系的认识，达到了一个新境界。

临平区的乔司、南苑、星桥、崇贤、东湖、运河街道和塘栖镇，均被纳入建设行动计划之内，开始了一场脱胎换骨般的乡村公路建设决战。

新一轮乡村交通行动计划侧重于建设，三年为期、分批实施，以长度600米以上为一条路。因受土地制约，乡村公路不能造得太宽，当然，也不宜太窄。临平区确定为6米宽、双车道，车辆来回可以交会而过。目标抵达自然村，尽可能穿越更多农户家门口。徐峰统计后得出最终数据：全区共需建设247条乡村公路，全长267.83公里，投资8.39亿元。

这个8亿多元，纯粹是这些乡村公路的建安费用。徐峰对我强调说。修路所需的建安费、监理费、设计费，全部由区里买单，土地赔偿、拆迁安置费由镇街负责自筹。所谓自筹，转来转去，实际上最后也是区财政买的单。

塘栖镇和运河街道被作为第一期第一批乡村公路建设试点，全域推进。塘栖镇公路全长80公里，运河街道为60公里，合计140公里，占去全区需建乡村公路的三分之一。所有公路全部按照"四好农村路"标准新建或改造。

"修建工程推进基本上还算顺利，除了那些电线杆之外，哈哈。"徐峰在介绍中，说到电线杆时，忍不住笑出声来。农村里，电线乱拉乱搭的现象比较普遍，有的村电线杆横七竖八，阻碍了工程进度。而电线杆管理是电力公司的事，交通部门说了不算。区里领导还为此几次开会协调，督促加快迁移。

好在工程所在地的老百姓非常拥护。塘栖镇工程施工时，正是"秋老虎"肆虐之日。一些村民自发给施工队伍送点心、送茶水，那场面，有点像当年人民群众慰问亲人解放军一般。施工人员比较感动，施工进度大为加快。

还有，老百姓比较关心修在家门口的公路。一些人自动组织质量检测队，随时随地进行检测，确保质量。工程完工后，第三方检测单位做了检测评估，新建或改造的所有公路质量百分百达标。

经过三年奋战，第一轮乡村公路建设圆满收官。乡村公路的分布密度、建设质量、优良路比率等，远远超过省标要求。全区重点打造超山环线、运河环线、塘栖美丽片区等12条精品示范线，晒出一张张亮眼的成绩单。城乡客运一体化水平连续三年达到5A级水平，入选全国第二批农村物流服务品牌，被评为省级"四好农村路"示范县区。杭州市连续两年在此召开现场会，向全市推介临平经验。

现场会上，播放着一则则短视频：

"塘栖枇杷节"上，客商和游客蜂拥而至，车流人流物流叠加。四通八达的乡村公路使得车行其道、货畅其流、人走其路，一幅紧张而和谐的图画……

运河街道万亩稻田，被平坦宽敞的乡间公路分隔成若干相等区块，呈现出宏大的画面感。一群群戴着红领巾的少先队员行走在公路上，一路队旗飘扬、欢声笑语……

稍显偏远的村庄，一辆120救护车疾驰而至，一位老人从农舍中被抬出，接着，担架被迅速摆放进救护车内。救护车随即启动，沿着笔直的乡间公路，呼啸着驶向医院……

这些，都是生活中的实景。

然而，发展没有止境。徐峰和同事们还未来得及总结完，临平设立新区，建设共富社会就进入新阶段，人民群众对乡村公路有了新的期待与向往。

这，大概是一个周而复始以至无穷的历史进程吧，区交通运输局领导是这么想的，徐峰也是这么考虑和安排的。他对临平乡村公路建设能走在全省前列有种自豪感，对自己能建设家乡、服务百姓感觉蛮欣慰。

马不停蹄、人不卸甲，徐峰带着大家，着手研究制订新一轮三年计划。我去采访那天，《"四好"新通道助力共富新通途的申报方案》刚刚形成，徐峰把一大叠散发着油墨香的材料放在我面前。

根据这个方案，临平要创建全国"四好农村路"示范县区，形成助力建设共同富裕示范区的临平样本。实现常住人口百人以上自然村等级公路全覆盖，镇街通三级以上公路率达到百分百，建制村通双车道率达到百分百。

用三年时间完成这些指标，徐峰认为没有问题。事实上，分区一年多来，列入2021年建设范围的近39公里乡村公路已全部开工，进展顺利。列为2022年项目的37公里乡村公路，工程招投标已完成，近期有望开工。

眼下最大的难度在于土地。徐峰实话实说。以前乡村公路用地政策较为灵活。现在，国家出台新规定，乡村公路用地有了新要求，一下子就把用地盘子缩小了。就像自来水龙头一关紧，水流量自然减少。如果按照新一轮乡村公路建设规划，临平还需要七八百亩用地指标。在土地日益紧缺的今天，这显然是个大数字。好在上级部门已出台相应措施，将乡村公路建设用地纳入"三区三线"划定调剂范围。临平根据要求，正在细化具体政策。虽然，解决起来有难度，但徐峰相信终归能解决。只要思想不滑坡，办法总比困难多嘛！

这一点，我已深信。

在临平采访生活的百余天里，我跑遍了全区镇街，走访了不少偏远的村落和农户。眼下，外联内畅的现代化综合交通路网在临平基本建成，地铁、城铁、高铁在临平新城交会，望梅高架、东湖高架等一条条纵横交织的主干道延伸至各个镇街。累计建成乡村公路247条，总长逾267公里。大多数情况下，汽车可以直抵农户家门口。我估摸着，乡村公路通户率要高于徐峰估计的50%。那种直通的便捷，令我这个长期生活在京城的人也每每惊讶。至于平时循着宽阔平整的乡村公路穿行于枇杷林，或弃车步行，徜徉在乡间绿道上，那种绿色的惬意和舒展的感觉，自然是城里人久违的享受啦！

偶尔，我爱站在临平的乡间公路上，默默呆想。让自己的思绪飞越千山万水，翻阅古今中外。彼时，一种强烈的观感会从脑海里喷涌而出：从临平看全国，眼下正如火如荼进行之中的乡村公路建设，是中国自大秦"车同轨"以来最伟大的一场交通革命；而就其覆盖面之广、受益者之众而言，更是史无前例、无与伦比。

第二章

关键是做大做优共同富裕的"蛋糕"

做大做优"蛋糕",是建设共同富裕社会的关键。高质量发展,是这个"蛋糕"的基石;而高端制造业,则是这个"蛋糕"的硬核。从临平区实践看,发展高端制造业,一靠政府政策引导,二靠企业家创新精神,三靠现代科技支撑。正是这三者的有机结合,才成就了临平高端制造产业、生物医药产业、时尚和算力产业的整体性崛起,从而在浙江业界脱颖而出、独领风骚。

——采访札记

从"老虎钳"到"黑灯工厂"的穿越

2022年7月29日,央视《焦点访谈》栏目在点赞我国数字引擎、制造未来时,向社会展示了老板电器的"黑灯工厂",一时吸睛无数。

几天后,我带着好奇心和新鲜感,探秘这家"黑灯工厂"。

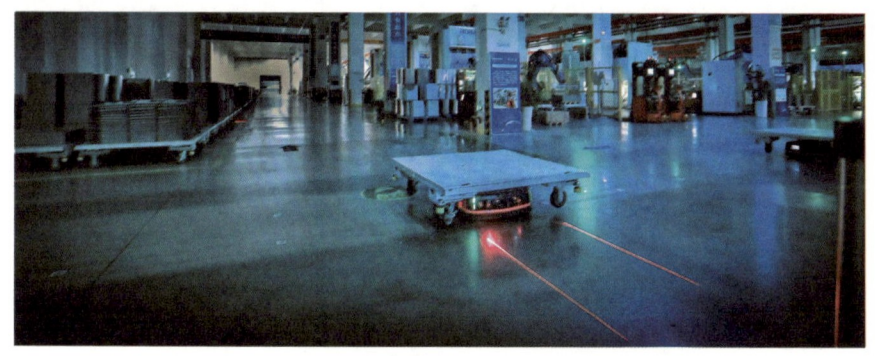

老板电器集团智能化"黑灯工厂"场景

所谓"黑灯工厂",其实是老板电器的油烟机钣金件加工车间。我随着讲解员踏上二楼,进入中央管控区。透过隔断的玻璃窗,借助着窗外自然光线,若明若暗、隐隐约约间,看到一个令人叹为观止的场景。

超万平米厂区内,16条生产线、284台设备、27台AGV智能物流小车,构成完整生产链。相对暗黑的空间里,几十盏绿色指示灯散落着,犹如夜空中闪烁的小星星。这里,除了机器,还是机器。机器被有序地排列着,状如连绵起伏的山峦。它们用彼此都听得懂的语言,交流着信息。人们听到的则是传递过来的有节奏的接触声、击打声,看到的是有条不紊的生产过程。集烟罩自动冲压成型生产线上,钢板经过冲切、冲孔、成型等几十个环节走下来。机械臂把它们置放在平板车上,一辆AGV小车缓缓驶来,发出一闪一闪的"光电信号",把摆满成品烟罩的平板车拖走。伸缩机械臂飞快地旋转着,宛若在江河中劈波斩浪前行的游泳健儿,准确迅捷地抓起钢板,放到折弯流水线上,自动把钢板推移到准确位置。前后衔接,天衣无缝,"咔嚓""咔嚓"声此起彼伏。智能物流小车代替了人的腿,行走在车间,速度恒定、运行平稳。车间内上万个视觉识别点位代替了人的眼睛。它们置身在无灯环境里,利用红外线原理,迅速地精准识别不同物体,并将数据同步传回给"九天中枢指挥中心"。整个系统好比人体的神经中枢。它们背后，有一个共同的"大脑"在实时进行着复杂运算。机器人的工作任务、运作程序和路径完全取决于实时接收的"九天中枢指挥中心"。

"九天中枢指挥中心"是老板电器矢志追求的理想境界九重天。它负责管理整个"黑灯工厂"。在这里，为数不多的数据工程师工作着。他们的工作状况，在外人看来，仿佛是在电脑前玩游戏，舒适而惬意。在一大溜屏幕中，最为醒目的是老板电器九天数字平台，一块大如银幕的荧屏。粗粗一看，像是在模拟动画演示。现场工程师告诉我，它叫"数字孪生工厂"。数字孪生？有点蒙吧？简单点说，就是数字版的"克隆体"。它可以同步实时传输"黑灯工厂"的生产流程和工序，逼真呈现整个车间的生产场面。如果需要，数据工程师可以打开任何一个环节或端点，查看情况。如果生产过程可能出现问题，屏幕上会闪现红色预警，提示人们前去研判解决。然后，他一一演示，果真如此。

老板电器的"黑灯工厂"，真是让人大开眼界！

套用一句话，看了这家"黑灯工厂"，我知道什么叫现代化啦！

走出"黑灯工厂"后，我开始寻觅老板电器持续快速稳定发展之路。

从眼前黑科技的"黑灯工厂"，溯源至博陆公社红星大队五金厂——老板电器的前身，像煞网络小说中的"穿越"情节。

采访了解老板电器，犹如阅读一部中国企业发展简史，如何从十月怀胎、呱呱坠地，经由牙牙学语变为莘莘学子，再是弱冠加冕、闯荡市场，然后纵横捭阖、立于厨电行业之巅。

这部简史的第一笔似乎并不令人惊心动魄。彼时，并没有人能预见到老板电器会成为世人瞩目的行业翘楚。创始人任建华没有想到，一同创业的唐根泉更没想过。他们只想赚点钱，为生产大队买一台拖拉机，以减轻社员们的劳动强度。后来，老板电器"企二代"任富佳把这种乡镇企业办厂初衷称之为"共富基因"。

　　历史镜头回放至1978年初，那时中国正处在改革开放尚未展开之际。任建华所在的地方叫余杭县博陆公社红星大队（现临平区运河街道螺蛳桥村）。那些年，无论是集体经济还是社员收入，红星大队都排在全公社末位。社员收入按全劳力10个工分折现计算，大概不到6毛钱。风里来、雨里去，辛辛苦苦干一年，到年终结算，百分之九十以上家庭还欠生产队粮草款，成为"倒挂户"。唐根泉的这段回忆，引发我深深的共鸣。昔日，我家在生产队也是出名的"倒挂户"，连续七年分文未得，还倒欠生产队100多元。那种穷困窘迫的滋味，未曾亲历者，极难体味。

　　任建华是初中毕业生，在那时的农村，已算个"知识分子"。加上任建华为人好，做事认真，深得大队干部信任，当上了大队拖拉机手。拖拉机在那个年代可是个稀罕物。任建华觉得一个大队只有一台拖拉机太少，夏天抢收抢种时，根本忙不过来，故建议大队能不能再买一台。大队支部书记告诉任建华，他也想买，可大队没有钱，买不起呀！买不起，没有钱？我们可以自己赚呀！刚刚二十出头的任建华初生牛犊不怕虎，穷则思变，敢想敢干，敢为人先。他与几个村民商量了几个晚上。大家觉得办个厂就有钱赚，有了钱就可买拖拉机，还能增加集体经济，提高社员收益，改善生活条件，让"倒挂户"们不再倒挂。于是他们大胆向大队提出办厂赚钱的建议。大队领导赞同农民办厂的朴实想法，支持任建华牵头创立队办企业，并将大队畜牧场仅有的五间房腾出三间做厂房，还帮助筹措2000元资金，又向当地信用社借贷2000元。靠着这拼拼凑凑的4000元启动资金，任建华买来三把加工铁丝的老虎钳和三把榔头，并委托公社农机厂帮忙制造了一台打孔机和一台压扁机。五名员工办起了红星大队第一个队办企业。当时那架势，说是工厂，不如说是个小作坊。任建华说，我们是红星大队的，那就叫红星五金厂吧。红星五金厂，多么响亮的名字啊！从此，任建华开启了艰苦创业的旅程。

创业是艰辛的，没有任何捷径可走。不经历风雨，怎能见彩虹？任建华曾感慨地说，每件事情的成功，都不是一蹴而就的。

回想创业初期的事，唐根泉犹觉一切历历在目。红星五金厂第一批产品，是为纺织机械加工一个小配件，叫"下柱"，是将一根14毫米粗的铁丝，放在老虎钳"虎口"上，用力将其截断、压扁、打孔，再用榔头敲敲打打。1个配件3分钱。任建华负责市场销售，唐根泉分管技术，两人配合默契。不管订单大小，都一丝不苟，把好质量关，从而赢得客户赞誉。第一年，红星五金厂居然创造了2万元产值，企业基本站住了脚。任建华广结人脉，善于经营，"小老板"的雅号在杭嘉湖一带渐渐传开。

彼时，任建华还真不是老板，但他觉得这样的发展速度实在太慢了，猴年马月才能赚到买拖拉机的钱呀！工厂要尽快扩大，产品必须延伸。任建华通过熟人介绍，跟嘉兴海鸥电扇厂、杭州乘风电扇厂挂上钩，雄心勃勃地打算生产电风扇配件。决心是下了，但五金厂一无设备，二无厂房，三无技术，尤其是没有技术人员指导，根本无法生产。任建华想尽办法，请到了一位工程师，支付高薪，请他帮助企业研发400毫米电扇叶片。也许是"病急乱投医"，任建华没有想到，自己请来的竟然是一位"江湖工程师"，八九个月下来，研发毫无进展。此人自感没有脸混下去，便脚底抹油，一走了之，彻底把任建华晾在厂里，更晾在众人面前。

争强好胜的任建华对此认栽不认输。80年代初，任建华带着大家尝试着搞电暖锅。他购买了生产电暖锅的设备，聘请国内一流专家攻关，自主设计，自主制造。电暖锅终于搞成了，但由于不是品牌产品，放到商场上，没有人买，偶尔销量好些，24小时生产；大多数时候属于淡季，职工们一天到晚晒太阳。这一次输得更惨，把以前辛辛苦苦积攒起来的上百万元都搭了进去，任建华第一次意识到品牌与渠道的重要性。

　　吃一堑，长一智。任建华从杭州手电筒厂朋友处获悉，市场上电热杯十分畅销，于是就打起生产电热杯壳的主意。任建华将此称为转产。因为，原先试产电暖锅的两台设备正好用来生产电热杯壳。唐根泉也在研发电暖锅时学会了设计、开模。闲着也是闲着，万一成功了呢？经过努力，功夫不负有心人，想不到，还真的成功了。唐根泉不但设计出了杯壳，而且在杯壳上雕上花，使生产的标壳成为全国唯一。雕花电热杯受到追捧，成为人们出差开会常用的时髦货。红星五金厂生产的电热杯壳由此热销，一时供不应求，企业年销售额猛增到八九十万元。又因杯壳雕花工艺填补了国内空白，省里鉴定为新产品，免税三年。任建华说，这是红星五金厂真正赚到的第一桶金。

　　有了第一桶金，任建华底气更足，"野心"显得更大。他看到家用冰箱需求量很大，市场上凭票供应。于是，任建华咬咬牙，投了几百万元，新建了一个钣金车间，上了一条生产线，专门生产冰箱外壳。没想到，旗开得胜、马到成功。哎哟喂，真是不得了！全国冰箱厂家纷纷要求供货，有的还带着现金支票前来提货。更有甚者，千方百计，七拐八拐找关系、"开后门"要货。余杭电视台还给红星五金厂拍了广告片："红星、红星，钣金行业中的一颗新星。"这句广告语一时家喻户晓、妇孺皆知。广告片尾，还附上一个电话号码：663923。

　　正是这个六位数的电话号码，引出后来一个故事，这个故事，成为老板电器的创业传奇。

　　这样不行，太好了，好得有点不正常啊！正在红星五金厂职工们为产销两旺沾沾自喜时，头脑清醒的任建华却意识到了危机。冰箱畅销时，你是恩人，你是救星；万一产品滞销了呢？说不定人家就会把你一脚踢开，另觅"新欢"。这就是市场铁律，也是市场常情。老是给人家当配角，光靠人脉关系，能走多远？全国人民不可能都认识你任建华！没有自己的核心产品，没有叫得响的品牌，没有自主的销售渠道，总有一天要坍塌，而且这种坍塌会是断崖式的，一发而不可收拾。

果真，冰箱行情不幸被任建华言中。没过几年，全国冰箱市场很快趋于饱和，冰箱行业大洗牌，一批冰箱厂家销声匿迹。

红星五金厂走到一个新十字路口。人们常说，机遇总是垂青于有准备的人。1986年某天，任建华办公室电话，就是广告片尾挂着的号码663923，"丁零零"响起。任建华似乎有一种本能感应，迅速接起电话。电话是余杭县科委一个干部打来的。对方就是从广告片中知悉这个电话，试着打一下，没有想到，这个电话竟是任建华办公室的。

对方在电话中告诉任建华一个信息："航空航天部所属804研究所，想在全国物色一家钣金技术雄厚的企业，合作生产脱排油烟机。不知你们红星五金厂有没有兴趣？"对方还告诉任建华，804所准备生产的油烟机样品，就放在他的办公桌上，如果任厂长有兴趣的话，可以拿回去试一试。

"好呀，好呀！"一听到这信息，敏锐的任建华立马意识到一个难得的机遇摆在面前。多少家庭，包括他自家，都被厨房的油烟问题困扰着。一旦成功，市场前景非常广阔，还将一举解决中国厨房的油烟问题。于国、于民、于己都有利啊！

任建华二话没说，开着刚买的吉普车，跑到余杭县科委，把那个笨重的油烟机样品驮了回来。

一回到厂里，任建华赶紧找到唐根泉，迫不及待地问这位老搭档：

"老唐,你看看,这产品能不能做?"

唐根泉对着油烟机样品端详了一会儿,并没有立即表态,只是回应了一句:"厂长,能不能做,我明天下班前给你答复。"

任建华能理解,作为分管技术业务的唐根泉不能贸然答复能做不能做,他要从设备和技术上去研究论证行或不行。

显然,任建华猜对了。唐根泉回到自己那间5平方米的办公室内,立即着手拆解样品,进行分析、计算和论证。现有设备稍加改装,就能够满足生产需求,但需要约200套模具和夹具。这些模具和夹具图纸找不到别人帮忙,只能靠自己不分昼夜地摸索,照样画葫芦。产品开发周期一般需九至十个月,但显然,任建华不会允许唐根泉花那么长时间,压缩,再压缩,尽量争取在三个月内完成。

"好,就三个月。一天也不许多哦!"任建华给唐根泉下了"军令"。

这三个月,简直是魔鬼般的生活,现在回忆起来,唐根泉还心有余悸。连续三个月,唐根泉把自己禁闭在办公室内,每天24小时都在绘制草图。困了,就在沙发上斜着躺一会儿;饿了,就吃任建华给他送来的食物。回一趟家,只要20来分钟,但唐根泉连这20多分钟都舍不得。快到三个月期满时,整个项目模具设计开发等全部完成。只见唐根泉天庭紧绷,瘦了10公斤,且从此患上焦虑症,服药至今。

试模。试生产。产品符合设计要求,且超过了任建华的预期。

红星五金厂将样品报到余杭县科委,县科委又上报给余杭县委,然后,将结果转告804研究所。

804研究所在上海,他们觉得有点不可思议。问,你们是什么企业?回答说是队办企业。又问,有多少技术人员?答复说一个人,且是土生土长的农民。还问,全厂员工多少?答曰70多人。

"不可能,不可能!你们说破天,我们也不相信!"个别人在某些情况下有些偏见。

百闻不如一见。任建华邀请804研究所专家来红星五金厂看一看。好家伙，804研究所居然来了二三十人。他们一边走，一边看，一边问，把角角落落看了个遍，把所有疑问都抖了出来，这才相信是真的，一个队办企业，真的生产出了彼时工艺最精良的脱排油烟机。

"好，签约、取名。804研究所下属有家上海有线电厂，生产一种'舒乐牌'产品。你们厂小，没有名气，儿子就随父母姓吧，叫'舒乐牌'脱排油烟机。好不好？"

不答应也得答应呀！双方明确，红星五金厂只有生产权，没有销售权，产品得由上海有线电厂负责定价和销售。

这种合作模式，开始时对双方都有利，可扬长避短。804研究所派员驻厂，在红星五金厂内推行规范化、体系化、标准化管理。按照唐根泉的说法，从此，游击队变成了正规军。在油烟机生产行业中，红星五金厂迈出了可喜的一步，赢在了起点上。

当然，任建华知道离终极目标还很远。革命尚未成功，同志仍需努力。

在与上海有线电厂合作过程中，利益摩擦开始显现。红星五金厂犹如一个渴望长大的少儿，却被804研究所外加的紧身衣所束缚，无法正常发育成长，更无法施展拳脚。分手，只是迟早而已。

历史时钟走到1988年，中国进入一个特殊阶段。

任建华走自主创新的思路已经形成，决定注册属于自己企业的商标，打出自主品牌。

起个什么名字好呢？任建华与大家一样，首先想到的是"红星"。是呀，企业是由红星大队创办的嘛，自然而然应该称"红星"才对。再说，"红星闪闪放光彩"，这"红星"二字多好听、多熟悉呀！但一咨询工商部门，却被明确否定。这"红星"与国徽国旗标识物一致，容易混淆，我国商标法不允许。

人家说得有道理呀！任建华一想，放弃，另选别的名称吧！

此时友人建议，任厂长，人家不是叫你小老板吗？依我看，干脆取"老板牌"得啦！任建华一想，也可以呀！老板这称呼，通俗易懂，且含有家庭殷实、生活富裕的含义。得，就是它啦！

实际注册"老板电器"商标过程颇费周折，但最终还是成功注册。从此，老板牌油烟机开始走进寻常百姓家。

在老板电器发展简史上，值得一书的是发生在1998年的转制改革。

乡镇企业发展日久，原先体制机制中潜藏着的弊端逐渐暴露。任建华兼着村委主任，每天需要过问和处理村里各种事务，精力被迫分散。政企不分、村企不分，村民抱怨企业、企业责怪村民的事常有发生，严重影响和制约企业迭代升级。企业二次创业没有达至预期目标，任建华尝试着将经营层与管理层分开也没有成功。与此同时，各地民营企业如星火燎原般兴起，生产同款产品的企业蓬勃发展，市场竞争日趋激烈。面对挑战与改革，任建华时刻不忘初心，秉承"老虎钳"精神，抓住乡镇企业体制改革机遇，着力助推老板电器蓬勃发展，保证企业在时代狂流中勇立潮头。

在政府主导下，任建华大刀阔斧地对老板电器公司进行彻底改革，实行产权分离，企业与村集体经济脱钩。企业拿出一大笔钱，置换集体经济股份，同时回馈村民，给每户老百姓分钱。之后，组建起现代企业集团，让老板电器这艘大船勇敢地驶向市场经济的汪洋大海。

改制后第一招，任建华面向全国、全球招聘管理和销售人才，年薪15万至20万元。

彼时是20世纪末，别说在余杭，即使在全国，这一举措也是见所未见、闻所未闻。老板电器瞬间被高光聚焦，一时成为人们街谈巷议的话题。任建华对高薪聘请来的人才放心任用，很快组建起销售中心、技术中心、财务中心，搭建起大企业、大集团框架。这些举动，要是放在改制前的村办企业身上，任建华想都不敢想，即使想到了，也肯定做不到。

改革带来了显著效应和市场回报。2002年，老板电器在开发区建成总部大厦。2003年，老板电器重回行业第一。

发展，呼唤新的思路、新的引领者。

恰在此时，任建华的儿子任富佳从澳大利亚学成回国，入职老板电器。老爸让海归儿子先在企业基层转了一圈，产品、市场、研发、人力资源……然后，于2013年，任富佳担任企业总裁，任建华自己和唐根泉离开经营管理一线。

任富佳掌管企业日常经营后做的第一件事是，制订企业发展规划，提出锚定主航道，专注于厨房电器产业，引领行业，确保老板电器成为百年企业。

规划一经确立，就成为老板电器的奋斗目标。企业所有资源、要素、人才、宣介，都向这一目标聚集和转化。而这，正是任富佳期望达到的效果。

令人啧啧称奇的是，2013年，正当任富佳考虑建造智能生产基地时，浙江省提倡机器换人。任富佳觉得这和自己不谋而合，此事大有可为。他展示出企业少帅的魄力，决心奋力一搏，投入5亿多元，先从国外进口了一批设备，进行试产。但一些外国人很精明，他们把设备后端固定住，不让中国人打开探看秘密。

任富佳干脆拿出200亩地，新建厂房，全部购买国产设备。国产的，自然就可以打开后端，配上自动化控制系统，实现生产自动化。等任富佳建成厂房、调试好设备、可以生产时，才发现老板电器成了行业内第一家无人工厂。浙江省把老板电器推荐给国家工信部，工信部马上把老板电器列为全国智能制造厨用电器的试点示范企业。被列入示范企业很重要，除了荣誉之外，还得到了真金白银6000万元，让任富佳尝到了超前一步的甜头。

像他老爸任建华一样，任富佳不会就此满足，更不会就此止步。他要让老板电器更加智能化、数字化。"化"到什么程度？"化"到机器旁真正没有人、车间内可以不开灯。不开灯？不就是"黑灯工厂"吗？对！就是"黑灯工厂"。

钱，不是问题；更何况，这种改造提升花钱并不多。再说，政府还有补贴。企业架构师告诉任富佳，整套系统上去，也就2000多万元。2000多万元，对于今日老板电器而言，真的像广东人说的那样，"毛毛雨啦"！看来，关键是理念、眼界和决策。

说干就干，任富佳要的是速度和效率。他把企业现有的计算机人才集中起来，摸清楚企业信息化的家底。然后，邀请阿里巴巴合作。彼时的阿里巴巴，对企业智能化数字化也没有多少经验，双方正好组成合作小组，勠力攻关。好在这是个应用场景，没有太大的技术障碍。

经过几年琢磨改进，老板电器智能化、数字化改造获得成功。从订单端到配送端，再到交付端，效率比人计算更快，精确度提高、时间压缩，实现了全链条智能化、数字化。产品优良率提升至99%，生产成本降低21%，生产效率提升45%，车间用人减少百分之三四十。以前300多号人的车间，现在14人便可。

说到这些尖端技术和前沿知识，我自然是个科盲。在请教任富佳、唐根泉和其他人后，才基本搞清无人工厂与智能化、数字化工厂的区别。无人工厂实际上是某个生产系统的自动化，在每个生产终端还是需要员工操作和调配；而智能化、数字化工厂，车间内所有设备都能通过工业互联网平台、AI智能软件和5G、AGV智能物流小车，实现互联互通，也就是人们常说的"万物互联"，最后汇总到工厂中枢大脑，实现即时管理。

此刻，任富佳就坐在我对面，正滔滔不绝地向我介绍他的老板电器。

任富佳，个子适中，肤色微黑，穿一件白色衬衫，属于"80后"中少有的不戴眼镜者，敏捷而精干、朴实而健谈。他身上没有一丝西方做派，偶尔从他嘴里蹦出洋文洋词时，才会让人联想到他曾经喝过多年洋墨水、啃过不少洋面包。

他的介绍富有历史感和政治性。任富佳说老板电器是一家很典型的民企，脱胎于乡镇企业，骨子里含有共同富裕的基因，最关心员工收入。一路都是响应国家号召，踩着社会节点发展过来的。因为踩准了，国家才会支持，社会关注度就高，得到的资源相对就比别人多一些。

对于那些先进复杂的企业智能化、数字化，任富佳却显得风轻云淡，说得并不多，他眼下更关注的是"数字厨电"。说起"数字厨电"，这位年轻企业家眉飞色舞、如数家珍。他说话的语速加快，快得像"突突突"连射的子弹，别人一时都插不上嘴。

烹饪如星辰和大海，漫天繁星，看不到边；汹涌波涛，永恒运动。它不是家务活，而是一次创作，是一门艺术。家庭烹饪具有明显的社会价值，它能促进家庭和谐、提高生活品质。只有了解国人烹饪需求，才能获得用户认可，实现"创造人类对厨房生活的一切美好向往"的企业使命。烹饪给人最大的成就感和满足感是获得别人赞美。不管人类如何发展，社会如何发达，家庭烹饪绝不会消亡。这就是他任富佳和老板电器发展"数字厨电"的信心所在、前景所在。他自认为对此有足够前瞻性。通过数字化科技，不断降低烹饪门槛，将烹饪的烦琐转化成下厨时的便捷、有趣和成就感。

任富佳进一步解释道，所谓"数字厨电"，就是用数字把整个烹饪过程记录下来，尤其是老百姓自家的烹饪过程，别人可以还原。这样，就能降低烹饪门槛，吸引更多的人参与到烹饪中来，使得人人都能成为烹饪者。

此时的任富佳，似乎不是一位企业家，而是一位烹饪大师或营养学家，也像一位诗人和科学家，他展开了丰富的想象力。食物的口感很重要，口感由食材和火候组成，火候由时间与火力维度决定，还涉及灶具、锅、作料等。AI智能烹饪画面是这样的：烹烤炸油烟一体机，精准还原5000余种美味菜谱，任你选择；油烟机上的峰频传感器通过实时探温，生成AI烹饪曲线，精准捕捉烹饪温度变化，在油烟升腾之前，预判油烟大小，先发制烟；洗碗机可以主动判断浊度，智能匹配清洗力度；上述数字连接上云端平台，可供人们选择下载。人人得而享受，不就是共同富裕嘛！

根据任富佳的思路和计划，老板电器已开始销售智能化厨具，并卖出了200多台套。在任富佳眼里，这叫销售"理念和想象"。

任富佳对此情有独钟、信心满满。厨具数字化、智能化是大势所趋，前景可期。市场需要引导，人们眼见为实。过七八年之后，老板电器要蝶变为一家专注于烹饪数字化的公司。将来进入"人型机器人"时代，老板电器仍将在其中扮演烹饪角色。努力成为引领烹饪变革的世界级百年企业，想象着未来家庭中忙碌的烹饪小助理，企业少帅任富佳的双目闪烁着特别的亮光。

艺尚小镇里的风流人物

在国人印象中,坐落在临平新城核心区的杭州艺尚小镇简直像个梦幻般的场景,瞬间从地平线上出现,惊艳地展示在世人眼前。

艺尚小镇是有形的。它如花园般美丽,蜿蜒曲折的流水绕过一块块碧绿的草坪,泻入玲珑小巧的东湖。清澈的湖水仿佛一面巨大的镜子,映照出小镇上空的蓝天白云。临湖而建的文化艺术中心,造型独特的国际秀场、流线型的临平大剧院、网格型的沪杭高铁站,构建小镇物理空间,布局出文化、艺术、历史、潮流四大街区。时尚潮流街区里,集聚了2000余家服装企业,闪烁着当今世界服饰的五光十色。透过巨大的落地窗玻璃,顾客可欣赏到琳琅满目的各色服饰。穿越这些建筑,或走进

集时尚服饰研发、设计、展销、交流、协作于一体的艺尚小镇

一个个时尚服饰展销商场，使人恍惚之间会产生一种错觉，以为自己正徜徉在国际时尚之都巴黎或米兰的某个街区。

艺尚小镇又是无形的。临平人以小镇为基点，运用互联网思维，构建起服装综合服务平台，引进中国服装科创研究院。然后，借助这些组织架构，像水银一般见缝倾泻，如章鱼一般向四面八方伸出触角，迅速向全国服装行业拓展，在现代网络可及的时空，在人们思路和想象可达的范围，构建成一张通达国内外服装行业的巨网，与8000余家服装企业建立起合作关系，所在地址也成为亚洲时尚联合会中国大会的永久会址。

世界上没有一样事物是无缘无故、无因无果诞生的。艺尚小镇亦是如斯。郑念华在追忆艺尚小镇缘起时，多次感慨时代的机遇和自己的幸运。

郑念华是艺尚小镇运营公司总经理，负责小镇招商引资与日常管理，致力于深度构建时尚数字产业园。他，高个，戴着一副高度近视眼镜，头发修剪得颇为入时，穿一身休闲服。看上去文质彬彬，说起话来却颇具气势。

在别人看来，艺尚小镇的出现可谓迅速。但在郑念华眼里和心里，却是一波三折，过程显得有点漫长。那是因为他期待得太久太久。

还是在1994年，刚20岁出头的郑念华就加入杭派女装销售商队伍，开始在杭州大学附近服装市场做起服装买卖。16年做下来，他创设的"流金岁月"女装品牌，在杭派女装圈内已小有名气。

2010年，国内传统行业开始进入电商时代，服装产业亟待升级和创新。郑念华由此萌生了一个绚丽的梦想：构建升级版服装产业园，接轨国企，让中国服装品牌走向世界。

一旦形成想法，就要让它变成现实。郑念华是个说干就干的人，他找到中国服装协会,与协会有关人员沟通。因为平时经常有活动来往,他与中国服装协会的人很熟,熟到可以开玩笑。很熟,就会谈得开,就会酝酿头脑风暴。中国服装协会也正在考虑此事,郑念华一提,双方似乎不谋而合:"那就好,我们合作一把!"

合作一把?怎么合作?放在哪里?这时,郑念华显示出某种"偏心"。他是杭州人,自然极力主张把合作地点放在杭州。"谁不说俺家乡好?"杭州多好呀,有青山绿水、人文胜迹、勤劳人民。更重要的是,杭州服装行业有扎实基础,销售有现成渠道。

"成,成!"中国服装协会领导被郑念华说动了、说服了。杭州,就杭州。但杭州那么大,到底选哪里呢?

是呀,到底选哪里?郑念华就选址与协会有关人员分析梳理。杭州九堡、临平乔司一带聚集着上万家服装企业,那就落地到这里吧!双方很快达成共识。

仅有两家共识还不够,还需得到当地政府支持。于是,郑念华陪着中国服装协会的人找到余杭区政府。能说会道的郑念华把来龙去脉、现状愿景,一一说明,娓娓道来,希望得到当地政府支持。余杭区政府领导一听就乐了:"这是多好的事呀!我们支持,肯定支持呀!选什么地方,由你们定,你们要什么支持,只要我们能做的,不客气,尽管说,尽管说!"

2013年10月,中国服装协会与余杭区政府签约,共同组建"中国(杭州)纺织服装工业设计创意中心",明确建在现在这块叫作"艺尚小镇"的土地上。自然,当时只是雏形,甚至连雏形都算不上,因为,连名称都没有敲定呢!

创意中心一落户,很快先后被列为省级和国家级重点产业项目。这自然是好事呀。郑念华拍了地,建设时尚一条街,并开始对外做营销推广。这时,郑念华才发现,这个"中国(杭州)纺织服装工业设计创意中心"名称太长了,竟有16个字,有人一口气都说不上来。再说,这个名称过于传统,与郑念华等人心目中的时尚潮流不相符。

改,得把它改得好叫又时尚!为此,郑念华召开"神仙会",让大家开展头脑风暴,众人七嘴八舌、叽叽喳喳,一下子冒出上百个名字。最后,确定用"艺尚中心",艺尚是衣裳的谐音,又含有艺术时尚之意。

谁又能想到,后来又冒出来一个更时髦的名字?那就是艺尚小镇!

那是2015年初,区里获悉浙江省政府要在全省建设100个特色小镇、形成八大万亿级产业的信息。一向敏锐的区领导立马意识到这是个新机遇,全区现有的服装产业属于省里提倡的八大产业中典型的时尚产业。于是,区里决定以"艺尚中心"项目为基础,打造"时尚小镇"。

区里很快把这个决定告诉了郑念华,也等于把这个任务交给了郑念华。

报告很快起草好并上报。郑念华眼巴巴地等待着。后来,不知从哪个渠道传来消息,说全省一共上报了七个"时尚小镇",余杭区的"时尚小镇"与别地上报的重名了。哎哟喂,乖乖!怎么都想到一起去了呢?省领导建议,余杭的"时尚小镇"可改称"艺尚小镇"。因为他们从郑念华上报的文件中,看到了"艺尚中心"的提法,觉得蛮好,就直接移植过来用啦!

"冒好!冒好!"[1]郑念华由衷地觉得"艺尚小镇"这名称好!时尚、艺术,四个字,简洁、易记。

2015年6月2日,浙江省政府公布第一批37个创建特色小镇名单,艺尚小镇赫然在列。三年后,省委主要领导明确联系艺尚小镇,之后不久,浙江省第一批特色小镇正式命名并授牌,艺尚小镇成为全省9个特

---
[1] 杭州话,"很好"之意。

色小镇中的一个。2021年底，艺尚小镇被评为浙江省优秀特色小镇、最美小镇。

这几年，称得上是激情燃烧的岁月啊！郑念华显然比一般人显得更兴奋、更激动。自己梦寐以求的产业园，现在蝶变成"艺尚小镇"，而且，小镇的高度、广度和发展潜力早已远远超越自己原先设想的产业园。一批批服装企业纷至沓来，伊芙丽等品牌从艺尚小镇走向全球时尚界；一拨拨国内领衔，甚至是全球顶尖级的设计大师翩然而至；全国性乃至国际性大型会议和活动先后放在艺尚小镇举办，带来了国家层面的声誉和国际影响力，显现出产业集聚效应，中国服装协会会长担任了艺尚小镇名誉镇长，中国服装科技创新研究院落户小镇。

尤其令郑念华欣喜的是，通过各方努力，艺尚小镇先后引进了30多名全国乃至全球时尚服装业顶尖设计师。对啊，设计师！设计师是服装行业的灵魂和核心，尤其是在千变万化的女装界，人们将设计师比喻为"原创发动机"。在国际上，以巴黎和米兰为代表，形成一种对设计师的体系化尊重。对，是体系化尊重，不是个别人，不是个别产品，而是一种理念、一种文化、一种氛围。不少服装品牌都直接以著名设计师名字命名，如香奈尔、阿玛尼、范思哲等。

说到这里，郑念华像熟悉家人般，扳着手指，一个个介绍着，加拿大设计师露丝玛丽①、中国织锦大师李加林、中国工艺美术大师林霞、中国登陆巴黎时装周第一人谢峰……让灵感融入设计，让创意撬动价值。

此刻的郑念华，略有点自得，甚或有点陶醉。这或许就是他内心体会到的成就感。

郑念华当时还兼任亚洲时尚联合会中国主席团主席，他的工作现状

---

① 露丝玛丽·奎瓦斯（RozeMerie Cuevas）。

和生活状况,常被人问及。他笑称现在比自己单独做生意时忙多了,但乐此不疲。人们问郑念华图什么,他会不假思索地脱口而出另一番话:人一生,难得遇到一件自己想做的事,并且能把它做成功。他郑念华就是这样的幸运者。他知道自己眼下在艺尚小镇所做的事,是在为社会添砖加瓦,对提升中国服装业的世界知名度有意义,甚至会产生国际影响力。他坚信中国一定会出现世界级设计大师,一定会出现一个可与巴黎和米兰相媲美的时尚城市。人生如此,即可自乐,他郑念华夫复何求哉?!

去艺尚小镇参观也好,游览也罢,有一个去处是应当去的,那就是坐落在历史文化小区附近的中国服装科创研究院。

据该院副院长刘正安介绍,这家服装科创研究院十分新颖独特,这样的研究院在中国唯此一家,它的功能和作用在世界上也算独树一帜。

刚听刘正安这么说时,坦率地讲,我也半信半疑。因为,这个面向高铁站的院落,只是个4层建筑,有16米高,园地面积10余亩,建筑面积8800平方米。这种规模和高度的建筑,不要说在高楼林立的杭州市,就是在较为发达的浙江乡镇里,也比比皆是呀!

认识转变,发生在采访和现场考察之后。

出差、开会、封闭学习,刘正安一天到晚忙得不亦乐乎,但他还是抽出一个多小时,接受了我的采访。他的话滔滔不绝,语速极快。仿佛他的胸腔中有许多新理念、新名词、新信息,需要汩汩不断地往外冒。一串串,一打打,甚至是一个系统、一个体系。

刘正安自述是青岛人,不高不矮的个儿,并不是典型的山东大汉。今年44岁,属羊,正好比我小两轮。我跟他开玩笑,人们常说属羊的男人比较好运,刘正安似乎也同意。他先读北京科技大学,之后,去法国一家著名商学院攻读人工智能与大数据专业。毕业回来后,他在上海创业，醉心于服装科技，一干就是11年，在中国服装科技界小有名气。开始时，刘正安并不知道中国服装协会要在临平搞这么一家创新型研究院。直到2020年6月，中国服装协会副会长陈大鹏请他出山，他才略知一二。刘正安在服装界多年，自然知晓陈大鹏，知道这位领导的家国情怀和对服装业的情结。陈大鹏告诉刘正安，最近，中国服装协会与余杭区政府达成协议，要在临平艺尚小镇创办一家服装科创研究院。这个研究院的定位、功能，是全新的，独特的，全世界都没有。他问刘正安愿不愿接手来干，一席话，挠到了刘正安的痒处，也触动了他对服装科技业的一片情思。如果真有这么好的机会，他刘正安有什么不愿意的呀？他只是向陈大鹏会长提了个要求，他要到艺尚小镇实地考察一下，见一见负责此事的区领导。

这是刘正安第一次考察艺尚小镇，第一次与区领导见面。对国内外服装业，刘正安自然十分清楚。现状、问题、走向、未来，杭州服装业的独特优势、短板，他与区领导交流、交谈，发现彼此许多看法不谋而合，有的思路十分接近。从谈话中，他深切感受到区领导对服装行业的重视，感受到建设世界级时尚小镇的迫切心愿。刘正安的心弦渐渐被拨动了，但他仍担心这个创意能不能落地。说实话，之前，刘正安也与一些地方的负责人谈过，但那些人总是口头上答应得好好的，转过身就忘得一干二净。还有，以后区领导换人了怎么办？他小心翼翼地提出这些问题。没有想到的是，区领导态度非常明朗而坚定。他们下了非常大的决心，要在临平建设世界级时尚小镇，向巴黎、米兰、伦敦靠拢，把服装行业的科技人才吸引过来。区里准备把一座新建的8800平方米建筑全部拿出来，借给研究院使用，5年房租全免。然后，区里再拿出几千万元资金，分5年拨付。换句话说，区里准备拿8800平方米房子和几千万元资金，孵化出一个服装行业的科创研究院来。针对刘正安的疑惑，区领导还明确说，也许人员会变动，但区里认识一致，环境变不了，政策不会变。"已经定的政策，我在职，自然能落地；如果我不在职，别人也会落实。"区领导请他尽管放心，放手大胆地干！

有了这番考察，听了这番话语，刘正安就像"吃了秤砣铁了心"。他果断退出了自己创办的企业，移交了所有工作，以便一心一意投入到新的创业中。

区领导真没有食言。当年9月，一幢崭新的建筑交到刘正安手里，原定的扶持资金也跟随到位。以后成不成、行不行，主要取决于刘正安。

刘正安毕竟是见过大场面的人。他深知，要撑起中国服装科创研究院这面大旗，要有人才，要有特色，尤其是要走出一条与众不同的路子来。课题有两个，一是研究院的定位，二是高科技体验中心的设计。

对于研究院的定位，区领导提过明确意见。这个研究院不是研发服装科技的机构，而是一个科技创新的平台。如果去搞专业服装科技研究，肯定搞不过大学和研究所。平台重在联合、结合、组合，走服装科技创新市场化之路，走科技服务服装企业之路。研究院不能长期靠政府输血，要进行商业化运作，成立一个运营公司，自己来造血。也就是说，既做加法，更做乘法。刘正安对区领导这个思路是服膺的。因为，刘正安想走的，也是这样一条路。后来的发展实践也证明，区领导这个思路是正确的，这个路子是走得通的，而且，这个思路确保了研究院发展的可持续性。经过两年努力，研究院实现了盈亏平衡，今年3月份，已经开始盈利。这大大超过了刘正安的预期，也超过了区领导的预期，区里原本准备了5年时间。当然，能够提前盈利，皆大欢喜啊！

那么，研究院服务的切入点在哪里？展示大厅应该怎么设计和建设？刘正安一时心中也没有底。中国服装行业第一家。前无古人、世无样本呀！

　　自然，刘正安没有像陈子昂那般在幽州台上"怆然而涕下"。

　　没有底，就在国内外探探底吧！

　　刘正安干脆给自己的心灵放了个假。他跑到美国看苹果公司、福特公司，跑到欧洲看奔驰公司、西门子电器，跑到以色列看农业，跑到韩国、日本看制造业实验室，还有当地老板电器。这些看似"闲逛"的考察，给了刘正安很大启发。然后，他请协会领导，以及东华大学、浙江理工大学领导，请同行业专家、企业家，刮"头脑风暴"。用6个月时间，迭代了40多个版本设计稿，终于形成了高科技体验中心的方案。在刘正安设计的方案中，全部理念、要义、创新，实现了沉浸化、场景化、智能化。来自时尚产业上下游各环节的人都能从中找到自己需要的东西，即使是外行人也能看懂，也能看到未来。最主要的是，所有展示的内容都能落地，都能实现，而且，都已有成功的案例，只看你需不需要。

　　之后，花3个月时间完成了装修。

　　2021年3月16日，中国服装科创研究院正式揭牌，内容前卫、形式新颖、风格特异的展示厅向社会惊艳亮相。面对着参观游览的领导和嘉宾，刘正安毫不掩饰他的欣喜和自豪。他告诉大家，这是一个浓缩版的服装智能城，是数字化在服装领域的全面应用，是全流程、全产业链、全数字化的全面展示。中国唯一，世界仅见！刘正安的一番自我道白，把与会的服装行业的企业家和大咖们的眼睛说得亮亮的，也说得中国服装协会代表和临平区委领导频频点头。看得出，他们对刘正安团队的起步式十分满意。

　　拉开架势后，刘正安就着手操作研究院运营公司，在政府还"输血"的条件下，逐步走向市场，慢慢蓄积自己的"造血"功能。研究院依托中国服装协会和中国服装智能创造技术创新战略联盟的资源，协同几十家行业知名企业和大学机构，以产业链数字化资源链接为基础，构建起强大的技术和信息支撑，打造数字化生态服务模式。这是研究院的"后盾"。这个"后盾"有多强大呢？6万余家纺织服装企业、2万多名设计师、5000多名版式师、300余家服装科技企业、20余所国内外大学的科技成果，够厉害吧？研究院着力打造"一脑""两平台""三中心"。首先面向临平本地200多家纺织服装企业，陆续把它们纳入研究院平台，帮助它们建立档案，为它们提供各自所需的服务。而且，这种服务是无偿的，随叫随到。刘正安觉得，这是研究院的本职工作，谁让研究院在临平呢？接着，与全国3000多家小微服装企业建立起业务关联。然后，刘正安开始将目光转向中国服装行业的头部企业，大概有七八十家，安踏、影儿、特步、李宁、耐克、之禾、红豆、乔顿、雅戈尔、歌力思、快鱼……刘正安如数家珍般报出一些在中国服装界名声赫赫的企业。

"能否请刘院长举个例子，展开说一说？"我提出来。

"当然。譬如，特步公司。"刘正安脱口而出。特步集团是一家专业从事运动鞋、服饰的多品牌、国际化体育用品企业，是中国运动服饰行业三强之一，有数千名生产员工。以前服装企业，大多是流水线批量生产，随着人们生活观、审美观改变，小批量、柔性化、定制化生产慢慢成为潮流。特步集团也面临这一课题。他们找上门来，与研究院合作，投入2亿多元，由研究院对特步新生产基地进行数字化顶层规划，开展模式创新，打造了运动时尚快反数字化生产管理系统，让传统工厂华丽转身，蝶变为数字化工厂。这个快反数字化系统，改变了传统生产依靠具体经验的做法，采用大数据流程，把所有老经验转换成AI算法驱动，这样就不需要依赖个人经验。同时，这个模式可以链接消费者独特需求，然后将需求快速传递给AI设计师，AI设计师快速设计出消费者所需要的款式版样，之后，自动生成生产作业单。过去需要一两个月的产前准备期，现在几天即可。过去，一条生产线只能生产同一款式服装；现在，在同一条流水线上，可以生产几百种不同款式、不同面料的服装。这么多"快速"连在一起，就形成了特步企业"快速反应模式"，行业内简称"快反"。运用这个模式，能使生产效率提升10%以上，管理沟通效率提高30%以上。特步集团这套数字化快速反应模式，将通过研究院打造的橙织工业互联网平台，数字化链接临平本地设计研发工作室、电商直播机构，链接消费互联网和供应链端，打造中国首家运动时尚数字化产业链协同研发生产平台，成为全国服装行业学习仿效的样板。

"哦哦，看来，效果很明显。"我称赞道。

"那当然。"刘正安自信满满地回应。

除了为这些特定企业服务外，研究院每年还承办全国性服装行业科技创新大会。可以说，全国服装行业头部企业的老总、与服装科创有关的高校领导，大多来过、看过、谈过，也促成了一批合作项目。研究院每年还发布服装行业白皮书，向国内外服装界介绍中国服装行业的现状和信息，预测行业发展趋势，提出难点、堵点、痛点和突破点。研究院还举办了数字化转型论坛65场，直接参加人数超8000人，收看点击人数几十万人。这些完全是公益性活动，不收费，体现研究院公益属性。2022年，中国服装科创研究院被浙江省认定为全省科创示范中心。

说到临平区的扶持，刘正安流露出真诚的感激。譬如说，每年那么多投入，区里却非常放心，除了正常审计外，没有派干部来任职。研究院引进人才，包括他自己和研究院服务平台总经理王亚涛等，都能享受区里规定的人才政策，什么住房保障、小孩读书、人才补贴等，一样不落、定时兑现。让这个管理者更为舒心的是，区里把全院人事权全部下放给他，由他全权决定。服装科创行业有个特殊性，从业人员普遍学历较低。刘正安从实际出发，对学历问题灵活掌握，因材施用。他的理念和做法，得到区里认可与支持。这让他感觉如鱼得水。刘正安感受到区里那种真诚的信任。"士为知己者死。"刘正安要回报这种信任，力争把研究院搞得更好。说到这里，他的声音甚至有点颤抖。

听完刘正安的全面介绍，再在王亚涛总经理的陪同下，走进展示大厅，看看它的内容，听听现场解说，就会被吸引，被震撼。

王亚涛于2020年10月加盟研究院。他生得清瘦、精神，四十来岁年纪，留着极短头发。说起话来，眉眼舒展，一口标准的普通话，声音带有某种磁性。其实，他在香港做服装生意多年，没有夹杂一丝港腔，也实属难得。

一走进展示大厅，首先映入眼帘的，是长长过道上设置的"人类服装科技变革史"展览。展示内容从远古时代300万年以前开始。原来，服装的历史可以追溯到那么遥远，遥远到人的思维一下子很难抵达。漫长的几百万年过去，人类进入旧石器时代后期，人类始祖发明了骨针，成为服装史上的重大进步。大约在距今72000年时，人类开始穿着兽皮。在浙江，居然发现了人工丝织物，印度河流域出现最早的棉花种植，雅利安人发明了裁剪方式。接下来，服装进步大大加快，中国商代贵族的衣冠，其豪华奢靡程度，几乎令人难以置信。接着，展览分别列示了古代服装科技专题、近代服装科技专题、现代服装科技专题，许多内容，人们从影视和书刊中或多或少见识过，也就匆匆而过，唯一给我留下深刻印痕的是，20世纪60年代，美国研制出"金属棉"太空宇航服，并在其中植入传感芯片。最后一个专题是"未来服装科技"，它的主要内容在展示大厅中得以铺陈，结论只有一句话：未来，所有服装企业都应转型为应用人工智能企业，即成为服装智能制造企业。

简略游览完展览，跨进展示厅，才进入主题。王亚涛领我观看研究院智慧云脑,说这是数字化转型技术的集大成者。1200平方米的空间内,一块块巨大的显示屏拼接成光影画面,如星空、似霓虹、若焰火。四周是变幻着的圆圈、闪烁着的数据、移动的图案、彩虹般的圆弧。上游中游下游服装产业链,家纺产业链、美丽经济产业链、配套产业链、品牌产业链、临平区时尚产业情况、老客户消费占比率、商品返店率、库存量、营业额……到了这里,你才会知道什么叫未来科技,什么叫服装数字化、智能化。王亚涛讲解着这些,告诉我:哪些图表是临平区内企业的,相当于临平服装产业地图;哪些图表是区外企业的,涉及许多省市,也相当于全国服装产业地图。所有数据,都由中国服装协会提供,权威、准确。如果有服装企业要与研究院合作,就可在这样一张张产业地图前,找到与其最佳匹配的方案。以前,许多服装企业想搞智能化,但不知道怎么建,如果企业独自研发,那需要很多人力财力,还需要大量时间。而现在,他们只要一进这个门,输入他们的需求,就能在短时间内找到他们需要的方案,而且保证是最佳的、最可靠的。因为,这一张张产业地图背后,有46家高校和300多家服装企业支撑着。

继续往前走,我们来到智能可穿戴研发中心。新颖特别的服装式样和功能,一下子吸引住了我的目光。平时,从其他媒体中也经常听闻对可穿戴服装的介绍,但近距离观察甚至触摸,却是"大姑娘上轿——第一回"。中心空间内,悬挂着几种智能服饰,有一种叫光导纤维羽绒服。王亚涛指着衣服说,它会发光。只见他打开塞在羽绒服内的开关,开启,羽绒服的不同位置立马开始闪闪烁烁,灯光此起彼伏,犹如夜空中的小星星,五颜六色,煞是有趣。还有的衣服一穿上,就会响起音乐声,犹如置身于演唱会现场。

"为什么要把衣服做成这样呀?"我真心不懂。

王亚涛轻轻一笑说,现在青少年喜欢"炫酷",喜欢衣饰与众不同。

这几款衣服，就是为了满足青少年这种心理。衣服虽然比较贵，一件智能衣要卖3万元左右，但还是有人买。

  我的视线转向另一边。那里展示的是实用功能智能服。有随时测量人体运动指数的，有可以加热保温的，还有装着光伏板、用于登山照明的。许多想法和功能脑洞大开，让人叹为观止。王亚涛似乎看出了我的惊异，悄悄说，这类服装现在很受年轻人欢迎。据说，在国外亚马逊网站上卖得很火，一个周期能卖出几千万元呢！

  哎哟，天哪！吾辈真是"out（落伍）"啦！那就把这种现代化时尚的享受让给年轻人吧！我在心底自嘲着。

  之后，王亚涛引导我观看展示厅"博客创新"关于服装个性化、定制化的一段视频。对此，我有点兴趣，就仔细观看起来。视频介绍道，服装行业正在进行一场伟大变革，产品个性化、定制化、系统智能化就是这场变革发展的方向。博客MTM服装定制系统应运而生，帮助企业实现定制化转型，去除库存风险。通过这套系统，消费者可在任何场合通过3D系统，选择各类款式、部件、面料，平台系统可将消费者选定的款式穿在虚拟模特身上，让消费者直观地看到自己的穿衣效果。确认款式面料后，专业人员通过电子尺，给顾客测量身体各部位数据，然后输入系统内，消费者根据自身穿衣习惯和喜好，选择修身合体的版式。系统会在净体数据基础上，智能增加有关数据，形成最终成衣数据。工厂端进行查看审核，交给后台处理，通过智能数据中心自动生成，并通过3D虚拟试穿，同步完成对应样板的生产工艺单，发放到自动裁床，快速完成裁剪后，进入生产线。完成生产后，直接进入交付环节，实现整个制作销售可视化。更绝的是，消费者的款式信息和量体数据会自动上传到云端数据中心，商家会在后来给消费者定期推荐合适的服装。

  这是一幅什么图景呀？简直是梦幻般的场景。但王亚涛却言之凿凿地告诉我,这个智能化流程已全部实现,未来已来!

在整个展厅中,最吸引我视线的是简缩版5G未来工厂。

几块玻璃与几根闪亮的光带构成一道虚拟"门"。进入门后,王亚涛告诉我说,这就是他们设计的服装行业5G未来工厂样板间。

第一方块是智能裁床,类似一张大型会议桌,铺满服装版样,一台智能裁剪机来回移动。锐利的切刀下,一块块形状各异、大小不等的面料形成。在部件化智能生产中心,智能吊挂钩在缓缓运转。刚才被裁剪好的各种款式色彩的布块从空中运送过来,一眼望去,恍如随风飘舞的万国旗。几个工人正在五台缝纫机边嚓嚓嚓地缝纫着,声音轻微,动作娴熟。

"这个环节为什么还要人缝制?采用智能技术不行吗?"我向王亚涛请教。

王亚涛答复道,现在全球纺织服装行业,还没有解决复杂款式下的智能柔性机器人缝制技术,暂时还得靠人工。

哦,那就再待以时日吧!

最后,王亚涛陪我来到数码打印区,并请在现场的康丽公司应用工程师小李演示一下。小李显然知道我是外行,所以很耐心地给我恶补一些技术常识。我面前的是以色列康丽公司的数码印刷设备,在这个未来工厂中,主要是为了演示。康丽公司的喷墨专为纺织面料而研发,以四种原色为基础,加上若干荧光色,采用智能数字分色功能,可以把世界上的任何颜色打印出来。

"请问小李先生,能否演示一下,打一件让我见识见识?"我有点冒昧地提出请求。

谁知小李工程师答应得很干脆:"可以呀!"

只见他先在操作界面上选中一张色彩斑斓的图案,设定好若干数据。然后，他从箱子中拿出一件黑色T恤，把它夹进照相板。推进去，先加湿，第一步喷涂上白色。小李一边操作，一边解释道，因为这件T恤是黑色的，需要先喷涂上白色作为底色。说完后，他就把已喷涂上白色的T恤推进去，仅十几秒钟，一件色彩鲜艳、图案复杂的T恤就呈现在我们面前。

一时，我有点目不暇给。

穿行或漫步在这样的时空中，您一定会感到智能、时尚、数字化扑面而来。它们改变的，不仅仅是人类的服饰，还有人类的理念、思维、审美，乃至生产方式和生活方式。这，或许是中国服装科创研究院出现在地球上的另一种价值？

听完郑念华的介绍，走访了服装科创研究院，寻找艺尚小镇设计师，便成为采访指向。

经小镇工作人员指点，我来到第一家落户艺尚小镇的JAC服装公司，希望李宝宏总经理讲讲他和设计师露丝玛丽的故事。

李总口中的确有很多故事。

仿佛命中注定，李总是个天生以服装为业的人。他大学学服装设计，学生时代参加一个服装设计大赛，得了奖。毕业分配到江苏常州一家服装外贸公司工作，并被派遣到匈牙利，从事服装进出口业务。彼时，东欧国家轻工产品奇缺，1元人民币的货，在匈牙利可以卖到1美元；一件文化衫可卖到几美元，就是那么抢手。李总扎扎实实地为这家国有外贸公司赚了不少钱。

临近新世纪，李总转向个人创业，在常州开办了一家服装店。他熟悉行情，自然知道杭派女装款式多、货源广，便隔三岔五到杭州四季青服装市场进货，生意做得红红火火。半年下来，李总收回了第一家服装店的全部投资。他先是在杭州开设分店，后来，干脆把公司总部搬到杭州。那些日子，是服装生意的黄金年代，生意火爆得不得了，犹如隔夜发酵的面包，噗噗噗地往外膨胀，有时弄得李总自己都不敢相信。于是，李总的服装公司沿着杭海路开设过来，先是三堡镇，接着是九堡镇，然后就开到了乔司镇。

如果是一般商人，生意能做到这种程度，早已额手称庆，感谢财神爷的护佑。但显然，李总不是一般商人。他忽然发觉自己做的服装同质化太严重，长此以往，必然被市场淘汰。要立于不败之地，必须有自己的品牌。而打造品牌，显而易见，必须找到国际一流的服装设计师。

就这样，李总开始了寻觅服装设计师之旅，恍若大海捞针啊！但世界也很小，李总在加拿大温哥华遇见了露丝玛丽。

露丝玛丽是加拿大温哥华人，才华横溢，具有服装设计的天赋，在北美服装设计界颇有名气。她18岁时，很勇敢地参加了一个服装设计大赛，想不到竟一举斩获大奖，由此脱颖而出。之后，她去法国巴黎学习时装设计，渐渐在国际时装设计界崭露头角。回到温哥华后，她不断设计出新的服装款式，成功打造出JAC品牌，还获得"温哥华时尚创始人奖"，成为北美地区一流的服装设计师。但在北美地区，人工费用极贵，产业链断档。露丝玛丽常常苦于找不到制衣工和原料，许多设计只好束之高阁。李总找上门时，她正为此苦恼和发愁。

她正是李总想找的理想人选！人们常说，条条大路通罗马，但有人就出生在罗马呢！让不同文化贯通融合起来，形成中西方都能理解的审美，这是一条捷径，JAC女装品牌是一面旗帜，露丝玛丽就是这条捷径的桥梁。那就连人带品牌同步引进！李总下定决心。而李总提出的合作理念、双赢思路，亦深为露丝玛丽所欣赏。双方一拍即合，开始愉快的洽谈。

我在李总雅致的展厅里，看到了一张2013年3月10日拍摄的照片。

照片中，露丝玛丽正在自家厨房中做菜。李总指着照片告诉我，这是他们洽谈顺利结束后，露丝玛丽亲自下厨为客人烹饪晚餐。第二天，她就带着团队，随着李总来到中国。

彼时，李总的服装企业尝试研发一种新的服装系列产品，露丝玛丽主动提出，把她设计的JAC服装放进去。李总想也没想就同意了。产品甫一推出，便大受女性欢迎。有个温州顾客提出，要与李总合作，开设露丝玛丽设计的服装专卖店。开专卖店？好思路！商量后，露丝玛丽也表示同意。不久，全国第一家露丝玛丽设计的JAC服装专卖店在温州开张营业，一直热销至今。

一家家JAC专卖店从全国城市的CBD（中央商务区）不断冒出来，很快产生了品牌效应。不过，JAC的生产基地却仍在一个城中村里。城中村自然比较杂乱，道路坑坑洼洼，违章建筑乱七八糟，露天菜场、地摊货随处可见，叫卖声、喧嚣声此起彼伏，李总根本不敢带客户进城中村踏看生产现场。

这样的环境条件，显然与知名服装品牌JAC不搭。李总和露丝玛丽商量，考虑转移阵地。

也许是上天眷顾，也许是心灵感应，恰在此时，艺尚小镇开始招商。李总和露丝玛丽考察了艺尚小镇，仿佛见到了一名刚刚揭去盖头的新娘。别具匠心的空间结构、现代时尚的建筑设计、优美幽静的环境氛围，一下子俘获了李总和露丝玛丽的事业心。

2016年3月，在中国服饰博览会上，李总与艺尚小镇签约结缘，不久，JAC就正式进驻艺尚小镇。3个月后，在加拿大第二大商场橡树岭购物中心开设JAC旗舰店。又过了3个月，G20杭州峰会召开。加拿大总理特鲁多见缝插针，提前赴上海出席加中贸易签约仪式。JAC是加拿大品牌，露丝玛丽是温哥华名人，而特鲁多总理恰巧也是温哥华人。机缘巧合，JAC品牌合作协议纳入特鲁多总理的签约对象，成为自然而然的事，JAC服装品牌由此进入中外消费者的视野。

也就在那场签约仪式之后，露丝玛丽被杭州市作为特殊人才引进，当地政府给她发了中国永久居民身份证。新冠疫情暴发后，李总的企业也同样面临一些困难。小镇牵线搭桥，让JAC服装公司与伊芙丽服装公司合作，组建股份制公司，露丝玛丽以设计技术作价入股。在漂亮时尚的小镇上，露丝玛丽有了自己的设计室，组建了设计团队。以她为主导，针对25岁至45岁女性，每年推出近千款女装，在各大商场引领风尚。JAC专卖店已开至百家，销售额超过亿元。2018年，浙江省政府为露丝玛丽颁发"西湖友谊奖"，表彰她为中加友谊作出的贡献。同年，JAC品牌被中国设计师协会评为"年度设计师品牌"。

对此，露丝玛丽非常开心。每天，她总是第一个到公司上班，又是最后一个离开办公室，连星期天也加班。前段时间，人们在讨论"996现象"。李总说，露丝玛丽是"997制式"。

听完这些，我非常想见一见这位富有才华、又具情怀的设计师。但李总告诉我，很不巧，露丝玛丽前些日子回温哥华去洽谈开设JAC专卖店了。我自然不肯轻易放弃，提出可否与露丝玛丽视频连线，做个简短采访。

李总很热心，欣然应允。

我打开视频，请李总当翻译。此刻，小镇时间是下午3点，温哥华时间为晚上12点。

露丝玛丽刚从外面聚餐回家。我先向她问好，并说那么晚了还打扰她休息，有点不好意思，但实在是机会难得。

在视频镜头中，露丝玛丽满面笑容，热情地向我打着招呼，说，没有关系。

视频中的画面先是门窗，透过玻璃，隐约可见房子后面的大海，由此判断露丝玛丽住的是海景房。室内装饰清晰可见，雅致而简洁，一如她设计的女装。我赞美说，您的家很漂亮，很让人羡慕啊。露丝玛丽一边"嗯嗯"着，一边转动着视频镜头，以便让我看清全景。感觉得到，露丝玛丽是个颇为开朗大方的人。

我连续问道："您在艺尚小镇工作怎么样，心情怎么样？"

露丝玛丽脱口而出，说艺尚小镇非常棒。她工作和生活在小镇上，就像在温哥华家乡一样。临平政府给了她很多关照和支持。

"您设计了那么多款式，请问您最满意的是哪一款？"我的问题显然不够专业。

在服装界，一般不说某个具体产品，而是谈论一个季节的产品印象。果真，露丝玛丽做着专业解释，并补充了一句：JAC与伊芙丽公司合作开发的一个系列款式，在未来市场会有良好表现。

我抓紧时间，抛出最后一个问题："您在中国获得那么多奖项，感觉怎么样？"

露丝玛丽开心地笑着回答我。首先非常荣幸，非常有荣誉感。当然，她也很感恩，非常难得，这是中国人对她的友好情谊。她已预订了机票，准备早点返回艺尚小镇，抓紧设计出与伊芙丽集团董事长一道商定的女装系列，争取在金秋服装季有个抢眼的表现。

在露丝玛丽口中几次提及的伊芙丽公司女老板钱晓韵，是艺尚小镇另一位风流人物。

她披肩长发，大眼睛，穿着一身伊芙丽品牌服装。直爽、开朗，回忆中不时笑出声来。言谈举止间，显示出中年女性的成熟与企业家的干练。她坦言，自己没有那种创业的沧桑与苦楚，整个过程很享受。

钱晓韵选择在伊芙丽公司展销大厅一侧接受采访。她一边优雅地喝着咖啡，一边兴致勃勃地回忆着、谈论着。

哥伦比亚咖啡的浓郁香味，中国古典的悠扬琴曲，在同一个空间弥漫、流淌，使得访谈变得轻松而惬意。

正是女式夏季装展销时节。大厅里，各色服装色彩缤纷、琳琅满目。那些由蚕丝、麻纱织就，由设计师精心裁剪的女装，大多薄如蝉翼，轻盈飘逸，随着中央空调的气流而飘拂，让人产生诗意般联想。虽说，我对时装之类懵懂如盲人，但置身在这样的环境里，还是能感受到那些服装透射出来的现代感、时尚感和青春感。

就近，伊芙丽运行大屏上，实时显示着至2022年7月13日止，伊芙丽女装生产、销售、成本、员工收入等数字。全国各地商场销售额以大区为单位，犹如一张全国统计表：东北40.4%，西北31.5%，华南30.0%……销售方面：今日销售额4907404元，截至今日销售额219320833元，今日客流量139056人次，今日成交顾客9243人。个人效率排行榜前10名；7月车间薪酬TOP榜前10名：杨×洋，艺蓝5组，产量11480件，薪资13167元；……

详细、具体，区块链，一目了然，见者都能看清，任谁都无法修改。

钱晓韵告诉我，这是伊芙丽公司实行服装企业智能化带来的成果。在临平服装行业，不，甚至可说在全国服装行业中，伊芙丽公司都走在前面。说起这些时，钱晓韵脸上浮现出浅浅的笑容。

就是带着这样的笑容，钱晓韵开始了她引领服装行业新潮流的叙述。

一个人的6岁，大概还未脱稚气吧？可6岁的钱晓韵却迷上了布匹和服装。她妈妈带着奶声奶气的钱晓韵去杭州河坊街上买布。妈妈买完了布，小晓韵却赖在布店不肯回家。她觉得眼前这些布五颜六色，实在太好看了。妈妈催她回家,她却直愣愣地对妈妈说,她以后要到布店工作。

等到读初二时,也就是15岁吧,钱晓韵开始自己做衣服穿。对自己的处女作,她记得很清楚。她妈妈的一位香港朋友,有一次特地从香港寄来一块布料,给母女俩做衣服。她从书店买了一本裁剪书,照猫画虎地做了一条裤子,竟然大功告成。这件小事,让少女钱晓韵受到了极大鼓舞。她似乎发现了自己在服装方面的天赋,原来可以无师自通。

这一发现之后,竟一发不可收。钱晓韵做起了服装生意。她开了一间女装店,代理销售别人的品牌。几年做下来,她发现被代理的女装品牌款式不好看,就反过去指点人家改进。但不管钱晓韵如何苦口婆心地说,人家总是听不进,达不到要求。钱晓韵就急了。既然如此,不如干脆自己干吧!"因为喜欢,所以热爱;因为相信,所以坚持。"钱晓韵将一句名言改动了几个字,作为自己的座右铭。

千禧之年6月,暑热之中,钱晓韵注册成立自己的服装公司。她想趁着天热,也让新公司"热"上一把。筹备试销一年后,钱晓韵正式推出"伊芙丽"女装品牌。

对这一品牌名称,钱晓韵做过认真思考。她喜欢法国,特别是巴黎。一年之中,她会多次往返杭州和巴黎之间,她觉得世界上的城市中,巴黎与杭州最相像。那种悠闲、浪漫、自然,让她着迷。有时走在巴黎大街上,她会依稀恍惚地觉得像是走在杭州大街上,找回小时候的感觉。

"伊芙丽"是EIFINI的音译,而EIFINI,则是"Elegant I(优雅的我)""Faith I(自信的我)""Natural I(自然的我)"这三个词语的简写。优雅的、自信的、自然的,是优秀女性的目标形象,也是钱晓韵的人生追求。

彼时，正是女装的黄金时段。伊芙丽问世，一炮打响。不少代理商慕名而来，钱晓韵有了选择的权利。第一家专卖店开在杭州大厦，并把公司总部设到了上海。之后，又先后在北京、深圳等开设了专卖店。钱晓韵懂得占领制高点，在这些峰巅之区站稳脚跟后，其他的专卖店就会顺理成章、水到渠成。几年间，伊芙丽专卖店开到三四十家，营收达到三四千万元。

2007年，是伊芙丽搬迁之年。随着销售规模扩大，生产场地越来越不敷使用。钱晓韵觉得应当把生产基地、仓库、办公用房合在一处，她果断地卖掉上海的房产，将伊芙丽搬迁到乔司镇。

2011年，对钱晓韵来说，具有转折性。钱晓韵从相夫教子与继续事业的纠结中走了出来，给自己重新定位，也给企业重新定位。她从企业蓬勃发展中，敏锐地发现了一个问题：以前企业设计与生产都能直接看到顾客，听到顾客反馈，现在经过中间商，自己与顾客之间仿佛隔了一座山，看不清顾客的面目，听不到顾客的声音。这样下去肯定不行。未来的路到底怎么走？品牌怎么做？

怎么办？钱晓韵请了美国特劳特咨询公司为伊芙丽定位。特劳特咨询公司在业内颇有名气，当然，收费也不菲。钱晓韵笑称自己用60万美金，买了一张A4纸。因为，特劳特咨询公司最后给出的意见，刚好写满一张A4纸。但这张纸，是特劳特调研后写出来的。他们走访一个个顾客、一家家代理商，锁定伊芙丽品牌主要销售对象是教师、白领和医生，伊芙丽是在为这些对象设计制造上班穿的衣服。这样一来，伊芙丽品牌的定位就非常清晰。所以，钱晓韵后来说，这60万美金，相当于当时公司全年的利润，但由此明确了销售定位，还是值得的。

更值得的是，钱晓韵在陪同特劳特公司调研中，学会了定位方法。无心插柳柳成荫。不能不说，在服装方面，钱晓韵的确有天赋，这一点，钱晓韵自己在介绍中也不讳言。这服装能不能做、好不好卖，钱晓韵似有一种直觉。在陪同调研的两个月中，敏锐的钱晓韵发现，还有一些更年轻的潜在消费者，可以成为她的顾客。她据此创设了另外三个女装品牌，适合不同的女性群体。一经推出后，立马成为网红品牌。

品牌的创立与走红，年销售额10亿元的规模，让钱晓韵的心渐渐"大"了起来。那年，钱晓韵刚好年届四十，所谓不惑之年。人到中年，如日中天。要么不干，要干就是百亿。钱晓韵暗暗将自己的梦想调整到年零售额百亿元。开始时，钱晓韵觉得自己还没有百分百的把握，只是偶尔偷偷地向公司个别高管"吹吹风"。等读完中欧管理学院、浙江大学MBA，再加上新加坡博士学位后，钱晓韵瞬间觉得底气十足，自己完全有能力管理一家大企业，就把这百亿目标公开亮了出来。

伊芙丽开始快速发展的时间节点是在2014年，钱晓韵这位"电子控"老板搭上了电商这趟快车。电商真是神奇呀，一下子改变了传统的一件一件销售模式。钱晓韵与淘宝合作，做了一档《女神的新衣》节目，直播带货，淘宝同步发售，伊芙丽一时成为各大百货商场的话题品牌，知名度美誉度骤然提升。次年，伊芙丽逐一登陆各大百货商场。更意想不到的是，电视《欢乐颂》剧组找上门来，希望将伊芙丽植入电视剧中。钱晓韵想想这事蛮有趣、蛮好玩，就笑哈哈地答应下来。谁知，这《欢乐颂》播映后大火，刘涛饰演的安迪、蒋欣饰演的樊胜美、王子文饰演的曲筱绡，在剧中走来晃去，十分吸睛，伊芙丽女装就随着《欢乐颂》走进了千万女性的眼中和心中。之后，女性影视剧就找伊芙丽，似乎成为影视界一个共识。至今，已有五六十部影视剧植入了伊芙丽女装，谁能说得清，成千上万的影视迷中，有多少人会成为伊芙丽的现实消费者和潜在消费者？

能说得清的是，伊芙丽女装每年以百分之二三十的递增速度在发展。钱晓韵还参股李总、露丝玛丽的JAC服装公司，成为JAC公司的大股东。

当然，快也会带来快的烦恼。基数大了，管理半径有时达不到。品种款式接近一万种，靠人工管理简直无法想象。这就逼着钱晓韵接触数字化，运用数字化。

开始，钱晓韵并不知道什么是数字化，也不太关注，是省委领导来她的企业考察调研时，才提及这个问题。钱晓韵在采访中实话实说。那天，省委领导来到伊芙丽考察，照例由她汇报。汇报完后，省委领导请钱晓韵谈谈企业数字化情况，她一时有点语塞。领导就跟她说，"传统产业+互联网"，企业管理要实现数字化。

省委领导那些话，钱晓韵听进去了，并马上付诸行动。钱晓韵有个特点，要么不行动，一行动就快而好。她围绕降低库存、增加销售这个总目标，提出了伊芙丽公司数字化管理的思路和方案。什么衣服好卖，什么衣服不好卖，顾客的年龄、消费偏好、审美要求等，统统变成数字化呈现。然后，她从一些大的互联网企业搜寻人才，投入几千万元。到2017年底，伊芙丽公司数字化管理体系建成。展销大厅门口的电子大屏，就是这个数字化系统的表面呈现。我曾听临平区经济科技局人员讲，伊芙丽公司的数字化管理，在全国服装行业中处于领先位置。

怎么个领先法？钱晓韵给我做了些介绍。这套数字化管理体系建立后，伊芙丽公司的库存已很少。伊芙丽现在全国有数百家专卖店。这套系统可以为单位安排生产周期：在周日晚上把下周的全国网点销售信息汇总起来，告诉采购部门，采购部门会在周一下单，生产部门周二出货，最快周四、至迟周五白天即可送抵全国各销售网点。卖得好的款式，先发货；远的网点，先发货。钱晓韵把这种发货方式称之为"倒着来"，精准合理。

数字化的红利很快显现出来。当年，伊芙丽公司销售额超过30多亿，至2021年，销售额达到97亿元。加上参股企业JAC所占的销售额度，已超过以前钱晓韵自认为是雄心勃勃的百亿目标。更可喜的是，企业利润增加明显。想一想也是呀！库存降低，周转加快，就是效益，就是利润呀！到底多少？"保密！"钱晓韵卖着关子。然后，她又忍不住告诉我，去年盖了两幢大楼。这两幢大楼，自然全部盖在艺尚小镇。这就引出伊芙丽公司如何来到艺尚小镇的话题。

　　钱晓韵笑着说，以前，自己埋头做服装、谈生意。很少跟政府部门打交道，不关心当地领导是谁，在乔司待了十多年，居然没有到过临平主城。那是2017年吧，钱晓韵终于被区里"发现"了：原来乔司街道居然藏着这么一位低调的企业家呀！一年上缴税收一亿多，在全区也算排得上队的呀！于是，区委主要领导来乔司街道调研，指名道姓要见见钱晓韵。

　　"您是谁呀？找我有什么事？"钱晓韵有点摸不着头脑，开门见山地询问对方。

　　"你这个钱老板！这是区委领导呀！"边上的工作人员提示道。

　　区委领导很和蔼，也很亲民，关心地问钱晓韵有什么要求、有什么困难。

　　钱晓韵当然有要求，有困难呀！譬如，仓库不够，需要增加仓储用地。

　　"要多少地？"区委领导耐心地问道。

　　"要200亩！"钱晓韵大着胆子，报出了数字。

　　"哦，200亩，大了些！我们回去研究一下，先给个100亩吧？"区委领导斟酌着说。

　　100亩也行，至少可以缓解当前的困难。钱晓韵心里想着。

"还有什么要求？"区委领导似乎想一揽子解决钱晓韵的难题。

"还有？那我就说啦？我看艺尚小镇建得蛮好，我看中了一幢楼，但小镇不同意，说是那幢楼要给一位设计师使用。为什么不能租给我们呢？服装公司发展好了，可以引来更多的设计师呀。"钱晓韵干脆竹筒倒豆子，说了个痛快。

只见区委领导不停地点着头，嘴里说着："我们回去商量商量。"

区委领导没有食言。商量的结果很快出来，区里把艺尚小镇最大的一幢楼租给了钱晓韵。

钱晓韵也没有食言。2019年9月，巴黎时装协会邀请中国4个服装品牌参加巴黎时装展，伊芙丽是其中之一。钱晓韵的伊芙丽品牌第一次走上世界顶尖的服装秀场。这是钱晓韵引以为豪的事。她给这场走秀拍了照，挂在展厅比较显眼的位置。

2021年，伊芙丽已成为中国销售额最多的女装品牌，生产车间遍布全国各地。有两三百万活跃客户，核心供应商五六十家，最大的供应商年供货超过亿元。

眼下，钱晓韵正在谋划一件大事，她在巴黎凯旋门附近物色店面，准备将伊芙丽品牌服装店开到巴黎时装核心区。

不久的将来，从艺尚小镇走出去的伊芙丽品牌将与世界时装品牌同地亮相、公平竞争，会有更多的巴黎人、米兰人知道遥远的东方有个艺尚小镇，有个叫钱晓韵的女人。

与卖时装的钱晓韵不同，狄彪在艺尚小镇上销售的是一种"模式"。也就是说，因为狄彪等人的探索，艺尚小镇在出产销售服装的同时，还生长出一种服装行业共富联合体。相当于一个虚拟的、无所不包的超大型服装集团。浙江省有关部门将这种模式命名为"临平服装产业创新服务综合体"，后被称为"时尚E家"，作为行业共同富裕的范式，向全省推广。

狄彪是位"85后",高个、魁梧,讲着一口南方人少见的标准普通话,声音富有磁性。这是狄彪给我的第一印象。

狄彪回答我的第一句话是,他正在探索调整中国的产业结构,创造一种新的生产关系,最终实现行业的共同富裕。

乖乖,好高的站位,好大的气魄!我不由得为这个年轻人惊叹!

任何新生事物,都有一个艰难的开端。人们每每形容创业艰难是一波三折,狄彪说自己是一波九折也不为过。

这个南京航空航天大学测控专业毕业生,并没有随遥感卫星飞上蓝天,而是跌跌撞撞地跨进金融行业门槛,后升至一家企业副总。但不久,狄彪发现自己志不在金融,而是钟情于实体经济,干一番事业。于是,他转身投到临平某科技公司门下,想用互联网改造服装行业。谁知道,公司老总却让狄彪去做石化行业的工程项目。狄彪只干了三天,就觉得这活没有意思。他鼓足勇气,敲开公司董事长的办公室门,毛遂自荐,提出要做服装产业链,并把自己对临平服装产业的认识,对未来"互联网+服装"的构想,一五一十、清清楚楚地向董事长做了陈述。董事长从这个小伙子身上,感受到一种创业激情,还有一种朦胧的前景。他答应狄彪可以试一试。不过,要多找几个人一起干。

没有多少人看好,也没有多少人愿意干这个前途渺茫的事。别说团队,连小组都形不成。狄彪只找到一个小青年,与他一起开展市场调研,制定发展方案。他们用两周时间,到广州、深圳、常熟等全国服装集散地转了一圈,掌握了第一手材料,脑袋中慢慢形成了一些想法。

也许是"瞎眼小鸡天照应"。2017年6月某天,听公司董事长说,区领导要来调研了解有关服装行业情况,让狄彪做个方案,到时候向领导作个汇报,看看区里意见怎么样。

这是个机会！敏感的狄彪马上意识到，并力争捕获住它。狄彪善于打快仗、硬仗，两天两夜，一个"服装+互联网+金融"的方案成型。

第一次参加这样的会，狄彪略微有点紧张。一边是区领导，一边是牵头的股份公司，只有狄彪是无名无职的"白板"。不过，区领导很随和，没有什么架子，让狄彪放开来讲。既然这样，狄彪还担心什么，顾虑什么？他就口若悬河、有理有据地把自己的理由、设想、方案都谈了出来。

也就在这个会上，狄彪结识了他的知音或曰同盟军——杰丰服装公司总裁高余杰。那个比他年龄略大的青年总裁，也是一个有情怀、有"野心"的人。在会上，高余杰向区领导反映，服装企业就怕库存，现在库存多，是个大问题。库存是怎么造成的？是不清楚订单，导致盲目生产。能否按照订单来生产呢？就像厨房一样，有多少人吃饭喝酒，就按照这些人的胃口和需量来购买米、菜、酒。这样就供求平衡，巧妇做的饭菜才能合口味、有嚼头。

看得出，区领导对高余杰反映的问题很重视，对狄彪提出的方案很感兴趣。当即指示随同调研的有关部门研究，由某科技公司牵头，杰丰服装公司等参与，让狄彪组织团队进一步深化细化方案，力争闯出一条新路来！

照理说，遇到这样的领导，得到这样明确的支持，事情进展会比较顺利。但，诚如当下年轻人爱说的那句话：理想是丰满的，现实是骨感的。临时搭建的项目班子，来的人代表不同公司，带着不同的利益诉求。谁占的股份多，谁就有话语权。谁出钱，就按照谁的意见做。再加上政府有关部门强力介入，往往说一不二。狄彪最多算是一名职业经理人，夹在三国四方之间，内外掣肘、左右为难。狄彪咬着牙，支撑着向前推进。

真是屋漏偏逢连夜雨，开船遭遇顶头风。正在狄彪及其团队忙得焦头烂额、上蹿下跳之时，原先控股的集控科技集团因经营不善、自身资金链断裂，被迫退出。

一时，群龙无首，流言四起。项目组资金来源骤然减少，人心浮动。狄彪每天干得很累，却一毛钱工资也没有，家庭靠以前一点积蓄在维持生活。再下去，即使爱人不说，他狄彪也觉得无颜面对家人。更重要的是，项目必然会中途夭折、前功尽弃。狄彪陷入创业以来最艰险的境地，山穷水尽疑无路啊！但狄彪真不甘心，他不想放弃，也不能放弃。他犹如一个溺水的人，希望能漂来一根救命的木头或毛竹。

关键时刻，这根木头或毛竹真的漂过来啦！高余杰，对，就是那个在座谈会上侃侃而谈的高余杰，就是与他不谋而合的杰丰服装公司的高余杰。古人有高山流水之说，伯牙钟子期之遇。高余杰就是他狄彪的钟子期。

高余杰投入真金白银300多万元，切割出一万多平方米厂房，交给狄彪的综合体去运作，还拿出一些股份给狄彪，以激发其积极性，允许他试验，允许他试错。也许，正是高余杰这样的心态和支持，使得狄彪义无反顾地走上这条创新之路。

我也采访过高余杰，询问他为何不计名利这么做，高余杰觉得，这也是自己想做的事。但自己经营着一个服装集团，没有时间和精力。现在狄彪代替自己去做，他出点钱，理所应当。亏了就亏了，这点钱，他还亏得起。他信任狄彪，更希望就此走出一条新路来。他高余杰不需要名誉，对名利没有欲望，这是他老爸给他树立的样子。人只要活得开心、有价值、有意义就好。

"我有嘉宾，鼓瑟吹笙。"古有钟子期，今有高余杰。这是发生在当下现实生活中的一个真实故事，也是现代人际交往中一则流传还不广泛的佳话。

有了高余杰的鼎力支持,狄彪如虎添翼、信心满满。

项目申报工作开始步入快车道。区领导带着狄彪等人到省市汇报,省委领导几次作出批示,予以肯定。2018年元旦,项目正式通过申报,成为浙江省级第一批产业创新服务综合体。

这个元旦,对狄彪而言,自然有着特殊意义,是真正的元旦,是他人生的新纪元。

那天,狄彪说到此处,霍地站起来,挥舞着手臂,显得慷慨激昂。

手中有了尚方宝剑,狄彪觉得底气很足,逐步展开他的模式实践。

先是试着做线上平台,直白地说,就是做中介,类似于电商平台。但做着做着,狄彪发现,自己没有实体,客户容易跳单。忙了半天,到头来还是为他人做嫁衣。

于是,他改弦易辙,狄彪跟高余杰紧密合作,试着将杰丰服装公司划出来的一万平方米厂区改造为服装产业园,建设开发"时尚E家"产业互联网平台,孕育孵化创新型服装品牌公司,整合设计企业资源,共享生产企业、共享打版、共享后道、共享仓储,然后,再把商家、服务商、带货直播等连通起来,形成一个闭环综合体。

狄彪把自己构造的这个虚拟综合体视作一张撒开的巨网,称为"服装共享模式"。实质是产能和供应链的无缝对接,是要素资源的重新组合。为了说清楚,狄彪打了一个形象的比方,服装共享模式犹如一块无限大的产业接线板,这块接线板上可以插上无数个需要资源的接头,然后让它们之间互联互通,去启动不同功能的终端,由此打通一个产业所有的资源和环节。大单大厂做,小单小厂做,有的合作做,有的合作卖。一批产品,下单成功收取销售额的1%,完成订单后,再收取1%。服装企业求的是快,综合体追求的是量。各扬其长、各取所需,皆大欢喜。

综合体模式在杰丰园区的试验获得初步成功，狄彪觉得此路可行，此法可用，便开始复制推广。他先在乔司街道葛家车村智造园，复制成功；然后选择永东创艺园、永西工业园，再次复制成功。这些传统工业厂区，华丽转身，凤凰涅槃。

当然，这种复制，也不是完全意义上的复印机，不是一成不变的照抄照搬。狄彪团队总是复制一个，前进一步，不断增加功能，充实内容。后来，综合体平台扩容到47个子系统，几乎涵盖了服装产业的方方面面。

即使这样，推进也不是十分顺利，经常有狄彪意想不到的情况发生。这种事情一多，自然会严重影响人的心气。即使坚强如狄彪，也难以招架。没有好处，只有责任，有时还要承担法律责任。综合体要生存，员工要发工资，"压力山大"。这是何苦来着？狄彪有时也有点犹豫，甚或质问自己，还要不要继续下去？

当然，这种犹豫或动摇，只是瞬间的事。狄彪还是坚强的，坚持认为自己做的事有意义、有价值。狄彪看到了中小服装企业的难处，认为他们必须抱团取暖、共同发展。他也绝不否认自己构想出来的这个综合体的价值，坚信为服装行业共同富裕所必需，坚信革命终会胜利，必须在暴风雨来临时，长好抗击风暴的翅膀。这些念头，有些是来自伟人的教导，有些是受高尔基《海燕》的影响，此时糅合在一起，成为狄彪的精神原动力。所有的磨难和曲折，最终化作狄彪前行的动力。

终于，柳暗花明又一村。2021年，临平设区，服装行业重新成为全区支柱产业之一，区领导高度重视、频频调研。更重要的是，中小服装企业经营者的理念开始转变，逐步认清联合的必要性，要么联合，要么倒闭。新冠疫情一面把人们分隔开，另一面，却用特别的方式把人们集聚起来。中央和省里先后推出了扶持政策，服装综合体获得区政府补贴1000多万元，自筹2000多万元，并引入中科院投资和产业基金投资。经过几番考察比较，公司股东会决议，狄彪成为服装综合体建设运营公司第一大股东，拥有对综合体的决策权和管理权。

狄彪感觉仿佛一阵阵春风吹拂而来，天气转暖，晴空万里。服装综合体，宛若春风中的杨柳，舒枝展叶，翩跹起舞。

一年多来，综合体辐射到全国，7个省市8000余家中小服装企业被引入，关联企业资产总值已达32亿元，年销售额超过7亿元。速度之快，有点超乎狄彪预料。譬如，临平服装品牌"伯喜"，擅长品牌运作，但不太懂设计，也缺少足够的产能资源。综合体充当起孵化器，帮助该企业解决了设计和生产难题，使得该企业产量迅速增加，品牌更加鲜亮。又如杭州淘鑫服饰，2018年营收才200万元。加盟综合体后，开设了26家门店，眼下销售额已超亿元。

对综合体现状，狄彪是既满意，又不满意。满意的是，省市区各级对综合体模式给予高度肯定，把它作为服装行业创新发展的富有潜力的模式，入选浙江省第一批高质量发展共同富裕示范案例。不满意的是，狄彪觉得自己这种模式，不仅在服装行业上可以推广复制，而且应该推而广之，复制进鞋业、玩具业、童车业、家具业、纺织品业。"野心"勃勃的狄彪，已与河北省数字经济联合会合作，在有关产业集群复制落地，尝试建设童车和纺织毛巾产业综合体。与本省云和县政府及本地企业共同打造木玩产业数字化平台。他希望用自己的探索和实践，给人们做个样板，为社会提供一点启示，从而带动中国产业结构的转型升级。狄彪自认为，这才是他一生的使命。

肩负着这样一种宏大使命的狄彪和艺尚小镇的人们，注定一生都不会轻松，但注定会度过有意义、有价值的一生！

"无中生有"的算力小镇

在临平采访的日子里,我几乎每天都在接触新人物、感受活事物。那种"新"和"活",令人目不暇给、脑不够用。但如果非要选一个"最新""最活"的事例,我会毫不犹豫地推介"无中生有"的算力小镇。

小车沿着望梅路高架快速行驶,晨阳穿透轻薄的云片照射下来,给显然工业化了的田野涂抹上令人炫目的光亮。高压输变电网和通信基站从窗外一闪而过,无数部塔吊在蓝色天幕下缓慢转动。远远望去,犹如那些延时拍摄的霹雳舞动作。

"无中生有"的算力小镇

不一会儿，我来到算力小镇大门口。

算力小镇紧傍着杭州主城上城区。46万平方米建筑群，呈现出大气和雄心。四幢同样体形、同样体积、同样风格的建筑，用一个大十字区隔为四个单元。冷色调的玻璃幕墙，抽象的飞行雕塑，现代时尚的露台，音乐喷泉、夜景灯光、星巴克咖啡厅，有点为青年创业者量身定制的感觉。小镇边沿还有个风景秀丽的丰收湖，属临平区与上城区共享的景致。

平地起风波，凌空建楼阁。算力小镇，犹如从宇宙深处直接降落在临平土地上的一个不明飞行物，也像网络小说中穿越而来的独行侠客。没有轨迹，没有伴侣，没有参照物。这是算力小镇给我的总体印象。

这样说，自然属于文学的夸张手法。说起算力小镇的前世今生，算力小镇浙江图灵算力研究院院长孔小仙，对算力小镇的来龙去脉清楚得很。

在金融投资界，孔小仙是不少人的偶像，也是众人眼中的高冷人物。孔小仙长年从事天使投资，眼光独到，判断力极强，在科技风投领域做得风生水起，赢得一片赞誉。已是中年的她，气质高雅、面容姣好。一副漂亮的金框眼镜落在她高耸白皙的鼻梁上，一款新式丝绸旗袍更凸显其高挑身材。她一边缓缓地洗茶、煮茶，似乎在无意间表演着茶道，一边向我娓娓叙说着。

20世纪90年代初，孔小仙就进入金融投资领域。彼时的她，年轻朝气、充满活力，对新生事物非常好奇，喜欢探究。她天赋绝佳，运气也不错，预测精准，最终用非凡的判断力和行动力证明了自己。几十年间，她连连出手，也连连得手。她的投资始终贯穿着"科技向善"的理念。牵头组织国产耳蜗公司诺尔康，让中国聋哑孩子能听见、能说话；投资脑机接口的强脑科技公司，让独自仰望星空的孩子回到人群中来，让肢残人士拥有完整的躯体功能；参与投资德适生物公司，让生命更好地传承等，不胜枚举。

投资精准，自然获得丰厚回报。但孔小仙似乎是个并不太注重钱的女人。她信奉求财有道、得财有命。乐意选择一些有特殊才华、有格局和抱负的创业者，助力他们成功，自然就有回报。或许，她借用投资行为，追求精神层面的丰富，得到社会的尊重。正是这样一种心态和能力，让孔小仙受到领导赏识和肯定，也在朋友圈获得良好口碑。

孔小仙与算力小镇的缘分，起源于一次"闲聊"。

说闲聊，自然不够精准。孔小仙回忆说，2021年元旦后第一个工作日，时任余杭区政府一领导走访企业，来到孔小仙的公司。因为彼此本就熟悉，孔小仙也没有感觉什么意外。大家一边喝茶，一边聊天。那位区政府领导一心谋求高品质可持续发展，十分诚恳地提出，想听听孔小仙对新经济新动能的看法。孔小仙一直在从事高科技的天使投资，认为要想经济高质量可持续发展，离不开新技术、新材料、新能源等。所以，她谈了一些自己的看法。说者无意，听者有心，这引发了那位区领导的进一步思考和谋划。此后，他们多次交流探讨，孔小仙感受到领导的真诚和谦和。

孔小仙就一直把此事挂在心上，在自己事业发展过程中，见缝插针，谋划此事，也多次出面邀集产业招商专家和乌镇智库两位专家一起参与讨论。

众人在杭州见面。窗外，春天的月，淡雅；春季的风，柔软。室内，共同的话题，热烈；交流的气氛，融洽。大家分析着、议论着。谈着谈着，议题就往数字、算力上聚焦。关于算力的概念、历史、作用、价值、难点、前景，专家们广征博引，口若悬河，浩浩荡荡、横无际涯。算力，泛指计算能力，即数据处理能力。算力是一种技术手段，就像热力、电力一样。算力、算法、数据，是人工智能三大要素。算力是数字经济的基础，属于人们常说的新基建。没有算力，什么都做不成。得算力者，得未来。专家测算，在算力中每投入1元，平均将带动3—4元经济产业，非常合算呀！当下中国，算力已在数字政府、工业互联网、智慧医疗、远程教育、金融科技、航空航天、文化传媒等多个领域得到广泛应用，以计算机为代表的算力产业规模近2万亿元，总规模排名全球第二。

"算力？算力产业？"算力犹如一道亮光划过眼前，也若一股清流冲决思维藩篱。区领导一下子兴奋起来。

是啊，临平板块的优势产业是高端设备制造，眼前急需升级迭代；阿里巴巴数据中心就在临平板块，这是值得好好利用的优势资源；还有，乔司区域内正新建一个40多万平方米的长三角浙商产业园，似乎可以合二为一？

"对，对！"大家赞同区领导的思路。作为先行先试地区，建议区里抓住算力这个未来产业，把算力产业作为浙商产业园的主角。

"还叫产业园吗？"众人眼神中出现一丝丝疑惑。眼下遍地都是创新园、海归园，再搞一个产业园，没有什么特色，打不响品牌，引不来企业，可否搞个与众不同的事物呀？

"好呀！"区领导倒是十分开明，听大家这么说，立时来了兴致，希望大家不要保留，说出见解和主意。

大家又议论了半天。有人提议，浙江正在倡导建设特色小镇，什么基金小镇、云栖小镇、梦想小镇、江南药镇、@游小镇，我们不妨就叫"算力小镇"！

"好，算力小镇！算力小镇，好！"有人重复着，有人用手敲击着桌面。显然，大家都为'算力小镇'这个名字叫好，区领导也认为这个名字响亮、高大上、有特色:"就这么定啦!"

算力小镇一经定位,发展方向马上明晰起来。区领导又和大家商量算力小镇怎么运行,设置一个什么样的机构来细化落实、将蓝图化为现实。

显然,算力小镇是个特征定位、产业定位,还需要一个操作和运营单位。对此,大家七嘴八舌、新名迭出。有人提议仿照其他小镇通行做法,设立管委会,负责招引项目,管理小镇具体事务。但大多数人建议设立算力小镇研究院,立足于集聚高端人才、引进孵化优质企业。

"那,给这个未来的研究院取个什么名字为好呀?"区领导又转身征询大家意见。

"这不是现成的嘛!图灵,图灵算力研究院!"大家几乎异口同声地说。图灵,计算机科学家、人工智能之父,用图灵作为算力小镇研究院的名称,实在最好不过啦!

就在算力小镇和图灵算力研究院即将破壳而出之际,发生了两件影响深远的事。其一,临平设立新区,算力小镇所在地属临平新区管辖。其二,国家发改委等部门发文,布局构建国家算力网络体系,提高算力水平。

作为新生事物的算力小镇,在初生期有点磕磕碰碰、沟沟坎坎也属正常。

横亘在孔小仙团队面前的一道难关是研究院名称审核问题。根据惯例,这个名称要由省有关部门审核同意。但说实在的,有关部门也是"大姑娘上轿,头一回",一时吃不准,就搁了下来。

机遇不等人,时间拖不起啊。孔小仙团队商量了一下,决定直接给省委领导写个情况反映,希望浙江抓住政策机遇,率先发展算力产业,并建议在新设立的临平区建设"算力小镇",探索算力研究与产业发展相结合的路子。

诚如大家所期望的那样,省委领导阅看了这份情况反映后,将其批转给省政府分管领导。

巧的是,这位省政府分管领导原本就是电子信息方面专家,对数字经济熟稔,沟通起来没有障碍。他立马通知下来,要直接听取算力小镇建设方案汇报。

2021年6月30日晚上7点30分,也就是中国共产党100周年华诞前夜。安排这个时间开这样的会议,孔小仙团队自然明白领导的重视和此次会议的分量。

汇报座谈会在省政府大楼召开,由省政府领导自己主持,开了一个半小时。省发改委、经信厅、网信办等部门到会,临平区领导、孔小仙团队几位主要成员参加会议。会上,团队成员介绍了算力方面的研究情况,回顾了小镇的萌发过程。区领导汇报了算力小镇的发展框架和选址。省领导明确表态,全力支持临平区建设算力小镇和图灵算力研究院。

2021年9月,民办非营利的图灵算力研究院正式成立。在孔小仙身边,很快聚集起一个富有情怀、不计名利、精干高效的团队。团队中有经验丰富的产业招商专家,有的来自待遇优渥的金融系统,也有怀揣着青春梦想的年轻人。尽管各人初衷不尽相同,但共同点是,看好算力小镇的发展前景,认定孔小仙的人品与能力。

2021年12月28日,算力小镇正式打开镇门,迎接四海创客,吸纳八方来风。

此时,孔小仙才发现,原先说好"帮帮忙"的自己,已成为算力研究院的女主人。一些原先参与算力小镇策划和设计的人,由于各种原因,陆续离开,而孔小仙却留了下来。孔小仙讲到这里,引述了神话小说《西游记》里的故事。本来，唐僧师徒四人说好一起到西天取经，但一会儿孙悟空跑回花果山，去当他的齐天大圣；一会儿猪八戒留在高家庄，要做入赘女婿。唯有师父唐僧不能走，他要一条道走到底。孔小仙感慨地说，她觉得自己就像那位去西天取真经的唐僧，不管承受多大压力，都要闯过九九八十一难。她孔小仙是孔门第76代，要信守"言必信，行必果"的孔氏家训。女子也要一诺千金。要么不答应，既然答应了，就要做好。

决心做下去，仅仅是一方面，更重要的是思路对头，做出成效来。孔小仙与研究院其他同事商量，将研究院定位为"科技引擎"，架起科技与产业之间的桥梁纽带，解决科学家所不擅长的问题，解决企业所不懂的难题；比政府更懂企业，比企业更理解政府。这就是图灵算力研究院的责任所在、使命所在。研究院是个非营利性机构，自己这样做，也许创业者不像创业者，投资者不像投资者。但她孔小仙追求的不是投资回报，而是算力小镇的发展。如果今后每年有一两家企业上市，那她这个"三不像"也就值啦。

孔小仙在采访中津津乐道的，是那个由她和团队一起策划的"芯算力赋能高质量发展"论坛。

壬寅酷暑一天下午，算力小镇现代化会场内，嘉宾满座、胜友如云。政府有关部门领导、中科院院士、中国开放指令架构RISC-V联盟秘书长、大学校长、社会机构代表、半导体研发生产企业CEO，共180余人，把一个中型会场装得满满当当。灯光闪烁、掌声阵阵。宽大的荧屏上，滚动介绍着算力小镇的图像和图表。从算力小镇出发，20分钟抵达萧山国际机场，30分钟到达西子湖畔，高铁线、高速路傍镇而过。与会者交换着兴奋的眼神，倾听着论坛上领导和各路专家的高见。

致辞，演讲，介绍，展示。红外高光谱成像、光电子芯片、微纳加工、构建产业大脑、开源芯片……一个个新名词、新产品、新业态,行业最新信息、前沿科技思想、创意火花和灵感,扑面而来、撞击耳膜。遥远,陌生,新鲜,刺激。

中国RISC-V联盟首个区域中心在临平揭牌,这是孔小仙竭力争取来的。它的落户,意味着算力小镇站在了世界第三大信息系统的前沿。孔小仙还与即将入驻算力小镇的六家企业签约,区领导为这些企业颁发了象征入驻的金钥匙,对他们表示欢迎。

那天,我其实也在台下旁听,只是没有与孔小仙打招呼。当主持人介绍到孔小仙时,我看见她优雅地站起来,朝与会者礼貌地点点头,露出一丝不易被人察觉的欣喜。

不到一年时间,孔小仙团队以算力小镇作为平台,引进三名院士和国家级特聘专家落户算力小镇。图灵算力研究院与他们联合设立实验室项目,合作开展科研开发。研究院与中科院杭高院、中科院自动化所等机构深度合作,携手推动项目落地。

自然,算力小镇把重点放在引进算力产业头部企业和细分领域标志性企业上。在采访中提及此处,孔小仙给了我一份引进企业的名单:大热若寒、联芯通、易连科技、中电远为、慕德微纳、菲数科技、视海芯图、戈虎达科技、数聚链、征格半导体、奇点云智能、云端机器人、弘润清源、悦和科技、平脉科技……且不说这些企业的产品和用途,只要看看这些企业名称,就足以颠覆我们对传统企业名称的印象。不得不说,一个新的科技时代、创业时代、新颖时代已经来临。

仅仅这样罗列当然不够,且来看看小镇上两家有代表性的企业吧。

第一家入驻企业是杭州联芯通半导体有限公司。

高个、青春、靓丽的联芯通公司总经理特助汪女士说起企业来到小镇的故事,蛮有意思。

联芯通公司是家台资企业，三位股东均是台湾地区人，也都是半导体行业设计界大佬。总经理李博士还曾是联发科公司高端研发人员。台湾物理空间和市场容量终究有限，2017年，三位股东决定将企业搬迁至大陆。联芯通主攻工业物联网芯片研发设计，辗转几个地方都没有找到合适的落脚地，也许是初到大陆水土不服吧，企业量产后，一直烧钱，有点难以为继，正在考虑另择地方。犹如古人所讲，"良禽择木而栖"呢。恰在此时，研究院将联芯通公司介绍给临平区，临平区就向联芯通公司推介当时这个还叫产业园的地方。

那是2021年六七月间吧，汪女士记得当时天气很热。

"临平？临平在哪里？"汪女士那时觉得临平很偏远呢！但禁不住人家一说再说，她就向李博士报告了此事。李博士倒是很赞成汪女士来看一看。

一来看，汪女士就喜欢上这个地儿啦。算力小镇其实不远，与杭州主城上城区接壤，到萧山国际机场和上海也很方便。尤其是这区块地貌非常漂亮，符合汪女士的审美和生活习惯。

当然，光有汪女士喜欢还不行，这是大事，得由李博士来定夺。汪女士就催着李博士也来看一看。

李博士很快来算力小镇实地踏看。他一边爬着楼梯，一边听临平区政府和研究院的人介绍。等他爬上A幢3层，面对着秀丽的丰收湖时，就已动心。就说："哎哟，不用看了，政府给算力小镇的政策那么好，写字楼那么漂亮，可以考虑啦。"当天，研究院又请区领导与李博士作一席谈，他遂彻底下定入驻决心。

临平区领导没有食言，很快兑现了已有政策：为联芯通公司提供产业基金增资入股，提供装修补助、房租补助、研发补助等。区里还允诺，如果联芯通公司今后上市，在周边给他们预留发展用地。算力小镇更是以最快速度办结了入驻手续。怎么个快法？只花了两个月不到的时间。快到李博士、汪女士都没有想到。这些，就仿佛是联芯通公司想腾飞时，算力小镇给他们插上了双翅。

入驻后的"店小二"般服务，更让联芯通公司的人深感温暖。算力小镇给联芯通公司推介了西奥电梯等十几家客户企业，进行产业对接。西奥电梯急需技术先进的集控芯片，而联芯通公司研发的集控芯片，能在极端环境和突发事故中保持稳定性，无疑属于世界一流。双方一拍即合，研发与试验配合默契，进展神速，极短时间内实现量产。还有一家上市的阳光电源公司，原先光伏发电设备用的是美国芯片技术，陈旧而昂贵，经图灵算力研究院牵线搭桥后，联芯通公司与这家企业建立起供应关系。公司根据客户需要，研发出带宽、信号穿透性强、抗干扰的通信一体系统，受到客户信赖。联芯通公司还研发出智慧城市的路灯通信芯片。这种芯片，可集成城市照明、背景音乐、通信基站、无人驾驶反馈等功能，成为现代智慧城市的"小心脏"。眼下，联芯通公司已生产出此类芯片几十万片，试销美欧地区。

"预计联芯通公司今年营收超过9000万元，并已确定了三年后争取上市的奋斗目标。"汪女士穿着一套军绿色职业装，站在明亮时尚的展厅内，打开一帧帧自动展示屏，给我介绍演示这些情况，脸上是掩饰不住的喜悦之色。

在另一家中电远为公司，我听到公司首席科学家黄玉琪博士的另一种评价：图灵算力研究院是个"导师级"机构。孔小仙团队的人，以前大多搞投资或管理，看的企业多，瞄一眼，就知道企业问题在哪里、该怎么发展，这种指点，对初创企业尤为重要。

黄博士的话，引发了我的浓厚兴趣，我就催着他详细说说。

"说说就说说呗！"看上去，黄博士50来岁，方脸盘，长着一头浓密黑发。一副无框眼镜架在高鼻梁上，给人学问深奥的感觉。虽说他在北方工作生活了20多年，但说起话来，还是南腔北调，不时流露出临平一带的方言。

黄博士原是某军事院校教授、网络安全技术专家。北京举办奥运会那年，他也跟着转业落户北京，与朋友一起，在中关村开办了一家保护商业秘密的技术企业。

说到商业秘密，黄博士给我做了些科普。所谓商业秘密，是指那些不为公众所知悉，但对权利人有使用价值的经济信息和技术信息，包括客户资料、经营方案、图纸、配方、工艺流程、代码等等。回忆起当年的"峥嵘岁月"，黄博士一脸感慨。他曾被评为中关村创业领军人物，与京东老板刘强东等并列排名呢。

但那时，商业秘密保护的市场还未形成，可做的事实在不多。黄博士参加了几个专家组，主要为国家部委和几家央企做做商业秘密安全标准。

一晃多年过去。父母在老家需要照料，又深感杭州创业经商环境优越，黄博士下决心返回老家，在西湖边安家落户，开始第二波创业。

一次偶然机会，黄博士到临平办事，与区经济科技局一位负责人聊了起来。那位负责人就向他推介说，临平有个算力小镇，政策好，环境好，劝黄博士把企业搬迁到这边来。然后，又把图灵算力研究院介绍给黄博士。黄博士于是到图灵算力研究院考察，双方一拍即合。

算力小镇的政策和做法，黄博士真的未曾料到。譬如这房租，中电远为公司需要900平方米空间。算力小镇房租是每日每平方米1.5元，还能返还60%，那就意味着实付每日每平方米6毛钱。算下来，900平方米，全年也就不到20万元，一下子比原先省去将近30万元。这省下来的钱，就是企业利润呀！还有，政府给入驻算力小镇的企业发放研发经费,且是通过第三方图灵算力研究院来发放。图灵算力研究院的人懂行,信任黄博士,不打官腔,办事灵活,效率极高。政府几百万元研发补贴,比黄博士预想更早地来到企业账上。黄博士一下子觉得自己很厉害,腰杆子硬了起来。"你想想,在新冠疫情期间,企业大多艰难度日,恨不得将一元钱掰成两元花。这一增一减,对于企业意味着什么?不是明摆的事嘛!"

这么优惠的政策,这么好的环境条件,黄博士觉得如饮甘霖、如沐春风。还有什么好犹豫,还有什么人能阻挡得住?没有啦!那就赶快搬!抓紧上!

黄博士在算力小镇支持下,用极短极短时间,完成了装修和搬迁。

更令黄博士喜悦的是,一批急需保护商业秘密的企业如过江之鲫而来。当然,这主要是冲着黄博士在行业里的知名度,其间也包含了算力小镇的魅力。黄博士说,他们是专家服务、系统分析,讲究适用性。打个比方,他们开的是医院,而不是药店。就像中医诊脉,先要明了症结所在,然后才能对症下药。临平有家制造企业,专做连接器,两三百号人,年营收七八个亿。企业主要商业秘密是图纸和生产流程,自身有点小发明、小诀窍需要保密。快速发展之中,先后在天津、深圳等地开设分公司,临平总部必须与它们连接信息。怎么连接?连接后如何确保公司图纸不被剽窃,生产流程不致泄密?该企业慕名找到黄博士。黄博士针对该企业情况,从三个方面开出"药方",获得企业认可。中电远为公司为该企业安装上密柜系统,达到了保密目标。同时,以收取租金的灵活方式,减轻对方企业负担。该企业觉得中电远为公司这种做法既可靠又便宜,于是决定将原定安装四五十台服务器密柜系统的方案,扩展到企业全部服务器。黄博士认为这就是双赢,且可持续。

眼下,中电远为公司正处在快速发展中,市场趋势很好。在与黄博士慢悠悠的聊天中，可以看出他对此充满信心。眼下，公司已有五十来号人，今年营收预计可达5000万元。更让黄博士兴奋的是，国家对商业秘密保护工作越来越重视，企业自身的保护意识也越来越强，他原先所期待的保密产品市场开始形成。浙江在这方面又走在全国前列，中电远为公司开发好浙江市场，就可辐射全国。

网络上有句名言：站在风口上，猪都会飞。猪的比喻自然比较粗俗，但却深刻地道出了机遇对事物发展的重要性。黄博士感觉自己的企业犹如一架小型滑翔机，正置身于算力小镇这个风口上，可以御风而行，飞得很高很远。

"无中生有"、从少到多，算力小镇迈出扎实的第一步。

毫无疑义，全国首个算力小镇正在显示其独特魅力。它犹如一个超强磁场，将吸附越来越多的企业、项目和各种研发形态；它仿佛一个超强气场，让更多研究者、创业者沉浸其中，激发创新创造活力；它宛若一个仿真度极高的赛场，千军万马在这里竞赛。

"狭路相逢勇者胜"，曲径通幽智者赢。

第三章
"三农洼地"向"共富高地"的艰难蝶变

中国实现共同富裕的历史性进程,说到底是农业、农村、农民问题。难点在农业,关键在农民,潜力在农村。强国必先强农,农强方能国强。建设共富社会,必须解决中国"三农"发展不平衡不充分问题,构建"大三农"格局。临平的实践告诉人们,实现农村共同富裕,是农民群众自己的事,农民是建设共富农村的主体。农民既是受益者,更是创造者。作为领导者,要尊重农民群众的首创精神,及时发现涌现出来的先进典型,指导各地因地制宜、因人而异,选择适合本地地理环境、产业结构、人文历史、传统风俗的体制、机制、途径、方式、载体。不做脱离当前生产力发展水平的事,不做超越群众接受能力的事。

——采访札记

多轮驱动，才能构筑生机勃勃的造血机制

我生在农村，长在农村。20世纪90年代初，又曾在浙江西部一个农业县担任过县委书记，故与土地和农民有一种天然的割舍不断的情结，深知"三农"工作艰难，深知农村共富不易。在几个月的采访中，我始终将目光盯着临平乡村，竭力捕捉临平新区"三农"工作新情况，努力发现适合新时代"三农"工作的新机制、新模式。

客观地看，临平城区在江南一带算得上发达之地。穿城而过的高铁高速，连接杭城的地铁高架，鳞次栉比的写字楼宇，还有造型别致的博物馆建筑，各色高档的文化娱乐设施，繁华闹猛的夜市，闪烁变幻的灯光秀，穿着打扮时髦靓丽的市民，具备了一个工商业城市的所有功能，营造出一个现代化小城的风貌和风情。漫步于临平街上，你会依稀觉得自己置身于大中型城市里。

临平新区相对短板在农村。临平区不少领导帮我分析过其中原因。彼时有彼时的情况、彼时的缘故。大余杭时，领导聚焦于发展大余杭科创和数字产业，将精力财力集中投向西部，对东部、北部农村关注相对较少。

分设新区后，这块相对短板凸显出来，成为临平领导层决策优先考虑的事项。缩小城乡差距、区域差距、人群收入差距，无疑是共同富裕的基本要求。实现城乡一体、城乡同构，成为实现临平全域共同富裕的关键战役。

全域，对，全域，也就是临平286平方公里的每一寸土地，150万余人中的每一个人。这，就是全域、全体共同富裕的理念。建设共同富裕新农村，不是搞出几个试点装潢门面，不是种养几个盆景，而是要覆

盖整体，形成全域风景。

难度在于全域，考验也在于全域。

值得欣喜的是，临平区从上到下，具有这样一种"全域观"。

临平决策者对全区美丽乡村建设制订了总体规划。"一园引领"：以大运河国家文化公园（临平段）引领美丽乡村发展；"两核驱动"：重点打造塘栖丁山湖核心圈、运河北片核心圈两大美丽乡村示范片区；"未来10村"：培育打造10个未来乡村；"多点精致"：建成20个数字乡村和一批特色乡村，三分之二以上达到省级精品村标准；"全域美丽"：完成全区域扩面工程300个以上，所有村达到省级标准。与此同时，城乡融合水平持续提升，共同富裕取得实质性进展，村级集体经济经营性收入全部达到150万元以上，城乡居民收入倍差缩小到1.57以内，率先基本实现现代化。

也就是说，临平农村要比全国提前10年，基本实现现代化。

这真是一个鼓舞人心的目标！

不仅仅是个目标。临平人早已迈开行动的脚步，并取得明显成效。

临平区领导在研究"三农"问题时有着这样的思考：人们经常说，火车跑得快，全靠车头带。这话自然是科学，也是真理。但车头之所以跑得快，是因为有优质燃料输入。在农村，这种优质燃料，就是村集体经济。只有不断增加这种优质燃料，才能源源不断地供给车头，从而带动车厢快速前行。只有抓住农村集体经济这个主导因素，才能实现农业旺、农村美、农民富。

形成共识后，临平开始强村富农的实践探索，他们围绕发展村级集体经济，打出一套组合拳，在全区农村推广五种模式：一是"留用地开发+经营项目+抱团发展"，构建增收机制；二是"盘活存量+土地流转+村建民用"，完善资源整合机制；三是"村庄经营+特色产业+业态培养",创新产业与村庄融合机制;四是"项目管理+竞拍交易+数智监管",完善运行机制;五是"政策扶持+人才支撑+金融服务",健全要素保障机制。

看看这些概括和名词,就可看出今天"三农"工作进步到什么程度,与往昔真不可同日而语。我在采访中时不时喟叹。

临平区有关部门给我提供了一批涉农文件,介绍了不少"三农"典型。我跑遍了全区8个镇街和三分之一的行政村,直接与村干部、农民座谈探讨。众人提到了临平区制定的强村富农20条政策,10条强村、10条富农;提到了产业平台、国有企业、社会机构与全区54个行政村建立结对帮扶关系;提到了乡村公路进村入户;提到了天然气管道通到全区农村千家万户。眼下,全区有股份经济合作社119个,经营性收入6.78亿元,村均569万元,已全面消除80万元以下的"薄弱村",有31个村分红7780万元。临平区村级集体经济发展集成式改革,获评全市第一、全省第二名,老百姓对区里这些做法给予很高评价。

这样的理性概括也许显得有点枯燥和单调,那我就选择几个典型事例,将它们制作成采访视频,请诸位欣赏。

第一个视频:村留用土地多种形态的转化

视频开始,画面中是一间普通的街道办公室。一个穿着淡蓝色细格T恤的中年人出现在视频中。此人个子不高,目光犀利。身后书柜中排满了书籍和文件夹。

采访者旁白:他叫胡一来,现任星桥街道党工委书记,浙江师范大学中文系毕业。在采访中,我感觉胡一来并不"胡来"。他是一个极具经济头脑、思维缜密、办法多多的基层干部。采访时,他直奔主题。

"临平区设立后,区里根据发展需要,调整了村级留用地政策,给村里增加了自主权,也为发展壮大村级集体经济、增加村级经营性收入提供了各种可能。但如何使用好这些村级留用地，让它发挥最佳效益，需要创新探索。老百姓对这些村级留用土地极为关注，每年街道召开居民议事会，很多代表的建议都会涉及此事。"视频中，胡一来说到这里，显得有点激动，提高了音量。

胡一来稍一停顿，让自己情绪平稳下来，然后继续说着："我们从星桥街道实际出发，选择抱团发展，进行两种模式的试验，效果不错。

"第一种模式，是在街道主导下，将汤家、星桥、周杨、民乐、万乐五个社区的留用土地集中起来，共约60亩。再按照每亩折为500平方米的标准，置换来一个3万多平方米的大型商业综合体。然后，以综合体注册成立股份公司，产权不变，仍归各社区所有。综合体按业态向社会招租，按股份比例分配利润。这样做的好处是，各社区每年都有相对稳定的集体经营收入。同时，也改变了以往留用土地各自开发、产业重复、效益不高的现象。"

视频转换镜头，出现正在新建中的综合体。综合体已结顶，可看出大致轮廓。

胡一来说："房子已基本建成，2023年可交付使用。眼下，街道正在招租运营商家，每年租金估计在2000万元以上。"

"村级留用土地转换，还有一种方式，那真是可遇而不可求。为什么这么说？"胡一来故意卖着关子，以吸引听者的注意力，"这与我们星桥街道有一家特殊的宠物企业有关。"

视频旁白："杭州天元宠物用品股份有限公司位于临平区星桥街道，是一家专业生产宠物产品的企业。企业以创新情感消费、促进自然和谐为使命，注重围绕猫、狗等主要宠物的生活习性与人宠互动需求，开发生产多系列、全品类宠物产品。公司年获利亿元以上，已在深圳证券交易所创业板成功上市。"

胡一来继续介绍着:"就是这家天元公司老板,有一天突然跑到我办公室,向我要土地。我问他要土地做什么用,他说,要建一个很大的宠物产业园。多大?长三角地区最大!宠物产业园?我一听来了兴趣。那老板一口气把宠物产业园的缘起、设想、前景介绍了一遍。真是'瞌睡时碰上有人送枕头',星桥街道正在考虑如何利用村级留用地发展集体经济,如果能用这些村级留用地与企业抱团开发,联合打造长三角区域最大的宠物概念产业园区,那该多好呀!以后发展起来,可促进区域内宠物产业链式集群发展,带动当地农民增收致富,有可能成为一个乡村振兴的鲜活样板哪。我当时就心动啦,立即召集相邻的四个社区书记开会。大家一听也兴奋得不得了,认为这是政、企、民共赢的大好事。经过几次沟通、协商,终于达成合作意向,将四个社区50多亩留用土地集中起来,交给天元宠物公司统一规划、设计、运营。"

采访接近尾声,视频中的胡一来感叹道:"如果做成了,这将会是我这辈子值得自豪的一件事。"

后来做成了吗?金秋时节的一个周末,我给胡一来去电话,询问进展。他正与街道主任吴熠东开会,电话中传来他欣喜的声音:"正在顺利推进之中。"

第二个视频:村建民用的烘干房

"说实话。"随着一声高门大嗓的"说实话",塘北村党委委员、副主任黄国良出现在视频中。他约莫四十七八岁,敦实的个儿,肤色黝黑,双眼炯炯,有着农村干部的朴实与精干。

黄国良坐在村委办公室里。桌上放着一台打开的联想电脑,还有各种文件、报表。他一边接听着电话,一边盯着电脑、移动着鼠标。

"说实话,"黄国良又重复了一遍他的口头禅,"现在政府给村里和农民的钱真不算少。我是村里管农业的,心里有数。"说完这句话,他放下手中的电话,开始扳着手指算账:"去年,各种征用补偿、项目补助,加起来共有5000多万元。但这些钱大多是项目资金,主要用在项目上。塘北村是个农业大村,高标准农田建设、道路和机埠维修、路灯安装、村庄美化亮化。效果当然有啦,柏油马路通到村民家门口,老百姓可以穿着鞋子下地。"

说到这里,黄国良从烟盒中拔出一根烟,点燃,抽上一口,又把香烟搁在烟灰缸上,继续他的介绍:"但说实话,每年村集体经济直接收入才70来万元,只能应付日常开支,一年下来没有什么结余。这不可持续呀!我从大前年就开始考虑这件事。觉得应该搞个什么东西,增加村集体经营性收入。

"搞什么呢?说实话,当时真没有想好。村两委会讨论了几次。我就想到,我们塘北村是农业大村,能不能在稻谷上做做文章?譬如,现在稻谷烘干就是一个大问题。过去用晒场靠太阳自然晾干,现在没有晒场了,得靠烘干机。光塘北村就有6000亩水稻,每亩1300斤,总量就有3900吨。附近村还有五六千亩稻田,应该说,需求是有的。"

视频中,出现无人机遥拍镜头。俯瞰塘北村和邻近村的稻田,镜头下,随风荡漾的青青禾苗,四通八达的田间马路,还有急驰而过的小车……

之后,又是黄国良的声音:"我在村两委会上提议我们塘北村搞个烘干房,大家都赞同。然后,开村民代表大会,老百姓也全赞同,都说这是件好事。"黄国良说到这里时,视频切换成特写镜头,只见黄国良稍稍咧开嘴角,露出一丝憨厚的笑容。

"说实话,没有想到,区里有关部门对塘北村这个项目那么感兴趣、那么重视。他们跑到村里来,说可以把塘北村烘干房项目列入强村富农20条政策支持范围,叫村建民用。我们算了一下,整个烘干房项目需要投入650万元。区里答应土建部分承担70%，设备费用由村里自己负责，区里参照购买农机设备政策，每台补助6万至8万元。烘干房10台烘干机，就可得到60万至80万元补贴。说实话，这样一来，村里出的钱就不多啦，完全可以自筹解决。"黄国良对着镜头，笑眯眯地说着。

这时，视频中，一个电话打进来，黄国良略略转过身子接听。看得出，他与对方不熟，在电话中交流着、商量着，话题似乎与烘干房有关。

只见黄国良挂断电话，转身。"说实话，这样的电话每天要接好几个，都是来打听烘干房承包一事的。"随后，他继续着原先的话题，"说实话，烘干房已经动工建设。请看视频。"

黄国良的话音刚落，视频中出现烘干房建设现场。只见高大宽敞的厂房内，工人师傅们正在忙碌地安装烘干机。十来个橙黄色的烘干机管已像壮实的小伙子般站立着，地上堆放着准备安装的弯管和直梯。

黄国良继续说："我们打算，烘干房建成后，先由村里自己经营一段时间，看看到底能有多少效益，然后，再向社会公开招租，由别人来管。村里固定收取租赁费，增加村级集体经营性收入。"

第三个视频：丁山湖冒出水上运动场

镜头开启。春夏之交，正是一年中最具活力的季节。画面上出现丁山湖美景。波平如镜，远山如黛，沿湖绿树掩映。白云倒映在澄澈的湖水里，形成一种天光云影共徘徊的景色。湖上漂浮着三两只渔船，船上有人撑篙，划水缓行。渔船边沿，站立着一排排捕鱼的鸬鹚。可与鸬鹚媲美的是，几个身穿红绿泳衣的青年人，各自驾驶着白色帆板船，箭一般射向湖边。跟踪着帆板船飞行方向，可见远处湖畔一个简易码头，码头周边停泊着红绿色橡皮艇、帆板船。

丁山河村党委书记沈如标出现在视频中。他精瘦、干练，穿着一件

美丽的丁山湖景色

高档T恤:"这就是我们丁山河村引进的水上运动项目。"

记者问:"你们怎么想到引进这个项目的呢?"

"那,说来话就长啦!"沈如标显然是个健谈的人,"丁山湖是我们沿湖农村最大的一笔自然资源。主湖面积683亩,水系达2000多亩,风光秀丽,水质良好。我们丁山河村原先是个渔村,临湖而居,捕鱼捉虾是老传统,家家户户都有小船,有船就有路。后来,越来越多的村民弃湖上岸,开始多种经营。在国家支持下,周边环境和村容村貌越变越好。修了柏油马路,兴建杭派民居,建设美丽乡村。"

说完这些,沈如标将手指向丁山河村。顺着他的手指,只见视频中出现一幢幢具有江南特色的民居建筑,粉墙黛瓦,其间点缀着一幅幅彩画。远远望去,错落有致,勾勒出漂亮的天际线。

"啧啧,真是漂亮!"记者连连点赞。

"是啊!漂亮吧?丁山河村2021年被评为中国美丽休闲乡村。全国评了254个，杭州市就我们村呢！"视频中出现了沈如标脸部特写镜头，他眼神放光，略显自得，"我是2011年回村当书记的，带着大家走到现在这样子，也觉得自己没有白忙活。但发展不能止步呀！区里号召大力发展村级集体经济，增强各自的造血功能。我和村两委的人一起琢磨，觉得这事对头啊。我们不能老是依赖政府拨款补助，要发展村级集体经济，把'蛋糕'做大。"

此时，视频镜头对准了丁山湖畔的塘栖—超山小径，画面中出现一条蜿蜒绵长的乡村绿色走道。沈如标面对丁山湖侃侃而谈："怎么做？资源在哪里，优势在哪里？然后再去实现资源资产化、资产变现化。丁山河村最大的资源就是丁山湖呀，这是大自然送给这一带老百姓的宝贝。可以开展乡村旅游、水上运动呀！但丁山湖属于沿湖几个村庄共有，我们丁山河村占72%的湖面，其余分别属于丁河村和超丁村。我主张三村联手合作。"

似乎为了佐证沈如标的说法，镜头沿着丁山湖转了一圈，视频中依次出现别的村庄，在江南民居为主体的建筑中，间隔着一些三四层高的楼房。

沈如标的叙述在丁山湖背景映衬下继续："村两委会赞同我的思路。于是，我给塘栖镇党委写了报告，建议三村联合成立一家农文旅公司，共同发展三个村的集体经济。镇里研究同意，并协调丁河村和超丁村参股。三个村共同组建杭州丁山湖农文旅融合发展有限公司，丁山河村占34%，相对控股，其他两个村各占33%。"

"这样的合股模式从来没有搞过，大家都是大姑娘上轿——头一回。没有想到，公司刚成立，在具体如何操作上，村内村外都发生了矛盾。"视频中的沈如标，说到这里时，禁不住摇了摇头。

"为什么呀？"沈如标身边的记者用疑惑的口吻问道。

"新事物呀。"沈如标用见怪不怪的神情回答,"村与村之间,大家的利益不尽相同,有个谁说了算的问题。最后商定,这个农文旅公司作为对外招商引资的大平台,具体项目还是由各村自己负责引进。村里占大头,公司占小头,盈亏按照投入比例分摊,才算解决了这个矛盾。"沈如标说完,轻松地吐出一口气。

"接下来,我们就开始实质性运作。刚巧,浙江大学旅游学院到塘栖镇找实践基地,镇上把丁山河村推介给浙大,浙大就在我们村建立了农文旅硕博实践基地。"视频中适时穿插出现了一块金黄色的匾额,"浙江大学丁山湖农文旅硕博实践基地"的字样清晰可见,"他们告诉我,我才明白,现在有部分初中生攀比鞋子和袜子,高中男生比网游,高中女生比吃食。真有意思哈。学生们都穿一样的校服,怎么显示自己的个性,就成为一个问题。"说到这里,沈如标笑出声来。

沈如标对着镜头说:"丁山湖农文旅公司开张不久,已引进了一家水上运动机构。喏,那些游船就是!"

视频镜头转换到另一场景。只见几只蓝白红色游船乘风破浪而来,犹如一群飘逸的鸥鸟。

我联想到,随着活动项目增加、美誉度提高,将有越来越多的游人涌向丁山湖,越来越多的真金白银也会如湖水一般,汩汩流入丁山河村集体经济的金库。

坐落在农舍群里的"百匠工坊"

2010年,45岁的沈建标回到生他养他的丁山河村。

沈建标是被请回来的。请他的人是丁山河村党委书记,也是他堂弟沈如标。顺便说一句,沈如标也是被组织上请回来当书记的。沈如标一转身就把自己堂兄请了回来。沈如标幽默地说，这是顺手牵羊。爱开玩笑的沈建标说，这是拖人下水。后来，沈建标才意识到，他这是被逼上梁山。

因为，沈如标请沈建标回村，不是让他当村干部，而是让他想办法带着村民共同致富，而且必须是"文化共富"。

在村民眼里，沈建标是一等一的人物。他生在丁山河村，长在丁山河村，但后来却离开了丁山河村。沈建标离开不是自己要走的，是国家号召的。沈建标离家当兵，去保卫祖国了。他一走，家庭就成了"光荣军属"，一直"光荣"到现在。几年后，沈建标复员回家，当上了乡镇广播站报道员，被视作最接地气的"赤脚报道员"。村里老百姓总能从广播电视里听到沈建标的报道，他能把乡里村里的好人好事夸成一朵花。后来，沈建标去了浙江电视台钱江频道搞策划、做广告，视野更加开阔，更加能说会道，成为丁山河村呱呱叫的乡贤。塘栖镇还正儿八经给沈建标颁发了一张"十大乡贤"证书。

正是因为这顶"乡贤"高帽，沈如标把沈建标拽回到故乡。沈建标成为"乡贤回归"的代表人物，回到丁山河村，带领大家致富。由此，沈建标走上制作糕点之路，没有停止过脚步。

塘栖处于古运河黄金地段，是著名古镇。历史上有段时间，还被誉为江南名镇之首。大清朝康乾二帝数次下江南，均在塘栖停歇。古时人们称皇帝临时休息为"驻跸"，隆重其事。正史加上民间传说，给塘栖涂抹上很多奇光异彩，留下许多考究的糕点名品。沈建标祖上开的糕点厂，就是其中之一。商号"老刀糕点"，创始于清光绪十六年，闻名于十里八乡。"老刀"者，犹"老道"也，是当地赞誉人成熟厉害的意思。

回到家乡的沈建标时刻琢磨着如何带领乡亲们致富。正如沈如标所说，他看到村里一批五六十岁的中老年人，整天无所事事。不是在家带小孩,就是晒太阳打麻将。如果能将这些老百姓组织起来,让大家有事做、有活干、有钱赚,对人对己对社会都有利呀。

也许是遗传,也许是自悟,沈建标一向热爱乡土文化,也熟悉乡土文化。糕点,是塘栖乡土文化的缩影和载体,能不能将两者结合起来,相互促进,让人们去追寻关于老底子的记忆,同时获得经济效益呢?他觉得,祖上的老刀糕点配方,还有村里、镇里的传统食品,宛如一口口深井,值得他去挖掘、整理,然后,努力推陈出新。

主意已定,具有极强知识产权意识的沈建标,迅速注册了"老刀"商标,并在邻村租了生产厂房,在塘栖镇上租了店面。后来,他把自己此举说成是"树起了杏黄旗"。

接着,沈建标开始武训办学般的寻觅。他一遍又一遍寻找村里的、镇上的老人。在沈建标眼里,那些阅历丰富、生命绵长的老人是乡村生活的活字典,是亲眼见过或亲口品尝过那些已消失了的糕点的人。他要通过那些老人的嘴,把传统糕点从记忆的大海中打捞起来。他从老人口中,听到"土灶月饼""调头糕""癫痫和尚炒米粉"的故事,并把配方、细节记录下来,拿回厂里试制。他找到米塑传人,让她在立夏时节捏做米塑食品"立夏狗"。他找到醉心于塘栖地方文化的老者,一起探索复原当地把"斗蟋蟀"叫作"斗月饼"的习俗。他在村头拦住那个精通"雌雄粽"的残障人,用双手比画着了解包裹"雌雄粽"的诀窍。还有,他时不时与那些常年从事民间民俗文化报道的媒体朋友聚会。然后,趁他们微醺时的天马行空、胡侃乱吹,从中获取他所需要的信息和点子。

慢慢地,沈建标搜罗起一批当地有名的糕点产品。与此同时,沈建标着手物色擅长做传统糕点的民间高手。

他第一个请的是刘大群,此人擅长做大麻饼、小桃酥、椒桃片等。

沈建标早闻其名，便兴冲冲地找上门去。谁知，刘大群开始并不领情。其实也不是不领情，是她家里有点情况，走不开，不想进老刀糕点厂。

出师不利，一向自信的沈建标自然不肯罢休。他用自己能说会道的嘴巴，更用自己的诚意，分析了N种好处，答应了N个条件，终于把开始推脱的刘大群给说动啦，刘大群最终高高兴兴地答应到老刀糕点厂上班，并担任糕点车间主任。

之后，沈建标找到了"火头将军"姚财高。这个被坊间誉为"火头将军"的人，说来有点乡村传奇色彩。他熟悉各种土灶操炉技术，能用回龙灶、老虎灶、三眼灶等制作土灶月饼、老火灶年糕、锅糍。沈建标一番游说，"火头将军"也被纳入麾下。

乘胜追击，沈建标一一登门邀请。有三顾茅庐的，也有如"萧何月夜追韩信"的，还有打悲情牌的。实在不行，他又搬出堂弟沈如标进行说服。渐渐聚集起一拨传统糕点制作高手。同时，沈建标不忘沈如标请他出山的初衷，从村里招收了一批闲散的中老年人，辅助制作糕点，每年支付4万至5万元酬劳。老刀糕点厂成为村民共同富裕的一种途径。

《浙江日报》2014年有篇报道，曾生动描绘过彼时老刀糕点的情景：

> 从杭州余杭区塘栖镇北面的广济路出发，跨过169级旧石板参差铺就而成的广济桥，向左一拐，便可看见一面印有"老刀土灶月饼"字样的杏黄大旗从一溜明清建筑群里探出头来。沈建标和他的"老刀糕点"就这样闯入我们的视野，蓝底白字的门牌上刻印着"水北街132号"。

仅仅恢复单个传统糕点，沈建标并不满足。他是闯过三江六码头、喝过爨筒热老酒的人，思路开阔，脑筋灵光，对民俗文化、百姓心理、宣传推介等更熟悉、更了解、更得心应手。总之，他应该青出于蓝而胜于蓝，应该在祖先达到的高度上，再攀缘一段。

由此，沈建标开始对传统糕点进行组合、拓展、升华，重新命名，赋予更多的文化寓意和情感元素。他把传统粽子与丁山河民间绝技灰鸭蛋组合起来，取了个"传宗接代"的雅号。"粽"就是"宗"，"蛋"演变为"代"，在杭嘉湖地区语音中，"蛋"与"代"谐音。这多好呀！老百姓谁不希望多子多孙多福呀？"不孝有三，无后为大。"老年人谁不喜欢儿孙绕膝、颐养天年呀？他让人设计出漂亮的民俗包装，做成伴手礼，再用那张三寸不烂之舌进行鼓捣。上市后，果真不出所料，一下子就叫响了，迅速火遍杭嘉湖地区。有时，甚至到了买"传宗接代"需要"开后门"的程度。2018年底，"传宗接代"伴手礼获得"礼遇江南"老字号伴手礼大赛金奖。

自然，沈建标不会满足仅有一个产品，"椒盐小桃酥""枇杷花酥""锅糍""老火灶年糕"等先后在市场上惊艳亮相，引发一波波销售热潮。

十年寻觅、创新、打拼，老刀糕点把乡土文化、昔时记忆融入传统糕点，闯出了一条文化创业之路。老刀糕点成为杭州城乡家喻户晓的品牌，开有专卖店30余家。"吃的是糕点，品的是文化。"沈建标这句原创的口头禅，后来上了《人民日报》、新华社、央视等中央媒体。

转眼到了2020年春节，突如其来的新冠疫情打乱了全球人的生活节奏，沈建标也遇到了创业以来最大难题。这难题倒不是因为疫情。防疫抗疫嘛，按照政府要求去做就是，这对沈建标来说，没有丝毫难度。沈建标碰到的难题是他自己无法解决的，他只好跑到村党委书记沈如标那里商量。

"阿标书记，"沈建标一如既往地跟堂弟沈如标开着玩笑，"我的工厂要关门啦！"

"真的假的？关掉也好呀，省得我烦心。"谁知，沈如标来了点冷幽默。

沈建标这才着急起来，把来龙去脉一五一十地向沈如标作了报告。

原先在外村的老刀糕点厂租赁到了期，对方村里考虑自己发展，不愿续租。沈建标一下子找不到理想的地方，急得团团转，万般无奈之下，才向村书记求援。

玩笑归玩笑，正事是正事。兄弟归兄弟，公事是公事。沈如标略一思考，就展开了眉头。原来，丁山河村有个废弃多年的小学校舍，因为不通公路，一直闲置着没有使用，差点被人遗忘。沈建标一提起场地，沈如标就猛然想起这块眼前荒废着的校舍。这几年，老刀糕点发展蛮好，老百姓口碑不错，他这个堂弟书记也觉得脸上有光。现在厂里急需用房，那就再支持一下，把那块场地租赁给沈建标，让他把老刀糕点做得更大些，带动更多村民致富吧。

想到此，沈如标便有了主意。但多年当村书记的经历，让沈如标变得十分成熟老练。兹事体大，还得由村两委会来讨论决定，沈如标只是试着把自己的意向简略地说了说。同时，他用斩钉截铁的口吻告诉沈建标：第一，旧校舍改造翻修要沈建标自己投资，村里一分钱不出。第二，场地租金不能低于市场行情，且要按时足额交到村里。

"没问题。"沈建标一听能解决他的燃眉之急，让老刀糕点延续下去，一时高兴得差点手舞足蹈，一口答应下来。

丁山河村两委会讨论通过，沈建标与村里签订了租赁协议。他投入500余万元，对这块杂草丛生的地方进行改造，新建改建了1000余平方米的厂房和办公用房，形成一个2000平方米的院子。院子坐北朝南、方方正正，有花有草、像模像样。沈建标特意将院子取名为"百匠工坊"，传递出他的初心和走向。

乡村里的"百匠工坊"

壬寅初夏,天气已显炎热,午间直射的阳光把车顶晒得发烫。在滚滚热浪中,我跨进"百匠工坊"大门。

很巧的是,沈建标刚参加完省非遗工坊创建工作会,返回丁山河村,正在"百匠工坊"里排兵布阵呢!

他结实的中等个儿,微胖,一头松散的头发往后卷起,脸上显露出极为明显的快乐劲儿。他快人快语、高门大嗓,极容易掌控节奏,让周边人跟着他的话而走,跟着他的笑而笑。这,也是沈建标的一种本事吧?

"我现在忙呀!"沈建标打开手机,先让我看照片,语气中是满满的自豪感。"你看,这是省文化旅游厅召开的会。会上共有四个人发言,我是其中之一。而且,而且,"沈建标有意强调着,"其他三个都是政府领导和企业家及专家,只有我是来自乡村的业主,具体做这一行。喏,坐在第一排的这个位置，就是我。陈老师，你看清楚了吗？"看着沈建标一张喜气洋洋的脸，我连忙点点头。

沈建标还告诉我，他被推举为省非遗协会理事，协会领导还鼓励他申报全国非遗工坊。全国啊，要求可高啦！他眼下正在忙活这事。

忙归忙，沈建标还是蛮热情地陪着我参观"百匠工坊"传统糕点制作区。

"喏，这在杭嘉湖一带叫'老虎灶'。你看这灶的造型，像不像老虎呀？它由三截组成，虎头、虎肚、虎尾，大小不等，形成热气流。"沈建标指着一座用砖头石灰砌就的老灶，为我做着介绍。然后，他走到灶膛口，打开炉膛，接着说，"这灶，有两个火口，一大一小，一个火口一个火道，每个火道可放四口蒸笼，根据不同食品要求蒸煮。烧的是柴火，起来的是明火，蒸煮出来的食品有老底子的香味，因为老底子食品厂都是土灶柴火。"

"这'老虎灶'烧什么呢？"我颇感兴趣地问道。

"主要用来蒸年糕粉、煮粽子。百匠工坊的食品，全省独一份哩。"沈建标不无得意地回应我。

八只蒸笼呼呼地冒着热气，那种熟悉却已久违了的香味，穿透蒸笼，在工坊空间弥漫开来，诱惑着人的味蕾和食欲。

接着，我们走到制作粽子的车间。只见一只只竹匾上摆满了各式各样的粽子。沈建标如数家珍般指点着他开发的"粽三代"。"这是'雌雄粽'，老底子姑娘小伙谈情说爱的定情物。小伙子带的三角粽叫'雄粽'，姑娘带的斧头粽叫'雌粽'。雄粽果馅为藕丝、青豆，象征男孩清清白白；雌粽果馅为红豆，象征相思。这叫'囡囡粽'，也叫催生粽。制作这粽子的人，必须是人丁兴旺的妇人，送给打算要小孩的夫妇，寓意催生，多子多福。还有，这叫'状元粽'。小孩长大上学，家长们都期望孩儿们'出山'。做舅舅的,除了送书包,还要送一串粽子,祝愿外甥学习成绩优秀,将来中状元。吃了状元粽,未必真中状元,但讨个彩头,大家都喜欢呀。是不是?"沈建标一番风趣幽默的介绍,逗得我哈哈大笑。多有意思的民俗文化。

拐过一角,来到腌制鸭蛋的现场。我好奇地蹲下身,想看个究竟。只见几个手艺人正围一起,将黄泥、草木灰等拌成流液状,然后,取出鸭蛋,将拌好的流液状物质涂抹在鸭蛋上,动作娴熟,颇具观赏价值。我不由得赞叹一声。沈建标不失时机地在旁点评道:"'百匠工坊'的腌鸭蛋是非遗项目,用草木灰黄泥腌制,当地人叫灰鸭蛋,配方保密呢!"

"腌鸭蛋也是非遗项目?"我有点少见多怪地发出惊讶之问。

"的确是非遗呀!我们的腌鸭蛋就是与众不同。选用的都是青壳鸭蛋,保存期长,一打开,喷香,满壳红油,非常好吃。陈老师要不要品尝品尝?"沈建标笑着对我说。

"别,别,千万别!"我笑着用手势止住了他,"沈老板留着做旅游参观项目吧!"

一圈转下来,我直呼过瘾。这简直是一堂乡土文化、民俗民情的教育课呀!我真心认为,沈建标的"百匠工坊"完全可以列入农文旅景点。

最后,沈建标告诉我,"百匠工坊"第二期建设工程已敲定,计划投资2000万元,扩大面积6000平方米,容纳民间老行当项目100个,寻觅到老手艺人100名,使"百匠工坊"名副其实。同时,吸纳更多村民就业,实现文化共富。

沈建标老板,努力吧!我看好你!

销售乡村风景的职业经理人

2022年4月19日晚，央视《焦点访谈》栏目准时播映。今晚的主题是"我们村的新能人"。

伴随着观众熟悉的音乐，运河街道双桥村职业经理人郑巧飞作为新闻主角出现在荧屏上。

她，身材清秀，一头及肩美发，穿着一件粉红色外衣，从千亩油菜花田野的廊桥中款款走来。春天金黄色的阳光、千亩金黄色的油菜花，使田野也变成了一片金黄色。置身于金黄色中的她，依稀之间，让人分辨不清人与花。浓郁的油菜花香似乎从电视荧屏中漫溢出来，让观众为之陶醉。这是电视记者常用的抒情手法。

荧屏显示出一行文字：郑巧飞，浙江杭州临平区运河街道双桥村农村职业经理人。

面对央视记者采访，郑巧飞自信从容、侃侃而谈："我觉得农村职业经理人，首先应该是个策划人。要把整个村当作一个产品去策划、去包装，盘活村里面的闲置空间、闲置劳动力以及它的闲置资源。能够通过要素的整合跟优化，让乡村能够得到更好的发展。"

策划经营，是郑巧飞的强项，恰恰是各地农村的薄弱点。荧屏上，双桥村党委副书记季平坦陈：我们过去用的是土办法。要永续发展，肯定要遵循市场原则。不能老是让村里花钱买吆喝，没有收入。

季平的话，把故事带回到2020年。当地政府看到双桥村聘用农村职业经理人的成效，果断改变原有的理念和思维，向社会公开招聘农村职业经理人。借助他们的市场专业知识和策划能力运营乡村，通过运营来激活乡村本地资源，将资源优势变为经济优势。

一石激起千层浪。应聘者云集，一时热闹非凡。全区最终聘用了6人，分散在临平各乡村。已在双桥村打理了一年多的郑巧飞，从全区400多名竞争者中脱颖而出，再次被聘为双桥村农村职业经理人。

距该期《焦点访谈》播出两个月后，我前往双桥村采访季平和郑巧飞。

村口，竖立着一块大匾：薪火双桥欢迎您！两边粉墙黛瓦的农舍，书写着两联古诗。"花径不曾缘客扫，蓬门今始为君开"，"朝曦迎客艳重冈，晚雨留人入醉乡"。前联摘自诗圣杜甫的《客至》，后联系苏轼《饮湖上初晴后雨二首》。两联诗句挂在村口，表达双桥人的待客之道与留客之情，倒也十分妥帖。

我又想起《焦点访谈》中的一句话："从名不见经传，到稍有名气，双桥村的蝶变，郑巧飞功不可没。"

此刻，季平和郑巧飞正坐在我旁边。双桥村新的办公楼在兴建中，现有的办公室显得有点简陋和逼仄，四张不宽的办公桌摆成两对，再加上档案柜、椅子等，把办公室塞得满满的。郑巧飞用水壶煮着茶，不时将煮开的水倒进雕花紫砂茶壶里，有滋有味地品尝着。水壶"咕嘟嘟"冒着水汽，郑巧飞嘴中吐出一串串话语。季平在边上抽着烟，偶尔做些背景补充。

郑巧飞是淳安人，在农村长大，读高中前没到过城市。她2012年从宁波万里学院中文专业毕业，走进一家策划公司，在宁波、江西等地做乡村策划。她自认为在策划方面有点天赋，每每无师自通，常常灵感迸发。后来，她转到杭州一家公司，开始做旅游策划，不久成为公司高管。

也许是冥冥之中与双桥村有缘，郑巧飞曾带队参加过运河街道一个项目投标。投标没有成功，却因此认识了运河街道领导。买卖不成情义在，此后保持着联系。

又历练了一段时间，郑巧飞想到自己创业。2018年5月，她在杭州成立了一家企业，取名为"他乡"，专做乡村策划。她决心深耕乡村，立体策划，搞出点名堂来。

半年下来，公司没有接到什么业务，郑巧飞有点焦急起来，这样下去不行。她主动出击，请教运河街道领导。

恰巧此时，季平也在找街道领导商量。季平觉得自己已江郎才尽，对双桥村下一步发展想不出什么好办法。街道领导提醒他，自己不懂没关系，双桥村可请别人来做呀！

"谁呀？"

"郑巧飞！"街道领导答道。

"郑巧飞？"季平不熟，不敢贸然答应。

街道领导就把郑巧飞介绍了一通。说这个人有本事、有能力，擅长策划经营，对运河街道比较熟悉，可以让她到双桥村试试。季平回答说，他要与书记和村民们商量商量。

郑巧飞终于等来了消息，季平告诉她，明天下午两点半到双桥村委办公室谈吧！

第二天下午，时间观念很强的郑巧飞提前10分钟到达村口。那段时间，村里正在修公路，郑巧飞一时找不到村委会办公楼，就给季平打了个电话。没有想到的是，季平早已等着她，听说郑巧飞找不到路，便骑着摩托车，把她带到办公室。这个小小细节，让郑巧飞立马觉得这个村干部有点不一样，时间观念很强，很合她的脾性，当即对双桥村干部产生了好感。

那天下午，郑巧飞与季平谈得很长、很细。

季平说，他那天与郑巧飞见面后，首先向她解释为什么那么长时间没有答复,是因为他们对此事非常重视,也非常慎重,专门召开了村民代表大会,征询老百姓意见。当季平说出准备聘请郑巧飞到双桥村搞经营、每年支付年薪10万元时,会场上瞬间鸦雀无声。10万元年薪?要知道,当时双桥村集体经营年收入才10.9万元!村干部是不是"脑髓搭牢哉"?季平和书记沈峰向村民们解释说,请郑巧飞来做全村顶层设计,村庄怎么做,活动怎么设计,品牌怎么打造,将来的双桥村将会怎么样。总之,把能说的道理都说了,能举的例子全举了,提议才勉强通过。

这件事、这番话,让郑巧飞无比感动,心下一热。双桥村人愿意信任一个完全陌生的外地人。这一份信任是沉甸甸的,这也成为郑巧飞后来的动力和灵感的来源。她决心要把双桥村打造出来。在与季平的第一次交流中,她尽自己的所知所能,谈了她对双桥村策划开发的设想。

应聘后两个月,郑巧飞试着给双桥村做经营定位。

设想与现实总有距离。郑巧飞以前一直做城镇策划,卖方案,没有实际操作过,对乡村不熟,个性又有点傲,从不把自己当小女人。刚开始时,她提出的项目往往高大上,有点不接地气。村里则主张小投入、大产出,微投入、微产出,甚至不投入,也能产出。

这样一来,她与季平在具体方案上免不了产生分歧。记得有一天,两人为一个方案争论到凌晨一点多,谁也说服不了谁。季平一气之下,卷起方案文件离开办公室。郑巧飞也难过得要命,一拳头砸在自己的方案上,真想一走了之。

当然,郑巧飞事后想想,大家目标还是一致的。如果说有错,主要错在自己。于是,她找到季平,认错,解释。

季平心平气和地建议郑巧飞早上晚上到老百姓家里串门,深入了解农村的生活习俗、农民的精神需求、双桥农业的优势。

大半年下来，郑巧飞接上了地气，懂得了双桥村。她分析，双桥村的优势在田野，在于田野的规模和自然性，上千亩、连成片，这样的资源条件，临平区不多见。田野就是舞台，就是资源。她得围绕田野做文章，把资源变成产品，再把产品转化为商品。

转眼间，郑巧飞变成"女诸葛亮"。这个"女诸葛亮"，是季平后来给她取的雅号，也是村民对郑巧飞的赞誉。郑巧飞给农民带来新理念、新视角、新思维、新办法。在村民看来，不过是一块寻常稻田、一片自然油菜花、一只普通甲鱼，在郑巧飞眼里，这些都变成了农文旅的优质资源；一段长征大队的老故事，演变为"薪火双桥"的精神基因。郑巧飞系统化策划、成建制推出了双桥村农文旅四季品牌：春天千亩油菜踏青季，夏天乡村插秧体验季，秋天新长征稻谷嘉年华，冬天双桥甲鱼迎福季。再加上其他乡村文创、农耕体验、乡村土特产展销等。

郑巧飞经营了一年，整个双桥村慢慢活泛起来，成为网红打卡地，知名度和美誉度噌噌上去了。不少新花招汩汩地冒出来，各类游客络绎不绝。多的一个月，能达到2万人次，创收20余万元。全年游客达到五六万人次。村民们见有那么多外地人来双桥村看他们种的油菜花、稻田，吃他们养的甲鱼、小龙虾，开始信服起郑巧飞来，觉得这小姑娘有

运河街道双桥村"千亩油菜花园"

点本事。接着,大家群起响应,纷纷在屋前路边摆起"共富集市",趁着活动赚上一票。至今,约有二三成的村民做起了"共富集市"的生意。在《焦点访谈》栏目中出现的村民姚其英,就是其中之一。面对着镜头,面对着每天一两百元的收入,她笑得合不拢嘴。

当然,还有另外的奇闻趣事呢。郑巧飞给我讲述了一则帮助养殖大户沈祥林策划钓小龙虾的故事。故事有趣、曲折,带有喜剧色彩。

"干脆,我陪陈老师去见见沈祥林,让他直接给您讲吧!"郑巧飞讲了个大概后,把我带到了沈祥林创办的"稻虾生态种养基地",也就是郑巧飞所讲故事的发生地。

一条回字形小河,环植着绿树花草,把基地与周边村庄自然隔开,形成一个独立小园。园子里都是深深浅浅的水塘,养殖着甲鱼和龙虾。正中间,有个颇大的荷花池。眼下正是荷花盛开时节,一朵朵荷花,从碧青的荷叶中伸出彩虹般的脸庞,迎风摇曳、见人点头。热风夹杂着荷香扑来,使人欲晕欲醉。

沈祥林正在忙活。他平顶头,古铜色皮肤,胸前挂着水淋淋的橡胶罩衫,结实的肌肉似乎要从衣服中凸出来。

郑巧飞说明来意,这位养殖老板先"嗨嗨嗨"地咧开了嘴。

"实话实说啊!"沈祥林一坐定,就直奔主题。

郑巧飞应聘到双桥村,沈祥林自然知道。但他心下想,一个年纪轻轻的小姑娘,又是外地人,读了几年大学,会点理论,耍耍嘴皮子而已。所以,他并没有对郑巧飞寄予什么期望。这是沈祥林的心里话。他面对央视《焦点访谈》栏目镜头,也是这么说的。

2020年三四月份吧,郑巧飞到沈祥林的养殖基地调研,问了他一些情况,沈祥林也是心不在焉,随口说了说。记得说了这么个情况,他养的小龙虾,每天需要两个人捕捞,这笔开支也不小。郑巧飞当时说可以帮着他搞个营销方案。

沈祥林说过也就完了，并没有太把郑巧飞的话当回事。临近"五一"劳动节，郑巧飞拿着一个组织游客钓龙虾的营销方案找到沈祥林。沈祥林当时也没有过什么脑子，反正不用花钱，试试就试试吧，便答应下来。

在沈祥林看来，郑巧飞的营销就是小打小闹。"她搞她的营销，我过我的'五一'。""五一"假期一大早，沈祥林按照原先计划，顾自出门做生意。

没有想到，真的没有想到。"五一"假期一开门，一下子涌过来300多个垂钓的游客，慌得养殖场值班人员手足无措，赶紧打电话给沈祥林，让沈祥林马上赶回来。

沈祥林急匆匆汗淋淋地赶回来，只见整个养殖基地人声喧哗、小旗飘扬，一时恍若闹市。回字形小河已被占得满满当当，但一拨拨垂钓游客仍在络绎不绝地涌来。门口场地停不了那么多小客车，游客只好将车停在远处马路上，然后步行到养殖基地。沈祥林从1999年开始养甲鱼，搞了那么多年养殖，也从未见过这阵势。

彼时的沈祥林，既高兴又担心。高兴的自然是可以赚钱，担心的却是安全问题。他的养殖场设计规模仅可容纳五六十人，今天一下子骤增至几百人。沈祥林和伙计们忙得脚底翻天，总算应付过去了。

到了晚上，沈祥林想想白天的情景，心里还有点后怕，真想明天关门不开啦，但盘点盘点一天赚到的钱，又舍不得关门。

2022年"五一"期间，前来沈祥林养殖基地垂钓龙虾的游客比去年多了四五倍，总人数达到四五万人，根本关不上门。沈祥林为控制客流量，遂将垂钓价格提高。谁知，游客根本不在乎，这就让沈祥林赚了个盆满钵满。他笑着告诉我，最高时，每天流水四五万元，大半个月下来，少说也有四五十万元吧。

"至多呢?"沈祥林没有说，我也没有继续追问。

只是从此后，沈祥林对郑巧飞服气了，觉得这个戴着一副淡金色眼镜的小姑娘，真厉害！现代经营，就是故事要讲得好。这是沈祥林从郑巧飞的经营策划中悟到的。

高光聚焦之下，郑巧飞成为临平一带的名人，经常有人来参观采访，也有不少单位邀请她去做报告。但她似乎早已从高光中走出来，或者更准确地说，郑巧飞没有让自己生活在高光之中。见面之后她给我的感觉，还是一如既往地自信淡定、能说会道。

说到央视的《焦点访谈》，郑巧飞不由得笑了起来。她自己也没有料到会做得这么成功，更没有料到会上《焦点访谈》栏目，成为"焦点人物"。做好一个村的策划，其实蛮难的，比自己当老板还难。但她感到双桥村，乃至临平区，对他们这些农村职业经理人非常信任、开放和包容，创新创业的土壤很好。现在，村里的老百姓看见她，都会跟她打招呼，还有人建议她，在双桥村造幢小房子，与村民们一起生活。她喜欢这种感觉，肩负着几千个老百姓的期望呢！说到这里，郑巧飞又笑了起来。

至于今后打算，郑巧飞毫不思索地答道，她要将双桥村做成乡村经营案例、人生案例，不负村民信任，也不负自己的青春韶华。近期，她正根据区里要求，与周边新宇村、戚家村、杭信村等商议组建乡村联合体，注册一家股份公司，筹集项目资金2亿元，实现共建共富。她给每个村策划了一个经营方案，每个村都有各自的定位和特色。把这些村做好了，就会产生辐射效应。她认为，经营没有问题，效益也不会有问题。难点在于谁来牵头，赚了钱后怎么分配。

这些问题，临平区有关方面已在调研考虑。在区里制定的强村富农

20条政策中，有一条专门针对农村职业经理人。明确未来要通过培育、激励、引留等，构建全链条式政策服务体系，打造良好育人环境，让那些有志于"三农"事业的优秀农村职业经理人，能安心留在农村工作，助力农村振兴和农民共富。

在《焦点访谈》栏目中，央视记者采访了农业农村部一位女处长。她说，下一步各地要探索构建农村职业经理人培训机制和评价机制，与财政支持、金融保险、社会保障等扶持政策挂钩，支持这支队伍发展。

"海阔凭鱼跃，天高任鸟飞。"郑巧飞犹如一只报春的新燕，在春天的季节里、在希望的田野上自由翱翔。

唐公村响起《义勇军进行曲》

"冰冻三尺，非一日之寒。"说起唐公村老百姓的住房问题，还真不是近几年的事。

熟悉农村的人都知道，农民一生最在意三件事：土地、房子、婚姻。看一个村富不富，不用做入户调查，只要看看这个村农民住房，就能大体估摸出这个村的富裕程度，八九不离十。

说起唐公村农民的住房，那话题可就扯远啦。

还是在大余杭时，一位到任不久的区政府领导根据群众来信来访反映，下乡调研。他来到运河街道唐公村，执意走进老住宅区，一看就惊愕了。那些房子大多为上世纪八九十年代建造，黑咕隆咚、年久失修、漏水渗水、墙灰脱落，且房子与房子挨得很紧，万一发生火灾，消防车根本进不去。

在号称发达地区的唐公村，农民居然住着这样的房子。这位领导就询问原委。人们告诉他，唐公村原先是渔村，以捕鱼为业，没有自己的土地。弃渔上岸后，有钱的村民纷纷进城买房，远走高飞，留下的大多经济条件一般，只能住在这些旧房里。隔了一个月，这位区领导再次赴唐公村，还带着区财政、土地、银行等部门领导，现场办公。会上，他明确表态：尽快解决唐公村农户的住房困难！由街道出面协调，征地、拆迁，所需经费由区财政予以补贴，各部门通力配合保民生。

彼时，一些机关部门领导并不完全认同这位区领导的意见。有人在私下嘀咕："自古以来，老百姓造房子就是他们自己的事，政府何必管这些闲事？"幸亏余杭、临平分设后，这位领导留任临平区。一张蓝图画到底，这事才算尘埃落定。

这些情况，是王建强给我介绍的。为了体现这段故事的真实性，他还从自己手机里翻出一张照片：当年这位区领导到唐公村调研时踏看老房子的留影。照片上那幢摇摇欲坠的危房，那些乱拉乱搭的电线，让人看后印象深刻。

王建强是唐公村第一书记，系运河街道干部。他长着一副浙江人少有的魁梧身材，眼睛不大却有神，声音不响而有力。他做过14年村书记，后来被招聘进运河街道工作。说起农村的家长里短、屋前屋后，没有人比他更清楚。他与唐公村似乎有缘，曾在该村当过193天书记。因住房改造，他于2020年换届后再次被派遣到唐公村担任第一书记。同来的，还有被称作专职指导员的朱松华。朱松华与王建强恰恰相反，一副没有吃饱饭的样子，精瘦而灵敏。

他俩是2019年12月25日进的唐公村。为啥对这个日子记得那么清晰准确？因为那天恰巧是西方人的圣诞节。虽然，王建强与朱松华不在意，但朋友微信群里还是有人在祝贺"圣诞节快乐"，这就加深了王建强的记忆。

事情就怕深入，就怕认真。王建强和朱松华一深入到唐公村老百姓中认真了解，才发现事情并不那么简单。

唐公村是典型的江南水乡，古今运河交汇于此。唐公村因运河而兴，也因运河而困。村里老百姓的劳动区与住宅区是分离的：人住在临近街道的唐公村，劳动则在运河两岸。说起以前，唐公村一带上了年纪的人，至今还豪情万丈。想当年，运河镇工业产值上百亿，远近闻名。他们吃过生豆腐，穿过斜纹布。这话意思是见过大世面。唯一遗留下来的问题是住房，住房问题又由当时的生产方式决定。当地以种桑养蚕为主，老百姓建房自然要考虑养蚕需要。蚕宝宝娇贵得很，要阴凉。于是，就造起这种"火车弄"，一般径深50多米，分隔成三进甚至四进。又因为彼时农民收入有限，只好选择比较便宜的拼户造房，形成"前门对后门，茅坑对大门"的形状。当地人自我调侃说，土烧砖头空心子，小树桁条竹椽子，用来"骗骗"新娘子。

后来，一些工业强村被划归开发区，运河禁捕，打鱼的被迫上岸，蚕桑业又很快不景气，唐公村人开始转行，尝试多种经营。一些人赚到钱，乔迁到城镇居住，老房子就留了下来，或出租或闲置。村里多数老百姓没有能力出去，几十年一贯如此。日积月累，老百姓就有了一大堆意见。有人上访，人大代表和政协委员也大声疾呼。这才有了新任区政府领导调研、开现场会的事。

区里决定拿出专项资金2.8亿元，解决唐公村、博陆村、五杭村农户住房困难问题，并给运河街道下了一个公文抄告单。这是多好的事呀！运河街道领导兴冲冲地跑到唐公村，开村民大会，宣布上面的决定。并告诉村民们，现有住房每平方米折价200元，新建住房奖励5万元，如果按照政府设计的统一风格建造，则奖励8万元。会上，街道干部讲得慷慨激昂、唾沫横飞。开会农户则是听听激动，想想心动，回到家里却没有行动。

"陈老师，您问这是为什么？一段时间内，我们也百思不得其解。明明是政府想为老百姓办好事，老百姓为啥不领情呢？过了好长一段时间才弄明白。"王建强思路清晰地分析给我听，"百姓百姓百条心。户与户之间不平衡，想法不一样呀！您想，有的农户已在城里买房，欠了一屁股房贷，他们怎么还会再筹钱到村里建房呢？再说，原先农户住房有大有小，现在统一大小，有的户觉得不够用，因此积极性不高。还有低保户、低保边缘户，根本拿不出钱，怎么办？有人建议设立调剂基金。但这样一来，一些人千方百计想把'树上的苹果'变成'自己口袋里的苹果'，引发了一系列新的矛盾。"

王建强就在这个乱纷纷的当口来到唐公村。那时，千头万绪，真像一团乱麻呀！王建强想想都烦。但农村住房是农村共同富裕的重要方面，对于有些农民来说，甚至可能是最要紧的所在。俗话说，安居才能乐业。王建强还要加上一句，安居才能致富。虽然，这事与自己一点关系都没有，但作为共产党基层干部，能为当地老百姓做好这件事，王建强觉得很有意义。干一辈子工作，这样的机缘并不多。他甚至想到，当自己晚年时，路过唐公村，还可以向孙辈夸耀一下这事。

多年农村工作经验告诉王建强，任何管用的办法都不是坐在办公室里拍脑袋想出来的。他一个猛子扎进农户之中。经过一段时间的家访和梳理，这个具有丰富农村工作经验、深谙农民心理的人，很快弄清了前段工作存在的三个问题。第一，搞一刀切，试图毕其功于一役，这既不现实，也无必要。唐公村住房困难问题，由来已久，情况复杂。现有户籍房、世居房、出租房、空壳房，应该根据不同对象，因人施策。第二，新建房土地偏少、建筑密度高，群众得到实惠不多。应该看到，唐公村老百姓住房困难问题，很大因素是多年来当地农户为全局经济发展作出的牺牲。现在解决这个问题，带有补偿性质，政府应该多让点利，适当增加土地供应，提高居住舒适度。第三，原先制定的住户百分百搬迁、农户百分百同意的政策不符合实际。如果坚持这两个百分百，唐公村农户住房困难问题，可能要下辈子才能解决。要允许农户自由选择动还是不动、搬还是不搬；只要90%以上村民代表同意，就应作数。

明晰，坚决，抓住要害。王建强向街道汇报了他的三点分析及建议，街道研判后向区里汇报并获得批准。区里同意增加调剂土地40余亩，分成几块建设，梯次推进；新址公共设施和环境由村里统一建设，每户接入天然气；留出7天时间供农户考虑决定，过期不候。

这个拆建方案，被老百姓戏称为"王建强书记给大家画大饼"。王建强颇觉冤枉，这哪里是"画饼"？明明是"效果图"呀！他和朱松华、村两委班子成员，一连开了十几个会议，与各个层次各个方面的人交流沟通，并深入一家一户做工作，介绍解释新方案、新政策。从反馈回来的情况看，村民的意见逐渐趋向一致，赞同新方案的农户越来越多。

王建强没有满足，他考虑必须符合村民委员会自治法的规定，以最庄重最权威的方式来决定这事。他提出，召开唐公村村民代表会议，公开、讲理、公认，最终由老百姓自己选择、决定。

那天是"五一"国际劳动节，劳动人民自己的节日。王建强有意选择这一天，显然是为了突出劳动这个特色、人民这个主体。

会议在唐公村大会堂召开，气氛隆重、庄重，全村74名村民代表，实到66人。

这是唐公村村民用合法规范的法律程序，决定选择自己居住形式的会议，是全过程民主在村级机构的一次尝试。

会议开始。庄严的《义勇军进行曲》在会场奏响。那雄壮、深沉、激昂的旋律回荡在会场内，叩击着与会人员的心扉，然后，冲出屋顶，回旋于唐公村上空，走进千家万户。

彼时，参加会议的代表都很激动，王建强自己也很激动。他面向台下66名村民代表，极具鼓动性地说："今天这个会议很重要。这是改革开放以来，上级党委政府给唐公村发放的最大的政策红利。我们要不要？我们干不干？我们怎么干？"

"要！""干！"台下群情激昂，振臂呼应。

"以前，我们一代人造三次房子，现在，我们一代人造三代人的房子。我们要全力以赴，做到最好，争取一劳永逸！"

"好！""好！"台下哗啦啦鼓起掌来，像澎湃的潮水漫过会场，也漫过王建强的心坎。

唐公村住房解困方案获得村民代表一致赞同。66名代表在会议记录上签字，确认同意。对因故没有到会的村民代表，王建强指定专人进行联系，征求意见，保证一人不落。

我在唐公村村委办公室看到了这个会议记录。66名村民代表以各种字体，写上自己的名字。有的龙飞凤舞，有的质朴粗犷。看着这些陌生的名字，我忽然联想到当年安徽小岗村18个农民的红手印，想到农民式的表达，想到农民在决定自己命运和道路时的那种坚定与决绝。

眼前，王建强和朱松华向我叙说着这段往事，神情都有点激动，似乎还沉浸在当时的场景中。

随后，朱松华陪着我去看现场，进行新旧对比。

我在旧址看到了那些被称为"火车弄"的房子，一家家走过去、看过去，与王建强、朱松华的介绍和描述完全一致。随后，我和朱松华来到正在兴建中的新区。已有三幢新房落成，还有三幢搭着脚手架，但也已露出雏形。统一的江南民居风格，白墙黑瓦、玻璃门窗、采光阳台，再衬托上湖水绿道，要多气派有多气派，要多时尚有多时尚。唐公村人住进这样的新农舍，那才叫一个美呀！

壬寅中秋，我收到王建强发来的一条微信消息。他在消息中告诉我，中秋节前夕，唐公村5号、8号、9号、10号地块的搬迁兴建工作取得突破性进展。四个地块的改造率都达到了90%以上。他们正在着手这四个地块上150余户农房的拆建安置事宜。

微信消息后，还附着一个视频《唐公村农民住房解困推进会》。视频中，频频出现"浙里安居、幸福唐公"的主题词。

我衷心祝福唐公村人早日搬入新居，走上共同富裕的康庄大道。

第四章
"二次分配"不仅仅是收税

  财政财政,理财之政;以政领财,以财辅政。这是财政本质,也是社会共识。从本源意义上探究,财政就是一定社会形态下资源汲取和分配方式。地方财政税收与共同富裕的关系,是笔者在采访中关注探究的重点课题之一。在不少人眼里,财政等于税收,税收等于收钱。而笔者在临平采访中深切感受到,财税具有多重功能,不仅仅是纯粹的税收,更不简单等同于收钱,它是广义的"二次分配",广泛体现在建设共同富裕社会的各个方面、各个环节。如果一定要给它找个比喻的话,它略等于阿基米德所说的"支点"。有时,它能起到四两拨千斤、一巢引百凤的作用。

——采访札记

财政人要做蓄水养鱼的渔翁

一些人总以为财政局财大气粗，自己手头管着许多钱财，机关办公楼必定豪华气派。一等走进临平区财政局办公楼，我很快就疑惑：财政局也许是临平区最简朴的机关？大楼明显多年未装修，头顶天花板和四周墙壁显得比较陈旧。

据说，这与临平区财政局"娘子军当家、铁算盘算账"有关：财政局的领导干部女性居多。

不过，副局长莫雅明的办公室却与众不同。与众不同，不是说她的办公室大而豪华，而是她在自己小小的办公空间营造出温馨的感觉，桌上点缀着一些小绿植，房间里飘浮着淡淡的香水味，能让焦躁的人安静下来。

一开口问起这办公室的布置，穿着白底黑格衬衫、留着披肩长发的莫雅明就笑了。她说她喜欢办公室这小环境。2005年，她大学毕业后考进余杭区财政局工作，刚巧，这幢办公大楼也于2005年落成启用。她从工作第一天起，就在这幢楼里办公，一待十七八年。临平与余杭分设，她连办公室都没有动，这在临平新区机关中不多见，她觉得很幸运。当然，这一年可用一个"忙"字来概括。她不管家里，不管小孩，一天到晚忙着跟余杭分账算账，人家说她们这几个女人像男人。说句心里话，女人管账真不容易。

莫雅明说到这里，莞尔一笑。

在财政人员脑子里、嘴巴里，很少有故事，有的只是账册、数据。莫雅明似乎也是如此。采访交流中，从她的嘴巴里，像吐出一片片葡萄皮一般，抛出一串串数据、比率。那个熟悉程度，根本不用过脑子，仿佛就在她嘴边上，一张嘴，就会"秃噜""秃噜"吐出来。我曾长期在机关管财务，自认为对财政、数字还算比较敏感。但面对着一个区财政的全部数据，我一时有点发蒙。经过仔细梳理，才基本弄清莫雅明晒出的临平区财政四本账。

"相对而言，社会公众对第一本'一般公共预算'的账比较熟悉。因为中央和地方'两会'每次必须报告，人们通常将其称为财政收支账。"莫雅明这样说明道，"2021年，临平完成一般公共预算收入151.3亿元，以税收为主，另外，还有非税收入。譬如，国有资源有偿使用收入、政府专项收入、行政事业费收入、罚没收入、国有资本经营收入等。财政局就靠这些收入来保障政府运行和改善民生。"

接着，莫雅明补充说，在现行省管县（市、区）的财政体制下，县区级财政机动余地不大。所得税部分，上缴中央财政60%；增值税部分，上缴中央财政50%。留存地方这部分，还要上缴省财政20%，剩下的，才归临平自己支配。据说，正在酝酿向市里缴纳一些的方案。那样的话，临平的日子会过得更紧张。

对于第二本"政府性基金预算"账，一般人听不懂。说白了，大头就是买卖土地及相关的收入。2021年，全区国有土地出让收入183亿元，国有土地受益基金收入近10亿元。两项相加，193亿元。换句话说，土地出让收入超过了税收收入。所以说，地方政府与土地买卖和房地产发展关系密切，是不争的事实。

说起第三本账，"国有资本经营预算"，多数人不太关心。的确，它涉及面不广。在临平，国有企业不多，2021年全区国有公司应缴利润未达到上缴收益的下限。但这不等于财政局没有这本账，临平区财政局把工作重点转到对市场主体的激励上。从上千家民营企业中，选择安排了6个财政绩效重点评价项目，投入资金3.9亿元，总体绩效良好以上。这算临平区财政局工作的一个亮点。

最后一本账，叫"社会保险基金预算"账。实际上，这本账与老百姓关系最密切，大家应多关注。在浙江，职工和居民养老保险、基本医疗保险已纳入省市统筹管理，所以，作为区级财政管理职能已显弱化。但临平区财政局对其情况和收入账目十分清楚。全区职工居民基本养老保险率为99.83%、基本医疗保险率为99.95%。全年收支相抵，结余3.12亿元。

听下来，总体感觉临平区财政状况尚可，略有盈余，不像有些地方捉襟见肘、寅吃卯粮。

"需要补充的是，"莫雅明说完上面四本账，还特意补充道，"临平对社会发展和民生领域非常关注，去年民生支出占公共预算支出比重为72.2%。今年预算方案，这个比例高达76.8%。包括的领域和内容可多啦！什么公共安全、社会治安、社会保障、医疗卫生、教育、科技、文旅公共设施、农林水、交通运输。这些分类中，包括了老旧小区改造、安装老楼电梯、公交地铁补贴、居家养老、低保户兜底等。"

之后，莫雅明与我讨论起共同富裕中财政的地位、功能、理念、思路，认为值得研究和探索。她反复阐述一个基本观点：财政在建设共同富裕社会中，要有长远观念、全局观念、市场观念，做"蓄水池"，放水养鱼；做"风险池"，综合平衡。说着，她拿出一份《临平区支持产业高质量发展政策的实施意见》，指指点点，给我一一解释。

这份印发于2021年10月22日的政策文件，我在事先"做功课"时看到过，文件44页，厚厚一叠。在各地各企业采访中，这份文件被频繁提及，临平人称之为"高质量发展99条"，共分16个方面99条款，大政策中又包含了若干小政策。粗粗梳理，实际上有一百二三十条之多。政策囊括了产业发展的方方面面，主要导向十分清晰明确：引导产业由中低端向高端高质发展，吸引外来高科技高质量企业落户临平。诸如，助力"雏鹰"企业、"鲲鹏"企业、"准鲲鹏"企业、"凤凰"企业、"独角兽"企业、农业龙头企业、现代种业、机器换人、未来工厂、楼宇经济、电商业、直播业、文化企业、数字经济……对各类企业，有各种不同的资助规定和明确的奖励数额，最高资助单个企业可达2亿元。相信综合起来，将是一个天文数字。

经莫雅明点拨，我发现文件吸睛之处不少。譬如，包容创新失败。对在国内临床试验研发费用投入1000万元以上的企业，进入II期临床试验后失败的创新药，给予不同额度的补助，最高为1000万元；对带货直播额在5亿元以上的顶级主播，给予500万元奖励；对企业投保的"出口信用险"，按其当年实际支付保费的80%给予补助。

从这些政策规定里，人们可看出这份政策制定者的视野、决心和魄力。

不过，在财政局企业科长冀世纪眼里，这些又是财政非常重要的工作。这个来自河南商丘的小伙子给我分析道，这资助，那奖励，说到底，都是财政的钱，都需要掏出真金白银。它们的区别无非是直接拨付还是间接转账，是显性作用还是隐性作用而已。

冀世纪是北大法学院硕士生，在区财政局大概算是学位最高者。他把财政资金支持高质量发展、建设共同富裕划分成几个板块。第一板块是支持产业高质量发展，以99条政策为主导。他算过一笔账，99条政策全部落实到位，区财政需要拿出全区地方财政可用的20%资金进行奖励或补助，将惠及3000至4000家企业，力度不可谓不大。但他同时测算，若干年后，这些企业的营收税收等指标将会成倍递增。第二板块是设立产业基金，支持创新型企业。同时在产业基金中设立主导产业基金，与重点产业方如老板电器集团、贝达药业集团、伊芙丽集团等合作，着重提升高端装备制造、生物医药、时尚等三大产业。改过去无偿补助为股权投入，名股实股、同股同利、风险共担。在企业最需要钱的时候，以股权入股，待企业蛋糕做大或上市后，按市场价转让股权，收回投资，然后进入下一轮循环，具体由临平国有投资公司负责操作。第三板块用于引进和扶持科技人才。在杭州市人才政策基础上稍稍加码，对毕业5年后再到临平就业的历届大学生，也给予安家补助。根据不同情况，分别发给1万元、3万元、5万元。仅此一项，区财政将支出1个亿。大批青年人才的引进和安家，是临平发展后劲的基石。第四板块是设立应急周转资金2亿元，专门用于"过桥贷款"。所谓"过桥"，是指企业向银行办理续贷时的垫付资金，一般一两天即可。但没有这个"过桥"，企业就贷不下钱来。另外，区财政还扶持各种贷款担保公司，让它们为小微企业提供贷款担保，形成全民创业、万众创新的局面。

小伙子说得异常兴奋，我也听得非常入迷。财政的招数之多，让我这个外行人脑洞大开。

走出这个布满数字的办公楼，我走进另一个整天与数字和钞票打交道的单位——临平区税务局。

5月下旬，江南进入梅雨季节，潮湿闷热的天气，成为这个季节的标配。在同样简朴的税务局会议室，税务局局长陈宇岗接受了采访。

窗外是久雨后的阳光和云彩，明亮而清新。略带点潮味的风飘进来，与穿着白衬衣、侃侃而谈的陈宇岗显得十分协调，一串串数据犹如五月花海里盛开的花瓣，多彩而多形。

在陈宇岗的眼中和口中，数字有色彩、有形状，它们是世界万事万物的构成部分，也是计算世界的结果。

儒雅、干练，戴着一副普通眼镜，善于思考，似乎对数字有特殊的记忆力，这是陈宇岗给人的印象。他用绍兴式普通话向我阐述他对建设共富社会的思考。地方上没有制定或改变税收政策的权力，但这不意味着无所作为。课题是如何涵养税源，让明天的我们更富裕。譬如，采取各种措施，助力企业做大"蛋糕"；通过个人所得税调节，切好"蛋糕"；让创新团队和员工分享发展成果，形成"橄榄型"社会收入结构；充分运用资本市场，找到阿基米德所说的那个"支点"，让资本流通起来，让资本市场旋转起来。

陈宇岗是临平设区后，从市税务局调任过来的干部。大余杭侧重数字经济，阿里巴巴一家就上缴了近一半的税收。分区后，那些钱留给了新余杭，几万退休人员留在新临平。临平区财政压力骤增，他这个税务局长自感"压力山大"：临平所用的钱，要靠他来组织收缴呀。

上任后第一件事，陈宇岗就组织大家分析税源结构。陈宇岗发现，临平区税收中，房地产板块占了三分之一以上，而三大主导产业板块只占四分之一。这意味着房地产业左右着临平税收大盘，房地产稍有风吹草动，临平税收就会波浪滔天。虽然，临平房地产企业总体发展不错。但深入分析，几家头部企业手中没有新楼盘，发展后劲不足；有的腰部企业资金链断裂，被政府接管；没有被接管的，也是风雨飘摇。说明临平急需调整产业结构，涵养新的税源。

多年在税务岗位上摸爬滚打，陈宁岗更倾向支持实体经济。因为实体经济获益的人更多，有那么多人就业，就能让那么多家庭改善生活。所以，在发展产业一事上，他的态度与区委倡导发展三大产业目标高度一致。他逐一分析老板电器、运达风电、西奥电梯、微光股份、春风动力、贝达药业、伊芙丽等企业。一企一策，用税收杠杆助力这些实体企业高质量发展。

今年税务局打的一场硬仗是留抵退税。这是新冠疫情给企业造成巨大冲击后，党中央国务院为应对疫情、帮助企业闯过难关而采取的一项重大举措。陈宇岗对税务局干部职工的唯一要求是快，快，再快！他知道有些企业嗷嗷待哺，有的企业命悬一线，有的企业即将遭遇资金链断裂的风险。如果救得及时，这些返税的钱就成了"救命钱""及时雨"；如果延误了时间，错过了时机，这些钱就变成了"丧葬费""遣散费"。

瞬间，税务局局长陈宇岗似乎成了救火队长，税务干部似乎全成了救火队员。急事急办、特事特办，他将重点税源企业360家集中到第二税务所，统一管理。然后，抽调精兵强将，把全局五个业务能力强的年轻人，集中到第二税务所，让他们在紧急关头经风雨、见世面、打硬仗。结果，把这些年轻人累得够呛。第二税务所所长李丽燕在采访中告诉我，那段时间，陈局长随时催办，他们二所几个年轻人也敢于担当、自我加压，天天加班到晚上七八点钟。"陈老师，您想想，我们都是"80后"或"90后"，不是小孩的妈妈，就是小孩的爸爸，真心觉得有点对不起自己的孩子！"说到这里，这个"80后"女所长眼角边有点亮晶晶的。

当我把李丽燕的话转告给陈宇岗时，他神情庄重地点点头："是那样的。不催不行啊！不过，他们的任务完成得很好，走在全市前面，局里多次表扬过他们哪。"

在采访中，我向陈宇岗请教社会上普遍存疑的一个问题："提出共同富裕目标后，会不会增加人们的个税负担？"陈宇岗立即回应道："绝不会！税务部门严格执行既定税收政策，征管政策没有变，力度没有加大，数量没有增加。"

似乎为了打消我的顾虑，陈宇岗随手拿起搁放在会议桌上的一张表格，给我介绍临平区个税税收的相关情况，嘴里报出一串串数据。相比去年同期，全区工资薪金个税税收基本没有变化，个人所得税税收增长不到1%，全区个税占税收总收入不到5%。一句话，外甥打灯笼——照舅（旧）。

在事实的阳光面前，人们的疑虑会像肥皂泡一般散去了吧？

找到四两拨千斤的支点

在临平采访多了，我发现一个奇特现象：为数众多的知识女性担任着临平区机关部门、区属单位和乡镇正副职，她们干得很出色，群众口碑也不错。我真心觉得，有关部门应该总结推介一下临平区培养使用女干部的经验。

临平区国有资本投资运营有限公司副总王艳，就是其中一位。

王艳所在的临平国投是一家新公司。临平分区后新设立，公司所有领导都是新人，王艳自然也是。只因她长期在银行工作，以前在大余杭做过投资，比较熟悉业务。公司班子分工时，就让她担任分管投资业务的副总经理。

想起最初组建的情景，真的让人忍俊不禁。临平分区后过了个把月时间吧，区领导找他们谈话，说是要成立临平国有投资公司。"人在哪里呢？""喏，就是眼前你们三个人：董事长蒋敏，总经理曹如法，还有她王艳。"桃园三结义呀？他们三人你看看我，我看看你，都忍不住想笑。

但那样严肃的场合，谁敢笑呀？王艳认真而用心地记录下区领导的意见："临平国投实际行使政府产业基金管理人权利。你们就是阿基米德常说的那个'支点'。通过你们这个'支点'，实现国有资本的引导作用、主导作用、放大作用。同时，培育产业、招商引资。怎么样？区里对你们三个人寄予厚望，第一脚怎么踢，第一炮怎么放，就全看你们自己啦！"

还能怎么踢、怎么放？先搭架子、招兵买马呗！王艳形容，三个人就像搭鸟窝一般，衔来树枝、拈来草根、拖来泥土，用去三个月时间，将公司框架树了起来，配齐了中层，招聘了五六十名员工。8月14日，宣布临平国有投资公司开张营业！经过招投标，很快组建起三个"天使基金"，分别为1亿元、7000万元、5000万元，临平国投各占股70%。这样可采用市场化方式进行天使投资，培育创业生态。

接着，天使基金开始撒开一张大网，有针对性地捕获那些符合临平主导产业发展、眼前价值不超过5000万元、投资金额不超过500万元、成立不足5年的成长性企业。然后，好中选优、优中选高、高中选精、精中选尖，果断地投下去，扶起来。这种市场化投资方式，改变了政府补助的传统做法，可以复制，可以推广。

投资，实际上是做选择题，考验的是投资人的眼光和判断力。这方面，王艳有优势。

王艳和同事们盯上了一家做仿制药的创新型企业。这家企业原先落户在其他地区，但因场地满足不了企业发展需要，考虑搬迁。这个信息被临平区招商局捕捉到了。招商局的人来找王艳商量。王艳一听，眼睛立马就亮啦。难得呀，这完全符合临平区产业基金投资方向呀！她二话不说，就与招商局的人一起赶了过去。王艳去了两趟，对方也来了两趟。一来二去，三说两说，就把对方给说动了。当然，完全归结于是王艳说动的，也未必准确。对方企业动心的原因，首要一点还是临平区的政策，其次，才是王艳的能说会道，还有招商局专门组织的服务专班。

类似故事很多。到采访那天止，王艳告诉我，去年半年时间，考察物色了22个意向项目，区里过会同意11个，占了一半，投资总额24.9亿元。今年到9月底，已过会同意了28个项目，投资总额超过50亿元。王艳觉得临平国投公司第一脚踢得不错，自己也蛮有成就感。

当然，说到成就感，王艳觉得还属成功引进红杉资本。

红杉资本在金融领域人人皆知，但在社会大众眼里，还是稍显陌生。故，先作点介绍：

> 红杉资本被人称为"创业者背后的创业者"，始终聚焦科技创新，致力于帮助创业者成就基业长青。截至目前，在科技、消费、医疗健康三个方向上，已累计投资逾900家成员企业。其中，超过130家成为上市公司，超过100家非上市公司已发展成为行业"独角兽"企业。在"2019年胡润全球'独角兽'投资机构排行榜"中，红杉资本排名第一。

说起红杉资本，王艳的眼里就放光放电。当然，这种光呀电呀，不是谈情说爱时的光和电，王艳关于自己的情感生活，一个字也没有说。她彼时一双美眸中射出的是事业的光、工作的电。著名作家陈学昭有句名言：工作着是美丽的。我要补充一句，工作着的女性更是美丽的。

红杉资本，被誉为国内资本领域第一大鳄，谁都希望与他们结结亲、过过招。现在，机会来到王艳面前。自然，红杉资本的人开始并不认识王艳。最早计王艳见到红杉资本合伙人的，是区领导。第一次见面，王艳是跟着区领导和董事长蒋敏去的，同去的还有财政局副局长朱海波，一个聪敏伶俐的小伙子。

见了面才知道，红杉资本正在发行第七期人民币基金，预计总金额将超过250亿元。杭州市政府希望红杉资本能在杭州落脚，就推荐了一些区县。红杉资本原先并没有将临平列为合作对象，因为他们主业是科技投资，杭州有条城西科创大走廊，沿途是西湖、余杭、临安三个区。临平在这条大走廊之外，所以没有进入人家的视野。这不能怪人家看不上你，是你的位置不对嘛！

但，地是死的，人是活的，王艳更是灵活的人。在灵活人面前，一切变得皆有可能。

记得是今年二三月份吧，临平天气开始转暖，进入江南初春时节。红杉资本的人真会选时间，他们就是踏着刚刚绽出地面的青草，闻听着新柳间呢喃的燕语来临平考察的。

场面上，自然有区领导和国投公司领导接待，王艳和朱海波的任务就是陪同考察。

考察内容很多，红杉资本合伙人问得很详细。临平的产业基础怎么样？与红杉资本投资方向是不是吻合？有没有土地储备？有什么优惠政策？干部有没有产业思维，有没有金融意识？对这些提问，王艳非常理解，人家做得那么大，自然有过人之处，就是这么细心出来、认真出来，甚至是问出来的。对上述问题，王艳烂熟于心，她稍微整理一下思路，加上临场发挥，一一作答。那种专业和逻辑，让红杉资本合伙人甚为满意。

红杉资本方考察得出的结论是，临平区确立的三大产业，高科技高质量高起点发展战略和目标，与红杉资本投资方向完全吻合、高度一致。

这个结论，改变了红杉资本领导层的看法，也改变了原先选点布局的方案，考虑将红杉资本第七期人民币基金运营总部放到临平。

接下来，进入具体谈判。王艳成为一个走向谈判桌的女人。她这样自嘲，也这样自嗨。谈判很不容易。红杉资本是什么来头呀，人家见过大场面，与国内外科技界、金融界、证券界的顶尖高手谈过不知多少次。但王艳面对红杉资本合伙人时，并没有怯场，不卑不亢、不藏不露，恰到好处。这就值得夸耀王艳两句，她似乎的确天生有这个胆子、有这个能耐。

谈判中，阵地战、游击战、拉锯战、突袭战，反正什么战都有。谈判本身就是一个讨价还价、你进我退、相互妥协、最终达成一致的过程。虚虚实实、实实虚虚。实以虚应之，虚以实克之。对这些，王艳轻车熟路，运用自如，当进则进、当止则止。

王艳与红杉资本合伙人谈判中有个焦点问题，就是临平区投多少钱，基金返投多少钱。临平区希望按照国际惯例，增加些返投。而红杉资本认为，投资有风险，并不想一开始让临平区参与太多，负担返投债务。临平区领导在谈判中明确表态，临平人对产业基金有深刻认识，知道凡是投资皆有风险，但临平人有能力控制这个风险。王艳感觉，区领导就像一位优秀的跳水运动员，在决赛中要了一个难度系数极高的跳水动作。跳成功了，自然得高分；如果跳砸了，就将被排除出榜单。王艳告诫自己，在谈判中把握好度，既要努力达至目标，又不能把人家吓跑。

谈判中的具体问题太多，如果现在要罗列出来，恐怕有几百个。王艳的做法是，人家提出什么问题，他们这边就回答什么问题；人家要什么资料报表，他们就及时提供，争取"秒回"。

还真有这么一个例子。

那是5月16日上午9点15分。王艳听见自己手机"叮咚"响了两下，她下意识地拿起手机，并快速打开。在这段时间里，王艳已形成随时翻看手机的习惯，免得耽误工作。

果真，红杉资本方代表在"临平—红杉协议沟通群"里提到了王艳。人家找她了呢！

"辛苦找廖律师帮忙补充一下4月份财报，也请教一下预期可提供的时间。"

这位红杉资本代表也真够赶的。不仅要材料，而且要时间。

王艳毫不犹豫地回复："应该马上能提供的！"

对方立马接上一句："那太好了，太高效，感谢！"这下王艳退无可退。

此时，临平国投公司方面廖律师应道："收到！"

多少时间才能发出这么一份复杂的财报，王艳自己心中也没有底。但她相信，临平国投公司同事不会让她失望。

真的，不到一小时，在10点05分，廖律师已在微信群里发出了盖好章的"临卓4月报表"，请红杉资本方查收。

红杉资本方无疑有点惊讶，由衷赞叹道："太快了。谢谢！"

这样的事，肯定不止一次。

谈判在继续，一个个具体问题摆出来，双方就事论事、就事论理。愈谈愈深入，愈谈愈具体。王艳的谈判才能愈来愈显示出来。一次谈判结束后，王艳收到对方联系人发来的一条微信："我们跟不少地方领导接触过，你们团队是最专业的。"能获得谈判对手的尊重和认可，大概是谈判者最感欣慰的事，王艳也蛮高兴。

王艳、朱海波、廖律师等组成的团队，就是以这样的真诚、专业和效率，从而形成一种强大的、坚韧的牵引力，一步步把红杉资本这头大象引向临平。

已经进行了十五六轮谈判，该谈的都牵涉到了，需要双方决策者拍板。

最后一次谈判，因为双方都忙，商定采用视频方式进行。而更为有趣的是，彼时，红杉资本的决策者在行进的高铁上。

显而易见，高铁速度极快，有时视频信号不够稳定，声音会时断时续，画面也会偶尔定格，但这一切，毫不影响双方的沟通、磋商和决策。

在快速行进的高铁上，在摇晃变动的画面前，在带有颤音的环境里，双方决策者几乎同时说出"OK"！

真正的定格。红杉资本由此走下高铁，走进临平的历史。

2022年4月29日，红杉中国新一期人民币基金落地杭州。

红杉中国人民币七期科创基金签约仪式以线上线下结合的方式举办，杭州市国有资本投资运营有限公司、杭州市临平区政府、临安区政府表示共同出资，以支持红杉中国人民币七期科创基金继续关注中国产业发展机会。

此次落地的新基金仍将重点选择处于早期、成长期等不同阶段的科技创新性企业作为投资对象。

——界面新闻，2022年4月29日

四个月后，王艳用微信告诉我，红杉资本基金已经设立，首次资金已经出资。

"投了什么项目呢？"我追问。

王艳告诉我，项目没有落地前，不方便宣传。

"这个，我自然知道，我只想知道投向。"

"绿碳板块的储能项目。另外，还有最近很火的GPU。"王艳这样告诉我。语气中，带有某种得意。

我理解并欣赏这种得意。王艳和临平国投的同事们已借助红杉资本这个"支点"，开始另一种"四两拨千斤"的尝试。

"人生得意须尽欢，莫使金樽空对月。"王艳，您和您的同事们举起金樽了吗？

让公共财政的阳光洒向普罗大众

取之于民，用之于民。这是我国公共财政的基本原则。

给谁用，如何用？临平想出了自己的绝招。

且将时钟拨回至2016年下半年。

退休多年的杨丽霞大妈近来被一件事搅得寝食不安，这件事，就是住户上下楼问题。

杨大妈住的这幢居民楼，归属南苑街道河南埭社区，在原石油公司地基上兴建，人们约定俗成地叫它"石油大楼"。两个楼道，住着24户人家。当年建设时，根本没有考虑装什么电梯、木梯，也许那时社会年轻着呢，大家都年轻着，不需要。

似乎在不知不觉间，中国渐渐进入老龄社会。大家一转身，蓦然发觉身边一夜之间冒出那么多银发老人。石油大楼的银发族也是一年比一年增加，等居民小组长杨大妈意识到去统计时，才知道整幢大楼里居住的人中，60岁以上的占了六成多。石油大楼简直可以叫银发楼啦。

银发族会带来很多以前没有碰到、现在还没有料到的事项。其中之一，就是老年人上下楼梯的难题。杨大妈自己住在6层，每天都在体验上下楼的不便。楼道里，还住着不少八九十岁的老人。有的腿脚不利落，上下一次，就像爬黄山一般难。

住在一起，都是近邻，抬头不见低头见。何况杨大妈是个热心人，原先在单位里做人事工作，天生爱助人。退休后又被大家推举为楼道小组长，一天到晚跑进跑出，为众人服务。在石油大楼住户中，威信蛮高。社区里提起杨丽霞，几乎没有人不知道的，连河南埭社区书记张国平也敬她三分。

居民在楼道口遇见杨大妈，总爱跟她唠叨楼梯的事。杨大妈越听越觉得有道理，越听越觉得自己有责任。恰在此时，杨大妈从电视里看到，党中央要求各地办好民生工程，只觉得眼前一亮。对呀！加装楼道电梯，解决居民一上一下的困难，不正是中央号召的民生工程嘛！

杨大妈既热心又急性，思路一形成，就急匆匆赶到社区，找到书记张国平。

张国平在河南埭社区工作多年，与社区居民相处不错。他热情接待杨大妈，认真听取杨大妈介绍的情况与建议。

其实，张国平也从社区居民嘴中听过这些意见，也在思考这类事如何解决。杨大妈的意见建议，与他不谋而合，坚定了他尽快解决老居民楼加梯难题的决心。虽然，加装电梯会涉及很多问题，临平地区尚无先例。但总得有人来开这个口、来带这个头呀！

张国平当即明确表态，他支持杨大妈的意见。由他出面先向街道报告，争取加装电梯政策落地。同时，希望杨大妈回去后，进一步做好摸底工作，到底有多少户人家同意安装？有什么具体问题需要社区和街道协调解决？

得到社区书记支持，杨大妈顿时觉得自己腰板硬朗了许多。她回来后与邻居们一商议，大多数住户都赞成。只有两户人家一时不同意。为啥不同意？杨大妈一了解就清楚了。原来，这两家都是年轻人，上下楼时连蹦带跳，根本不需要什么电梯。杨大妈一次次上门开导，告诉他们，人总是要老的，现在有这么一个好机会，政府支持补贴，不装就错过了。再说，做人嘛，前半夜想想自己，后半夜想想别人。自家一时用不着电梯，但要为整个楼道着想，为需要的人着想。经杨大妈一说再劝，这两户年轻人也就不再坚持。

这边，杨大妈摸到了大家的底。那边，张国平也摸到了街道领导的底：街道全力支持，争取向区政府申请专项补助40万元，每台电梯20万元。希望石油大楼，不，希望整个河南埭社区带头，为南苑街道蹚出一条老居民楼加装电梯、老旧小区翻新改造的路子来！

高度一下子上去，视野一下子拓宽，责任感和荣誉感陡然增加。张国平书记带着杨大妈和其他楼道的楼道长，先跑到杭州主城区参观电梯加装试点，再跑到西奥电梯公司考察选择电梯的式样型号。大家兴高采烈、群情激昂，加装楼道电梯一时成为街谈巷议的热门话题。

经过反复协商和层层报批，2017年11月，杨大妈所在石油大楼宿舍区电梯改装方案定局，2018年3月开工建设，两个多月时间完工。两道灰黑色电梯通道矗立在石油大楼宿舍北边，24户居民的上下楼问题顷刻解决。

一石激起千层浪，两梯引发欢呼声。其实，存在上下楼困难的又何止一座石油大楼宿舍，有着加装电梯梦的也并非杨大妈一人呀！

同属河南埭社区的南大街56号小区业委会主任孙克明等，也有同样的期待和冀望。孙克明和老母亲住在6楼，老人家已95岁，腿脚不便，非常渴望有一部电梯能载着她上上下下，让她得以在小区院内走上几步。

石油大楼宿舍区加装电梯成功，增添了孙克明的信心和决心。他向社区张国平书记强烈要求，将56号小区纳入加装电梯范围，并表态说，他只要求政府按政策给予补贴，小区居民工作由他来做，绝不给社区增添麻烦。

说来也巧，正在孙克明争取所在小区加装电梯时，政府顺应民意，对原有老旧小区加装电梯政策作了调整。由过去每台补助20万元，增至40万元，区与街道按照9∶1分摊。这就意味着，每台电梯总装费用的56万元中，楼道居民只需承担16万元。

这，大大减轻了每户居民的负担。给孙克明或李克明、张克明们做工作创造了绝好的政策条件。

孙克明真是说到做到。这位退伍军人使出了在部队学到的拿手好戏，深入做思想工作。他开了N次会，跑遍每个楼道，到居民家里宣传加装电梯的好处，并带着大家参观石油大楼宿舍，让电梯公司的人讲解技术特性。然后，与居民代表制定了人性化的"多数原则"和出资比例。"多数原则"规定，赞成户超过三分之二或面积超过四分之三的楼道就可以加装电梯，而不必百分百。不同意者可以保留意见，可以不出钱，但不得反对。根据不同楼层不同受益情况，确定不同出资额度，越是高层，越是出资多。还有一点，特殊情况作特殊处理。孙克明家楼下住着一位孤寡老人，已80多岁，出不起钱。经他提议，楼道居民公议，不要这位老人出钱，她的份额，由楼道住户分摊。也有个别户坚持不肯出钱，那好，对不起，暂时不出钱，暂时就不能受益，得暂时把该户楼层电梯开关关掉。什么时候想通了，出钱了，再"咔嚓"开通。这也算合情合理吧？

至采访日，河南埭社区已加装电梯73台。

临平区住建局给我提供了一组数字：全区至今累计完成加装电梯260台，惠及36个小区3400多户居民。仅此一项，区财政掏出1个多亿。

我饶有兴致地走进一些已加装电梯的楼道去试乘。一色的西奥电梯，簇新锃亮，没有任何噪音。电梯里外，人们进进出出，脸露喜色。我随机询问了几个乘坐电梯上下的居民，他们异口同声点赞。过去因上下楼不方便，住户之间很少串门。现在有了电梯，说上就上，说下就下，有一会儿就可串个门、聊个天，邻里关系变得更为融洽和睦。特别是今年4月24日，临平有个小区发生一例新冠阳性病例，小区封闭。大白们一天几次送菜送药到小区门口，居民们一天几次上楼下楼取药取菜。要是爬楼梯，那还不把人累趴下呀？一些人回忆至此，不免唏嘘。

孙克明感慨地说，他那位高龄老母亲，现在自己上下电梯，偶尔在院子里散散步。老人家幸福感满满，遇人就说，这是共产党和人民政府给带来的福气，她这个老太婆要好好享受啊！

在临平，更为人瞩目和令人称道的是老旧小区改造。当然，"老旧小区改造"是老百姓的说法，干部和专家们用的是一个文绉绉的名词：城市有机更新。

略一思考，我还是决定采用老百姓的说法：老旧小区改造。直截了当、明白晓畅。

我走访了临平全部8个镇街，发现城乡到处都有老旧小区身影，不是已经改造完毕，精彩亮相，就是正在改造之中，脚手架林立或者已审批立项，社区着手在做前期工作。其中，临平街道老旧小区最多，具有一定的代表性。

这个判断，是临平街道主任杨政告诉我的。

杨政是分区后从组织部来临平街道任职的"80后"，可归属王蒙先生名作《组织部来了个年轻人》里的年轻干部一类人。他到临平街道工作一年略余，对整个街道老旧小区改造工作情况已烂熟于心。介绍起全面情况来，一点都不打磕巴。

临平街道不大，15个社区，地域面积才6.4平方公里，还不到东湖街道二分之一。因城市发展轨迹使然，老旧小区比较多。

临平街道老旧小区改造从2019年开始，头一个吃螃蟹的是所属梅堰社区。

实事求是地说，我们居住的城市每时每刻都在更新中，城市建设者和管理者也在想方设法让我们的城市变得更漂亮、更便利。但老百姓常常诉病把城市马路当拉链，缝上拉开，拉开再缝上，没完没了。临平街道领导也痛恨这种"拉链现象"。他们受到"最多跑一次"的启发，在老旧小区改造中，响亮提出"综合改一次，一次改到位"的口号，把市容市貌整治、加装电梯、小区进出道路、"一老一少"、助餐托儿、社区文化体育活动场所等都纳入其间。现在回过头来想想，这个口号蛮对。集中人力、财力、物力、精力，把该改的、能改的、将来要改的，一次性设计、一次性投入、一次性改造到位，改到老百姓满意为止。

问题是当时阻力很大，街道和社区干部落得两头不讨好。

这种阻力，首先来自有关部门和单位。公路通道、电梯加装、弱电强电、网络线路、燃气管道、绿化美化、市容市貌，涉及很多部门呀！大多是条条垂直管理，街道指挥不动。有的又有许多硬杠杠横着，谁也不敢越雷池一步。但有一点是共同的，这些部门和单位，都有自己的职责和利益，谁也不会轻言放弃。这就给街道做工作留下了余地。街道有时没有办法，只好请区里出面协调。然后，由区里指定某家牵头，其余配合，才慢慢把关系理顺，一步步向前推进。

还有，更多的是居民的矛盾。家家都有一本难念的经，各人有各人的盘算。改造工程要把原先的储藏室、自行车棚等统统拆掉，为改造后车辆进出和加装电梯腾出空间，一些牵涉到的居民户就不太情愿。统一处理外立面，需要拆掉原先安装的防盗窗，也就是老百姓俗称的"包笼"，一些装修考究的住户就提出高额赔偿要求。有对老年夫妻，实在难缠。你说要拆掉"包笼"，他俩说，会影响室内装修；你说施工必须搭架子，他俩说，搭架子后会造成室内不安全；你说要在外立面涂墙料，他俩说，油漆会造成过敏；你说要施工，他俩说，施工会有噪声干扰。街道干部心生一计，让在税务局工作的女儿上门做父母亲工作。谁知这老两口倔犟得很，说女儿如果再来做这个工作，就断绝父女关系……我的妈呀,真的把社区干部弄"晕菜"啦。

当然,这是极个别现象。杨政转换着口气。绝大多数居民还是欢迎的,因为,他们毕竟是受益者。这是街社干部工作的基础,也是街社干部进行城市更新的信心和力量所在。

街社干部被分工至各小区、各楼道,深入居民家中,做宣传解释工作。他们手头一般有两张纸,一张是老旧小区改造后的效果图,一张是征求意见书。看效果图的目的自然是吸引人、说服人,告诉大家,小区改造好以后,将会变得如何如何,怎么怎么方便,连房价都会增值。一定要说得大家眼睛亮亮的、心里痒痒的。征求意见书是为了解居民需求。大家希望小区改什么、怎么改,需要有些什么功能,路线怎么进出,停车场怎么设置,小区袖珍活动场所放在哪里,电梯选什么型号,助餐点至少应有哪些菜谱。然后,把大家的意见集中起来、梳理出来,能纳入改造方案的,尽量纳入;实在纳入不了的,也向大家说明。

之后,让第三方评估公司上门,一处一处评估,居民家里受损多少,补偿多少,尽量不让住户吃亏,做到合情合理。

最后,才是签约。由社区出面,与家家户户签订协议。社区给大家留出一个星期的考虑时间,决定后再签约,签约后不能反悔。因为,社区会将协议上墙公布。

这么几个环节下来,居民群众气顺了,心里也舒坦了。再想想改造后小区的模样,开始充满期待。

梅堰小区改造工程就这样动了工。从酝酿到改造完毕,前后差不多花了3年时间,共投入3个亿,区街按9∶1分摊。

除梅堰小区外,临平街道还有一批老旧小区需要改造。街道制订了一个计划,以2000年为界,但凡2000年以前建的房子,都列入城市有机更新范围。眼下已完成或进行中的小区有10个,还有六七个小区需要改造。街道计划每年3个,争取再用两年多时间,将临平街道所属老旧小区全部改造好,完成城市有机更新。那时,临平街道的面貌将焕然一新。杨政说到这里,眼睛放着光,口气坚定而决绝。

说完这一切,杨政建议我到梅堰小区实地看一看。

那是必需的。俗话说,百闻不如一见嘛!

梅堰小区是个大小区,共有66幢住宅楼,建筑面积22万平方米,住着3100多户人家。

站在一幢幢修旧如新的老楼前,你会觉得这是一次欣赏,也是一种享受。湛蓝的夏空下,绿树掩映着建筑,袖珍草坪铺展进小弄。江南民居特色的坡顶造型,现代灰色基底上镶嵌着一溜溜蓝黑色玻璃窗,与初夏阳光交融,极富时尚感。外加电梯通道紧贴墙身,空调室外机悬箱整齐划一。新门头采用鱼肚灰大理石干挂,显示出美观与和谐。

进入梅堰小区邻里中心,更是让我大开眼界。

邻里中心由区农林集团办公楼改建而成。南侧是一幢两层楼,一半为老年养护之用,取名为"老有颐养"。一半开着小超市、社区服务站,主要用于老年人助餐服务。北侧四层楼,被改建为文化服务和老年活动中心,远远就能听见从大楼里传出的丝竹吹打声和乒乓球赛助威声。

正是午餐时间,邻里中心人来人往、热闹异常。人们从老楼电梯间走出来,从北侧活动中心走过来。大多是老两口结伴而行,也有单身老人拄着拐棍,蹒跚而行,还有一些穿着标配服装的外卖小哥和的哥急匆匆前来就餐。助餐点负责人告诉我,助餐点主要为小区60岁以上老人服务,同时也为外地打工者服务,即便是外地游客,也可在此就餐,只是不能享受老年人价格补贴。哦,原来这是一种开放式服务,把定向精准服务与市场经营结合起来,多好呀!

我走近卖菜窗口,抬头扫了一眼今日午餐菜单,有烤鸭、豆芽、千张包、包心菜、南瓜等，花色品种还蛮丰富的哩。再看看菜价，因为有政府补贴，也不算贵，一碗菜五六元，属于大众消费。

一些中年人进进出出，明显看得出，他们在为不能亲自前来的老辈人打饭买菜。

大多数老人愿意在此吃饭、聊天。

"老伯，您经常来这里吃吗？"我靠近一张餐桌，低声询问一位正吃得津津有味的老人。

"来吃，来吃。"这位老人告诉我，他叫杨锡陆，81岁。

在杨锡陆座位边上就餐的朱建龙老人见状补充道："这段时间饭菜口味好，所以吃的餐数特别多啦！"说完，他夹起一大块鸭肉，送进嘴中，连声啧啧称道："可以，可以！"

看着这些老人边吃边聊，兴致颇高，闻着饭菜的香味，此时已有点饥肠辘辘的我，勉强抑制住自己，咽下一些口水。

陪同的街道副主任钟笑含介绍说，梅堰小区8000多人中，60岁以上老人1200多位，90岁以上343位，100岁以上13位，是个典型的老龄

深受老百姓欢迎的"社区助餐点"

型社区。在老旧小区改造征求意见时，不少居民提出，小区老人那么多，子女都在上班，小孩都在上学，没有人买菜烧饭。希望社区能配套建设老人助餐点，解决老人日常就餐难题。社区和街道都认为这的确是个事儿，而且是个大事儿。大事儿就按照大事儿来办，街道正儿八经地给区民政部门写了报告，建议由区民政部门和街道共同建设老人助餐中心。民政部门态度非常积极，主动把这事列入民政日常事务，专人专款负责。

这事也是新鲜事，过去没有办过。没有办过也不要紧，关键是思路对头。什么思路呢？就是社会化、市场化。由民政部门采用市场竞争方式，向全社会公开招标，质优价廉者胜出。临平街道竞标得胜的是一家叫"三乐"的家政服务公司，各社区老人助餐点均由这家公司统一经营。"三乐"公司在临平街道设立了8个社区助餐点，负责全街道11857名60岁以上老人的一日两餐，街道据实结算并补贴给"三乐"公司，一年约为130万元。这样，就把社区干部"摘"了出来，既不用管钱，也不用管菜，一心一意做好配合工作即可。

您问效果吗？钟笑含用手指着助餐点的电子显示屏，上面清清楚楚、精确无误地显示出：梅堰小区就餐32426人次，临平街道就餐133221人次。这位干部解释道，这是从2021年4月开办以来至今的数据，平均每天五六百人。中间因为防范新冠疫情，否则，就餐人数还要多一些吧！

置身于临平街道助餐点内，我蓦然想起近期网上和社会上正在热炒"公共大食堂"议题，大家见仁见智、莫衷一是。有人质疑这是在复制"人民公社化"时"全民办大食堂"的做法。作为亲历过"大食堂"兴衰全程的笔者，从采访了解到的材料和在现场观察中，看出眼下的助餐点与彼时的"大食堂"明显不同。第一，出发点不同。"人民公社化"

时的"大食堂",实质上是超越社会发展阶段的"共产风",试图让人民公社社员过上所谓"共产主义的生活方式",明显超越了历史发展阶段和人们的思想觉悟程度。而当下的老人助餐点,目的是解决老龄社会带来的实际困难,满足老年群体对一日三餐的正常需求。第二,数量不同。"人民公社化"时的"大食堂",面向全体社员,提倡"放开肚皮吃饱饭,鼓足干劲搞生产"。在社会财富不够丰裕、人们思想觉悟尚未达至一定高度时,这种做法势必造成短时吃饱、长期则出现饿殍的状况。而当下的老人助餐点,主要服务于"空巢"居住及子女无暇照顾的老龄人群,总量不多,政府财力补助能够承受。第三,机制不同。"人民公社化"时的"大食堂",是典型的"大锅饭",采用"按需吃饭",不计成本、不计收入,所以难以持久运行。而当下的老人助餐点,采用市场机制选择经营者,实行保本贴补模式。老龄就餐者自己需支付饭菜成本,政府财政仅补贴有关场地、人员及部分公共费用;其他社会人员就餐,则按照市场价格购买。这样,助餐点的运营是可持续的。故,上述种种质疑没有依据,种种担忧大可不必。我倒觉得,这种专司于老年群体的助餐点或许会成为具有中国特色、能够解决中国老龄社会居家养老难题的模式之一。只要财力和精力所能及的街道或乡村,都应逐步创造条件,逐步将此类服务于老年群体的助餐点开设起来,使之遍地开花。对老年人而言,甚或对无暇赡养老人的子女而言,善莫大焉。

彼时,我就站在梅堰小区助餐点的电子显示屏前,这么漫无边际地思考着、琢磨着。兀然,我眼前出现了一个幻象:22800000张百元人民币,从财政账户中飞出来,化作千万缕春天的阳光,投射到临平36个老旧小区、成千上万户老百姓家庭,于是,阳光普照,春意盎然……

此刻,我心中不由得涌起杜甫在《茅屋为秋风所破歌》中发出的那句千古之问:"安得广厦千万间,大庇天下寒士俱欢颜?"今天,公共财

梅堰小区改造前

梅堰小区改造后

政的温暖阳光已照到"寒士"身上,使得"寒士"不再寒;还覆盖至广大黎民百姓、普罗大众,让大家有了更多的温暖感。

尊敬的杜工部,您老人家看到了吗?

一家布艺企业的四重贡献

企业,特别是大多数普通企业,在建设共同富裕社会中的地位和作用、价值和意义,是个值得探讨的问题。

在临平,我发现了一家普通却特殊、规模不大名声却较大的企业——杭州奥坦斯布艺有限公司。

据说,"布艺"这词,是临平人发明的。究竟是谁第一个使用"布艺"这个词,相信已不可考证。不过,我猜想,奥坦斯公司老板陆文龙大概是其中最早一批使用人之一。

这么说,不是一点根据也没有。陆文龙1983年进入乡镇企业,两年后当厂长。当了四年厂长后,忽然辞职下海,自己创业,做起窗帘布生意。也许就是那个时候,"布艺"一词开始风靡全国,陆文龙拿来用,创办了这家奥坦斯布艺公司。这样的推理,不算无中生有吧?

朋友调侃陆文龙,说他是个"非典型企业家"。譬如,他只是将奥坦斯布艺公司当作自己的试验田,试验他的"共富"理念,而没有大规模发展。平时稍有空闲,他会去观察天文现象,研究暗物质,思考天空中那么多星球为什么没有掉下来。眼下与朋友见面,不是讨论生意经,而是分析俄乌战事谁胜谁负,每每争得面红耳赤。

争论归争论。说到办工厂、做生意,朋友们都承认陆文龙是一把好手。陆文龙自己也这么以为。

办厂伊始,生产丝绸被面,一年才几万元利润。但陆文龙向大家夸下海口,自己立志成为百万富翁。彼时,"万元户"还是稀有品种,百万元,约等于眼下一个亿吧?简直是天方夜谭!很多人不信,私下议论陆文龙是"牛皮哄哄"。说实在的,陆文龙自己也没有把握。

成不成,做起来再说。陆文龙在一个展览会上得到信息:杭州化纤厂用人造丝做窗帘布,非常漂亮,颇受市场欢迎。脑筋灵光的陆文龙,马上转产,开发装饰布,并将厂名改为装饰锦公司。结果,一炮打响,四个月下来,赚了30万元。陆文龙想,这一辈子够用了。他将其中20

万元存进银行，而且是定期存款，准备以后作为养老费用。

一次性存入20万元，把银行给惊动了。陆文龙做的什么生意，这么赚钱？他们跑到陆文龙厂子里一问，说是生产装饰布。啊？装饰布这么赚钱？银行的人眼睛都睁大了。那为什么不扩大生产？多多益善呀！没钱买设备？来来来，我们给你推介推介。银行一介入，渠道就多啦！陆文龙将邻村十几台闲置的铁木织布机盘了下来，一下子增加到20台织布机。生产的窗帘布主要销往成都，一年下来，净赚80多万。陆文龙一合计，80万，加上去年30万，不就是110万了吗？他陆文龙没有吹牛，不到两年时间，将自己变成了百万富翁呢！

成为百万富翁的陆文龙有了第二个目标：成为千万富翁。

实际上，从百万到千万，比陆文龙自己预计的要快。到1995年，陆文龙资产已达两三千万元。

于是，陆文龙赶快宣布，自己第三个目标是成为亿万富翁。话刚说完，第三个目标就在千禧之年实现。非典肆虐那一年，陆文龙拿出2.5亿元，把余杭大厦收入自己麾下。

赚钱、聚财，在陆文龙这里似乎不是什么难事，陆文龙更注重的是赚钱的过程，在乎自己的一些想法能不能通过办企业得以实现。这就涉及企业与共富这个话题。

这是一个令人感兴趣的题目。

我与陆文龙相约，先到他的奥坦斯布艺公司现场看看。

陆文龙爽快地答应了我的要求，并在电话中朗声说道："你随便问，奥坦斯经得住任何检验。"

于是，我用半天时间，深入生产车间和研发部门、销售部门，调研采访、查阅资料。

之后，我希望就此议题，与陆文龙作一次漫谈。

天气进入高温酷暑模式，而且今年热得有点异常，就像陆文龙研究的天象。一大早，东方天空布满了鱼鳞般的云片，气象学上称为"透光高积云"，人们一般叫它"鱼鳞云"。农谚道："天上鱼鳞斑，晒谷不用翻。"意思是说，连续高光高温暴晒稻谷，都不用人工去翻动了呢。

从车子下来到上楼，短短百来米距离，我已汗流浃背。然后，坐进凉风习习的空调房间，抛出问题，请教陆文龙。让他结合自己企业情况，好好谈谈。

陆文龙穿着雪白而挺括的衬衫，扣着袖子纽扣，结实的肌肉把一件衬衣胀得十分饱满。他喜欢一根接一根地抽烟，那种细长条的女士烟。他将它夹在手指间，慢慢燃烧，与这种闲谈气氛蛮协调。

"在我看来，企业对建设共富社会有多重作用。"陆文龙开始他理论家般的叙述。能说会道、能言善辩，这是陆文龙的强项。多重？对，多重！在一般人概念里，企业嘛，就是依法经营、照章纳税。在他看来，这仅仅是其中之一。如果全面思考，企业其实有四重作用。纳税缴费，这是人人都看得见的事，算是一项；最主要的是第二项：创品牌，带动企业和行业高质量发展；其三是帮助员工发家致富，共享改革开放美好成果；第四项是参与社会公益和慈善事业。

"哦，这个分析有理有据，颇有新意呀。"我请陆文龙展开讲讲。

"那，就先说创品牌吧！"在陆文龙看来，这是衡量一家企业最重要的标尺，也是陆文龙一直引以为豪的事。

那是1995年，还在老家工厂生产装饰布的陆文龙，再次到欧洲考察，参观展览会。一进展馆，那些新颖的织造设备令他眼花缭乱、目不暇给。自认为见多识广的陆文龙，这次像是刘姥姥进了大观园。人家都已进入数字化阶段，而自己这边，还在依靠传统的人工设计和生产。这样下去，岂有不落伍的道理？就在转悠展馆时，陆文龙下定了追赶世界先进织造技术的决心。

回国后，经过一番论证和筹备，陆文龙于1997年，将企业从自己老家沾驾桥搬进开发区，取名为奥坦斯布艺公司，专业生产装饰布。他一次性投资1.3亿元，从比利时引进当时国际上最先进的生产设备，毅然决然地跨进数字化领域。提花、设计都实现了数字化，电子制版、数码印花，一下子站到了装饰布行业的前沿。陆文龙喝到了市场浪潮中的头一口水。这口水真是甘甜呀，真是量大呀！陆文龙似乎真的变成了一条龙，一条在市场海洋里翻江倒海的蛟龙，成为装饰布行业天空中腾云驾雾的飞龙。

千禧之年，奥坦斯公司产值超亿元，利润率30%多。2004年，奥坦斯公司营收3亿多，利润近亿元，成为余杭首富。

这还不算什么。陆文龙比较看重的是，奥坦斯公司成为装饰布行业的龙头企业。陆文龙作为大家公认的装饰布行业带头人，受命组建余杭市家纺协会，并被推举为会长、中国家纺协会副会长，还被评为全国农村青年"星火"带头人，成为闻名遐迩的"陆带头"。奥坦斯公司的先行先试，带动了周边十里八乡的装饰布企业，大家纷纷跟进。余杭装饰布企业一时蔚为大观，称雄国内、共同致富。

这还不算什么。让陆文龙至今津津乐道的是另一件事，就是参与制定"国标"。"国标"是简称，正式名称叫《中华人民共和国纺织品　装饰用织物标准》。厉害吧？是"国字头"的呢。

说着，陆文龙把我引进奥坦斯布艺公司档案室，从玻璃柜里取出这个《标准》，只见文件上赫然印着：由中国纺织品标准化技术委员会归口管理，由杭州奥坦斯布艺有限公司、纺织工业标准化研究所起草。2005年6月发布。

陆文龙指着这个《标准》，不无自得地告诉我，当年，全国装饰布标准领域一片空白。《标准》要有公益性、可操作性，顾及全国行业的状况。太高了，许多家纺企业进不来；太低了，又无法引领家纺行业。真心不好搞呀！陆文龙说起这些，还禁不住摇摇头。

不过，他陆文龙和奥坦斯公司既然接受了国家标准委员会的委托，就必须搞出来。他带着起草小组同志，调研半年多，跑了不少企业，主要依据奥坦斯公司的实践，研究和提出了这份《标准》中的绝大多数技术参数。当然，奥坦斯公司标准要高于全国甚至国际行业标准。但他陆文龙代表余杭人民，为国家贡献了一份装饰布行业标准，当地政府为此奖励奥坦斯布艺公司100万元。

哈哈哈，我忍不住笑将出来。这么可爱的陆总！

我其实知道，陆文龙也有他的遗憾。后来他接手余杭大厦，将重点放在宾馆建设和经营上，奥坦斯公司基本维持原状至今。

"这是您所说的企业对建设共富社会的第一大贡献？"我转变话题问道。

"对。"陆文龙又点燃了一支烟，浅浅地吸了一口。

"那么第二呢？"我紧追着问。

"第二项，我把它称之为'共享经济'。"从陆文龙口中蹦出一个新词。

"'共享经济'？陆总，请您稍微展开点说说！"

"好。"陆文龙似乎在整理思路，"所谓'共享经济'，就是将共享理念引入企业管理和用工之中，改变'独占'心态，充分认识共享共富的现代企业制度对企业长远发展的作用。"他较早意识到这个问题，并进行反思。以前企业实行承包制，曾调动过经营层和员工积极性。但后来发现，承包制其实是一种落后的分配制度，他认识到激励员工需要升级版。1997年，陆文龙开始探索独特的"企业合伙人制度"，将企业管理层和全部员工视作企业合伙人,将公司生产质量指标和利益分配指标进行分解,全部量化到生产车间、销售部门、研发部门、综合管理部门,再量化到每个人,然后按照不同比例系数进行任务考核和利益分配。譬如,研发部门按照新产品营收额提成1.5%—2%。一种新产品,只能分享四次,之后作废,另起炉灶。免得一劳永逸,一种产品吃一辈子。陆文龙坚持认为,如果恒定不变,人就没有创新动力,企业也就没有活力。又譬如,员工工资。奥坦斯布艺公司员工工资定额是全行业最高的,这不是秘密。因为,装饰布行业数据是公开的,网上可以查阅到。陆文龙自信满满地说。普通机修工,一般企业年薪10万元左右,奥坦斯布艺公司则是23万元。奥坦斯布艺公司普通挡车工,工资收入要比一般企业高出许多。所以,好多纺织企业老是喊招工难,奥坦斯公司就没有遇到此类难题。因为工资高,人家都愿意来。

陆文龙说的这番话和数据,的确是事实。随着他的思路,我脑海中浮现出昨天采访奥坦斯公司生产现场的情景:

办公室主任朱丽莎:"奥坦斯公司360多名员工,还有一批十几年的老职工,大家都舍不得离开。人均月薪嘛,包括清洁工、保安在内,大数字在1万元左右。您问我?扣除'五险一金'和个税,个人到手的大约23万元吧?"哦,不低,真不低。我在心中暗暗忖道。

挡车工牟女士:"我是四川人。哦,川妹子。管三台织布机,每月净到手7000多元。""扣除'五险一金'啦?""嗯嗯。"这个川妹子点点头,一边在几台织布机间巡视。

挡车工俯芳粉:"我是临平当地人,已在这里做了18年,对对,今年40岁。我管四台机器,每月嘛,1万来块。"俯芳粉在织布机的噪音中回答着我的问题。

挡车工柳梅荣："不，不，我不是当地人。我老家是安徽的，十几年前在奥坦斯公司做过，后来回家生孩子啦。孩子一大，觉得还是这家厂好，所以又跑来第二次就业，每月收入1万多点。"

车间主任孙亚："车间有承包基数，以65%为基点，完成基点可以拿15万元。每超一个点，奖3万元，一般能超三四个点，也就能拿到25万元左右。比同行高7万到8万元吧。"

奥坦斯布艺公司展览室，样品琳琅满目、美不胜收。我遇到正在这里比较花色品种的设计员林云斌，他说："我是浙江理工大学纺织专业毕业生，算是专业对口吧。您问收入吗？应该不算少了啊。月基本工资七八千元，加上绩效考核，一年大概50多万吧。您说怎么想？努力干呀！既是为企业，也是为个人。有无激励机制，人的想法自然不一样，现在每年能出2000多个新花样呢。"这个"85后"小伙子自然坦诚，实话实说。

陆文龙见我愣着，静等着没有说话。我就把昨天到工厂看现场、问收入的事简略地说了说。他略显得意地说："你看，这些都是你在现场问出来的吧？可见我陆文龙没有说假话！"

然后，陆文龙又开始他的理论阐述。

实施这个"共享经济"的难点，在于企业家要放弃"独占"心态。陆文龙一针见血地指出，企业家要树立"共享共富"理念和长远观点。共同富裕的前提是共同奋斗，但共同奋斗的前提是某种形式的利益绑定。刚开始启动时，企业的确要让利给员工。但员工积极性调动起来后，劳动生产率就会提高，创造的价值也就增加了。从企业来看，增加了利润，从员工来看，增加了收入，这就叫"双赢"或"多赢"。因此，在陆文龙眼里,"共享经济"其实是一种"共赢经济"。从更宏观的角度去看,老百姓袋里钱多了,就能带动消费,促进社会经济发展。作为企业,多招工,多付钱给职工,就是共同富裕呀!

哇,陆文龙的站位好高呀!简直是"小厂总理"的视角呢!但仔细体会,你却不能不承认,陆文龙说得有道理。我国许多专家都为提升消费开了N张方子,但其实最为浅显的道理是,首先要让老百姓钱袋子鼓起来,然后才有其他。

接着,陆文龙谈起企业的第三重作用:纳税缴费。按照陆文龙的说法,奥坦斯布艺公司早已走过了依法纳税阶段,已进入共享阶段。全部由计算机控制,与税务局直接联网。陆文龙颇为感慨地说,一些高校教授给企业家们讲课,总是讲怎么合理避税。他有点听不进去,并且不以为然。企业照章纳税理所当然,为什么还要去研究怎么避税、变相逃税呢?

陆文龙说到这里,我又想起昨天在奥坦斯布艺公司财务部采访时,公司分管财务副总韩雪娟说的话:"奥坦斯布艺公司早已按照上市公司标准做账,所有销售都纳税,所有销售都开票,而不管对方需要不需要。财务部门与业务部门每月衔接核对一次,确保无误。公司每年外请专业公司审计一次,确保无错。公司老板不想避税逃税,财务工作就比较简单。工作很简单,却拿着比较高的工资,有时想想,自己都觉得有点不好意思呢!"

"哈哈哈……"待我学说比画完财务人员这番话,陆文龙仰头大笑起来,"本来嘛,本来嘛!哈哈……"

而留在陆文龙记忆深处的,却是早期纳税的情景。

那是2004年,奥坦斯布艺公司一年营收3亿多,纳税4000多万元。那时的4000多万元,真的厉害呀!奥坦斯布艺公司成为余杭区四大纳税企业之一，与老板电器集团、华立集团等并立。省国税局、地税局特意在《浙江日报》上整版刊登全省纳税大户名单，其中就有奥坦斯布艺公司。那，真爽啊！陆文龙至今还保存着这张《浙江日报》，犹如战士保存着军功章一般。此刻说起来，他还会眉飞色舞，甚至手之舞之，足之蹈之。

根据拟定的采访提纲，我询问起奥坦斯布艺公司的纳税数字。陆文龙略一停顿。精确的数字，他一下子也说不清。具体要问问财务。然后，他一个电话打到公司财务部。

数字很快反馈回来。30年来，奥坦斯布艺公司实际纳税额10亿元。电话中，公司财务人员特别说明，这数字不包括国家出口退税13%。后来，我从区税务部门了解到，2021年，扣除国家出口退税，奥坦斯公司实际纳税646万元，在临平制造业企业中排名第148位。

这个数字在眼下的临平，真的不算多。

大概是有鉴于此吧？眼前陆文龙正在实施一个"腾笼换鸟"方案：利用国家出口退税返回的几个亿资金，再贷些款，在开发区投资6个亿，建设装饰布行业未来工厂，希冀借此重振雄风。

陆文龙这一方案，大概是税务部门最愿意听到的吧，国家出口退税资金，将通过另一种循环渠道，再次回到创造财富中来，且是在一个更高的层面上。

"至于第四重作用嘛，您猜猜也能想到，就是企业参与社会公益和慈善事业。也就是中央现在提倡的'三次分配'。在这方面，奥坦斯布艺公司做得还不够多，也不够好，需要继续努力。"说到这里，陆文龙似乎有点难为情。奥坦斯布艺公司除了汶川地震捐款、平时社会性捐助之外，还在浙江理工大学设立了"真北集团励志奖学金"，计划10年，已奖励了5年，每年拿出20万元，专门资助贫困学生，校园内外反响良好。

  陆文龙提出的奥坦斯布艺"四重作用"论及其实践，为我们探讨企业在建设共同富裕社会中的地位和作用，形塑了一个参照物，或许能拓宽全社会对共同富裕与财税、与企业的认识视阈吧？故列于上。

第五章

打开"三次分配"的广袤天地

在建设共富社会的顶层设计中,决策者引入中华民族优秀传统和西方文明中的先进理念,将社会公益慈善事业列为"三次分配"、作为实现共同富裕的重要形式和途径,将人们对社会公益慈善事业的认识提升至一个前所未有的境界,也给我采访创作此文以极大启迪。在临平,有一大批公益组织、慈善企业和众多爱心人士,他们以自己的人力、财力、物力奉献他人、助益社会。透过这些故事,可以看到其间的精神支撑、道德底色,犹如火柴被擦亮的瞬间,给人以强烈而炫目的光感。

——采访札记

残联和慈善总会开始扮演重要角色

站在临平区残联院子里,我被惊呆了。

一幢办公楼居中,长五六十米、高八层,非常气派,一色玻璃幕墙，蓝黑色玻璃窗映照出蓝天白云，还有周边建筑群。楼前是一片偌大的场地，四周是各种绿植花卉。走进楼内，只见各种康复健身、医疗设施齐备，还有专门为残疾人设置的会议活动场所。

因工作关系，我跑过全国不少地方，记忆中还没有见过一个县区级残联办公环境如此阔大而优美、康复设施如此齐全而簇新。

当踏进这幢大楼时，我一时思绪汹涌。虽然，一幢楼不能说明全部，但至少可以说明，当地对残疾人工作的重视，愿意投入这么多钱财，为做好残疾人服务工作创造条件。这令人欣慰。

我还想到，残疾人是一个特殊的社会群体，残疾人的地位和生活质量，体现了一个社会的文明程度。让残疾人有尊严、体面地生活，是社会公益事业的目标之一，是建设共同富裕社会题中应有之义，也是我采访中十分留意的课题。

正当我浮想联翩之时，区残联同志把我引领到会议室，区残联党组成员刘焕生、综合服务中心主任金敏芳等给我介绍临平区残疾人工作情况。于是，我对一个县区残疾人工作状况有了大致了解。

临平区户籍人口中有11312名持证残疾人。老刘讲解道，这个数字包括好几层意思。一是纳入统计的是临平户籍人口，暂住的、流动的，没有算。二是这些残疾人是已持有残疾人证的人，还有很多没有申请办理残疾人证的不在其中。三是这个数据是动态的，每个月都会有新增，有死亡。

老刘说，他到残联工作时间不长，但感觉到区里对残疾人工作非常重视。目前，临平区已建成区残疾人综合服务中心、托养中心、康复中心等"三大中心"，还有阳光语训中心、康乃馨儿童发展中心、临平儿童医院等残疾儿童康复机构。各镇街均建有"残疾人之家""残疾人康复之家"，并成功创建了8个省级无障碍社区。临平先后被列为全国"残疾预防综合试验区"，全省"残疾预防数字化改革先行区"。2021年，区残联又梳理完善了残疾人就业创业补贴制度和残疾人救助保障实施细则，实行兜底保障。全区有劳动能力并有就业意愿的残疾人1899名，已安排就业1804名。在兜底保障方面，残疾人拿到的补贴根据残疾人不同状况，有多有少。持三、四级残疾证的轻度残疾人，最少的每人每月可拿到50元津贴；持二级残疾人证的重度残疾人，除50元津贴外，还有每人每月250元的护理补贴、困难生活补贴等；持一级残疾人证的重度残疾人，除50元津贴外，还有每人每月500元的护理补贴、困难生活补贴等。再加上当地最低生活保障费，一般人均月收入一两千元，维持基本生活肯定没有问题。区财政每年还专门拿出一笔钱，为所有残疾人购买意外伤害险。

说起残联工作，老刘头头是道。为促进残疾人就业，区残联组织开展残疾人技能培训，突出技能精准性，把技能培训与资格认定结合起来，与企业需求对接起来，小型化、多批次。他们还针对残疾人普遍具有的自卑心理，开展丰富多彩的文体活动和心理康复服务，增强残疾人自信心，效果不错。

临平区残联工作在各镇街都有服务阵地。全区8个镇街都有残疾人之家，都是独立建筑，而且空间较大，具备学习、健身、交流等功能，非常舒适便捷。

老刘感叹地说："残联工作有其特殊性，做的都是雪中送炭的事。你不去做吧，也没什么事；如果做起来，也是没有止境的。"他现在已从内心里体认，残疾人事业是崇高的事业，全社会都要重视残疾人工作。

综合服务中心是区残联服务残疾人的主要工作机构，主任金敏芳已在残联工作十余年。这位毕业于上海交通大学医学院的残疾人工作者，已到中年，一头浓密短发中，间或可见几根银丝。她脸部轮廓精致，明眸秀眉，说着流利的普通话。她对残联工作有着自己的理解，把服务工作划分为四块：第一块是精准康复，帮助残疾人尽可能恢复身体功能；第二块是就业创业，尽可能帮助残疾人能自食其力；第三块是兜底保障，通过落实社会救助政策，让确实困难的残疾人生活无忧；第四块是文化体育，主要解决残疾人精神层面的需求。金敏芳告诉我，经她的手，区财政每年用于残疾人的资金就有4000多万元。

在十余年工作经历中，金敏芳已记不清做了多少事，是怎么过来的。今天说起这些时，她觉得有两件事，可以说给外人听。

第一件事，公建民营模式建立的区残疾人托养中心。这在残疾人工作中是一种新模式。金敏芳坦陈，这模式并不是她发明的，她只是落实者。区残疾人托养中心位于区福利中心内，由区里出资建设，第三方机构负责具体运营。全区有托养需求的重度残疾人都可以在这里得到较好的照料，减轻了他们的家庭负担。

第二件事说起来比较复杂些。金敏芳称作"残疾预防"。残疾还能预防？怎么预防？对呀！所谓残疾预防，就是对有可能出现残疾的人员进行筛查，采取一定举措提前干预，并给予一定的政策支持，使他们得到早期治疗和康复。金敏芳耐心而沉静地解释着。

2016年，国务院颁布了残疾预防行动计划，中国残联选择了100个县区开展残疾预防试点工作。临平是第一批试点县区之一，金敏芳所在的残联作为牵头单位，具体负责这项工作。这是一条没有人走过的路，大家都是摸着石头过河。金敏芳认为，如果按照传统模式进行挨家挨户的残疾筛查，仅凭区残联这么几号人，根本不可能做到。我们不能这样广撒网而捕不到鱼呀！那，有什么办法可以替代呢？这位医生出身的主任，忽然眉头一皱，灵感迸发。对，可用医院就诊数据进行数字化筛查呀！比如中风等很多疾病引发的残疾康复治疗的黄金期为半年，如果能在半年内找出那些有可能残疾的患者，提前介入，那该多好！她邀请医院有关专家进行研讨，最终梳理出可能会引发残疾的137个医学关键词，然后，在区全民健康信息平台进行搜索，找出疑似可能残疾人员。

好家伙！金敏芳用这个办法，居然真的搜索出1423人。根据名单所列地址，这些人被派发到各镇街社区医生手上，由他们上门进行复核，金敏芳自己也抽查复核了一部分。最终，确认其中97人确有残疾可能性。同时，医生又对这97人进行了评估，根据他们的情况，点对点转介至相关机构进行康复训练。对符合条件的，在医保基础上，再给予1000元/月补贴，使这部分人提前进行康复训练，减轻残疾程度。

现在，区残联紧跟时代前进步伐，正在进行数字化改革，开发了残疾预防动态管理系统。通过系统，这份疑似可能残疾人员名单，每天都可以更新，更新名单会源源不断地发送到社区医生手机上，由医生第一时间复核并转介康复。区残联可以实时从后台看到全区残疾人发生发展情况。

临平区残联这一做法，自然赢得了这些患者及其家属的普遍赞誉，也获得中国残联的高度评价。2023年2月，中央电视台《新闻联播》头条报道了临平区残联这一做法呢！

站在临平区慈善文化综合体前，我再一次被惊到了！

瓦蓝瓦蓝的天空下，一幢外立面造型独特的大楼出现在我的视野内。主体部分装饰着黄色垂直木条，附楼凹凸部分则是横杠木条。远远望去，依稀如两片一竖一横的蜂巢，让人产生丰富联想。慈善似酿蜜，志愿者如工蜂啊！

整个大楼2900余平方米，系区里为慈善事业而提供。一楼用作慈善文化展示、慈善助联体活动、慈善物资仓库。二楼准备用来筹建慈善文

亮丽的临平区慈善文化综合体

化研究院、数字慈善驾驶舱及慈善直播平台。三楼是慈善志愿者大队活动场所，还有慈善文化创作广场、慈善剧场。四楼才是慈善总会办公室、会议室。

临平区慈善总会执行副会长吴健兴致勃勃地向我做着介绍，一股抑制不住的乔迁之喜流淌在脸上。想想也是，一个区慈善总会能有这样宽敞亮堂的办公和活动场所，恐怕在全国也不多见。有作为，才有地位；有地位，可以更有作为。这句流传在群团干部中的口头禅，大概对于慈善总会也适用吧？

吴健个子不高，理着一个平顶头，头发略显灰白，穿着一件红条纹衬衫，纽扣扣得紧紧的，与这幢大楼的装饰风格好有一比。他看上去健朗结实，儒雅沉静，说起话来思维清晰，话语滔滔。他是土生土长的临平人，在当地乡镇和部委办局转了个遍。吴健人脉广泛，与本地企业和企业家熟悉，领导认为他最适合搞慈善工作。吴健来到慈善总会这个岗位上，的确也是缘分。

既来之，则安之；已安之，则干之。

临平与余杭分设，原先积累的慈善资产、慈善牌子、慈善业绩大部分归属余杭，临平慈善需要从头做起。

2021年9月5日，也就是中华慈善日，临平区慈善总会宣告成立。让吴健欣喜的是，区里异常重视，四套班子领导悉数出席。会上，区领导还带头"一日捐"，镇街社区干部跟着捐。慈善总会共收到"一日捐"善款400多万元。按照老百姓的说法，这是"全套行头"，吴健你够风光的啦！

"这跟我吴健风光不风光有什么关系呀？这是区领导的重视哦。"说到底，是给他吴健增加压力。吴健就像一个过河卒子，只能前进，不能后退。他给自己定位，要好好干一番。更何况，没多久，他就喜欢上了慈善，觉得慈善实在是天底下第一等大事。

做慈善工作，总要与人打交道，得有个像模像样的场地吧？他试着给区里写了个报告，希望区里提供一个不大不小的场地。吴健心下想，怎么也得有个千儿八百平方米吧？又一个意想不到，区里竟答应给一个2900平方米的房子，而且是全新的。吴健真心觉得区里领导有爱心、有魄力，做慈善的心火"腾"的一下被点燃，烧成了熊熊大火。他一边工作，一边筹划着搬迁。这不，前不久终于搬入新家，打出亮堂堂的牌子：杭州临平慈善文化综合体。这可比单单一个慈善总会级别高多啦！

吴健做过多年领导干部，懂得抓工作要抓关键、抓根本。什么是慈善工作的关键和根本？就是慈善文化。慈善文化是慈善活动的灵魂，也是做好慈善工作的长久之计。吴健清醒地看到，临平不乏做慈善的企业和个人，但还没有达至"三次分配"高度的社会共识，还没有形成"人人慈善"的环境氛围。有些企业做慈善，显得羞羞答答；有的个人做慈善，也是一时做、一时歇。因此，吴健要抓的第一件事，就是研究和弘扬慈善文化，成立慈善文化研究院，用潜移默化、润物无声的慈善文化去熏陶人、影响人、带动人。

第二件事，要形成慈善体制机制，吸引更多企业、团体、个人加入慈善行列。吴健与大家商量，策划设计"善行临平"，作为临平区慈善总会的慈善品牌，将所有慈善内容囊括进来。同时设立"1+N"慈善空间。1，指1个慈善基地；N，指若干个具有临平辨识度的慈善场景。至眼下，临平区慈善总会已有会员单位269家，全区成立了13家慈善组织，7家镇街社区慈善基金会。有的村还设立了乡贤共富基金，以乡贤之力反哺家乡建设。

临平区慈善总会目标很明确，也很清晰。主要帮扶因大病致贫、因灾难致贫的家庭或个人。他们提出"三个不让"的口号：不让临平的孩子因家庭贫困而上不起学，不让临平的群众因疾病而过不上温饱生活，不让临平老人因老无所依而得不到基本保障。这"一老一小""一病一贫"，的确抓住了人心，赢得社会热烈反响，自然也得到区委、区政府大力支持。区里之所以给慈善总会超过预期的场地，这大概也是原因之一吧？吴健私底下默默地想过。

说到慈善总会成立一年多来工作，吴健自然记得门儿清。他说至少做了20个慈善项目：配合老板电器集团实施"靓厨行动"，联合理想集团开展"理想小屋""爱心超市"，引导爱心人士发起"爱的陪伴"活动。还有，为独居老人更换家庭线路的"助力安居"，为保洁员开设早餐和茶水间的"爱心餐厅"等。共支出近千万元，惠及16628人。

吴健在介绍上述情况时，有一个又一个电话进来，跟他商量、跟他接洽。其间，区慈善总会副秘书长朱鑫柔，一个硕士研究生毕业、自愿到慈善总会工作的年轻女孩，也进进出出，向吴健请示急事、通报客人。

似乎有无数的事，等着吴健去忙。对于这种忙，吴健没有思想准备。他原先以为，慈善总会既是个清水衙门，也应是个清闲单位，哪里想到居然有那么多的事可做、要做，有那么多的人找他、等他！他猛然间觉得自己从原先舞台上跑堂的份儿，变成了出将入相的重要角色。

这，也许是社会进步带来的新气象，也许是"三次分配"掀起的一波波浪潮？

"滴水公益"映射的公益阳光

虽然已过去了多年，燕子叙述起临平"滴水公益"创办人阿拉丁时，还是禁不住热泪盈眶。

阿拉丁本名周秋飞，是个农村出身的苦孩子，浙江大学电机系1992届毕业生。"阿拉丁"源自阿拉伯古代民间故事《一千零一夜》，是《阿拉丁神灯》中的主人公。在阿拉伯语中，阿拉丁的意思是"信仰的尊贵"。

燕子后来才知道，阿拉丁早在大学求学期间，就开始资助贫困学生，关注社会公益事业。毕业后，他到理想集团四维房地产公司工作。该公司是一家有爱心的企业，非常热心社会公益事业，与当时燕子担任书记的河南埭社区结成共建关系。每月5日，阿拉丁总是代表四维房地产公司到河南埭社区送钱送物。2012年4月，他还在河南埭社区创设了"爱心超市"，组织居民和有关单位，将闲置物品捐赠给困难居民。阿拉丁特别热心和认真。他担心燕子在社区坚持不下去，说有什么事情可以找他。短短几句话，给燕子留下极其深刻的印象。

2012年12月上旬,燕子从报纸上看到,阿拉丁从杭州引入"滴水公益"品牌,与8个朋友发起组建"滴水公益"临平分队,当天开展"爱心衣加壹"公益活动,吸引了很多人参与。点滴之水,汇而成河。两年下来,成员发展到383人。

不久,燕子真的被阿拉丁言中,因故调离河南埭社区,与阿拉丁失去联络。

直等到2014年4月上旬,燕子突然从报纸上看到,4月6日清明小长假,阿拉丁与几个驴友骑着自行车去安吉游玩,不慎掉入山谷中,抢救无效,离开了这个他为之奉献的世界。阿拉丁生前的行为,让人们感佩;年纪轻轻的走了,又使人们分外悲伤。阿拉丁追悼会那天,有500多市民自发赶赴吊唁场地,送他最后一程。

燕子因为不知情,自然没有送上阿拉丁。她从报纸上看到这个噩耗时,对着那张报纸,禁不住放声大哭了一场。当写到这里时,我也忍不住热泪横流,追思好人阿拉丁。

"阿拉丁走了,我该怎么办?"燕子擦着红肿的眼睛,自己问自己。

燕子是20世纪60年代出生的人。爸爸当老师,待学生很好,经常把学生接到自己家里来住。爸爸的言行对燕子是无声的教育。不幸的是,爸爸因病去世,留下16岁的她。那年,燕子正在读初三,读书和生活都需要钱。困境之中,隔壁邻居伸出援助的手,拿出钱来资助燕子读完高中。为减轻家庭负担,高中毕业后,燕子放弃上大学的机会,考进银行系统工作。

早年的遭遇,使燕子记住了那些热心帮助过她的人,阿拉丁的行为,让她找到了自己回报社会、感恩人们的途径。她决心接受"滴水公益"理念,加入"滴水公益"队伍,去完成阿拉丁还没有完成的事。

燕子毅然决然加盟"滴水公益"时,正是"滴水公益"彷徨犹豫之际。阿拉丁是"滴水公益"的灵魂。他不幸遇难,"滴水公益"一时群龙无首,是继续,还是散伙,这是个问题。

就在此刻,富有传奇色彩的"金姐"被推到了舞台中央。当然,"金姐"不是本名。"金姐"叫金丹文。在"滴水公益"内,每个人都有自己的"公益名字"。秘书长朱思思的公益名叫"小草",而"燕子"本名叫周晓燕。大家都以公益名相互称呼,在社会活动中,用的也是公益名。这是阿拉丁生前给"滴水公益"成员立的规矩。自己就叫阿拉丁,而不叫周秋飞。他希望人们记住公益名。这样,在公益组织内,大家都是公益人,没有身份职业之分,没有高低贵贱之别,一心一意做公益,就像那盏阿拉丁神灯一样。

事实也是如此,"滴水公益"内的人,相互都这么称呼,渐渐就把本名给忘了。忘了本名也好,只要记住:一群人,一件事,一条心,一起拼,一定赢!

金姐原来从事房地产管理工作,是区政协委员,称得上女中豪杰,在临平名气很大。她外向、开朗、热心、好学,侠义心肠,快人快语,敢于担当。反正用什么褒义词形容她都不过分。当年,她受阿拉丁"滴水公益"感召,但又不知底细,就偷偷"潜水"进"滴水公益"中观察,参加了几次活动,才确信阿拉丁的"滴水公益"是真公益,是办实事的组织。于是,她才浮出水面,频频参加"滴水公益"活动,成为"滴水公益"的骨干。

阿拉丁不幸离世,但阿拉丁的公益事业不能终止。2014年7月5日,临平"滴水公益"21名骨干聚在一起开了个会,大家全票推举金姐担任"滴水公益"第一届理事长,由她继续举起"滴水公益"的大旗。会上还决定,"滴水公益"设立"阿拉丁助学活动",以此纪念临平"滴水公益"创始人阿拉丁。

可以说，金姐受命于危难之间。要让"滴水公益"旗帜不倒、队伍不散、人心不乱，必须重振雄风。

金姐爱说，生命在于运动，组织在于活动。

阿拉丁生前已在筹划组织大型公益活动"爱在后备厢"。活动内容是，义工将准备义卖的衣物、玩具、工艺品等装在自己汽车后备厢里，开到活动地点，然后打开后备厢进行义卖。如果卖不完，则自己买下来。最终将义卖所得全部钱款资助给贫困学生。

为了让"爱在后备厢"活动变为现实，以此告慰阿拉丁在天之灵，金姐和管理团队决定继续做下去。也许是阿拉丁的早逝让大家分外悲痛，报名参加义卖活动的义工很多，捐助也很踊跃。但这样一场大型活动，有多少准备工作需要做呀！他们将活动地点选在临平人民广场，这是临平最大的城市空间。金姐倡导"匠心公益"，力求把公益事业做到极致完美。要么不做，要做，就要做出影响来，不要有损"滴水公益"组织的形象。

显然，大型活动需要向公安、市容等管理部门请示报备。请示报备需要一整套文件，理由、时间、人数、规模、程序等，都要由策划人、组织者思考并提出来，还要形成文字。

那几天，作为"滴水公益"新的灵魂人物金姐，承担着整个活动的统筹、前期对外宣传、爱心单位联络、义卖物品落实、服务人员招募等，她事无巨细地跟进。别人做不了的事，金姐自己做。她的一句口头禅"我来"，已成为"滴水公益"人最为熟悉的语言。小草说金姐真是"女铁人"，是她学习的榜样。

自然，身为秘书长的小草不会闲着，有时半夜三更，单枪匹马，还在起草文件、考虑活动细节等。

参加活动的义工也一样，众人夜不入眠，在活动微信群里讨论商量到凌晨。直到把每件事情、每个环节都落实好，才稍稍合上眼休息一会儿。

4月20日，也就是阿拉丁走后约半个月，一场规模空前的"爱在后备厢"活动在临平人民广场隆重登场。

当天，人民广场人山人海，充溢着爱的气息。50辆打开后备厢的小轿车在现场排开阵势，义卖声、欢呼声、喝彩声，汇合成强大的声势，气氛十分热烈。新闻媒体争相拍照、录像和报道。

当最后一件义卖品售出、欢乐的人群逐渐散去时，参加活动的义工们相拥相抱、喜极而泣。

义卖活动获得巨大成功，公益理念开始在临平人心中扎根。人们也就此记住了"滴水公益"，记住了一年一度的"爱在后备厢"活动，还有那个"铿锵玫瑰"金姐。

我在采访中，与金姐、小草等做过深入交流。

金姐已逾花甲，但看上去不像这个年龄段的人。她穿着一套蓝底小白花长裙，外披一件淡蓝色纱裙，额前刘海齐整，脑后扎着一个马尾，戴着老花眼镜。动作敏捷，语言表达呈现跳跃性。困难面前不低头，荣誉面前必谦让，是金姐鲜明的行事风格，也是她得到"滴水公益"义工信任的主要原因。金姐以自己的学习精神和模范行为带动着团队。8年来，她带领着团队，先后设计完善了"护苗行动""角落计划""雏鹰守护""社区服务"四大板块，共开展了1035场各种类型的公益活动，形成"滴水公益"活动的惯例与品牌。她注重义工队伍的建设和管理，使得"滴水公益"组织制度严密、机制完善、管理高效。她说现在只能用一个字来形容自己：忙。她在忙"滴水公益"的同时，还忙于理想集团的慈善事业。因为，她还被聘为理想慈善基金会秘书长。是呀，金姐那么大年纪了，还这么忙，人家还有什么理由不干呢？

小草穿的是蓝白相间的半袭长衫,长发飘飘,眉清目秀,气质文雅,笑起来很甜美。"滴水公益"姐妹们叫她"美女小草"。她自信满满地说,"滴水公益"创造了临平的公益奇迹,2021年被评定为杭州市5A级社会组织、2022年被评为浙江省品牌社会组织。现在,"滴水公益"在册有编号的义工653名,拥有3000多人的义工队伍。这些义工经过文化培训、公益理念灌输、"滴水公益"组织制度解读,是一支随时拉得出、打得响的公益队伍。

"滴水公益"还有一位被叫作"茜妈"的义工郑卫平。因女儿叫"茜儿",顺带着就成了亲切的"茜妈"。茜妈也是"滴水公益"创始人之一,现任"滴水公益"活动副队长。阿拉丁走后,她挑起阿拉丁爱心助学项目负责人的担子,一挑就近10年。她淳朴憨厚、个子不高、头发微卷,说话慢条斯理,走路不疾不徐。但做起公益来,却敢打敢冲,被大家视作"女汉子"。

在"滴水公益",这样的义工不胜枚举。3000余人,就有3000余个故事。平凡而伟大,质朴而感人。就如歌曲《孤勇者》所唱的那样:"谁说站在光里的,才算英雄?"

采访"滴水公益"时,我发现一个奇特现象:许多义工的外表形象似乎都比实际年龄小许多。我问起这个,开朗率真的金姐答道:"爱心改变世界,也改变自己,做公益的人,都显得年轻呀!"

可不是嘛,个个如此哦!

人们评价道,没有金姐这个"灵魂人物","滴水公益"发展不到今天;没有小草的支持,金姐坚持不到今天;没有像茜妈等43人的核心团队,"滴水公益"走不到那么远。这,大概是个公允的评价吧?

且来听听茜妈亲身经历的"滴水公益"故事。

临平区与四川省甘孜州石渠县结对帮扶,茜妈带着9名义工,跟随政府扶贫路线，走进石渠县学校，去看望那边221名需要帮助的贫困家庭的孩子。

这是茜妈第二次去石渠，为的是让石渠的孩子们多得到一些帮助。事先，"滴水公益"做了充分发动，区慈善总会捐助了27.16万元，加上其他爱心人士募捐，共募集到65.2万元。"滴水公益"统一购买了帽子、围巾、保温杯、学习用品，提前快递过去。大部分现金随身携带，因为担忧当地万一取不出现金，会让那些学生和家长失望。临行前，将钞票分给几个义工背上。一路上，茜妈千叮咛万嘱咐，让大家小心再小心。

背在大家身上的，还有1200张明信片。他们要将这些明信片带过去，送给那些孩子，然后，让他们写上一句话，再寄回给"滴水公益"，借此增进彼此的联络和感情。

石渠县好遥远哦！远得犹如在天的尽头。茜妈他们从杭州飞重庆，再从重庆飞到甘孜州格萨尔机场。机场海拔4068米，离天穹很近。队伍中有个叫胡飞的二胎妈妈，也是"滴水公益"创始人之一。为参加此次爱心助学活动，她提前给6个月大的宝宝断奶。一下飞机，她立马发生高原反应，脸色惨白、头晕眼花，只好趴在车子座位上进城。还未进酒店，就开始呕吐，进了客房后，抱着马桶吐个不停。吐一口，吸一口氧气，一直到把胃里所有东西吐干净为止。更夸张的，还有两个男同胞，高原反应非常厉害，居然需要进高压氧舱吸氧。

茜妈虽没有剧烈呕吐，但她真不是铁人，也产生了剧烈的高原反应。人们知道，做公益要出钱出力，恐怕没有人想过还要遭受此等煎熬。但使命必达，公益事业不能半途而废。茜妈此刻意识到，自己是领队，没有人能替代她的位置，她绝不能倒下！她得……笑着。为避免给大家带来影响，茜妈背着同行的义工，偷偷服用止疼药。摇摇晃晃之中，她坚持开完会，做好分工，将队伍分成四个小组，分头行动。

车子在神秘的青藏高原上行驶，车上的人昏昏欲睡。但当开到目的地学校、藏族司机将车门打开时，茜妈和同行的义工只觉得眼前一亮、心里一动。

学校门口，老师和学生家长站成一排，手里举着白色哈达，喊着"扎西德勒"，迎候车队。教室内，小朋友们的小脸蛋涨得通红，唱着清亮的歌曲，欢迎"滴水公益"的叔叔阿姨们。

瞬间，茜妈和义工们觉得高原反应已跑得无影无踪，留下的，只有眼眶内滚动的泪水。

他们在操场上举行了捐助仪式。然后，茜妈和义工给孩子们发放助学金，每人1200元，还有他们带去的学习和生活用品。一边发，一边询问孩子们学习情况。孩子们特别有礼貌，认真作答，鞠躬致谢。那一张张脸笑成了一朵朵格桑花。

此时，茜妈觉得一切都值啦。她跟着孩子们一起笑、一起跳。义工说，茜妈好美！

做公益很辛苦，但很快乐。这是茜妈的体会，也是"滴水公益"人的体会。"快乐公益""人人公益"是"滴水公益"倡导的理念。

人们在付出的同时，会收获一份喜悦和快乐。所谓"予人玫瑰，手有余香"是也！

理想之愿：一个企业的慈善案例

20世纪90年代初，翁梅乡五科村20来岁的毛头小伙子陈立强用5万元资金注册成立贸易公司时，对于"理想"的真正含义其实并不很清晰。所以，当有人问起陈立强初始时的"理想"时，陈立强坦率以告：那时，就想趁着改革开放大潮，改变自己的生活状况。多赚点钱，让父母亲和姐姐生活得富裕点。

陈立强家是地道的农民家庭。母亲像大多数农村妇女一样，善良勤劳，信奉救苦救难的观世音菩萨。都说父母是人生的第一位导师，陈立强和姐姐陈娟萍从小就经常听母亲絮絮叨叨的教导：不管人家怎么待我们，我们一定要待人家好，不能做伤害别人的事；交朋友，要选择孝顺父母的人，如果连自己父母都不孝顺的人，不可能成为真正要好的朋友。

陈立强父亲是名农村"赤脚医生"，简单培训加上刻苦自学，医术在周边有点小名声。除五科村村民外，十里八乡的患者也会找上门来，请陈立强父亲去诊治。姐弟俩经常睡到半夜三更，蒙蒙眬眬间会听到"咚咚咚"的敲门声。只见父亲二话不说，从热被窝中爬起，穿上衣服，背上那只简陋的"赤脚医生"药箱，推着一辆破旧的自行车，走进风雪之中。有几次，姐弟俩早上看见父亲手上、腿上都是乌青血痕，就着急地问父亲怎么了，父亲轻描淡写地一笑，说："没什么，没什么，天黑，自己骑车不小心，跌的，跌的。"

父母的言传身教，姐弟俩耳濡目染，幼小的心灵慢慢孕育着善心，根植下日后乐善好施的萌芽。

客观地说，在创业起步阶段，陈立强还未顾及这些。让企业生存下去，发展起来，做强做大，是第一位的大事。陈立强的贸易公司，主要做钢材生意，在买与卖之间，赚点差价。彼时，中国各地正处于高速发展期，钢材紧俏得很，钢材经销商之间竞争十分激烈。能不能赚到钱，关键看能不能拿到钢材，但要拿到钢材谈何容易，陈立强是个农村青年，背景自然不必提起，资金也是捉襟见肘，人家凭什么相信你？为什么要卖给你？

有一次，陈立强好不容易挤上一列火车，一路颠簸，找到东北某钢材厂，但人家根本不愿见面。

好，你不接待我，我就在杭州等你。陈立强千方百计、七转八拐，从别人那里探听到消息，得知这家钢材厂老总要到杭州出差，下榻某家宾馆。陈立强便早早地找到这家宾馆迎候。陈立强的执着和敬业精神，终于把那位钢材厂老总给感动啦。一番交谈后，很快建立起合作关系。陈立强由此赚到了创业后的第一桶金，把企业生意做得红红火火。

过了10年，几位亲戚和朋友"撺掇"陈立强开发房地产，并请他出任总经理。陈立强答应试一试。

这一试，居然试到现在。房地产成为理想集团的主业，约占集团业务的四成，其他还有金融板块、产业园开发、对外投资等。经过40多年发展，理想集团规模和效益已进入临平区企业第一方阵，理想集团的公益慈善事业，更是声名鹊起，成为企业慈善的先行者和引领者。

当有了资金的积累后，理想集团开始也是无意识地、时断时续地做些善事。譬如，哪里受灾了，哪处有危房了，哪些人突发困难了……区慈善总会都会发出募捐倡议，集团或多或少会跟进捐款。

那个时候，理想集团的捐赠方式很有意思。一般都是陈立强去参加某个会议或活动，回到集团后，他会在第一时间找到分管财务的姐姐陈娟萍，叫着她的小名：阿萍，什么地方遭灾了，给点钱！或者：阿萍，慈善总会说了，我们捐点吧！捐多少，怎么捐，陈立强一般不太管。陈娟萍会根据不同需求和企业不同阶段财力情况，量力而行、尽力而为，确定数额，然后跟慈善总会办理妥帖。

记得2002年7月，理想集团捐出第一笔善款。陈娟萍在采访中回忆道。那年7月，当地有座危桥发生了事故，慈善机构希望社会各界踊跃捐款，对区内所有危桥进行排查修整。陈立强第一反应是要捐款。但捐多少呢？非常巧合的是，7月，他的大儿子呱呱坠地，体重六斤六两六。

陈立强一时灵感迸发，决定捐助66.6万元，寓意感恩社会。

这样的慈善形态沿袭了好多年。

直至2008年5月，在外闯荡多年的姐弟俩感到，家乡的父老乡亲看着他俩长大，也曾经关照帮助过他俩，但现在家乡有些人生活上还有各种困难。他俩应该回馈家乡、感恩乡亲，为这些人做点好事。姐弟俩一合计，决定做一件可以让众人受益的事：在自己老家五科村（现在已随着农村城市化进程改名为钱塘社区），设立一个"理想爱心超市"，让那些困难户、低保户和低保边缘户，每月都可到"理想爱心超市"，免费领取一份价值约80元的米、油、味精、洗洁精等。五科村村委自然十分支持，提供了场地，并确定了领取对象和领取日期。

这个"理想爱心超市"一直坚持到现在。后来，姐弟俩又通过区慈善总会认领了临平运河街道和塘栖古镇的"理想爱心超市"慈善项目，认捐3年。有人不解地询问陈娟萍，为什么不在全区所有镇街开展爱心超市项目呢？陈娟萍非常明确地回道："慈善不是一个人、一个组织的事。慈善需要大家来做，人人做好事，人人做慈善，慈善才有意义。"

"理想爱心超市"推出后，解决了这些困难户、低保户和低保边缘户的生活难题，受到家乡父老乡亲的普遍欢迎和真诚赞誉。

这种目标明确、受益广泛、操作简便的形式，也得到区慈善总会的肯定和支持，并逐渐成为一个可复制、可推广的慈善项目模式。

在陈立强掌舵下，理想集团秉承"创造财富、分享价值"的理念，发展渐入佳境，慈善事业也开了新局。

标志节点发生在2018年。

那年，正是陈立强知天命之年、中国改革开放40周年、理想集团创业30周年、从事房地产业20周年、创设"理想爱心超市"10周年。冥冥之中，似乎昭示着陈立强姐弟俩，有那么多的理由交织在一起，应该做点什么。30年风雨兼程，除了艰辛付出和努力创造，不能少的是感恩之心。感恩党和政府政策好，感恩社会各界对民营企业的支持，感恩集团员工上上下下团结凝聚。姐弟俩经过慎重考虑，决定把企业与社会共享理想硕果的慈善文化精神推向更高起点，助推行业发展，让理想集团慈善事业上一个大台阶，打造专业化、规范化的慈善之路。

别看陈立强平时对理想集团的慈善工作说的话不多，但他一直在思考和观察，理想集团几年来捐了不少钱，这些钱到底花在哪里，效果怎么样，还真说不清楚。理想集团的慈善工作，能不能企业自己来做？对！完全可以呀！陈立强决心改变那种零打碎敲、打一枪换个地方的"游击战法"，尽快转变为正规作战，从而使慈善工作成为理想集团的重要板块。2018年4月8日，理想集团发起成立了"浙江省理想国际慈善基金会"，由陈娟萍担任理事长。把"理想慈善"的牌子亮出来，把理想集团特别是企业家承担社会责任的态度摆出去，让社会知道理想集团看重什么、打算做点什么。

没想到，注册成立做好事的慈善基金会居然很难，物色专职从事慈善工作的人才更难。陈立强明白自己的主要精力还得放在企业发展和管理上，得先把企业做大做强。否则，皮之不存、毛将焉附？姐姐陈娟萍是个人选，有爱心、懂企业，但理想集团一时还离不开姐姐的协助。姐姐管着企业那么一大摊事，兼管一下基金会是可以的，让她专职去做慈善工作并不现实。

理想国际慈善基金会需要一位理想的秘书长！一段时间里，陈立强一天到晚思考着秘书长人选，脑海犹如一块屏幕，不时闪现着他所熟悉的一个个亲友。蓦然，陈立强脑海屏幕上浮现出一个人。对，她可以！

这个她，就是在临平慈善公益领域具有传奇色彩的金姐，大名金丹文，是临平区"滴水公益"理事长。她凭一己之力，发动并凝聚起一大帮社会爱心人士，把一个濒临散伙的公益社团，做得风生水起、有口皆碑，人人称她为金姐，而不知其真名。陈立强与金姐同为区政协委员，在一起参政议政，彼此熟稔、相互欣赏。

陈立强找了个合适的机会，向金姐发出真诚邀请，恳请金姐担任理想国际慈善基金会秘书长。陈立强对金姐的唯一要求是，要把钱用好，要精准，雪中送炭，帮到那些的确需要帮助的人。

金姐被陈立强的诚意所打动，也被理想集团这么多年来的慈善奉献所感动。一起做更多更美好的善事，何乐而不为呢？

于是，热衷慈善公益事业的金姐走进理想集团，开始了她理想国际慈善基金会秘书长的角色，着手筹建起来。打造品牌显特色，全面提升理想国际慈善基金会的辨识度，基金会成立后，要找一些接地气、能见效、操作性强的项目，把"理想慈善"的牌子举起来、打出去！

原则是对的，想法是好的，但具体做什么？在将"理想爱心超市"发展成理想品牌项目过程中，一个偶然机会，一次不经意的头脑风暴，"理想小屋"项目脱颖而出，为困境中的儿童打造一间属于自己的明亮小屋，一个独立的生活学习空间。嚯，这个思路可以呀！我们理想慈善可以做这样的事，而且完全可以做得更好。

基金会通过区慈善总会和区妇联进行排查摸底，100多个困境孩子的情况一下子浮现出来。基金会上门走访，对这些儿童家庭进行调研登记，与村社工作人员、家长和孩子们商量，询问他们需要什么，理想国际慈善基金会可为他们做些什么。

几天下来，一个后来成为理想集团慈善品牌、被社会广为赞誉的"理想小屋"模式，渐渐浮出水面："理想小屋"项目资助对象面向全区困难户、低保户和低保边缘户家庭中6岁至16周岁，且家庭具有独立单间住房条件的少年儿童。每间"理想小屋"投入1万元左右，由理想国际慈善基金会全额资助。打造出符合少儿学习生活需要的独立单间，配齐学习生活所需的全部设施用具，包括床上用品、桌椅板凳、灯具文具。陈娟萍设想，在每间"理想小屋"墙壁上，要贴上醒目的励志标语，激励这些孩子们努力学习向上。慈善基金会还与受资助家庭和孩子签订责任书协议，明确各方的权利和义务。对"理想小屋"孩子的要求是，平时要打扫房间，保持清洁美观。好好学习，做好人，做好学生，做对社会有用的人。

毫无悬念，"理想小屋"方案获得陈立强的力挺。他明确表态，这个项目好，需要多少钱，他出！

"理想小屋"方案，同样引发区慈善总会的浓厚兴趣。慈善总会当即表态愿与理想国际慈善基金会携手合作，共同推进这项具有创新意义的慈善事业，并明确由慈善总会提供受助家庭名单，理想国际慈善基金会负责具体实施。

看上去蛮简单的一件事，实际上有不少环节，会牵涉不少人。陈娟萍深知，慈善的要义是人人慈善，也就是大家都来做慈善。众人拾柴火焰高。把社会各方力量吸引过来、接纳其中，就可以少花钱、多办事，甚至事半功倍。

打造"理想小屋"，离不开装修公司。金姐跟陈娟萍商量，从自己所负责的"滴水公益"成员中，选择了一家名为"道心"的装饰公司。向对方介绍"理想小屋"的性质和做法，希望得到他们的支持和帮助。这家装饰公司老板本身也是"滴水公益"的义工，听金姐这么一说，立马表态愿意参与。整个装修工程只收成本，不赚利润。道心装饰公司这一善举不胫而走。之后，一些具有爱心的装饰公司和供货公司主动找上门来，各尽所能，为"理想小屋"添砖加瓦。社会公众的慈善爱心，使他们深为感动。

"理想小屋"样板房完工后,陈立强自己前往验收。他来到样板房现场,仔细询问打造过程,与孩子家长进行交流。同时,他用手来回摩挲着新墙说,乳胶漆用得好不好,一摸就知道。这位房地产专业人士,在用非常专业又非常特殊的手法检查"理想小屋"的装修质量,从中可看出他对"理想小屋"的重视。是啊,孩子是祖国的花朵,是民族的未

企业慈善项目样本之一——"理想小屋"改造前

企业慈善项目样本之一——"理想小屋"改造后

来。谁糊弄孩子,谁就是民族的罪人,谁就不配用"慈善"这个词语。

"理想小屋"装修质量很好,经受住了陈立强这种近乎严酷而独特的检验,陈娟萍的心也就放下了。

至2022年8月,理想国际慈善基金会和区慈善总会一起,已在临平区打造了160多间"理想小屋",覆盖到全区所有镇街。换句话说,这一善举,已让临平160多名孩子有了他们梦寐以求的"理想小屋"。

"随便给你举个例子呗。"陈娟萍在采访中说。

有个低保户家庭被列入"理想小屋"名单。这个女孩是领养的外地人,长得瘦瘦小小。爸爸病故,妈妈精神上有点问题。第一次去她家走访,见母女俩合住在一起,房间里乱七八糟,就非常怜悯这个小女孩。略微了解情况后,陈娟萍向小女孩描述了"理想小屋"的设想,并问她喜欢未来小屋墙壁是什么颜色。那个小女孩说"蓝色",陈娟萍记住了这个小女孩,心里暗暗说,一定要让她的"理想小屋"变为现实。

2019年9月5日,对,就是中华慈善日这一天,一走进门,陈娟萍见到那个小女孩,简直判若两人。她神采飞扬、满脸笑容。正在装修的工人师傅告诉陈娟萍,那天当他们粉刷好小屋墙壁、贴上励志标语、铺好地板后,小女孩在地板上躺了整整两个钟头。装修师傅问她,为什么要在地板上躺两个钟头?小女孩回答说,她觉得这一切不太真实,她怕地板一会儿飞走了,所以想多躺一会儿。正在说笑间,一把滑轮椅子被搬进小屋。陈娟萍见那个小女孩一屁股坐上去就不想下来。她坐着滑轮椅,从这边墙角滑到那边墙角,又从那边墙角滑回这边,宛若在玩公园滑梯那般,开心得像个小公主。看着这些,陈娟萍感觉这个钱没有白花,自己的心血没有白花。

在陈娟萍看来,装修和配置"理想小屋"仅仅是第一步。她要求"理想小屋"除了环境改造外,还要有心理关爱、爱心帮扶,将慈爱延伸至"理想小屋"主人的日常学习和生活之中。

于是，理想国际慈善基金会策划成立了"爱的陪伴"活动，发动集团员工人人参与"理想3小时"公益活动，物色一批既具爱心又很热心的员工，担任"理想哥哥""理想姐姐"，与"理想小屋"的弟弟妹妹们结对子。逢年过节，"理想哥哥""理想姐姐"会组织"理想小屋"的小主人开展活动，请他们看电影、上图书馆、做烧烤、吃比萨。从精神和物质两个层面，关心他们的学习和生活，陪伴他们健康快乐成长。

作为理事长的陈娟萍，自然走在"爱的陪伴"者前列。从年龄上看，她已是这些孩子的父母辈。但爱心不讲年龄，慈善不论辈分。她和孩子们在一起玩得不亦乐乎，她想给这些缺失家庭温暖的孩子更多的母爱和关怀。

在"理想小屋"小主人名单中，有个悲惨故事引起陈娟萍的特别关注。这户人家几年前因家庭突发变故，留下一个12岁孩子，她与几近失明的奶奶生活在一起。突如其来的遭遇，使女孩精神上遭受重大打击，一时患上自闭症，见人不肯说话，晚上睡不着觉。半夜三更，她会爬起来，偷偷打开冰箱，靠吃冰块刺激自己。

第一次走进这个小女孩房间时，陈娟萍第一眼看到的是小女孩写在床边墙上的一句话："就算仰头45度，眼泪还是止不住地流下来。"这17个字，犹如17把锋利小刀，深深剌疼了陈娟萍的心。小女孩这个年龄段，本应过着无忧无虑的生活。要经受多少磨难和痛苦，才能写出这句令人心酸的话语呀！陈娟萍动了恻隐之心。她心里当即决定，要用理想的爱去引导她，用母爱去呵护她，让她与同龄人一样享受生活的阳光。

等到第一波新冠疫情过去后，陈娟萍和金姐带着几个人回访"理想小屋"，了解情况。当他们戴着口罩来到这户人家时，见"理想小屋"

内所有物品一应俱全，新粉刷的墙壁泛着亮光。

出人意料的是，当时已有16岁的少女用呆滞的眼神问："阿姨，你们戴着口罩，是感冒了吗？"这么大的疫情，这女孩竟然不知道？但陈娟萍不愿让她尴尬，就顺着她的口吻回应道："是的，这两天，我们都感冒了。怕传染给你，所以我们都戴了口罩。"

谁知，问完这话后，那女孩再也不理睬人。一会儿，干脆躺到床上，用被子罩住自己的头，不愿交流。

彼时，古稀之年的奶奶颤颤巍巍地走过来，摸索着拉住陈娟萍的手，哭着说："你们是好人。孙女靠你们啦！你们救救她吧！"

陈娟萍顿时眼眶湿润了。她劝慰着奶奶，然后坐到床边，像妈妈一般，说了很多安慰的话、开导的话，努力打开她封闭的心扉。陈娟萍还帮她调整作息时间、制订学习计划。然后，两人加了微信，说好用微信进行交流。第二天，她俩就用微信聊天，一起欣赏陈娟萍家里种养的花花草草。

此后，陈娟萍多次去看望她，像对待女儿一般呵护她，关心她。与她分享理想集团的故事，分享自己的故事，并鼓励她积极参加理想集团"爱的陪伴"活动。

这个女孩逐渐转变，变得懂事和开朗。她每天按时起床，认真学习，参加劳动，学会了烧菜做饭，照顾奶奶。奶奶生日时，还会给奶奶买上个蛋糕庆贺。平时，她用微信与陈娟萍互动交流，说一些这个年龄段女孩才有的小秘密和悄悄话。节假日，女孩会给陈娟萍发来问候祝贺的视频或图片。有一次，她在微信中告诉陈娟萍，她参加了社区志愿活动，觉得自己能帮助到别人，蛮开心。陈娟萍欣喜地看到，"理想小屋"和"爱的陪伴"已彻底改变了这个女孩的心态和人生轨迹。

那天，介绍到这里时，陈娟萍有点抑制不住的兴奋。她掏出手机，打开微信，给我看她与那个女孩互动的微信，似乎比做成一单大生意还开心。

我注视着此时此刻的陈娟萍，想找个确切的词语来形容她。她，中等个子，穿着一件时下流行的新式旗袍。圆脸，浓发，胸前挂着一块翡翠玉坠，手指上套着一枚红宝石戒指。看上去整洁端庄，慈眉善目，一副菩萨相，似乎天生就是做慈善的人。她不快不慢、不急不躁地叙说着理想集团的慈善故事，叙说着那个叫她"阿萍"的弟弟，脸上透露出兴奋、喜悦、知足的表情。

理想集团做的慈善工作，不仅仅是"理想小屋"和"理想爱心超市"，他们还有"理想健康驿站""理想圆梦""理想小书屋""理想米站""理想电梯""理想抗疫""理想志愿服务"等多种形式、多种内容、多人参与的慈善活动。有的活动还延伸至长春市和川西北，构成"理想慈善"系列，打造出临平区乃至杭州市企业慈善的品牌。即使企业偶尔遇到困难，慈善之路也没有停步，慈善项目资金也得到保证。历年投入的慈善费用，累计起来已是一个大数。理想集团多次被评为全区慈善企业，陈娟萍当选为临平区工商联副主席，获得首届长三角"慈善之星"、杭州市巾帼建功标兵等荣誉。

陈娟萍发自肺腑地对我说，党中央将公益慈善作为社会"三次分配"的重要途径及方式，理想集团衷心认同。做慈善，不仅仅是捐钱捐物，还要捐出时间、投入情感，这是超越物质价值的行为，也是"三次分配"与"一次分配""二次分配"非常不同的地方。做慈善最大的收获不是被人表扬，而是自我知足。人知足了，就没有怨气；没有怨气，心态就好；心态一好，身体就好。陈立强姐弟俩家庭和谐美满，他们的大家庭是村里有名的长寿家族，曾"五世同堂"。前几年，街道还特意请专业摄影师，为他们家拍了一张"全家福"：47位家人围聚着曾祖父曾祖母，两位老人喜气洋洋、笑逐颜开。

采访最后，我告诉陈娟萍，曾几次想找陈立强采访，希望他详细介绍理想集团的善举，陈立强在电话中总是以各种理由推辞。有一次，他大概被我缠得有点急了，通过手机送过来这么一句话：妈妈说过，好事要做，但不要留名。他不想违逆老人家的意愿！

陈娟萍回答说，他弟弟就是这样一个人。

诚哉斯言，善哉斯人！

开始萌芽的"嵌入式微型养老院"

如果不是十分留心，你哪怕路过此处，一下子也很难发现在这街头巷尾，竟隐匿着一个养老场所。

那是一个异常闷热的午后。七拐八拐，我终于找到了临平恩慈养老服务中心。

连续高温酷暑，已让小院里的花花草草打蔫。唯有临街墙壁上几幅养老宣传画，似乎经受住了强烈的阳光，仍显得鲜艳夺目。

我一下子想起上学时老师讲过的《深山藏古寺》画作：画面中满是巍峨险峻的山峰、郁郁葱葱的古树，却并未出现庙宇。只见一位僧人，挑着一担水，走在盘旋曲折的山径上。观赏者，即可从挑水僧人推知深山里藏着寺庙。老师当年告诉我们，这叫"含蓄"。

临平街道恩慈养老服务中心，似乎也具备这样的"含蓄"。魏君聪美其名曰：嵌入式微型养老院。

说这话的魏君聪，是临平街道恩慈养老服务中心的运营者和负责人，中等个子，平和谦逊，说话不疾不徐，与养老行业蛮吻合。

这家微型养老院约有1500来平方米、33张床位，现住着26位老人，

镶嵌在街道里弄的微型养老机构——临平街道恩慈养老服务中心

共有15名护理人员，养护比例约为2:1。魏君聪告诉我，这个养护比例，在养老行业里，算是比较高的。

魏君聪对国内外养老情况比较了解，尤其对日本养老行业颇为熟悉。他说自己投身养老这一领域，就与一位留学日本的友人有关。某次，魏君聪所在单位举办了一个商贸展，几位老朋友在会上谈论起中国养老行业现状，不胜唏嘘，觉得这方面应向日本学习。

其实，有此同感的，又何止一两人。就在写作本章文字时，我偶然走进一家银行网点，眼前的情景令人一震：银行大厅里满目银发，清一色的七八十岁老者，或存款，或取钱。他们颤颤巍巍地移动脚步，抖抖索索地签字、数钱，速度极慢，让人焦急。但柜台内的营业员却见怪不怪，非常克制耐心地为老人们办理着业务。是呀，是呀，当下年轻人都在手机上解决问题，谁还会跑到银行排队等候呢？只听座中一位老者满含感慨地一叹：真的进入老龄社会啦！

"老龄问题以出乎预料的速度,逼近中国社会。第七次全国人口普查数据告诉人们,中国60岁以上人口已达2.64亿。临平区60岁以上户籍老年人口11万余人,占户籍人口总数20%;80岁以上1.59万人,占老年人口14.4%。全区现有养老机构7家,开设居家养老服务(照料)中心118家,养老床位1300余张,老年人助餐机构132家,享受政府购买居家养老服务1.2万余人。"

说者无心,听者有意。魏君聪开始关注起日本的养老状况,发现日本养老产业比较发达,人的期望寿命远超世界平均水平。他还发现,日本养老协会组织了一种特殊体裁"川柳体"小诗比赛,专写老年人生活,故叫"银发川柳"。譬如:"人生已经不迷茫了,但是,会一直迷路。""终于,我还清了房贷,住进了养老院。"这些诗,表达老年人的幽默风趣和自我揶揄,有点类似于中国的打油诗。

老龄化社会加速来临,让魏君聪增强了紧迫感。他撺掇四五个志同道合者,其中有一名从日本留学归来的养生专家徐总,牵头在杭州组建恩慈养老服务中心,开始承揽街道社区的养老业务。几年下来,魏君聪团队管理了几十家养老服务机构,并把业务拓展到临平等地,先后在临平开设了5家养老服务机构。临平街道恩慈养老服务中心,便是其中之一。

恩慈养老服务中心与居民住宅连在一起,故魏君聪把它称之为"嵌入式微型养老院"。不足之处是,空间不大,有点像"螺蛳壳里做道场"。好处是,离养护对象的家比较近,便于养护对象儿女探望,容易有烟火味、人情味。魏君聪团队投入一笔不小的钱,进行硬件改造,使之达到日式养老服务的空间环境标准。然后,通过街道宣传和口口相传,重点接收80岁以上老人。在院26位老人中,患不同程度阿尔茨海默病的有十多位。阿尔茨海默病比癌症还可怕,成为困扰社会的一大难题，被人们视作"上帝最恶毒的魔咒"。一般养老院都不愿接收这类患者。但魏君聪团队却认为，社会老龄化在加剧，患阿尔茨海默病的人数相对会逐年增加。据说，全国老年痴呆症患者1500万人，其中阿尔茨海默病人多达1000余万。总得有机构来料理这些老人，他们恩慈养老服务中心，愿意在这方面做些探索。

硬件改造装修，毕竟是一次性投入，魏君聪团队并不期望从中赚多少钱。他们想做的探索，更多是考虑打造品牌，如何为老人提供优质服务。

过去所谓养老，就是解决老年人吃喝拉撒睡的问题，让其生命得以延续。现在，仅有这些，已远远不够。魏君聪团队认为，必须先从理念入手，帮助老年人形成良好心态。他们告诉老人，少小时，读书就业，非常辛苦；中年后，干事立业，"压力山大"；人生60岁以后，还有三分之一辰光。这个阶段无案牍之劳形，无名利之忧心。衣食无虞，后顾无忧，正可享受晚年美好生活，真正过上大半辈子以来所渴望的品质生活，让自己精神丰富、心情愉悦。所以，他们提出了"人生美好生活从60岁开始"的口号。同时，他们引入日本"自力支援"理念，倡导老年人尽量自己动手，在力所能及的范围解决自己的生活问题。然后，再辅之以温馨精心的护理。

说起护理项目，那就多了去啦！首先是要保证老人们吃好喝好。临平恩慈养老服务中心有自己的食堂和烹饪厨师，一天三餐两点心。魏君聪陪着我，踏看食堂，介绍每日菜单组合，还有各式各样的小点心。我随便看了一眼采访当日的午餐菜单，上面写着：啤酒鸭、葱油带鱼、包菜粉丝、咸蛋南瓜，品种和营养比一般居家生活更多、更好。

随后，魏君聪一一介绍恩慈养老服务中心开展的作业疗法，什么音乐疗法、手工疗法、运动疗法，尤其是怀旧疗法，引发我极大兴趣。

怀旧疗法，针对失智失忆的阿尔茨海默病老人设计。在一个较为宽敞的空间，模拟复原老人们年轻时的生活场景。在这里，有农耕用的蓑衣雨笠、60年代穿的卡其布服装、粉笔抄写的黑板报、红色标语……以此引发失忆老人对昔日生活的回忆和联想。魏君聪告诉我，有个患阿尔茨海默病很严重的老人，一进入这个环境后，忽然找到了感觉，竟翩翩起舞。

疗法虽多，毕竟还是那么几种，多少会有局限性。魏君聪团队更多是在养护活动上动脑筋，希望穷尽所有手段，为老人们营造温馨的有意思的生活环境。

我采访那天下午，恩慈养老服务中心正在组织阿尔茨海默病老人做游戏。在正常人眼里，这游戏极其简单：让老人用竹筷从一个盒子里夹出彩色玻璃球，丢进另一个盒子里。在规定时间内，谁夹起的彩球多，谁就是获胜者。护理员沈祎迪在边上数着数，两位老人对垒，十多位老人围成一圈观看、助威。

随着沈祎迪一声"范爷爷开始"，那位被叫作范爷爷的老人，缓慢地将竹筷伸向装有彩色玻璃球的盒子，开始紧张的夹筷动作。阿尔茨海默病人往往会神志不清、手脚不稳。眼看就要夹住玻璃球，但一抖索，玻璃球又从筷子间滑落。几经折腾，范爷爷终于将一颗玻璃球丢进另一只盒子。他如释重负般看了一眼众人。众人似有默契，都齐齐地为老人鼓起掌来。如此反复多次，等沈祎迪宣布"时间到，范爷爷夹起15颗"时，老人额头已渗出了细密的汗珠。

另一位周爷爷，似症状较轻，动作相对敏捷准确，夹住和丢入动作略快。最终，他夹起了30颗彩色玻璃球。

沈祎迪当场宣布："周爷爷夹起30颗，获得比赛冠军！"

我注视了一下那位周爷爷，只见他兴奋异常，仿佛打了胜仗的将军，脸上荡漾开孩童般的笑容。

看完这场特殊比赛，负责养老服务中心日常工作的李美玲，为我播放了一个视频，标题为《长者模特走秀》。

视频开播，推出"'过年7天乐'节目——《长者模特走秀》"字样，时间为2022年春节，正月初二。在《最美不过夕阳红》的乐曲声中，一场别开生面的走秀缓缓拉开序幕。这些耄耋长者，身着簇新衣装，脸上化着淡妆，挂着猩红色围脖。有的挂着拐棍，有的坐着轮椅，或一人出席，或两人搀扶，或四人组合，兴致勃勃地走上小小秀台。认真、自信，甚至有点得意地表演着。有的还向台下观看的同伴示意着眼神，气场丝毫不输青春时尚的年轻人。

此时，视频镜头转向台下。只见台下围观的老人高呼着、欢笑着，拍着掌、喝着彩。那情景，仿佛是在观看一场大型的国际时尚展。

当然不是时尚展。但在我看来，这是一场世界上独一无二的走秀。对于这些八九十岁高龄的老人而言，能找回年轻人的感觉，能获得同龄人的欣赏，哪怕只是一个瞬间，也弥足珍贵啊！

除了这些别出心裁的活动外，养老服务中心更多的是培养大家的学习兴趣，挖掘各人特长。让每个人的潜能在暮年阶段焕发精彩，犹如绚丽的晚霞。

李美玲建议我找虞菊轩奶奶聊聊。

虞奶奶年届88岁，但看上去神清气爽，且十分健谈、思路清晰。

虞奶奶自述没有文化，是地地道道的农民。她还很小时，父亲就被日本人杀死，从此失去父爱。姐妹8个，她最小。老公前几年脑梗中风，再加上骨质疏松，3年动了7次手术，她服侍了3年。儿子女儿媳妇都很孝顺，但大家都很忙。去年4月份，儿女实在管不过来了，就把老头子送进恩慈养老服务中心。老公在这里待了一年，虞奶奶经常来探望，两人都觉得这里蛮好。于是，她自己主动要求进养老服务中心，有点"买肉搭把小葱"的意思。

说到这里，虞奶奶竟笑了起来。我发现，老人的笑纯洁无瑕，颇有点无心无肺的模样。

进养老院服务中心一个月，虞奶奶长期低烧的毛病就好啦，很开心。她其实有很多种病，患糖尿病32年，高血压病史48年，心脏还装过支架。进来后，生活极有规律。每天上午9点活动，做健身操。之后，画画，写字，唱歌，下午睡午觉，身体再没有出过任何问题。不发病，虞奶奶心情大好，再加上本身就爱整洁，所以，一天到晚收拾得清清爽爽，成为养老服务中心里的卫生模范。

这些，大家做的都一样。虞奶奶觉得自己最大的变化，是爱上了画画和演戏。这真是自己过去连做梦都没有想到的事。她以前从来没有拿过笔，更没有画过画。记得第一次拿起笔时，手抖得厉害着呢！护理人员耐心辅导，虞奶奶渐渐拿稳了笔。有心的虞奶奶从地上捡回树叶，学着在树叶上写字画画。慢慢地，虞奶奶对画画产生了兴趣。为学写生，虞奶奶在自己房间窗台上种了一盆茉莉花。一有空，就照着茉莉花的样子画。开始时，画得一团糟，自己都看不懂画的是什么，经过一段时间，虞奶奶慢慢觉得笔下的茉莉花与窗台上的茉莉花越来越像了。她拿给指导老师看，得到老师表扬。她画的茉莉花，被贴上墙壁，她也成为众人羡慕的"画家"。

说到这里，虞奶奶示意我将目光转向展览室墙壁，用手指着署名"虞菊轩"的画作，让我欣赏："喏，这张是我画的，那张也是我画的。"

顺着虞奶奶的手指，我将视线投向展览区，那上面贴满老人们的书法和绘画作品。我首先欣喜地看见了一幅《茉莉花》。金黄色的背景，用青绿色和白色绘就一盆茉莉花，花枝舒展，结满了蓓蕾，显示出蓬勃生长的态势。接着，另一幅《锦葵》映入眼帘。与茉莉花不同的是，锦葵的枝、茎、叶，用工笔描绘，茎脉清晰可见，花朵明媚鲜艳，籽粒饱满丰盈，传递出植物的生气和可爱。看着这两幅画，你很难相信这是一位之前从未提过笔的老人所绘。

但，事实如此，不由你不信!

做养老护理，必须有情怀。这是魏君聪、李美玲、沈祎迪的共识。在魏君聪看来，社会养老，是"朝阳产业"，永远不会凋敝。谁人不会老？何处没老人？开设这种嵌入式微型养老院，对社会和家庭的益处显而易见，也有人愿意投资，哪怕一时收不回成本。最难的是，很少有人愿意从事具体的护理工作。换句话说，员工很难找。伺候老人，尤其是面对那些阿尔茨海默病患者，可说又脏又累。所以，他们这家微型养老院，员工队伍是动态的，来了走，走了又有新人来。

来的新人中，就有上文提及的沈祎迪。她老家在萧山，读的是杭州万象职业技术学院老年服务与管理专业。

也许是孤陋寡闻，我第一次听说有这样的高校专业。感觉高校专业设置与时代衔接得好紧，应该予以点赞。

这是一个千禧年出生的女孩，小巧玲珑、性情温和，似乎天生就是做护理工作的人。

采访沈祎迪，注视着这个小姑娘纯洁善良的眼光，听她平静地叙说自己的经历，我有一种异样的触动。

沈祎迪从小跟着奶奶生活，是被奶奶带大的。也许由于这样的生活经历，她喜欢跟老年人接触，能够与老年人交流。为此，她报考了这个特殊专业，想报答与她奶奶一样的老人。在学这个专业时，沈祎迪很用心、很努力，成绩不错。

3年后毕业，因为是校企合作开办的专业，2021年初，沈祎迪顺理成章地成为恩慈养老服务中心的一员，来到临平街道。据说，与沈祎迪同窗的有六七十人，继续做老年护理工作的，仅四五人。她，选择留下来。

　　面对这些比自己奶奶年龄还大的老人，沈祎迪觉得自己可做的事情很多。她认为自己这个专业学对了，很有价值。她利用自己所学的专业知识，为老人们策划设计了"过年7日乐""长者走秀""抓豆比赛"等活动，老人们乐意参与，她蛮有成就感。

　　养老护理工作枯燥，甚至令人厌烦。搀扶老人走路，帮助老人洗澡洗脚，都是日常工作。病情严重的，行走不便的，还要端水喂饭，甚至处理大小便。但沈祎迪不觉得厌烦，她把每位老人都当作自己的亲人，当作自己的爷爷奶奶，尽自己最大能力帮助他们、服侍他们，让他们生活在家庭般温情中。有位患阿尔茨海默病的老爷爷，病情很严重，谁也不认识。沈祎迪不厌其烦，仍坚持每天叫他。3个月下来，老爷爷记住了这个小沈，见面时，会主动点头。沈祎迪高兴得像获了大奖。

　　采访完毕，走出临平街道这家微型养老院，在盛夏夕照下，我又做了一次深情回眸。养老服务中心里人们的生活状态和工作状态，给了我很大触动和很多联想。养老送终，是中国经典孝德和传统美德。现在，人们已开始高度重视中国社会快速老龄化问题，银发经济已被普遍视作"朝阳产业"。如果将养老问题再向前推进些，深究一下，人们不难发现，在现代生活条件和医学技术下，所谓老年问题，其实是"耄耋问题"。现在六七十岁的人，绝大多数还生龙活虎，休闲、旅游、读书、写字，甚至发挥余热，都不成问题。真正成问题的，是那些跨越80岁生理门槛后的老人，据说全国约有3000万之众。他们的生存质量、生活质量、生命质量如何，是衡量社会文明进步程度的一大标尺，也是我们在走向共同富裕社会时亟待研究的课题。

实事求是地说，解决这个课题，我们还有许多事要做。有统计说，中国约有84%的老年需求得不到满足。在全国政协组织的一次调研活动中，我遇到了一位研究养老产业的专家，向他请教养老产业发展之道。他稍加思索告诉我，一靠政府增加投入，发展街道社区养老；二靠智慧养老，用智能解决人们不愿干、不会干的难题。

如果从这个视角去看待临平街道这个嵌入式微型养老院，它，不正是社会养老的一株萌芽吗？春气动，春草萌。一切皆有可能。

外卖小哥叶阳辉和助餐团队

我坐在美团外卖小哥叶阳辉的电瓶车后座，用双手虚虚地拢着他的腰，跟着去送外卖。

这是我的请求。一则，我不想因采访而耽误叶阳辉的接单送单；二来，作为一个作家，我想体验一下外卖小哥的生活。

叶阳辉高个、淳朴、厚道，像一棵刚出土的水杉树苗。他穿着美团外卖员的统一着装，头戴黄色头盔、黑蓝色面罩，上身套着鲜艳的黄颜色马甲，衣上印的是美团标识，还有"美好生活小帮手""食美团"等宣传美团外卖的广告语，下穿一条黑色斜纹裤。自然，还有疫情期间的标配口罩，包括长期戴口罩留下的特殊印痕。

电瓶车行驶在塘栖镇马路上，平稳而快捷。两边的街道、商店、行人急速地向后退去，一股股热浪迎面扑来。路上偶尔碰到美团同事，叶阳辉与他们打着招呼，擦肩而过。那情景，有点像短视频里的镜头。

一路上，小伙子很健谈。他告诉我，他今年25岁，老家在河南信阳农村。父母很早就到浙江打工，现在湖州德清做点小本生意，离塘栖不远。他差不多就等于是在浙江长大，在德清读书。初中毕业，他寻思自己年纪大了，不想再读书了，得找些事做做，为父母亲减轻点负担。他先是在临平崇贤街道送快递。送快递有个好处，就是不用赶时间，比较自由。不好之处是收入太低，有时甚至养不活自己。他决意转行，后在朋友引荐下，加盟美团，做起外卖员，至今刚好4年。

叶阳辉做了外卖员后，才发现外卖员其实很辛苦。外卖是一种多劳多得的工作，多接一单，就多一份钱。因此，他和小伙伴们几乎都抢着送、跑着送。从早上7点开始，一直跑到晚上8点，常常跑得口干舌燥、浑身乏力。好在年轻，睡一个晚上，第二天早上起来，依然生龙活虎，继续跑单。

"您问收入吗？塘栖镇上美团外卖团队有130余人，有人做过统计，平均每月收入5500元。多数是六七千元，最高的能拿到1万元，那要跑得上气不接下气才行。您想想，平均每单5.3至5.6元，需时四五十分钟。如果一天拿到300多元，差不多要跑50多单呢。分开跑，时间肯定不够，得碰运气，有些单在一条线路上，顺带着把钱赚啦！"

叶阳辉说的这些，对于我这个从不点外卖的人而言，都是新闻和新知识点。

"说说你为那个残疾人送餐的故事吧。"

叶阳辉为镇上一个残疾人送餐的事，经媒体报道后，已广为人知。我就是冲着这事来采访他的。

"好吧。其实也没有什么，完全是小事一桩。"叶阳辉这么淡淡地回应道。

那是叶阳辉入职美团不久，叶阳辉接到一份午餐外卖单。接单就接单吧！虽说叶阳辉入职才几个月，但接单送单，已成为工作常态。叶阳辉因而也没往心里去，按照常规，骑上电瓶车出发。

来到送单地点，已是中午12点后。他想那个下单的计女士此时肯定肚子饿得咕咕叫，说不定会在门外焦急地等待着自己吧。

于是，他急匆匆跑到单子上标明的楼层，来到计女士家门口，见门口无人，就习惯性地打了个电话。

电话响了好一会儿，没有人接听。叶阳辉开始有点焦急起来，他想早点把这单送掉，好去送下一家呢。

又等了一会儿，电话还是没有人接听。叶阳辉显然等不及了。他走近门，"笃笃笃"轻轻地敲了几下。

终于，从房间里传来一个有气无力的女声："门没有关，你进来吧。"

外卖行业有明确规定，不得进入顾客家门。因此，叶阳辉站在门外，不敢进门。

大概，室内的人也知道了叶阳辉的顾虑，又传出一句同样低缓的话："我不方便，你进来就可以。"

听完这话，叶阳辉心里咯噔一下，这名计女士是不是病了，起不了床？想到这里，他硬着头皮，用力推开虚掩着的房门，小心翼翼地走了进去。

室内光线昏暗，叶阳辉从强烈的阳光底下进来，一时有点不适应。他定了定神，才看清。房间正中，放置着一张大床，床上半躺半卧着一名女性。她的身后垫了好多枕头，使她保持着半躺半卧的姿势。

叶阳辉很快看出，对方是一个残疾人，而且身体特别虚弱，说话都提不起精神来。

"哦，您就是计女士吧？对不起！让您久等啦！"叶阳辉职业性地寒暄道。

只见计女士点点头，尽力挪动一下自己笨拙的躯体。叶阳辉看得出，这个简单动作对于计女士来说很艰难。

叶阳辉一时有点紧张。他送过那么多外卖，像计女士这种残疾状态的客户，他还是第一次碰到。

"那，我把外卖放在哪里好呢？"叶阳辉征询计女士的意见。

只见计女士用手指着床边小桌。叶阳辉明白她的意思，就把外卖放到小桌上，说了句"祝您用餐愉快"。然后，就轻轻带上门，接着去下一家。

这，就是叶阳辉第一次为计女士送外卖的全过程。

"那，后来呢？"我被叶阳辉的讲述吸引住了，催着他往下讲。

谁知，说话之间，来到一个小区，这里有个叶阳辉送单的客户。

叶阳辉说："我先把这一单送出吧！"只见他快速停住电瓶车，熟练地从保温箱里拎出一个盒包，然后小跑着进入小区。他此刻完全进入日常工作状态，忘记了还有一个跟班的我。等我气喘吁吁追到楼座前，叶阳辉早已送单完毕，从电梯里走了出来。这时，他才似乎发现我跟着，一迭声地说着"对不起、对不起"。

真没有什么好对不起的！他在工作，我在给他添麻烦。该说对不起的，是我哦！

我俩再次坐上电瓶车，朝着下一个客户驶去。

"你再继续讲吧。"电瓶车一启动，我就催着叶阳辉继续讲下去。

"刚才讲到哪里了？哦，计女士第一单吧？"叶阳辉缓过神来，接上了思路。

当时给计女士送单时，叶阳辉并没有多想，或者说来不及细想。待那天下班后，叶阳辉却想开了。计女士是个值得同情和怜悯的女人。她这状态，怎么用餐呀？用完餐后，餐余怎么处理呢？这户人家是个什么状况？自己有没有可能帮她做点什么？

正当叶阳辉思考这些时，他再次抢到了计女士的餐单。

第二次，叶阳辉就有了经验。他一口气跑上计女士住的4楼，往门口一站，轻轻敲敲门，稍稍推开点，等计女士示意进门时，他才走进去。然后，把小桌子移到离床近一点的地方，熟练地打开饭菜盒，放在小桌上。计女士稍稍欠起身，开始用餐。叶阳辉并没有急于离开。他随手搬过一把椅子，坐得不远不近，注视着，看看有什么需要帮忙。其间，不时有派单的提示音响起，派单就意味着生意，意味着收入。但叶阳辉放弃了，当作没有听见，当作与亲友聊天哩。

计女士身体极度虚弱，但还是有与人交流的愿望，更需要别人的理解与安抚。她有一搭没一搭地与叶阳辉聊着，叶阳辉极为耐心地倾听她的诉说。从计女士口中，叶阳辉才知道，计女士罹患瘫痪已多年，且越来越严重，眼下已不能下床。家人白天需要上班赚钱，没法整天在家照顾她。因而，每天早中餐，还有吃的水果、生活用品之类，都需要她自己下单解决。一个人整天待在床上，当然单调寂寞，偶尔绣点十字绣，一个人悄悄流泪。

听着计女士这些遭遇，叶阳辉说自己的同情心、怜悯心油然而生。人生一世，谁没有个坎坎坷坷、病病痛痛？能帮人处且一帮吧！

计女士吃得比较慢，一餐饭需要吃十多分钟，约略相当于叶阳辉送两个单的时间。待她吃完，叶阳辉站起身，把饭菜空盒盖上，把桌子上的汤汤水水、残渣剩菜等倒进垃圾袋。之后，他拎着垃圾袋，与计女士告别，说下次送单时再来看她。跨出门时，叶阳辉没有回头看，但他知道，计女士会用期待的目光送他。

开始时，叶阳辉不知道怎么打时间差，总是要等计女士全部吃毕、打扫完，他才开始接单，有时需要空单四五十分钟。因为从接单到下单烹饪，怎么也得一二十分钟。后来，叶阳辉有了经验，等计女士吃到五六分钟时，他就开始接单，把空单时间尽量减少些。那样，可多挣点钱。

叶阳辉说到这里，我被感动了。好热心、好细心的小伙子呀！

正在感动之中，叶阳辉又到了一个送单处。这次无论如何得跟单看看。我吸取上一回的经验教训，等叶阳辉停好电瓶车、一跃而下时，我也已落在地上。果真，叶阳辉撩开大步就跑，我紧随其后。幸亏我平时锻炼快走，不至于被拉开太远。等叶阳辉打开电梯门时，我也跟到了他面前，只是感觉背上已有点湿漉漉。

客户在10楼，电梯很快，符合叶阳辉的要求。走到门口后，叶阳辉轻轻敲了敲，一名中年女性趿拉着拖鞋开了门。看得出，这名顾客与叶阳辉熟悉。非常友善地说了句，又是你呀？

塘栖镇不算太大，送的次数多了，彼此熟悉，并不奇怪。

叶阳辉非常礼貌地回应，并把手中的快餐交给她。就在转身欲走时，叶阳辉发现了室内墙角落的垃圾袋。便对那个顾客说："江老师，我顺便把这垃圾袋给您带下去吧？"那个被叶阳辉称作江老师的人，露出感激的神情，点点头。

送完一单，我俩继续出发，叶阳辉的讲述继续。

送着送着，叶阳辉又想到了新的问题。计女士显然天天叫外卖，但美团外卖是自由抢单，谁抢到谁送，不可能天天轮到自己送呀。别的小哥送时，他们也会像自己那么做吗？仅仅靠自己不够哦！他得把计女士的情况告诉其他美团小哥，让大家都来关心她。

想定主意，叶阳辉立马在美团外卖小哥微信群里发了一则信息。告诉大家，某小区某楼某单元某号，有位残疾女性计女士，每天下单外卖。她行动不便，长期卧床。希望各位接到她的单子后特别注意，把外卖送进家里，把小桌子放好，帮她打开饭盒，最好能同时把垃圾带下来。

微信发出后，群里小伙伴们反响积极，塘栖镇美团外卖的领导也很支持，希望大家按照叶阳辉的要求去做。之后，但凡美团外卖小哥送单后，每人都会拍上一张照片，然后截图，上传到群里，相互告知，至今不辍。

开着电瓶车的叶阳辉稍稍扭转头，告诉坐在他身后的我。计女士对他和美团外卖小哥团队非常认可，也十分感激。后来，彼此熟悉了，她有什么需要买的，也会托他和其他小哥代买。有时，还会跟外卖小哥们聊聊，做些交流。

到去年11月，计女士所在社区领导偶尔与美团外卖小哥聊天，才获悉这事。然后，社区报告到塘栖镇，镇上又报告到区里，这才宣传开啦！

"这些事，其实挺普通的。"叶阳辉真诚地说。已做了3年多，也就是顺手帮忙的事。只要他叶阳辉还在塘栖镇送外卖，就一定会坚持做下去。

我想采访一下计女士，让叶阳辉转告。叶阳辉告诉我，计女士不愿意接受采访。为啥呢？说采访的人很多，已影响到她的日常生活。更主要的是，她担心自己的小孩子因此受歧视。

转而一想，我也明白了：人都有自尊心，残疾人也一样。她不愿意将自己的病况展示给世人，更不想给下一代带来不必要的影响。人同此心、心同此理，可怜天下父母心啊！我完全理解。

但我执意要去计女士所在的楼道实地看一看，那个叶阳辉跑了三百余次的楼道，到底是一个什么状况。

叶阳辉拗不过我的执着，答应带我前往。

走街串巷。盛夏的太阳在头顶上明晃晃地照着，一阵阵热浪裹挟着马路灰尘迎面扑来。只一会儿，我身上T恤已是汗水涔涔。只见叶阳辉额头上全是汗珠，正一滴一滴地往上衣领子里掉，沿脖子一圈，已经湿透，恍若戴着一个大大的围脖。遇上风雨天呢？冰雪天呢？我真心感觉到外卖员、快递员的不易！

叶阳辉和我到达小河社区。这是个老旧小区，院子内绿化不错，过道上停满了车。

老旧小区没有电梯。叶阳辉如见到熟悉的老朋友一般，根本不用辨认，七拐八拐，走到一个楼道前，噌噌噌地往上跑。楼道显得很陈旧，墙面斑驳陆离，各种电线脏兮兮地贴着墙，老式水泥地面像麻了脸一般难看，有的楼道转角处还堆放着老家具和废弃物品，给行人上下楼增加了难度。

转弯，往上；再转弯，再往上，再转弯……七个转弯后，叶阳辉和我站在一道门前。

我猛然意识到，3年多时间里，叶阳辉在这样灰暗拥挤的楼道里，上上下下三百余次，为这名残疾女士送来饭菜，送来人间的关爱与温暖。

叶阳辉指着一扇木条门，悄声说，就是这。

我轻手轻脚地靠过去听听，室内很安静。恐怕计女士怎么也想不到，叶阳辉会在这时陪着一个京城来的作家，以这样的方式造访。

不知道，不打扰，蛮好。

我建议叶阳辉在计女士家门口拍张照，留作纪念。叶阳辉咧开厚厚的嘴唇，微笑着点点头。

在按下快门的一瞬间，我觉得自己眼眶有些湿润。

第六章
未来已向临平山飞来

  人民对美好生活的向往,是我们党治国理政的奋斗目标;人们对未来的憧憬与设计,是中国社会前行的不竭动力。浙江提出"未来型"理念的意义和价值,在于引导人们的目光向前。未来,不仅仅是个时间概念,更是个发展思路。在临平采访的日日夜夜,我强烈感觉到未来已向我们走来。未来工厂、未来社区、未来乡村、未来城市、未来人才、未来生活等,莫不如斯。它们以前所未有的速度、无远弗届的广度、目不可测的深度以及无法形容的绚丽与诗意,向我们走来。让所有的未来都来吧,我们用智慧的金线和幸福的璎珞编织你们!

——采访札记

"未来工厂":传统产业的华丽转身

  据说,"未来工厂"的叫法,最早是由浙江一位领导同志提出的,

"未来工厂"春风动力公司机加工车间一角

因为顺应民意、内涵丰富、名字新颖,迅捷被各地接受,群起响应,随之成为浙江的一张新名片。

创建"未来工厂",近似一场竞技比赛。临平在这场赛事中,遥遥领先。迄今为止,全省已确认未来工厂41家,临平4席:老板电器、春风动力、阿里迅犀、西奥电梯,占比将近10%。全省培育型"未来工厂"20家,临平2家,占比10%。这对于一个小体量的新设区而言,显然是超级冠军。

位于临平开发区的浙江春风动力股份有限公司,便是其中一家。

我说是其中一家,高青认为这个评价还不够全面。在高青看来,春风动力公司是全省"未来工厂"建设中起步最早、涵盖面最广、非常具有代表性的一家。

高青何许人也?读者自然能猜到,高青可能是春风动力公司的人,有点"王婆卖瓜"的意思吧？

不错，高青的确是春风动力公司的人，担任着这家公司常务副总经理。但你如果说她有"王婆卖瓜"的嫌疑，那可真冤枉了她呀！

高青是有充分依据说出上面这句话的哩。

春风动力公司主要生产摩托车。您看过十里长安街上驶过的国宾摩托车队吧？没有亲眼看过不要紧，在影视里总看过吧？你看，警车开道，警灯闪烁，摩托车队分列两边，形成两道车流，护送国宾进进出出，要多酷有多酷。那，就是高青他们公司生产的摩托车哩。春风动力400cc及以上排量段摩托车制造业单项冠军，国内市场占有率第一，国际市场占有率居第三。

在宽敞的办公室里，高青打开桌上的电脑，然后，转给我："请看这个。"

这是一张真正的蓝图。蓝底白字，由许多方块、三角形、梯形、箭头、文字、数据、照片等组成。蓝图显示，"未来工厂"用"5G+AI+工业互联网"构成，分为智慧供应、精密质控制、数字设计、智能制造、数字营销、智慧服务、智慧运营、智慧园区八大板块，每个板块内，又有若干个子项。具备全面感知、泛在联结、主动服务、智能进化等环节，循环往复，以至无穷。

不要说做到这些，对于一个外行人而言，听懂它就需要半天。

听到后来，我才明白，这张蓝图是春风动力公司建设"未来工厂"的基本架构图。高青及其团队的全部智慧和创意都融化在这张蓝图里。整整10年，高青团队都在描绘和完善这张蓝图，他们为这张蓝图而操心、而工作，这张蓝图里有他们生命的价值和青春的心血。

接着，高青用鼠标轻轻一点，一张张PPT（演示文稿）呈现在电脑屏上。旁边有个附注：2019年12月3日，首届中国工业互联网大赛在余杭圆满收官。春风动力公司的高青围绕工业互联网赋能未来制造等主题分享经验。

噢，看来，春风动力公司早已在关注"未来工厂"建设。

这说明企业与省领导想到一起去了呀！用一个文绉绉的词来形容，叫"上下同欲"呢！我说的是真心话。

对这一点，高青表示赞同。领导善于倾听民意、集中民智嘛！

然后，她用极快语速介绍起春风动力公司建设"未来工厂"的始末。快到什么程度？快到听话的人思维跟不上。

春风动力公司成立于1989年，原是一家传统制造企业，并不高大上。高青则于2012年加入春风动力公司，那年，正是企业发展关键期。春风动力要大范围参与国际化竞争，向国际一流看齐，对公司管理效能提出了新的标尺。公司董事长请高青出山，情景有点近似于"三顾茅庐"。

"你问我以前在哪里，做什么？说出来会吓你一大跳，真的。我原先是个妇产科医生，上海医大毕业，在医院待了8年。"

天哪！妇产科？这与春风动力公司系统架构师的身份相距也太远了些吧？我真的有点惊讶。

但高青觉得一点都不用惊讶。少女时代，她还喜欢过文学哩。看一个人，不必看重学什么、做什么，关键要看一个人的学习能力和思维方式。如果具备结构化的思维方式，不管干什么，都可以快速转换，自己就是一个例证。她一进春风动力公司，就任副总经理，分管经营和行政工作。后来，又成为系统架构师。

架构师，是近年来企业界涌现出来的新职务。没有人能完整准确地说清"架构师"的概念。我请教高青，高青说，简而言之，就是企业系统设计师。

说起来，春风动力公司建设"未来工厂"，真不是为了响应上面号召，更不是为了赶时髦，的确是企业自身发展需要。企业发展到这个阶段，自己就有了提升要求。她高青做的只是顺水推舟的工作。

进入春风动力公司不久，高青就意识到要继续发展提升，必须走信息化之路。你问一个妇科大夫，怎么会想起信息化？高青颇为自得地告诉我，她在医院时当过审核员，接触过检测标准，对信息化并不完全外行。看到春风动力公司大量数据，高青宛若观察到了滚动的信息流，联想到了妙笔生花的文学。天生的系统思维能力，还有无师自通的自悟能力，让她萌生了一个又一个新鲜的、有时在别人看来甚至有点稀奇古怪的念头。从2013年起，高青就开始勾勒这张蓝图，着手信息化升级。大概是2014年8月份吧，在高青职责范围内，春风动力公司开始悄悄实施属于"未来工厂"雏形的单个项目。

实践探索，恶补知识，改进完善，大胆试验。区经信局又如及时雨般组织他们到广州、深圳、上海等地考察培训，请专家和实际操作人员授课。几个月后，高青初步形成了数据驱动、制造优化、产品智能化的系统目标，并确定了规划起步、基础建设、单项应用、系统集成、协同创新的工作步骤。

具备了这些轮廓式设想，还有成功案例，高青胆子很肥地向董事长汇报。董事长很支持，说他自己也正在考虑这件事，两人想法不谋而合，思路也大体接近。"高青，你放手干吧，我支持你！"有董事长这句话，就足够了。高青的观点是，领导信任，就是最大的支持！至于钱呀，人呀，技术呀，资源呀，应该自己想办法解决。自己真的解决不了时，她还是会向董事长发出"紧急救援"的信号。

数字化应用难点在于物联网软件系统的匹配。软件系统可向别的供应商订购，但技术思路和场景设计要靠春风动力公司。人家不熟悉你的技术标准、工艺流程和操作偏好,你就要去设想这些场景。让所有设备都处在运行状态,而且要改善提升原有的设计、生产能力。然后将这些场景转化为MES系统(制造执行系统),最终设计出春风动力公司需要的物联网软件,形成春风动力公司的核心竞争力。还有,要改变人们的思维、理念、工作方式、行为习惯,让大家知道你要干些什么,干到什么程度才算成功,成功了会带来什么益处,这样,人家才会相信你,跟着你的思路前行。这些,毫无疑问落在所谓的"架构师"高青身上。

现在说说是这么一段话,做的过程可极其复杂和艰难。高青组建了一个30来人的技术团队,相当于战争中的参谋部。自己拼命烧脑,有时吃不下、睡不着。但高青意识到,管理者的岗位职责就是解决难题,解决难题才体现出能力。企业如果没有难题,都是常规工作,要你这个架构师干吗?人家引进你高青干吗?她这么讲,并不是骄傲。她不希望作者把她高青描绘成一个骄傲女人的形象,她骨子里是个传统型女性。敬业、自信、坚韧、传统、普通,这是高青对自己的概括。她追求的只是能做成一件事,给自己一个交代:"这也许是天生的吧。在架构春风动力公司未来工厂中,还有其他人吗?没有了,唯有高青!天将降大任于是人也!舍我其谁也?嘻嘻嘻……"

高青说到这里,笑吟吟地略作停顿。

这时,我必须对眼前这位轻声细语、口若悬河般叙说着的女性刮目相看。一套黑色工装,一头短发、脸庞清秀、语气坚定、动作干练。说到开心处,她会忍不住微笑,但绝不露齿。

大概从2019年8月起,春风动力公司真正迈入"未来工厂"建设门槛。一年后,高青整理完成了关于春风动力公司信息化系统的文字,将其命名为《客户驱动的产品全生命周期信息技术赋能系统》,呈报给公司董事会。

材料题目有点长且拗口,但里面内涵很丰富。高青要告诉人们的是,过去企业都是由业务驱动生产,现在要转到"客户价值"驱动上来,沉浸在客户使用场景中。客户需要什么,就生产什么;客户怎么使用方便,就怎么制造;客户怎么维修,就用什么程序记载;客户最终怎么报废,也用相应程序保障。这就像对待一个人一样,从接生到读书、工作、就医、死亡,全管。这就叫全生命周期。也许,这才是"未来工厂"的本质内涵?

仅仅过了一个月,浙江省经信厅发文,开展全省"未来工厂"认定,希望企业自报、各地推荐。

高青闻讯后认为,"未来工厂"是数字化应用程度最高的标尺,春风动力公司完全符合。她信心满满,带着团队奋战几个昼夜,将春风动力公司信息化系统标准和做法整理总结出来,申报全省"未来工厂"。

申报材料中,有一段关于春风动力公司"未来工厂"概念的表述:"春风动力建设以数据为资源的工厂大脑,推动产业数字化与产品智能化升级。将大数据与人工智能技术应用到工厂的研、产、供、销全链路,实现多维异构数据有机融合,打造智能制造新体系,引领动力运动新体验,持续激发数据智能带来的新价值。"

这段话,太专业了,我也似懂非懂。心急的读者可以跳过不看。

读者可以不看,但省里主管部门却非常认真。春风动力公司申报后,省里组织答辩、专家评判、现场考察、专家再评判。怎么办?过五关、斩六将、水来土掩、兵来将挡呗。

2020年11月,省经信厅发文认定全省12家"未来工厂",临平区有3家,春风动力公司赫然在目。公司董事长还有点将信将疑,打电话询问高青:"是我们吗?春风动力公司报了呀?"高青只是淡淡一句:"报了呀!"好像预料之中,好像探囊取物、手到擒来,高青的这份淡定和沉静让公司董事长也感到惊讶。这女子了得!

董事长自然高兴呀。当地政府还为此奖励春风动力公司2000万元,他能不高兴嘛!

你说高青听到这个消息,不惊喜,那也不真实。从内心而言,高青高兴,而且极度高兴。这一年,公司营收递增30%,信息化建设是实现营收预期的一大助力。更可喜的是,春风动力公司提出并实践的许多工艺路线和技术参数,都被纳入浙江省后续批次"未来工厂"的评审标准,也就是说,她为全省"未来工厂"建设贡献了智慧,这是高青至今引以为豪的事。

我问高青:"那天你有什么高兴的表现?有没有给团队发红包呀?"

此时,恰巧公司同事马洪亮推门进来请示工作。高青呼的一下立起身来,直面问马洪亮:"那天,我有什么高兴的表现吗?我发了红包了吗?"马洪亮一时丈二和尚摸不着头脑,待他明白过来,嗫嚅着回答:"那天,大家忙于布置'未来工厂'的庆祝活动,高副总没来得及发红包吧?"

"那就是没有发红包?哦哦,我忘了发红包啦!"高青一脸无辜的神情,令我忍俊不禁。这位企业架构师,单纯、天真、调皮,甚至带有这个年龄段女性少有的稚气。

一时,我脑袋里灌满了高青输送给我的概念、术语,需要消化和印证。我提出想看看信息化应用场景,高青顺手就将马洪亮介绍给我。一边风趣地说:"让小马带着你去现场消化消化。"

这位马洪亮,与现代京剧《海港》中的马洪亮同名同姓。那位见岸吊能抓起成吨钢铁就觉得了不起的老码头,怎么也想不到我国工厂会进入信息化、数字化时代吧?现实与艺术相融,过去与今天对比,一下子恍惚把我拉回到那个遥远年代,产生巨大反差。我一时感慨系之:时代变化真大呀！

马洪亮把我带到机加工车间，让我看看"未来工厂"的"生产场景"。

这是"未来工厂"的核心部位，也是应用数字化最完备的地方。业内人士称作"ATV（全地形车）柔性装配线"。

车间内正在加工摩托车发动机箱体。无人无尘，近乎无声。一辆辆AGV（智能移动小车）麻利地输送着加工材料，雪白的巨型机床流水线，犹如连接而成的小型城堡。毛坯上下料，机器人清洗，在线分组检测，激光打标……整个生产过程都被装进这白色城堡之中，高度自动化、一体化。

马洪亮指着车间介绍道，发动机是摩托车中精密程度最高的部件。该车间加工精度全球领先，加工中能自动反馈、自动检测、二次补刀、一气呵成。靠的就是全面数字化，以数据统筹，改进制造技术，突破软件集成难题。再加上高端制造设备，这些机床全部从日本进口，一台4000万元呢！

"'未来工厂'不仅改变了生产形态，更重要的是改变了营销和服务理念。"马洪亮这句话，把我的视线从生产车间拉回到智慧供应链管理屏上。

说起智慧供应链，马洪亮似乎在介绍他家制作的家常菜，十分熟稔："客户下了订单后，订单进入智慧供应系统。该系统能根据不同客户不同需求，开始智能化设计。同时，自动匹配原料、零配件，快速进行生产。最快的，客户下单后2小时，零配件就能到达加工现场。这速度，在过去根本无法想象。"

马洪亮越说越兴奋，我也越听越感觉神奇。

"'未来工厂'还有更绝的一招，就是智慧服务。春风动力公司生产的每辆摩托车上，都装有一个T-BOX软件。哦，陈老师也许不懂，就是智能终端采集器。凭借这个采集器，在用户授权下，春风动力公司可通过相连接的云上平台，实时掌握摩托车用户和摩托车本身的各种数据，从而提供精准服务。"

说到这里，马洪亮把我引到一张示意图前。从这张图上可看到，春风动力公司向全国售出的摩托车，累计行驶时长33868032小时，累计里程1385143000公里，在线车辆45435台。摩托车一旦发生故障或事故，还有自动报警功能。在公司智慧大屏上，每一辆报警摩托车的车架号、故障发生地、报警时间等，一清二楚。公司可根据不同摩托车故障情况，对用户进行技术指导，或提供最近维修点。

真是神啦！

数字化、智能化，让许多不可能变成了可能。这或许就是"未来工厂"吸引人们的地方。

"未来社区"：打造共同富裕现代化基本单元

走进南苑街道龙兴社区"服务汇"，瞬间会产生一种恍惚，觉得自己走进了一家大企业的管控中心。靠马路一端墙壁上，竖起一道巨大的显示屏墙，"2049龙兴未来社区"的创建立意夺人眼目。智慧服务平台上，一串串数字在闪烁，实时呈现社区基本情况：社区共有2858户，实有人口9167人。社区企业总数69家，企业分类、企业名称、厂址，一目了然。正在社区内活动人数18人、体检人数6人、有氧健身15人。正在使用燃气设备3家，无故障。显示屏墙对面，一个挨一个的办事接待室，内挂几面锦旗，还有大大小小活动空间，里面各种健身活动器械和报刊书籍各得其所、井然有序。

我禁不住惊叹起来。这样功能完备、颇具现代气质的生活社区，即使在京城，也不多见呀！

正值我惊叹之际，龙兴社区书记兼主任毛丽娟满脸笑容迎将过来。龙兴社区被公布为浙江省第一批"未来社区"后，近日前来参观考察的人络绎不绝，毛丽娟因此成为未来社区的代言人，正忙得不亦乐乎呢！

忙归忙，毛丽娟还是蛮开心的。今天的她，身穿一件黑色短袖衬衫，胸前佩戴着一枚党员纪念章，脖子上挂着一串珠子项链，头发在脑后挽了个马尾，轮廓分明的脸庞，戴着一副黑框边眼镜，一个典型的社区干部形象。说话中约有五分之一是笑声，显示出她的热情、爽朗、大方。

毛丽娟已在社区工作多年，曾被评为全区社区工作领军人物。在创建"未来社区"前，她已在龙兴社区开展过垃圾分类、探索"邻里汇"合议机制等，获得上上下下广泛好评。这次创建"未来社区"成功，又为街道和龙兴社区争得荣誉。

送走了一批考察者，毛丽娟才有工夫坐下来，喝上一口矿泉水。然后叫来几个社区干部，围坐着，原原本本地介绍起龙兴社区创建"未来社区"的全过程。

记得是2019年9月份吧，毛丽娟第一次从新闻媒体中听到省里开展"未来社区"创建活动的决定。她是个敢想敢说敢干的女人，一听这事，立马就萌生了创建"未来社区"的念头。她跑到区发改局，拿到正式文件，开始按照省里提出的"未来社区""三化九场景"要求，进行设想和谋划。

想得七七八八了，毛丽娟就向南苑街道党工委书记应世明做了汇报。向省里申报创建"未来社区"，必须由街道出面呀！在日常工作接触中，她感到应世明书记政治上站位高，干事果断，有魄力，有点子，他肯定会全力支持龙兴社区创建"未来社区"。

没有想到，真的没有想到，毛丽娟这么说道。听了毛丽娟的汇报，应世明沉默了好长时间。然后说："毛丽娟，你不要着急，让我想一想再给你答复吧。"

应世明这个话，真的出乎毛丽娟预料。平时，应世明办事干脆利落，从不拖泥带水。这回是怎么啦？他碰到什么难题啦？

后来，毛丽娟才知道，是因为余杭与临平分区的事，干部面临着大分流、大调动。那些真真假假的消息不胫而走，传得沸沸扬扬，干部队伍也有点人心浮动。其实，站在当事人角度也好理解，自己都不知道自己今后会在哪里、哪个部门，又怎么去考虑下一步工作？应世明碰到的就是这个难题：南苑街道要不要做这件事？这件事该向谁去请示？

日思夜盼，寝食难安。毛丽娟度过了人生中难挨的一段辰光。

春节后某天，应世明突然电话告知毛丽娟，他要到社区走访，随便看看，找她聊聊。

那一次走访聊天，气氛有点不一般。应世明说了很长很长一段话，毛丽娟把主要意思记住了，而且至今都能复述出来。应世明书记说："'未来社区'是浙江省重点项目，现在又处在余杭、临平分区之际，街道为龙兴社区要不要创建'未来社区'开了专题党委会，做出决议。大家都认为，做不做事情，做什么事情，都要以人民为中心来衡量和把握，都要考虑对老百姓有没有好处。老百姓欢迎的事，为多数人谋利益的事，肯定不会错，没有什么好顾虑的。龙兴社区是主城片区，又是老旧小区改造重点区，有条件创建'未来社区'，为全区树立样板。我们不来创建，谁来创建？不管以后行政区划怎么变，也不管我们这些人今后会到哪里工作。我们在一天，就管一天；该我们决定的事，绝不留给后任。再说，这事交给你毛丽娟去做，大家都很放心啊！所以，街道党工委决定，坚决干这事！并成立工作专班，由街道主要领导任双组长，全力支持你。钱，由街道出面向区财政争取。毛丽娟，你要把它干成，干得漂漂亮亮的哦！"

听完这席话，毛丽娟有点感动，她一时觉得全身热血沸腾、急不可待。"这是南苑街道党工委在分设格局还不明朗、自己去向尚不明晰的状况下，干的一件漂亮事。值得你这位作家记上一笔呀！"

那是必需的！

有了街道党工委这个态度，毛丽娟像吃下了一颗定心丸，她不必再左右顾盼，只要定下心来干就是。

心是定了，但时间不多，掐指一算，距省里规定第一批"未来社区"方案上报期限只有半个月。有人劝毛丽娟，第一批实在来不及就算啦，等下一拨也可以呀！毛丽娟不干，她是咬定青山不放松的人，既然决定要干，那就要争第一拨。第一拨和第二拨，毕竟不一样！她愿意拼一拼、搏一搏。

赶紧成立工作专班，把职能科室和社区干部都放进专班里。抓住主要矛盾，突出工作重点，这是社区党总支基本工作方法。眼前，创建"未来社区"，就是主要矛盾，就是工作重点，不全员上阵怎么行？

组织起来还不够，还得理解掌握"未来社区"的创建内容哦。街道工作专班分管领导、综治中心主任和毛丽娟组织大家学习、讨论，刮头脑风暴。省里对"未来社区"有个大体要求，提出人本化、生态化、数字化原则，构建"未来邻里""未来教育""未来健康""未来创业""未来建筑""未来交通""未来低碳""未来服务""未来治理"等场景，简称"三化九场景"。还有，构建15分钟生活圈。就是以居民需求为圆心，以步行15分钟为半径，形成一个具备学习、社交、购物、锻炼、助餐、活动、养老、托幼等功能的居民生活片区。这些，大抵是浙江省提出创建共同富裕现代化基本单元的含义及目标。

必须将"三化"原则、"九大场景"、"15分钟"落实到龙兴社区，毛丽娟和社区干部们为此真是绞尽脑汁、想尽办法、跑断腿脚。

南苑街道党工委要求毛丽娟他们首先做好调查研究，了解小区居民需求。这一点，多年在社区摸爬滚打、天天与居民生活在一起的毛丽娟懂，"未来社区"是为居民服务的，小区老百姓有什么服务需求，得根据他们的需求来设计和建设。

龙兴社区制作了问卷调查表，毛丽娟带着社区工作人员登门走访、聊天，口头征求意见，再把这些意见汇总起来。反反复复、来来回回，共进行了四次。他们发现，社区居民反映比较突出的问题，是居民停车难，还有老人助餐、婴幼儿托放、文化底蕴挖掘等。这样，毛丽娟和专班在设计规划"未来社区"时，仿佛射箭有了标靶，用药知道了病症，方案的针对性和有效性大为增强，也更容易获得居民支持。

之后，龙兴社区干部们刮起头脑风暴。当然，仅靠几个头脑肯定不够，毛丽娟又通过区发改局、住建局，请了省城研究院专家参与规划。大家研究、讨论，以至辩论、争论，反复修改完善，连续三天三夜，龙兴社区创建"未来社区"初步方案终于形成。

2021年5月25日，毛丽娟对这个日子记得清清楚楚。因为这一天，是龙兴社区汇报创建方案的一天。街道分管领导向省里有关部门汇报，毛丽娟参与了提问答辩。因为新冠疫情，会议采用视频形式，彼此距离很遥远。但毛丽娟感觉，视频里的那些领导和专家仿佛就坐在她对面，她似乎能感受到对方的神情和气息。当然，她说得很从容、很详细、很实在，视频里的领导和专家们都满意了哩，他们带头鼓起掌来，为她这样一位最基层的社区干部。那时刻，毛丽娟放松下来。

没有悬念，龙兴社区创建"未来社区"方案入选，进而制定实施方案。同年9月，省里听取实施方案汇报。毛丽娟制作了效果图、PPT，给人直观形象的感觉。结果，龙兴社区创建"未来社区"实施方案获得通过，成为全省10家试点社区之一。

蓝图需要落地，剌刀必然见红。一场落实方案、变图景为实景的战役就此在龙兴社区拉开帷幕。

做方案的时候感觉很难，没有想到，实施起来更难。几个动作受阻，毛丽娟才真切感受到，社区范围里，有机关，有国企，还有学校、医院。社区内藏龙卧虎，住着不少人物。她毕竟是个小小的社区书记，或者说是个根本没有品阶的最基层的干部，权力有限，能量有限，经费有限，人力有限。怎么把社区内那么多部门、单位联合起来？怎么把那些大人物、小人物团聚起来？譬如，"未来社区"场景中，要有一个大型活动场所。社区范围内，有个小公园，正可以用来建设健康场景，但这公园属于住建部门，人家愿意听你的规划吗？还有，申报方案提出"未来社区"是开放式的，沿路不允许有围墙，这又得找谁商量呢？还有，建设九大场景，需要一定数量的房子，谁愿意提供呢？还有，9000多个居民，靠谁去联系发动、共建共创呢？

总之，难题、矛盾，像一团团乱麻堆积在毛丽娟的脑海里，也堆积在大家面前。

解开这团乱麻，需要找出一把锋利的剪刀。毛丽娟在重重困境中，似乎灵感突现。她想起以前在开展垃圾分类时，曾经搞过辖区内党建联建行动，这一思路是否可以应用到"未来社区"创建之中呢？应该可以吧。毛丽娟为自己的念头而激动。对！用党建来统领，创设"未来社区"党建联合体。

毛丽娟向街道党工委和区委组织部汇报了自己的设想，得到上级部门的充分肯定和大力支持。

2021年7月,全省首个"未来社区"党建综合体在龙兴社区诞生,名称叫"'未来社区'邻里汇党建联盟",由周边5个社区、8家单位和行业组成。同时成立"未来社区"工作委员会,把与创建"未来社区"相关的部门、单位、机构、联合体等都吸纳进来,形成社区范围内统一领导的党建组织。由社区书记,也就是毛丽娟当书记,来协调各方。

这真是一个高招、一着妙棋呀!一着走对,全盘皆活。全社区396名党员包户联系134个单元,有的楼道没有党员住户,就指派别的楼道党员前去联系,做到每个单元都有党小组,每个住户都有党员联系人,事事由党员带头,事事由党员通达。犹如人的毛细血管畅通,人就健康无恙。主管公园的住建局,把公园改造全权委托给社区,进行功能置换,社区将它改造为"健康汇",容纳了多种健康功能。开设了健康小屋、24小时自助式体检、常备药房等,住户可用"支付宝"购买。临平新城管委会拿出闲置房产800平方米,供龙兴社区使用,提供为民服务。社区借此开设了3个幼托班,可托放45名小孩,完全解决了整个社区新生儿托管难题,尚有空余名额可向社会开放。新居民还可在此当幼托老师,解决就业问题。还有,社区内流动人口管理,是个难点盲点。龙兴社区在创建活动中,征得公安部门同意,设立"南苑数字门牌",采用二维码扫码,即可获得数字门牌号,而不必再去派出所办理暂住证,外来人员齐声点赞。

介绍到这里,毛丽娟略为自得地说,社区居民的获得感、幸福感,不就是由这些点点滴滴的小事累积而成的嘛!

龙兴社区以党建统领"未来社区"建设,收到显著成效,并为众多创建社区所吸纳和仿效。后来,省有关部门提出"未来社区"创建总要求是"党建统领下的三化九场景",是不是受到龙兴社区的启发,我不敢说。但至少说明毛丽娟带着龙兴社区干部居民探索的这种做法,与上级提出的工作思路高度吻合。

创建"未来社区"最后一关是验收。

省里通知，龙兴社区初步验收时间定在2021年底。

毛丽娟深知，这是"媳妇见公婆""老师审考卷"的时刻。

毛丽娟和大家紧急动员起来，参加这场全省性决赛。

时间紧是一个方面，更难的是"未来社区"标尺在不断调整和变化。

站在客观和宏观角度，其实很好理解。创建"未来社区"，是一件前无古人、世无范例的新鲜事，全凭浙江人自己探索、摸索。各个试点社区每天都有进展，新的理念、新的做法汩汩冒将出来，包括毛丽娟她们创造的新鲜经验。省主管部门根据进展和发展状况，对原定的一些规则做出一些修改，是合理的，也是必需的。

但这样的变动无疑增加了毛丽娟们工作的难度，并把时间这根弦绷得更紧。

那段时间，毛丽娟和社区干部没有了上下班的概念，每天以完成工作为标准。什么时候完成了，什么时间才回家。

11月底，龙兴社区刚刚按照省里有关部门意见，把"未来社区"方案改了一遍。12月初，离验收只有半个月时间，省里有关部门又提出，要求创建"未来社区"的地方都要向"浙里办"App上传"4+2"场景。别的试点社区，说上就上了，但龙兴社区不行。你问为啥不行？就是因为余杭与临平分区了呀！原先使用的都是"健康余杭"，现在要改过来，变成"健康临平"。有人会说，那就改过来呗！你说得倒轻巧。人家"浙里办"App上架，有严格程序规定，一般需要两三个月。但真的等两三个月，那黄花菜都凉啦！错过这个村，就没有这个店，进不了浙江第一批"未来社区"啦！

那几天，毛丽娟拿着省里有关部门的通知，急得真像热锅上的蚂蚁，一直在办公室待着，社区干部和技术团队也都不愿离开。

9日半夜时分，毛丽娟心一横，决定试试，万一成了呢？她把电话打到一个专业公司，请他们立刻、马上、迅速派技术团队过来，帮助社区上架"浙里办"App。说良心话，这个技术团队真不错，也许是被毛丽娟这种精神和作风所感染，召之即来，来之即战。

临平地区12月初的天气已很冷，毛丽娟手心里却捏着一把汗。她自己出马，找"浙里办"App工作人员商量、探讨、交涉，讲余杭光荣的历史，讲临平分区后的意义价值，讲龙兴社区老百姓对"未来社区"的期盼，讲自己及团队这一年来所做的工作。讲着讲着，她自己也感动了，真的太投入、太辛苦了呀！

毛丽娟这番话把技术团队感动了，一帮小伙子忙得额头上渗出汗珠，仍然不停手。更重要的是，毛丽娟的话把"浙里办"App的人也感动了。他们答应为龙兴社区老百姓破例，争取第二天一早将龙兴社区的"4+2"场景上架。

技术团队一直忙到10日凌晨3点，才把上架的技术问题处理完毕。毛丽娟和大家一起回家，睡个囫囵觉。

当天一大早，毛丽娟醒来，睁开眼睛第一件事，就是打开手机，查看"浙里办"App。她惊喜地发现，龙兴社区"4+2"场景真的出现在"浙里办"App上！天哪，终于办成了！毛丽娟将这一信息发在社区微信群里，让大家分享成功的喜悦。

2021年12月15日，初次验收。通过。

2022年3月25日，省里组织复验。

此后，毛丽娟和社区，不，不止龙兴社区，还有南苑街道；不，不止南苑街道，还有区里和其他镇街，大家都在等待最终考试成绩单。

5月27日下午3点15分,毛丽娟至今将这个时间记得死死的。她与同事们正在办公室忙碌着,蓦然,她听到自己的手机铃声响起。一看,见是区住建局徐科长来电,她就预感到好消息来啦!果真,徐科长在电话中告诉毛丽娟,省政府同意,龙兴社区被列为全省第一批28家"未来社区"之一!

啊,真是太高兴啦!毛丽娟脱口叫出声来。正在不远处办公的一些社区干部一时惊愕,毛书记怎么啦?怎么啦?等毛丽娟把龙兴社区荣膺"未来社区"的喜讯告诉大家时,大家普大喜奔。这一年多的努力与工作、辛劳与付出,没有白费。所有的所有,都值啦!毛丽娟把这一消息发在微信群里,立时获得200多个点赞。大家为"未来社区"、为毛丽娟点赞啊!

正当毛丽娟介绍到兴头上的时候,有人打电话来询问消息,毛丽娟回应着:"是的,是的。你没有看新闻发布呀?全省首批呀!对对,临平区唯一。什么?要来参观?欢迎,欢迎!"

"未来社区"龙兴社区智慧服务平台显示屏

应对完电话，毛丽娟又指点着显示屏上显示出来的场景，做着简单介绍："看，这是社区的健康场景，我们建了一个瑜伽馆，200平方米场地，现有四支队伍在锻炼。前几天，他们还给社区送来锦旗，感觉生活在龙兴'未来社区'特别幸福。这是形体舞健身队在活动呢，上个月刚刚组建。'未来社区'已组织开展各类活动350余场，累计服务居民6800余人次。这是'创业空间'，也是社区孵化器，现有22个工位，眼下正虚位以待呢。本社区居民优先创业，支付租金后，即可注册公司，开展经营活动，蛮方便吧？"

"陈老师，你看这里，看这里！"毛丽娟指着显示屏提高了声调。

我从显示屏上看到，几个戴着红领巾的小朋友，大概已放学，相互簇拥着、蹦跳着，走进社区24小时图书馆，找到自己喜爱的图书，然后，选择一个座位，静下心来看书。

毛丽娟带有总结性地告诉我，创建"未来社区"后，不仅大大改善了小区的生态和业态，而且极大激发了居民的自豪感和自信心。她随口举出两个例子。社区内有位老人叫王献天，退休前是临平一中校长。"未来社区"建成后，他经常去一些场景地活动，并把自己的活动照片发在老友群里。结果，引来一大帮老友参观，把龙兴"未来社区"当作了景点。还有一位柯阿姨，是个候鸟型住户，外地和临平两地飞。她在龙兴社区享受到各种服务后，很感动。自己跑到社区报名，要求做志愿者。据说，为迎接亚运会，这位柯阿姨眼下正在自学英语，准备到时候好好露一手哩。

我点头，而且我深信，这样美好的场景看不够，这样生动的事例说不完。"未来社区"已基本实现幼有所育、学有所教、劳有所得、住有所居、文有所化、体有所健、游有所乐、病有所医、老有所养、弱有所扶、事有所便、行有所畅，具有浓郁的共富味、未来味、科技味、浙江味。

置身于"未来社区",人们极自然地想起儒家曾向往过的"天下大同"的理想社会,还有东晋诗人陶渊明《桃花源记》中对世外桃源的描绘。而现实中的"未来社区",已经大大超越了古人的设想。因为,即使最富于幻想和善于预见的人,也会受到时代和认知的局限。

人们告诉我,临平区除龙兴社区外,还有6个社区正在创建"未来社区";浙江除已公布的28个社区外,还有439个社区正在创建。可以想象,随着越来越多"未来社区"的涌现,浙江将变得越来越好、越来越美。

在共同富裕的时代语境下,未来的我们将怎样生活,"未来社区"无疑提供了其中一种典型环境。

"未来乡村":土地与诗意的完美融合

季节已过立秋,但江南仍被酷热控制,一切处于"热静默"状态。晴空万里无云,树枝纹丝不动。柏油马路被高温炙烤着升腾起油雾气,视线所及,见到沙漠中才有的那种幻境。

滚滚热浪中,我赶赴塘栖村采访村党委书记唐国标。

塘栖村已被浙江省列入首批创建"未来乡村"的试点,这引起众人关注,自然包括笔者。

唐国标不在办公室。村干部告诉我,"国标书记一大早去几个工地踏看现场了,请你在他的办公室稍候"。

过了一阵子,有个敦实的中年人大步流星地跨进门来。我抬头看着来人,见他理着光头、浓眉大眼,衣衫汗渍明显,手背上沾着些许泥巴。从进门的架势看,便知他是这间办公室的主人。

我赶紧站起来:唐国标书记?

他微微一笑,点了点头,然后拿起一块毛巾,走进里间。

大约五六分钟之后，唐国标走了出来。身上已换穿上一件黑色短袖衬衫，衣衫与他古铜色的皮肤十分相称。他热情地与我握手寒暄，然后坐下来，先处理一些紧要的村务。他一边拿着手机，与外界联系，一手拿着笔，在一张白纸上记录下要点。看得出来，唐国标能文能武，字写得蛮有个性。

这才进入正题。我道明来意。

"知道，知道。昨天镇上干部跟我说了。"唐国标开门见山、快人快语。

首先，我要说明一个观点，农村创建"未来乡村"，与城市创建"未来社区"不一样，不能千篇一律。"一统"是必须坚持的，党要加强对创建工作的统领。但在村里，这个问题容易解决。因为，村里一切工作本来就是村党委统一领导，矛盾不像城区那样突出。至于"三化九场景"，农村有农村的优势和局限，农业有农业的农时气候，农民有农民的生活习惯，跟城里能一样吗？"三农"工作，还得因地制宜、因村施策，要办农民群众喜欢的事、满意的事。这是唐国标从自己24年农村工作实践中得到的最重要的启示。

话题就这样转回到唐国标和塘栖村的过去。

唐国标是个农民，但他不是一个普通农民。他当过兵，且不是普通兵，而是隶属空降兵部队。虽然，唐国标没有驾驶银鹰翱翔天空，但他为银鹰做维修保养，也算航空兵序列，这就造就了他开阔的眼界。复员后，他在杭州闯荡了一段时间，组织上请他回村当主任，接着又当书记，也就是人们常说的"一肩挑"。

当上村干部容易，但要获得村民信任很难。唐国标从老百姓的眼神里，看出大家对村干部不信任、不满意。唐国标主动立下军令状，三年干成四件事，干不成，自动下台。这就把自己逼到了绝路上，也把老百姓的希望点燃起来。结果,他一年干成了三件事:修筑了一条500米长的水泥村道,筑起了全村防洪墙,整合闲置土地盖了两幢联户房。三件事一干成,村干部在群众心目中的威信噌噌噌地往上升,干群关系明显改善。

趁热打铁,因势利导。唐国标紧紧抓住群众心气上来的好局面,一手抓发展村级集体经济,一手抓基础环境建设。唐国标用这两手为后来建设美丽乡村和"未来乡村"打下基础,预留空间。

说到如何发展村级集体经济,唐国标的故事可多了去啦!

塘栖村紧傍着镇街,拥有原乡政府大楼和大队部两处存量资产。为壮大村级集体经济,塘栖村以公开拍卖方式进行处置,共拍得资金98万元。在征得村民同意后,将这笔资金用于建造村委会办公大楼。

后来,区里提出每村集体收入必须达到30万元以上。为激励各地,区里规定,凡属稳定性收入超过30万元的村,区里奖励60万元。唐国标一听这政策,就与村干部琢磨开了:塘栖村不是有两幢旧厂房吗?怎么把它盘活,让它增值呀?唐国标想了个绝招,请人先搞旧厂房翻修设计,把效果图画得漂漂亮亮、大大方方。然后,拿着这张效果图四处招商。凭着塘栖村优越的地理位置和他那张能说会道的嘴巴,把一家食品企业招了进来。

意向敲定,双方着手起草协议。唐国标向对方老板提出,让他先付三年租金。"啊?"唐国标一开口,对方老板就惊愕了,"连一块砖头还没见到,先要付三年租金。凭什么呀?你唐国标脑髓有没有搭牢?""脑髓有没有搭牢",是杭州一带的方言,那意思是"你脑袋有没有毛病"。

唐国标脑袋自然没有毛病,但有着自己精明的盘算。他允诺按照银行贷款利率支付利息。最终,那个老板实在看中这个地方,就咬着牙答应先付两年租金。塘栖村里拿到了59万元,唐国标就用这笔钱作建房启动资金。一年时间，建起两幢3000多平方米的标准厂房，并让食品厂当年搬了进去。第二年，村里拿到了区里奖励的60万元。第三年，村里又拿到食品厂租金33万元。59万元加60万元加33万元，就是152万元。唐国标扳着手指算着这笔账。这152万元，刚够支付建房款。这样，唐国标用"空手套白狼"之法，为塘栖村增添了这份集体资产，成为后来稳定的收入来源。

说到这里，唐国标哈哈哈笑将起来，一对浓眉飞向额角。看得出，他对此颇为自得。

"还有一个例子，你看可不可以写？"唐国标笑着征询我的意见。我回答他："您尽管说吧。"

塘栖村争取了5.3亩村级留用地，打算用此地块发展村级集体经济。但镇里规划另派用场，于是村里一直不同意，镇与村便打起了"拉锯战"。一直拖延到2015年，镇里同意了村里的方案，将规划做了调整，允许塘栖村自主使用，发展村级集体经济。唐国标终于等来了尚方宝剑，先跑商业用房规划，东跑西跑，跑了两年，好不容易批复下来。唐国标又一次开始招商引资。这次找来的对象是塘栖村乡贤郑士义。郑士义与村集体合作，成立了一家股份公司。村集体占51%，郑士义占49%。显然，留用地返回款不够，这就得靠乡贤帮忙啦！郑士义的确不错，自己拿出600多万元，先把土地使用权拍了下来。接着，用土地做抵押，以合资公司名义向银行申请贷款。然后，村里用这笔贷款建造了港润大厦。

没有想到，真正没有想到的事，唐国标感慨地说。等到房子建成、环境配套完成，可以对外招商出租时，郑士义主动提出，他愿意向塘栖村转让全部股份。转让？全部？这是真的吗？唐国标开始时都有点将信将疑。转了一圈，忙了几年，眼看"母鸡就要下蛋""母猪就要生崽"，郑老板却要退出？这世界上真有不要钱的老板哪！唐国标有点感动，知道内情的村民也都感动，称赞郑士义是真正的乡贤。

这一下，塘栖村迅猛发展了起来。那些房子，眼下市值已达1亿多元，每年租金320万元，还吸引了许多商户，增加了塘栖村的人气、财气。仅此几点，就把一些村甩了几条街啦！这才叫"借鸡生蛋""借梯登高""借船出海"哩。唐国标一连用了几个词语，来描述他的成功。

客观地说，不能说塘栖村后来的发展乃至创建"未来乡村"是因此一役，但这个翻身仗的确打得漂亮。塘栖村从此变得豪迈起来，可以拿出相当多的资金开展经营、改善环境、增添设施，为"未来乡村"创建活动奠定基础。经济是基础，自然也是创建"未来乡村"的基础。尤其是村级集体经济，它在一定程度上，决定了创建活动的规模和档次。至少唐国标这么认为。

在唐国标的印象中，还有一场硬仗不可不提及。那就是塘栖村响应杭州市号召，为迎接G20峰会召开开展综合环境大整治。

彼时，市、区两级要求塘栖镇选择一个重点整治村，结果选来选去，选中了塘栖村。因为镇里了解唐国标是个能打硬仗的狠角色，也知道塘栖村群众基础不错。你想想，塘栖村1221户人家5000多人口，是个大村，也是个复杂的村。全村户均住房143.2平方米，真不算多。市里提出在核心区域拆违6000平方米以上的任务，唐国标召集两委会商量，大家都觉得为难。

"再难也得干！"唐国标斩钉截铁地说，"光拆一个核心区，不够公平。要拆，就全村一个标尺，而且这个标尺要超过区、市两级标准。影响道路交通的，拆；住户超过规定面积的，拆；属于违章建筑的，拆；影响消防通道的，拆。还有，辅房距离主房超过10米的，也拆！"前面几条，大家都无异议地通过。等唐国标说完最后一条，大家你看看我，我看看你,一时默不作声,然后齐刷刷地将视线转向唐国标。唐国标说:"看什么看!我知道你们什么意思!这10平米,就是对着我自己来的,我家那个辅房,就是11平米。怎么着?照拆不误!说句实在话,这个10平米,就是我为自己量身定做的!"

唐国标这么明朗表态,且勇于"自我革命",村两委会干部中,但凡涉及的,都表态愿拆。

村干部带头示范,加上硬杠杠,老百姓自然服帖。

拆违户名单及拆违面积公示后,居然没有上访和投诉。

塘栖村用60天时间,拆除了涉及30家企业、735户共计4万多平方米的违章建筑,占全村总面积的四分之一,由此可见此次拆违的广度和强度。唐国标和全村男干部有三分之一时间吃睡在村委会办公室里,终于啃下了这块硬骨头,为后来建设美丽乡村和"未来乡村"卸下了最大最难的包袱。

听到这里,我体会到,创建"未来乡村"其实是一个历史过程。"未来乡村"不是天外来客,它是由农村自己一步步走过来,由农民一点点累积而成的。

唐国标在创建"未来乡村"中把握的基本原则,就是从农村、农民实际出发,抓住塘栖村特点,创出塘栖村特色,在全省"未来乡村"中别树一帜、独领风骚。

塘栖村的特点其实蛮明显嘛!它是城乡接合部,不城不乡、亦城亦乡,这就决定了塘栖村在"未来乡村"建设中,可以借用、利用、共用塘栖镇的资源,不是样样事情从头来、种种设施重新建,而是着重做好叠加和融合的文章。

有鉴于此,塘栖村抓住了三个关键词:凝聚人心、共同致富、方便生活。在多年治村实践中,他们创造了一套接地气、有实效的"五式工作法"。"筑塔式工作法"：班子是塔尖，要挺；骨干是塔身，要固；村民是塔基，要齐。从而构建起自上而下，班子、骨干、村民三级联动的工作体系。"干塘式工作法"：老百姓在池塘捕鱼时，会用不同渔具分层次捕捞不同鱼类。村里工作也要先易后难、由多到少逐步展开。"炒菜式工作法"：一桌好菜，除了家常菜和本地特色菜外，还要有外地菜。村里也要引进外来企业，实现农文旅融合发展。"年糕式工作法"：做年糕，是将一颗颗米粒蒸熟后碾碎揉成米团，才形成极强的黏合力。村里工作要将村民拧成一股绳，树立良好的民风村风。"握拳式工作法"：五指握成拳，才能发挥最大效能。村里工作需要发挥每个村民的长处和优势，让大家心往一处想，劲往一处使。

唐国标心里很明白，农村一切工作的前提是村民团结，是民心凝聚。他在大会小会上，倡导建设"村内命运共同体"，得意之作是，塘栖村形成了"千"字系列活动。"千家宴"：每家派出一个代表参加，相当于全村户长大会。重在做好村庄治理工作，化解民间纠纷。"千福（妇）宴"：福者，妇也。请全村家庭主妇参加，重在生态宜居，表彰妇女在庭院建设中的独特作用。"千寿宴"：请全村老者出席，子女陪同，重在倡导乡风文明、尊老养老。"千禧宴"：请全村结婚20年以上的村民及乡贤参加，重在联络情感、发展产业。"千家福"：全村98%以上村民分7个批次拍照，留下全村"千家福"，重在体现村民生活富裕、邻里和睦。

周边的村民有点坐不住，也有人开始说风凉话，说塘栖村是吃出来的富裕呀。其实，天地良心，这些大型活动并没有花费村集体一分钱。唐国标向我解释了其中奥秘。"这些宴会，是乡贤和老板们主动提出来的，也都是乡贤和老板们付的钱。有人好奇，他们为什么要出钱请村民聚餐或联欢呢？我实话告诉你，是村干部先请他们吃了，他们觉得不好意思，应当回报。但请陈老师别误会，村干部请乡贤和老板们吃饭，是大家自己掏的钱。"每个村干部分摊800至1000元，不够部分由村书记和主任兜底，也就是他唐国标兜底哦。

之后，塘栖村开展"写好一封家书""开好一次家庭会"活动。村委会和经济合作社向全体村民发出公开信，概括塘栖村的"前世""今生""未来"。要求各家各户开好一次家庭会，商量全村致富和全家致富的办法。

别小看这些活动，它真的把全村人心给凝聚起来了，塘栖村民有了自豪感。心一通，一通百通。创建"未来乡村"的事，就顺畅多啦。基本上是村两委会怎么说，村民们就怎么干。这多好呀！花小钱办大事嘞！

唐国标和村两委会花精力的事，还是在带领村民共同致富上。唐国标理解的共富，是绝大多数老百姓共同参与、有利共享的富裕，不是个别人的暴富。因而，作为农村基层党组织，任何时候都要着眼于绝大多数村民。众人的事，众人来办；专业的事，让专业的人做。通过创建"未来乡村"，全面实现"村富+民富"的共富目标。

思路明晰后，接下来就是如何操作。村里制定了两张调查表，发放给每家每户。

一张是房前屋后宅基地和空余房间调查表，把老百姓闲置土地和住房情况摸清楚，以便充分利用，向游客开放，或向社会招商。村里建了一个收费系统，纳入"数字驾驶舱"。通过数字技术，统一收费，扣除成本后，将大部分利润返回给农户，以此增加农民收入。

一张是众筹意向调查表。塘栖村组建了杭州人从众文化旅游公司，乡贤筹建了杭州乡筹文化旅游公司。村里为此专门调查摸底，了解村民有没有意向认筹这两家公司。众筹意向表附有详细说明。为打消村民顾虑，村里与老板协商，不须村民签字后当即出资，而先由村商会垫钱。

到项目落实,甚至第一次分红时,才将众筹资金收齐。至今,乡贤认筹500万元已到账,村里农户已认筹落实350万元。这些,完全是农民式的主意和做法,也只有唐国标想得出来、做得出来、落得下去。

发挥塘栖村优势,自然是唐国标和村两委会心心念念的题目。塘栖村有闻名遐迩的枇杷,做好枇杷文章,引进优良品种,让塘栖枇杷名副其实。充分利用镇村现有设施,着重把"一老一小"照顾好。老者有的进入养老院,有的在家养老,村里建设了老年活动中心,还给有老人家庭统一安装了紧急呼救器。全村310名学龄前儿童,全部进入镇村幼儿园和托儿所,解决年轻夫妻后顾之忧。著名的塘栖—超山绿色小径从塘栖村穿过,来回长达8公里,成为村民健走散步的好去处。村里以芦塘为核心区,规划建设风情小镇和"未来乐园"、湿地四季果园。小湖、芦塘、芦苇、芦花、茅棚、玻璃房、大型竹篮造型、夜晚灯光秀,其间点缀着10户"农家乐",成为塘栖网红景点,全年接待农文旅游客30余万人次。

与此同时,塘栖村还探索创建了众学平台。2022年7月1日,经区委组织部和党校批准,塘栖村揭牌成立临平区乡村共富人才学院。据说,这种类型的学院,全国还是第一家呢。学院面向全国招生,培训对象是农村党支部书记和乡镇干部,影响遍及云南、山东、福建、四川、江西等,最多一批来了两百来人。唐国标聘请省内高校和党校教授、优秀村支部书记当老师。有时,唐国标自己也上台讲课。别小看唐国标哦,他可是"浙江省兴村治社名师"。这称号,全临平区就他一人。站在讲台上,唐国标口若悬河、滔滔不绝,实践举例、生动得很哪!

有些村民偶尔也会站在门外,他们想听听自己的唐国标书记到底在给这些外地人讲点什么。他们听到的,是课堂内一阵阵掌声。于是,他们也情不自禁地跟着鼓起掌来。

一个"未来乡村"已出现在塘栖古镇。

未出笔者所料，临近岁末，浙江省2022年"未来乡村"榜单揭晓，塘栖村名列其中。同榜的还有：运河街道双桥村、塘栖镇丁河村、崇贤街道鸭兰村、运河街道新宇村。

临平区入榜数量位列全省第一方阵。

"未来智造工程师"：培养共富大厦的构筑者

第一次听说"未来智造工程师"这个名字，是我在参加临平区"红丰带"人才活动时。

这是一处极其时尚、散发着现代化明媚气息的建筑。透光的凹凸穹顶，把大厅与天空串通起来，各种不规则造型似在向人们诠释着当代建筑美学。

人们告诉我，这是全国"未来智造工程师"联盟的活动场所，叫作"临里汇"，意思是在临平相会。今天是"红丰带"人才活动日。红丰带，是个地理概念，代指临平开发区核心区块。

正是在这个活动中，我接触到"未来智造"和"未来智造工程师"这些概念。

真正深入了解这些概念及其内涵，那是在临平开发区采访黄亮、陈嬿等人之后。

黄亮是个"老开发"了。1997年，他就到开发区工作。从最基层干起，眼下担任开发区产业发展局副局长。看上去，黄亮50来岁，理个平顶头，套着一件普通蓝T恤，慢条斯理地说着话，朴实得像秋天田野里的一株红高粱。

问起"未来智造工程师"的来历，黄亮眼睛一亮，一改常态，略略提高声音分贝。"未来制造工程师"这个词，最早是由他提出来的。

哦，是这样！踏破铁鞋无觅处，得来全不费工夫啊！我大喜过望。

"我这么说，真不是揽功哦，这本来也不算什么功，对吧？我只是实事求是。"黄亮见我这么认真，转而作着说明。

那是2020年4月初吧，彼时，还叫余杭开发区呢。省委组织部领导到开发区调研人才工作，找开发区有关人员座谈。领导很和善，让大家畅所欲言，会场气氛热烈而宽松。黄亮提出，要培养造就一支"未来智造工程师"队伍。"未来智造工程师"？领导似乎对这个提法很感兴趣，让他展开来说说。说就说呗，基层干部，考虑实际需要比较多。黄亮平时总是在想开发区的主体是智能制造业，譬如，老板电器、春风动力、运达风电、杭汽轮、诺贝尔陶瓷、微光电子等。开发区被省里选定为唯一的新智造试点，人才的引进、培养、使用、管理要与产业结构、产品结构相一致。换句话说，"未来智造产业"，就要有相应的"未来智造工程师"啊！那样，才能实现人才与产业的互动互进！

黄亮不管不顾地和盘托出自己的想法，只见领导频频点着头，一边往自己的本子上记着什么。

后来事情的发展大大超过黄亮的预期。省委组织部发文中真的出现了"未来智造工程师"这个名词，而且提出了指导性意见。黄亮不敢肯定，省里文件与自己的建议有无直接关联，但省里文件能出现与自己想法一致的提法，他还是偷着乐了一阵子。

因为职责关系，这项工作后来改由开发区创业创新局主抓，也就由局长陈嬿牵头负责。

陈嬿很忙，真的很忙，约了多次，才答应抽出半个钟头接受采访。

创业创新局？名称本身够创新的吧，实质上是负责开发区内科技型企业的联络、服务和管理工作。一打听，正副局长、四位正副科长，清一色女性，被人称为"杨门女将"。有趣哈，我在无意间发现了一个培养女干部的典型单位。

陈嬿在她狭小的办公室里接受采访。她法律专业毕业，穿着粉红色耸肩短衫，一头乌黑秀发，生得清清秀秀、长得漂漂亮亮、笑得甜甜美美。在女干部成堆的环境里，女性在潜意识里会不会相互媲美？

还是言归正传吧！

"黄亮说得对！"陈嬿首先予以响应。省里文件下达后，开发区把"未来智造工程师"这件事就交给陈嬿她们这个"双创"局来落实。对，创业创新局，开发区的人平时都习惯叫"双创局"。显然，共同富裕，要做大蛋糕、提升产业。怎么做大、怎么提升？作为开发区来说，重点就是抓好智能制造。"您问什么是智能制造？怎么说呢？如果用标准术语来说，应当这样表述：基于新一代信息技术，贯穿设计、生产、管理、服务等制造活动各个环节，具有深度感知、智慧优化自决策、精准控制自执行等功能的先进制造过程、系统与模式。"

"哎哟喂，太专业了。"我忍不住发出声来。

"是呀！相信大多数人会与你一样，听了这些概念后一头雾水。"陈嬿善解人意地笑着，"如果说得通俗点、简单点，就是自动化、数字化、智能化。智能，是指设备具有自主学习、自我提升能力。"

显然，临平开发区高端装备制造业需要大批与其相匹配的产业人才。陈嬿她们发现，国外很重视产业人才培养。譬如德国，蓝领工程师证书含金量很高，能获得国际认可。开发区内有一大批人，职称和学历并不那么高，但这些人在细分领域做得很好，可说是高端装备制造业里不可或缺的人才。如何打破学历、职称限制，将这些人纳入"未来智造人才"序列？还有，现有产业工程师在实践中也会遇到提升瓶颈，需要为这些人搭建扩展和提升平台。前一项工作，由区委组织部牵头指导；

属于开发区这一块的，由"杨门女将"去落实。开发区主抓后一项事务，搭建平台。陈嬿思路清晰，重点明晰。

　　说是一个平台，其实比较复杂。因是首创，需要研究和探索的事就多。陈嬿与几位"杨门女将"一起，开始连轴转。

　　2020年8月，在陈嬿的策划和推动下，杭州"未来智造工程师"协同创新中心正式揭牌，18万平方米"未来智造工程师"协同创新产业园同时开园，宛若一位靓丽的新娘子，向世人亮相。

　　中心成立后，陈嬿带着"杨门女将"，为"未来智造工程师"倾力打造"服务组合包"。她们对开发区内800余名工程师需求进行摸排，向临平区委提出"未来智造工程师"地图分布及人才政策建议，为区委所吸纳。接着，她们将视野扩展至全国，开展资源配对调查，开发区内70余家企业与全国各地建立起资源配对关系。与工信部服务型制造研究院协商，每年投入500万元，协同作战，分步吸纳未来智造领域专业人才。她们联络北京大学、浙江大学、山东大学等，建设"未来智造工程师"虚拟大学。搭建仪器设备共享平台，启动建设工程学、工效学、生态学三大实验室。建成"未来智造工程师"实训基地，培训3800多人次。与此同时，她们还与德国隐形冠军协会、日本经纬商务株式会社联手，设立"未来智造工程师"海外协同创新中心的德国站、日本站。

　　令人印象深刻的是，"杨门女将"还策划了一个创业创新竞赛活动。开发区面向全国，通过赛事形式招引项目和人才。一时间，引来全国许多创业创新团队，各家纷纷上台"献宝"，亮出绝活，相互PK（比拼）。台下，陈嬿组织专家评审团，逐一评审，选择出12个可在开发区实现产业化的项目和104项优质技术成果，作为比赛优胜项目留下来。兑现临平区政策，发放创业资助基金和购房券、旅游券，提供共享设备，免费对口培训，实现培训赋能。

效果非常明显。这是陈嬿对这场新颖别致赛事活动的总评价。

工作进展和成效显而易见，社会赞誉声也越来越多。但"杨门女将"没有止步，而是继续向前推进。2021年9月，临平成立"未来智造工程师"联盟，同时实施全国"未来智造工程师"精英计划，举办"未来智造工程师"联盟大会，建设"未来智造工程师"活动中心"临里汇"。"临里汇"成为"未来智造工程师"们的娘家，内设"数智加油站""服务直通车""成果陈列区"三大板块，承担发明申报、咨询服务、知识培训、成果展示、投诉受理等职能。"杨门女将"还别出心裁，组织小小"未来智造工程师"夏令营，给小朋友灌输"未来智造工程师"的理念。在"杨门女将"掀起的一波波浪涛中，人们一时浮浮沉沉。

如果说，开发区"杨门女将"立足于一个局部，那么，区委人才办公室下的则是一盘全区的大棋。

一些读者可能不太了解人才办公室这个机构，这里提供一个资料：

《中国共产党组织工作条例》之三十二条

各级党委（党组）应当加强对本地区本部门本单位人才工作的领导，形成党委统一领导，组织部门牵头抓总，有关部门各司其职、密切配合，用人单位发挥主体作用、社会力量广泛参与的党管人才工作格局。

......

地方党委设立人才工作领导（协调）机构，统筹协调本地区人才工作和人才队伍建设。党委和政府所属系统内承担人才工作职能较多或者人才比较集中的职能部门，可以根据实际设立人才工作领导机构和办事机构。

从上述引用可以看出，人才工作办公室，简称"人才办"，是各级党委抓总管理人才队伍的办事机构。

出生在富春江畔，欣赏着秀丽江河长大的苏军明，就在临平区委人才办工作，担任专职副主任。

区划优化调整给各部门各单位都提出了新课题。分区之后，新余杭区是科技人才密集之处，全区各种人才近30万。新成立的临平区则以制造业为主，各类人才还不到20万。用全区实际管理的160来万人口一算，占比太低。人才工作怎样为临平区经济社会发展服务，人才结构怎样与临平区的"未来智造"相适应？人才办面临着一系列课题。

站在全区经济社会发展角度，产业与人才紧密融合、息息相关，人才是产业发展的关键，产业是人才生长的土壤。在以制造业为主的临平区，工程师是人才队伍的主力军。如果把人才队伍比作桥梁，那么工程师就是桥梁中的钢筋；如果把人才队伍比作大厦，那么工程师就是大厦中的立柱。

长期以来，"一把尺子量所有人"的职称评定方式，使职称评定成为专业技术人员难以逾越的大山。职称评定往往讲学历、讲文凭、讲年龄、讲论文，而忽视实践能力和实际贡献。相当多的产业人才，他们在细分领域做得非常好，甚至身怀绝技，但因没有学历文凭，或者因年龄偏大或偏小，每每被拒之门外，让人扼腕叹息。区划调整以后，临平区形成了以高端装备智造、生物医药、时尚产业为核心的三大优势产业集群。产业在呼唤人才，应当彻底打破这种唯论文、唯职称、唯学历、唯奖项的"四唯"传统观念，按照"以用为本"原则，让各类产业人才脱颖而出。

2021年9月，中央召开人才工作会议，明确提出培养大批卓越工程师，努力建设一支工程师队伍。"好雨知时节，当春乃发生"啊！中央人才工作会议恰似一场及时雨，给临平人才工作指明了方向，滋润了工程师梯队化、体系化建设的萌芽，促使它破土而出。

在区委指导部署下，人才办多次组织交流研讨，团队所有人整天琢磨、思考人才工作如何破局。怎么才能实现"未来智造工程师"队伍培育体系呢？大家一起想过很多名称。一二三四五级？各种"雁"字系列？这是最现成、最省力的提法，但也是最普通最俗气的名称。不想用！想呀想，某天夜里，人才办全体同志一起刮"头脑风暴"时，苏军明蓦然记起了一句俗话"没有金刚钻，不揽瓷器活"。啊！工程师不就相当于揽瓷器活的人，手中必须握有金刚钻吗？做一名优秀工程师，不是需要钻研精神吗？钻，钻，钻！对，对呀！大家眼前豁然一亮，思路集中在一个"钻"字上。可以用不同钻石来代称工程师梯队化、系列化呢！小白青年人就是"白钻"，蓝领工人就是"蓝钻"，成熟期技工是"黄钻"，又红又专的叫"红钻"，在行业具有引领示范性的是"金钻"。可据此制定有关人才政策，形成完整体系。

面对这一全新的人才体系构想，人才办全体同志都有点小兴奋、小激动，多次开会深入交流。2月21日晚上，苏军明向部领导汇报，得到充分肯定。人才办同志信心大增，在分管副部长洪向涛带领下，第一时间把人社局、经科局有关同志请来，成立起草工作专班。大家立志用最高标准打造"五钻"品牌，使"五钻"序列政策化、标准化，便于企业掌握和操作。

没有现成范本，没有成功案例，自然增添了工作难度。但也有一个好处，没有条条框框限制，反而提供了无限可能，可以发挥想象空间。专班四五个人在一起开"神仙会"，刮"头脑风暴"，一"钻"一"钻"地研究，一条一条地推敲。晚上加班讨论起草文件，白天征求企业代表和平台意见，第二天晚上再次讨论修改。经过几轮来回，也不知修改了几稿。总之，四天四夜加班加点后，文本初步形成。25日一上班，《"五钻"工程师评价标准》文本就放到了部长办公桌上。

　　3月初，区委召开人才工作领导小组会议，讨论通过了人才办提交的《"五钻"工程师评价标准》。5月25日下午，在区里"创新产业社区启动暨2022年临平区工程师出征号、工程师协同创新中心'临里汇'启用仪式"人才活动日上，《关于打造具有临平区高辨识度工程师人才队伍的实施意见》正式推出，首届5名"金钻工程师"闪亮登台。在众人热切目光和热烈掌声中，区委领导为曹斌、任宇航、丁列明、叶钟、许国东颁发"金钻"工程师证书。"在过去32年工程师职业生涯里，我拿过许多人才荣誉，但这是第一次获得以工程师冠名的荣誉。这种职业上的认同感让我们备受鼓舞。"叶钟感慨地说道。

　　"五钻"工程师闪闪发光，点亮了工程师们创业逐梦的灯塔。临平区培育"未来智造工程师"的超常规举措，犹如巨石入水，引发江海波澜，助推临平区打造工程师集聚新高地、创业新天堂。

　　在群起响应的企业中，杭州汽轮动力集团尤为积极。

　　我闻讯前往。

　　阳光下，杭州汽轮动力集团天蓝色厂房与蓝天几乎融为一体，显示出一种壮阔的美感。车间内，各种形状交叠盘曲的汽轮机正在组装和调试，锋利锃亮的汽轮机叶片闪烁着阵阵寒光。穿行其间，似乎让我明白了什么叫高端装备制造业，什么叫"未来智造工程师"。

　　董事长郑斌陪同我参观公司。他身材魁梧，待人热情，是个"老杭汽轮"，从一枚青工进厂，一直干到董事长。他如数家珍般向我介绍企业概况，包括培育"未来智造工程师"工作。

　　杭州汽轮动力集团是国有控股上市公司，杭州人一般都叫"杭汽轮"，因为它的前身叫杭州汽轮机厂，兴办于1958年，60年代后期开始生产工业汽轮机。他们从最小型单个汽轮机做起，仿制、攻关、引进、合作、自主创新。到现在，杭汽轮研制生产的汽轮机已有800多个品种，最大动力达10万千瓦等级。郑斌说："陈老师，你可能不清楚。眼下西方国家生产的最大等级汽轮机产品是8万千瓦，而杭汽轮已达到10万千瓦，技术储备已完成15万千瓦等级。这就意味着我们杭汽轮已能生产全球最大的工业汽轮机。"

说到这里，郑斌用手指着大厅中陈列的巨型系列汽轮机，口吻中充满自豪。

郑斌的介绍在继续："汽轮机，是一种旋转式蒸汽动力装置，主要用于火力发电厂，也用在冶金工业、化学工业、船舶工业。其中，汽轮机主轴，大家习惯称转子，是汽轮机的关键技术所在。杭汽轮是个技术密集型企业，公司2200来号人中，工程师950多人，占了40%多。所以，区里建立'未来智造工程师'培育体系，与杭汽轮关系极大。"

说话间，郑斌带着我来到先进动力研究院。我在这里遇到了院长、公司副总工程师隋永枫。

隋总是位东北汉子，浓眉大眼，头上已见丝丝白发，说话时爱把双手举在胸前。他是杭汽轮引进的第一个博士生，由他牵头研发、改进的工业汽轮机叶片，被用在神华宁煤煤化工项目上。

郑斌让隋总给我介绍一些汽轮机知识。

隋总一开口，自然离不开专业术语："这台10万千瓦汽轮机，主轴长6米，自重100吨，震动时左右不能超过25微米，也就是一根头发丝的三分之一。特别是叶片，越长越难做。目前叶片长度已达700毫米，而且还是弯着扭着，每分钟6万转，也就是每秒转1000次。可以想象技术难度。它牵涉到强度、震动、热力、气动、流固学、激光、材料学、技术工艺等等。"

天哪，这一大堆！外行如我，简直像面对一部天书！

郑斌补充说："还有，汽轮机叶片完全靠手工镶嵌，全世界都如此。所以，实践经验很重要，手感要灵敏，就像卖油翁所说'无他，唯手熟尔'！"

"对企业而言，有实践经验的一线技工，是极其宝贵的人才。"我把话题拉回到工程师培育体系上来。

"对，对！"郑斌点着头。

他理解，这次区里启动"五钻"工程师培育体系，属于"地方粮票"，在一定区域内有效。郑斌通俗形象地叙说着。

"粮票"是过去计划经济时期的产物，分为"全国粮票"和"地方粮票"。人们必须持粮票购买粮食，郑斌和我都是过来人，记忆深刻，而当下年轻人未必明白。

这个培育体系为各类技术人才，特别是企业一线产业人才打开了另一个晋升通道。而且，在机制和标准设计上，不唯年龄、学历、文凭、论文，比较尊重企业评价，比较重视真才实学和实践经验。我们企业欢迎，一线产业人才自然也很高兴。杭汽轮这次一共申报了125人，其中81%的人选，也就是一百来人，根据区里"五钻"工程师标准破格申报。"金钻"工程师是集团总经理叶总，区里已评定公布。其余的，估计也快了吧。一旦评定下来，会形成一股强大的冲击波，推动杭汽轮未来智能制造业，汽轮机将转得更快、更稳。

郑斌一口气说了那么多，把事情说得清清楚楚、明明白白。

"未来智造工程师"系列活动启动以来，临平区累计集聚起1.1万余名高水平工程师，8.9万余名高技能人才。毫无疑问，这支近10万人的队伍，是支撑临平"未来智能制造"、建设共富社会的中坚力量。

人们有理由期待。

第七章
教育公平，走向共富社会之必需

在共同富裕的众多议题中，教育每每会被人们匆匆带过。其实，在当今城乡，除居民收入差距外，最大的不充分不均衡，恐非教育莫属。教育在共同富裕中起着基础性作用，是阻断贫困代际传递、打破阶层固化、提高国人整体素质的最有效手段。实现教育公平性和高质量，是实现高质量发展、建设共富社会之根本前提。临平对此积极进行探索，寻找适合当地的路径，努力追求城乡和不同群体教育的优质、普惠、均衡。他们的经验和做法或许会给世人以启迪。

——采访札记

翱翔于职业教育高空的领头雁

"真是令人高兴啊！昨天刚刚公布，在今年浙江省单招单考中，临平职业高级中学考取本科生人数名列浙江省职业中学第一！一共上线

239人，其中单招单考199人，定向招生40人。这样，临平职高，这是人们约定俗成的简称，连续九年夺得杭州市第一名，并第四次进入全省三甲。"

临平职高校长丁卫东，一见面就告诉我这个喜讯。

是啊，学生考得这么好，作为一校之长的他，能不高兴吗？即使此刻丁校长"漫卷诗书喜欲狂"，也是应当的嘛！

当然，丁卫东没有"喜欲狂"，这位20世纪70年代初出生的校长，手上戴着一块夸张型的电子表，眼泡有点浮肿，似乎记录着他前段时间的艰辛与繁忙。眼睛不算大，脸部表情丰富，说话中气十足，每到激动处，慷慨激昂。

临平职高，在中国职业教育界可谓大名鼎鼎。它是国家级重点中等职业学校。有人点赞道："这里是传统文化传承地，'墨子思想'形成独特的校园文化；这里是育人成才梦工厂，普通人也能拥有他的诗与远方。"

校园地处临平主城，与山水相邻，挂在师生们嘴上的叫法是"政法街139号"。走近学校，造型奇特的大门出现在人们视线中。五块形状不一的巨石，镌刻着"临平职高"四个魏碑体大字。走进大门，可见校园布局大气。200余亩土地上，矗立着南北教学大楼、实验楼、实习工场、行政楼、学生公寓等建筑。400米跑道标准田径场，时尚亮丽的体育馆，完全可满足大型赛事需要。现有3562名在校生，308名在职教师。教师队伍里，中级以上职称的占70%以上，还有一大批"双师"。所谓"双师"，是职校系统特有的叫法，也可说是复合型人才。他们既懂得理论知识，又精通实践操作，这样的老师不容易哦！

丁卫东对自己的校园和师生非常满意。岂止是满意，他为我介绍这些时，还充满了一种自豪感。看得出，丁卫东十分喜欢职业教育这一行。他于2021年8月18日调到临平职高当校长。之前，他在乔司职校工作，在那里待了20余年，2014年调到闲林职高当校长，闲林职高现已属余杭区。至于临平区教育局为什么选择这么一个吉祥日子，让他上任，丁卫东不知道。他只知道自己任职临平职高的使命，就是建设高质量、高水平学校。

报到不久，丁卫东很快进入角色。一番调研，他从前任校长王方鸣和其他师生那里，比较清晰地掌握了临平职高的历史、现状，还有一个个职高学生追梦圆梦的小故事。

临平职高之所以能吸引学生，是因为人才成长的各种通道非常畅通，职业教育成为青年学子成长成才的加油站。"小时候，谁都觉得自己的未来会闪闪发光。"这是日本电影《被嫌弃的松子的一生》中的经典台词，也是踏入临平职高校门学子们的心愿。丁卫东在职校干了近30年，他完全清楚学生进职校的两种原因。一部分学生因初中文化课成绩不理想，被迫进入职校；还有一部分则是喜欢职校的专业，做自己喜欢做的事，早一点成就梦想。两种成因，决定了职业教育的特殊性与挑战性。

针对教育对象的特殊性，临平职高在前任校长王方鸣的带领下，经过长期探索，形成了独具内涵的办学理念和育人理念：以社会需求为导向，以产业需求为中心，以企业为依托，以德技双馨的紧缺型才培养为目标，技能与品德并举，就业与升学并重，让学生就业有路、升学有望。

对小自己一岁、戴着一副黑框眼镜的前任校长王方鸣，丁卫东自然不陌生。大家在同一个战壕里，职校之间平时也有交流，经常在一起开会碰面。还有，老校长沈应来，给自己留下一个被人津津乐道的做法，是注重校园文化建设，筑根培魂，将内涵丰富的墨子教育思想引入校园，打造颇具特色的"墨"香职业教育品牌。沈应来认为，墨子可称为中国倡导并践行职业教育的第一人，墨学作为职业教育思想的滥觞，提倡普遍、平等、实用、专业教育，主张人才没有高低贵贱之分，德才兼备便是国家之珍。墨学精髓，完全可以古为今用。因为这些，也是现代职业教育的核心理念。

丁卫东了解到，临平职高不断创新办学模式，能让许多学生成功逆袭，就读三年后升入大学。学校与浙江经贸职业技术学院等6所高校合作，开设"中高职一体化"五年制班。在临平职高读三年，在对应高校读两年，便能获得全日制大专文凭。还有，该校"王牌"数控技术应用专业与浙江科技学院开展中职与应用型本科一体化培养"3+4"试点。学生在临平职高读三年，然后在浙江科技学院读四年，即可获得全日制本科文凭。临平职高的教育方法和氛围，让那些初中阶段文化课程不够好的学生，重拾学习自信；而合作办学和一体化培养模式，不仅能让职高学生考上大学，而且会让职高学生以更扎实的专业知识与动手技能，领先于一些普通高中生。他们能在今后漫长的人生道路上，成就"更好的自己"。

在谈论这些议题时，老师们给丁卫东举了学生胡薛城的例子。胡薛城的中考成绩不错，凭分数，他完全可进入普通高中，父母亲也那样期待他。但这个少年对计算机特有兴趣，他想学习自己喜欢的知识。听说临平职高计算机专业是王牌，就毅然决然进了临平职高计算机专业班。三年学习下来，胡薛城以全省计算机专业考试第一名的佳绩，跃入中国计量大学，且在大学里保持优异成绩。

胡薛城，成为临平职高的典型案例。

还有一次，丁卫东听了临平职高毕业生汪洋的一次演讲，也深有感触。

那天，汪洋站在自己曾经学习奋斗过的教室内，面对着台下的学弟学妹和曾教育过他的老师，说出这样一句话："成功的方式千千万万。无论你在哪个领域，都请保持一份初心。"

据汪洋自述，他也曾经历过波折，是临平职高教室这方小小的天地，让他重拾希望，也让他的人生发生转折。作为临平职高与联想集团联合成立的"校企合作班"毕业生，汪洋凭借优异的专业技能，受聘为阿里巴巴桌面硬件工程师，但又因学历问题无缘转正。临平职高老师继续热情辅导这名学生。最终，汪洋读完成人教育本科，进入惠普公司，并担任项目经理。

汪洋就读的"联想班"，是校企双方通过合作，共同开发专业教学及实训课程的班级。临平职高借助联想集团品牌效应、企业文化、技术及管理经验等，构建了"教学课程+技能实训+师生培训"的一体化人才培养体系。人才共育、过程共管、成果共享、责任共担，打造品牌专业、强化主干专业、开发新兴专业。目前，临平职高拥有机械设计制造、计算机、机电、道路运输、财务会计、金融、商贸、旅游、航空运输共9大类符合市场需求的专业，在校内外拥有100多个设备精良的实训场室。先后为社会和企业输送了近3万名技能型人才。3万名呀，差不多一个集团军人数哦！

从事职业教育几十年的丁卫东，深知学校教育的硬核力量在于师资，师资队伍是名校基石。有什么样的老师，就会培养出什么样的学生。前任校长在临平职高教师队伍建设中，的确想出了一些实招、狠招、高招、妙招。临平职高按照教师年龄、职称、专业发展需求，通过教学、德育、科研、竞赛等多种形式，推行"现代学徒制"，创设"雁阵形"团队。为年轻教师量身定制"雏雁工程"，让雏雁展翅；为中青年骨干教师设计开展"青雁工程"，让青雁高飞；为名师预备队打造

"金雁工程",让金雁领航。从而形成初师、良师、优师、名师成长链,打通阶梯式发展通道。

临平职高的这些经验和做法,极其宝贵呀!丁卫东调研、座谈、走访,听前任领导、在校师生、历届毕业生回忆往事、畅谈感悟,觉得自己这个新校长有责任继承这些好传统,并将其发扬光大。

丁卫东上任后继续的第一件事是"1+X"证书制度。这一制度打通了学历教育与职业培训之间的间隔,加快培养复合型技术人才,是职业教育内部重大的制度创新。近年来,临平职高深入推进"1+X"职业技能证书考试试点工作,将职业技能证书与教学内容深度融合,实现课证融通。既然是好事,广泛受到欢迎,那就继续做下去呗!丁卫东告诉我,2021年,临平职高被教育部列入第一批试点中职学校,已有10个项目考核站点顺利完成首次考评。

继续做下去,自然会碰到新的困难、新的问题。区教育局领导明确要求丁卫东实现高水平办学的突破。就是说,他丁卫东不能吃老本,不能躺在前任的舒适圈里。这个要求与丁卫东自己的愿望不谋而合,丁卫东是个想干事创业的人。他自认为在乔司职高、闲林职高干得还可以,面对着临平职高这个更大的舞台,他需要重新审视、重新考虑。他敏锐地意识到,临平正着力构建以千亿级高端装备制造、八百亿级生命健康、五百亿级时尚产业集群为核心,覆盖工业互联网产业集群和未来产业集群的"3+1+X"现代产业体系。临平职高也要与时俱进,与之适应啊!

提高教学质量,是职校教育的中心环节。但在丁卫东心里,目前第一件要做的事是扩容,主要矛盾或曰矛盾的主导方面,是临平职高满足不了社会需要,满足不了一批又一批年轻学子要求涌入临平职高读书的需要。对,是"涌入",而不仅仅是"进入"。临平职高的专业需要做较大幅度调整，那样，才能契合临平区三大主导产业发展之需。学校场地不够，有的场地还是租用的，随时有被人家撵走的危险。教学设施也不够，一大批实验设备已显落后。

出路在哪里？在开发区。说实话，丁卫东一来临平职高任职，他就盯上开发区了。开发区那么多土地，那么多企业，那么多产业，人丁兴旺、需求旺盛、财源滚滚啊。听说，开发区也曾计划过办职校，但由于种种缘故未能落地。如果，临平职高能与开发区结缘，共同培养开发区企业急需的各类技术型人才，那该多好呀！

这个想法，彼时还只是丁卫东的一厢情愿，犹如年轻人爱情故事中的"单相思"。怎么才能实现"双相思"、你情我愿、你侬我侬呢？丁卫东觉得光靠临平职校势单力薄，再靠上教育局，也未必够。找谁？找谁呢？丁卫东想到了即将召开的临平区"两会"，想到了临平职高内的民主党派。对呀！依靠政协委员和民主党派人士，请他们出面呼吁和建议呀！

丁卫东找到临平职高几位政协委员、民主党派人士商量，大家均表赞成。

然后找教育局。"好办法呀！"区教育局领导给丁卫东做了备注。

接下来，就是方案本身。仅有思路是不够的，还要有大体框架和具体内容。区"两会"召开在即，时间很紧。丁卫东开了几次"诸葛亮会"，夜里，他把自己关在办公室里，开始起草。那时，一个个想法从他平顶头里跳将出来，跌落在"嘀嘀嗒嗒"的键盘上，然后出现在电脑屏幕里。在开发区划出一块地来，大约需200亩。按照大学二级学院模式，设置四个产业学院。这些产业，是临平职高现有的精品专业，在职业教育界都是响当当的品牌。数智技术学院10个班，现代生物医药学院7个班，品质生活和城市服务学院11个班。当然，不能叫大学，借丁卫东一百个胆子,现在也不敢叫大学,不能出现这个词,不能流露出中等职校办大学、管大学的意思。不能,哪怕一点点意思也不行。事实上,丁卫东也不是追求行政上什么级别,他只想着做事,扩大临平职高的事业版图。让中等职教与高等职教融合起来,实现无缝对接;让临平职高教育与临平产业发展紧密结合起来,实现精准对接。这两个"对接",就是他丁卫东的"野心"。

一遍遍推敲、润色,修改了十多次,最后转化为政协委员提案,尘埃落定。

区政协领导对这个提案异常重视,专门听取提案内容汇报,还特意安排提案人作政协大会发言。这一发言,就引人瞩目啦。参加政协大会的区领导当即表态,要全力推进此事,并责成开发区与教育局联手落实。这样,区教育局领导也被丁卫东"发动"起来,成为跑项目的人。有点意思。

终于,临平职高开发区校园在癸卯兔年破土动工。那是后话。

时间过得真快呀!一眨眼,真的,丁卫东就觉得自己才一眨眼,就来到2022年6月,进入高考季。

6月,是个放飞的季节、激情流淌的季节,也是丁卫东主持临平职高工作后第一个高考季。

对高三学生而言,对临平职高老师而言,对丁卫东而言,这是一场硬仗,是一场必须打赢的大仗。

军队打仗前不是要作战前动员吗?临平职高也需要呀!要让苦苦攻读三年的莘莘学子,鼓起信心,激励斗志,踢好临门一脚。丁卫东与几个副校长商量,并召集高三年级各班班主任,策划了"砺剑·逐梦——临平职高高三学子出征仪式"。

6月6日上午,"出征仪式"在临平职高东校区隆重举行。夏风浩荡、红旗猎猎，高三年级全体师生站立在雕塑"鸿雁"前，旁边墙上悬挂着一首短诗："少年本色敢争先，师生同心为凯旋。高三壮志定能酬，临职捷报待频传。"小诗写得气度不凡，不知是哪位的杰作？一张张年轻脸庞露出坚毅和自信，犹如准备奔赴前线、接受炮火洗礼的军人。同样站成一排的老师们，则深情地注视着学生，送上期待与祝福的目光。

教务处主任，一名平时在学生眼中极为严厉的老师，此时神情愉悦地表彰了第五次联合体考试预估冲进本科的同学，各班班主任给报到名字的同学分发了具有象征意义的"砺剑虎"。考试预估，本科分数线，第五次，联合体考试，这些词，还有毛茸茸、萌萌哒的"砺剑虎"，那些同学一下子都激奋起来，大家呼啦啦涌到"尚同楼"前合影留念，为自己人生的职高阶段画上完美句号。相信其中不少人已在憧憬或规划自己今后的大学生活。

接着，校领导朗声勉励同学们，相信自己准备充分，学识在胸。人难我难，绝不畏难；人易我易，绝不大意；沉着冷静，从容应考。这些话，是多少年应对高考的经验总结，有点像八字箴言，迎来师生们一片掌声。

两个学生代表领誓，同学们用洪亮的声音为自己壮行："为了自己的梦想，为了父母的期待，为了恩师的厚望，我们庄严宣誓——面对高考，我一定能够做到：沉着冷静，轻松入场；诚信高考，自信自强；斗志昂扬，发挥正常；全力以赴，创造辉煌！加油！加油！加油！"

铿锵有力的誓言回荡在校园、直冲晴空，青春的眸子透射出自信从容的光芒。人的青春只有一次，青春是用来奋斗的！临平职高高三学生正在奋斗，用青春力量擂响前行的战鼓。

最后，校长丁卫东给高三年级班主任颁授"锦囊"。理着整洁平顶头的丁卫东，此刻脸上笑开了花。他将一只只鼓鼓囊囊的红绸"锦囊"

递到各班班主任手上,还不忘叮嘱几句。人们都知道《三国演义》第54回有诸葛亮"锦囊三计"的描写,使刘备娶了美女,又不失荆州。丁卫东的"锦囊妙计",内藏有临平职高高考的独门绝技,不可为外人道也。

2022年高考出征仪式的效果及结果,丁卫东在见面之初就告诉我了。我想告诉大家的是,经此一役,临平职高在中等职业教育天空中的领头雁定位更加确定、更加稳固。

临平职业中学教学培训现场

愿这只头雁,飞得越来越高、越来越远。

育才教育集团,破题的一种新形态

4个校区、156个班级、6615名学生、500余名教职员工。您会相信,这是一所小学规模吗?

不太信？但事实上，它就是一所小学。只不过，它叫临平区育才实验小学教育集团。在普通的"小学"后面，连缀了"教育集团"这个词组。

教育集团是个什么东西？且听听育才实验小学教育集团总校长曹掌华来个快快说。

真的，曹掌华校长说话语速极快，快得有些跳跃，需要听的人脑补意思。他开着自家宝马车，带着我穿行在各个校区，就像他平时到各校区检查工作一般。这位到任教育集团一年多的总校长，之前在百丈镇中心小学任职，再之前，则在余杭时期当过小学副校长，后来进区教育局任职。他个子不高，俊朗清秀，理着短发，穿着一件黑色隐格衬衫，显得整洁干练。目光穿透镜片直射对方，给人以锐利之感。他形容自己每天宛若打了鸡血一样兴奋。现在就一个字：忙，除了忙，还是忙。说到兴头上，曹掌华爱用大拇指、无名指和中指构成一个三角形，来加强他的语气。

想一想也是。4个校区要巡查，那么多师生员工要管理，能不忙嘛！曹掌华几乎足不着地，不对，不对，是车轮不着地。刚刚到这个校区，其他校区电话就打过来，急吼吼地请示工作，有急事，有急事。他只好打断正在汇报着的事，赶紧去处理别的更紧急的事。

就这样，曹掌华一边开着车、处理着事，一边指点着，给我介绍教育集团。

"育才实验小学教育集团的出现和存在，其实是普及优质教育的需要，是为了满足老百姓希望自己小孩子上好学校的愿望。教育集团是共富的载体，是实现均衡教育的有效途径。"曹掌华蛮有高度地概述着。

作为教育集团班底的育才实验小学，成立于1998年2月13日，校址在临平山北面。当然，那还是大余杭时候的事。开始时规模也就二三十个班级，与一般小学无异。到了2009年，大批外来务工人员，现在叫作"新临平人"，潮水般涌向临平，父母带小孩，兄姐带弟妹，就带出一个新临平人子女入学问题，带出一个怎么让新临平人子女同等享受优质教育问题。这个问题必须解决呀！彼时，育才小学已有点小名气，区教育局做了个决策，把原红丰小学划归育才小学管理，改名为育才小学红丰校区。这就迈出了第一步。后来，育才小学名气渐渐大起来，在临平山北面算得上一流，能与临平主城区小学平起平坐了。这样一来，临平山北面的学生和家长就盯上了育才小学。举个例子吧，仅2022年9月招收一年级新生，育才教育集团就招了32个班1400多名新生。这就是学生的选择、社会的选择。可以说是信任，其实也是压力。

就这样，育才小学以每年扩招20多个班级的步子急速发展。荷花校区、映荷校区、红丰校区、新荷校区，逐渐成形。后来，新荷校区又拆分为东校区和西校区，成了较大规模的教育集团。2012年8月，育才实验小学教育集团正式成立，一晃10年过去了，真是弹指一挥间啊！

教育集团坚持以"和而不同"为校训，以"育心明志、博学成才"为办学理念，以"做更好的自己"为育人目标，全面实施素质教育。虽成立已10年，但怎么更好运营和管理，现仍在探索中。对曹掌华而言，更是个新课题。他到任后，虚心向老校长徐志平请教，认真琢磨他传授的管理教育集团的"秘诀"。然后，根据发展新情况，尝试构建一中心三校区格局，探索教育集团管理新颖模式，做到"四统一"。统一领导：领导班子是重中之重。对外统一以教育集团亮相，一套班子、一套人马。在内部，三位总校副校长在领导班子中各管一摊，同时分别兼任三个校区校长，负责校区全面工作。这样有分有合、有主有兼，易于形成合力，也利于各负其责。统一师资：在教师配备上，集团统筹优质教育资源，竭力做到内部各校区师资配备均衡，一碗水端平，避免厚此薄彼。新荷校区今年新招17个班级，教育工作量大大增加，他正与班子其他成员商量，准备从各校区抽调骨干教师去支援。统一财务：各校区经费实行统一管理。财务管得好不好，直接关系到学校名声，不敢掉以轻心呀。好在教育系统有一套完整的财务管理制度。不光校际互查，还有专项检查、"飞行检查"，抓得很紧。统一培养：因为发展实在太快，曹掌华有八只瓶七个盖的感觉。所以，他认识到必须加快培养教育骨干和管理骨干。教育集团建立了青年干部培训中心、青年教师成长联盟，成立了1个特级教师工作室、5个名师工作室，邀请11名成长导帅，分期分批培训青年教师。他自己则尽量摆脱事务性工作，听课，调研，发现问题。宛若一只辛勤劳作的"蜜蜂"，孜孜不倦，每天穿梭于各校区间。

运行下来，总体感觉平稳有序。

"红丰校区很有特色，黄尊亲校长管得很好。你可以采访他一下。"

不巧，黄尊亲有事出差了，那就用微信采访吧。

声音从手机中传出来，那是一个稳重、成熟、清晰、有节奏感的男中音，一听，就知道是位课堂教学经验极其丰富的老师。一问身旁的曹掌华，果不其然，黄尊亲曾被评为浙江省教坛新秀。

红丰校区设有8个班级，主要招收新临平人子女入学。现有370多名学生。这些小朋友来自天南海北，不同学校、不同教学方法，文化知识基础水平不一。再加上这些小孩家长大多忙于打工，很少有精力关心子女的学习，因而，学校教育难度比较大，老师们也比较辛苦。

"你问我兼任红丰校区校长几年啦？4年啦！怎么抓工作？概括地说，抓三条。第一，抓校园环境文化建设。抓环境就是抓教学，好的环境能育人。教育集团对红丰校区舍得投入，教室、电脑、科学实验室、塑胶跑道，什么都有，都齐全，而且都是一流的，与其他校区一模一样，有可能还要好一些。怎么？想看看？我可发几张照片给你看看，就知道是什么样子了。"

黄尊亲暂时搁置微信电话，给我发来几张照片。打开来看，真的令我眼前一亮。宽阔气派的校区大门，青蓝绿三色的田径场，漂亮时尚的活动大厅，设备齐全的科学实验室……完全是一所高档学校的标配。

我由衷点赞。

黄尊亲在电话那头显得也很兴奋，继续他的话题："第二，狠抓学生基本行为规范。不要小看这个行为规范，抓好了，大有益。学生的学习习惯、言行举止，对一个人成长进步影响很大。人们反映，红丰校区学生很文明、懂礼貌。第三，抓好老师的课堂教学，提高教学质量。教育集团为红丰校区配备了23名比较优秀的老师负责教学，取得良好效果。三四年下来，红丰校区的教育质量与同类学校比，可以说名列前茅。学生身心健康，家长们都比较满意。红丰校区大致情况就这样。"黄尊亲挂断了电话。

然后，采访话题就转到教育集团的特色教育上。说到这个话题，似乎挠到了曹掌华的痒痒处，例子一个接一个。

"教育集团的课程设置立足于教育质量，很有创意。你听说过育才小学的'七彩课程'吧？"曹掌华问我。我诚实地摇摇头。

"那，我来给你讲讲吧。2015年，育才小学教育集团被列为区首批义务教育深化课程改革试点学校，从那时就开始探索。基于儿童立场，融合学校文化，整合课程资源，优化教学方式，在已有基础之上，构建'七彩课程'体系。所谓'七彩'，就是赤橙黄绿青蓝紫嘛，多样性课程、多元化育人的意思。因材施教，创设适合学生的教育，鼓励学生乐学、爱学。

"七彩课程体系"开设德育评价、知识拓展、体艺特长、实践活动等50余门子课程；拥有剪纸、七彩伢儿德育评价体系、服装看世界、育才农场、衍纸5个杭州市义务教育精品课程，以及童眼看家乡、宣上童言、魔方英语、快乐啦啦操、陶笛、育才小导游等10门区级精品课程。

丰富多彩的教学活动吸引师生积极参与，学生们用"七彩包"进行德育评价计分。劳动课到农村、农场参加农业劳动；与老板电器集团合作，学习烹饪技能，师生共享，其乐融融。在各类比赛中，育才学子脱颖而出。声乐节目在浙江省中小学艺术节中荣获一等奖，快乐啦啦操比赛荣获杭州市一等奖，校篮球队在全区小学生篮球联赛中夺得男女双冠等。3名教师被评为区课程改革精英教师，两个课堂教学模式被评为区精致课堂。

外语和写作是育才教育集团两大亮点，在临平教育界有点小名气哩。曹掌华如数家珍。不吹牛，小学英语全区第一。这个，大家公认。集团英语师资力量雄厚。区里曾举行过一个"假日杯"英语学科竞赛，集团16名学生参赛，全部获奖。集团每年举办英语小明星评比，建成英语部落，打造与国际理解教育合拍的教育舞台，为魔方英语课程提供实践基地，开展英语沙龙、英语情景剧、课本剧、演唱等等体验式活动。写作方面，集团研发建立了小作家考评系统。早在2012年，该校便被评为杭州市小学作文教学实验研究基地学校，成为浙江省阅读示范基地。学校组织起"七彩荷文学社"，开发《爱上阅读》《古诗词120首》等校本教材，设立写作品牌传统节日"临平山文化节"、"梦之韵"读书节等。学校创设的"诗王争霸赛"活动最近被省教育厅相中移植，成为全省学生阅读鉴赏古典诗词节目。

还应该说说集团的剪纸。毫不夸张地说，剪纸是育才教育集团最有影响、也最拿得出手的特色教育。学校有位自学成才的剪纸老师沈忠花。她是省级剪纸艺术非遗传人，自然也成了学校剪纸特色项目负责人。在沈老师带动下，剪纸艺术犹如烂漫山花，开遍了校园。学生剪纸社团、《剪纸》校本教材、剪纸专用教室、剪纸工作室、区首家剪纸博物馆,学校还开办了剪纸专题网站,培养学生艺术素养和动手能力。先后有3000多幅学生剪纸作品发表于国内刊物,并在省市区各类剪纸比赛中获奖。学校成功创建为杭州市剪纸非遗传承教学基地。

说话之间,曹掌华马不停蹄地转了两个校区,把我带进了剪纸博物馆。

博物馆场地蛮大,展示着成百上千种剪纸作品,美不胜收。一幅幅方形、圆形、长条形的作品,或红,或黑,或多彩,因题材而异。作品主题大多为庆祝建党百年和迎接党的二十大,这也许与当前所处的时间节点有关。作品刻画出红旗、党徽、谷穗、红灯、飘带等图案,以象寓意,以意构象,把庆贺主题表达得淋漓尽致。众多人物栩栩如生,喜庆吉祥气氛扑面而来。还有一些塘栖古镇古桥古招牌的题材,技艺精湛,质朴清新,粗犷处大刀阔斧,细微处行云流水。把此类题材的古朴与厚重、特征与魅力,剪裁得恰到好处,令人叹为观止。

观赏之中,我猛然想起一首耳熟能详的《亭云剪》诗,感觉正好用来形容眼前的情景:"蔡侯造纸蔚丹竹,巧女择来绘锦图。天地风光皆展现,人间姿态尽留足。刻刀有韵勤裁入,画笔凝神细剪出。撒下仙花一朵朵,彩云飞向万家屋。"

再次坐上曹掌华的宝马,我忍不住跟他开起玩笑:"曹校长是开着私车办公事呀!"

"正常,正常。"曹掌华笑呵呵地回答。他们育才集团名气出来了,哪个地段商品房,一挂上育才学区房牌子,房价就噌噌噌往上涨,带火了楼市呢!一般工作10年以上的教师,买房不是大问题,夫妻俩每月公积金就有万把元。在他们育才集团,像他这样开宝马的算很一般,还有开保时捷的呢!

曹掌华不忘补充一句。他不需要考虑钱，只要一门心思考虑工作就行。因他老爸在搞企业，不缺钱。他爱教育这个行当，当小学校长，在某种程度上也在尽一个父亲的责任，探索学校教育与家庭教育怎么更好融合。曹掌华对此有着切身体会。他曾是一个多动症儿童的父亲，儿子患过多动症，一度让他很崩溃。但他坚持用良好的家庭教育和父爱，治愈了儿子的毛病。今年，儿子如愿考上浙江大学，圆了他一家人的梦。这让曹掌华更加坚定了自己终身从事小学教育的意愿。

正在转悠之际，曹掌华突然接到通知，区教育局局长赵琪峰要来检查暑期托管班现场，让曹掌华赶到新荷校区。

连我都觉得有点突然，这位局长怎么搞"突然袭击"呀？但曹掌华却见怪不怪地回答道，常有的事。赵局长经常深入学校调研，了解学校困难，征求学校意见。

在映荷校区，我见到了赵琪峰局长。精瘦的个子，干练的风格，一双锐利的眼睛，一张严肃的面孔。

曹掌华悄悄向我介绍道，所谓暑期托管班，就是暑假期间为无人照看的学生提供临时性帮助。这些学生家长，大多是外来打工者，也有一部分本地年轻夫妻。全临平有3500多人，育才教育集团分到160个托管名额。他们就办了4个班，每班40人。同时，每班安排两名教师负责教学，还有两名志愿者辅助管理。志愿者都是暑期参加社会实践活动的在校大学生，可谓一举两得呀！

教室布置得很漂亮，也极有童趣。开着空调，凉风习习。有的小朋友做着暑假作业，有的相互逗着玩。一张张小床上，小被子叠得整整齐齐，有点军营风格，场面极为温馨。

一间间教室看过来，检查课程表、作息时间表。向在场老师和志愿者询问情况，一一具体指点。

现场检查完毕，赵琪峰的脸色才放松下来。看得出，他对育才教育集团的暑期托管工作比较满意，开始有说有笑。转身问起一直跟随着的我。我抓住这个机会，简要说明来意，并请他简略介绍一下临平追求教育公平的情况。

赵琪峰几乎没有什么停顿，接口说了句，临平的教育还是不错的哟！这个不错，不是指今年临平高考取得好成绩，而是指临平教育的公平与均衡。

你问怎么做到公平与均衡？关键在于整个区的顶层设计，涉及投入、师资、管理、改革各方面。现在临平区城乡小学校舍标准、设施设备、教育经费投入都是同一标准，也就是一样的。全区1900多个教室，都装上了护眼灯、数控一体机，还有空调。在这点上，临平已做到了城乡教育同构同享。这样做的益处显而易见，可以让城乡学生在短时间内，享受到公平均衡的优质教育资源和环境资源。

眼下，区教育局正从教育体制机制上加以引导，培育新兴教育共同体，集团化办学，类似于育才小学教育集团。以城市优质学校，带动一两所农村学校。从师资上说，调配城市优秀教师到农村任教。建立交流机制和激励机制。譬如，晋升高级职称，必须有农村执教经历。名优师招聘和认定，名额向农村学校倾斜。今年新分配大学生，40%以上到农村学校任教，以期尽快改变农村学校教师年龄老化、青黄不接状况。还有外来务工子女比较多的地区，努力扩招，尽量让外来务工子女进入城区学校。就像他们映荷校区一样，原先26个班级，今年已扩招到34个班级。教室不够，就把教师办公室腾出来做教室。这样，就可以把绝大多数外来务工人员子女接纳进来，让他们至少享受中等以上的教育资源。

听完赵琪峰这番话，我对眼前这位教育局局长和总校长肃然起敬。真的，临平区教育工作者已尽了最大努力，做了历史和环境允许他们做的所有事情。

城乡花朵应该同样怒放

在区教育局采访时，就有不少人向我推介运河第二幼儿园园长金丽萍，说她如何如何厉害，怎么怎么了得。渐渐地，金丽萍在我心目中涂抹上了一层传奇色彩。

暑热之中，我终于站到运河二幼门口，见到了等候在此的金丽萍。

按照网络作家的说法，这是一位资深美女。不高的个儿，穿着一件合身的丝绸衬衫，胸前打着个时髦的纱结。波浪式烫发，似是一只只待飞的蝴蝶，一双大而有神的美眸，眼角眉梢间全是笑意，感觉得出她的善良、单纯、活泼、快乐，仿佛天生就是搞幼儿教育的材料。

金丽萍把我领进万余平方米的幼儿园。四幢高档漂亮的建筑、几十处游戏设施扑入眼帘。大型滑梯伸出自己的长腿，流水槽道中漂浮着小木船，涂鸦墙上画满孩子们的杰作，大象浮桥的卡通大象憨态可掬，一间间茅草小屋则显得原始古朴。

正是上课时间，各教室里传出成人和幼儿混杂的歌舞声、游戏声，使人恍惚间感觉来到一个童话世界。

金丽萍的叙述从自己读书开始。她是乔司镇人，从小喜欢美术和戏曲，会唱整本越剧，觉得自己在这方面有点天赋。初中毕业，她本来想考艺校，谁知，校长自作主张给她填报了闲林幼儿师范。后来想想，要不是校长，差点埋没了一个幼儿教育家。哈哈哈……金丽萍说到这里，开心得笑出声来。

幼师毕业，金丽萍被分配到临平第二幼儿园当一线老师。彼时的临平二幼，条件和声誉还算不上很好。每年招生摆摊时，城区3家幼儿园竞争，临平二幼每每落败。作为临平二幼老师，金丽萍觉得蛮难为情，有点咽不下这口气。她就和同事们一起努力。

一个优秀的幼儿老师，一定要有趣、会玩，能吸引孩子，那样孩子们才会喜欢你。金丽萍天生聪敏，又能说会道。她向别的老师学折纸，又自学水粉画。很快，孩子们喜欢上了金丽萍。但凡她带的班，幼儿家长们都点赞。

说到这里，金丽萍举了个例子。一天，有个幼儿家长专门找到金丽萍，说有事问她。金丽萍以为是幼儿有什么问题，就认真接待她。谁知那个家长开口就问："金老师，你这个头发是哪里做的？""头发？问我头发干吗？"金丽萍真是一头雾水。那个家长告诉金丽萍，她儿子说，金老师的发式很好看，他希望妈妈有一个金老师那样的发式。哈哈，幼儿家长的话，把金丽萍逗得开怀大笑。她感受到老师对幼儿的影响与作用。

2004年，金丽萍通过竞聘，担任了临平二幼副园长。一次，她跟随大家去外地一所幼儿园参观考察。对方非常自豪地向金丽萍一行介绍他们的幼儿园，让金丽萍非常羡慕。她暗暗下定决心，要让临平二幼也变成那样的幼儿园。在园长和园里其他老师支持下，金丽萍探索并推出了幼儿评价体系，构建美术园本课程。临平二幼名气渐渐大了起来，全国幼儿游戏年会也到临平二幼召开，他们还牵头主抓全省示范幼儿园和绿色学校创建活动。考核组来临平二幼考核验收，金丽萍陪同，听着那些领导和专家对临平二幼的评点赞美，金丽萍心里甜滋滋的。

眼看副园长8年任期将至，金丽萍是满心喜欢，她期待着重新返回一线教育岗位，再与孩子们共度欢乐时光。孩子们喜欢她，她也喜欢孩子们。她愿意那样带着孩子们玩，陪着孩子们笑，一直玩到退休。

2012年8月2日，离开学还有一个月。教育局通知金丽萍去开会，会上领导宣布，金丽萍担任运河二幼园长，她当场泪奔。

"当场泪奔"，是金丽萍自己对我说的。到运河二幼工作，这对她来说不亚于一场地震。她当时想不通，不想去。

金丽萍对运河二幼的情况早有所闻，她还到运河二幼给教师们做过一次讲座。运河二幼2009年才组建，由两个乡镇幼儿园合并而成。总园一幢中小学样式的教学楼、三幢平房，平房是临时性过渡房，过渡了七八年还在使用。边上，是个食堂。"说出来，陈老师你可能都不相信。这个食堂居然还用柴火烧饭。"金丽萍介绍说，为此，还发生了一段令人啼笑皆非的插曲。有一次，区教育局委托一家审计单位来审计运河二幼的财务开支，人家看到发票中有柴火费用，觉得很奇怪，现在哪有食堂烧柴火的呀？金丽萍他们反复申明，审计人员还是不相信。无奈，金丽萍只好请审计人员到现场。直到那些人看到食堂内柴火噼啪、灶火熊熊时，才确认这笔开支的真实性。

没有想通，但也无可奈何。金丽萍干脆放下这些，跑到威海去散心。

她每天一早一晚漫步海边，欣赏日出日落、云起云飞的美景，感受大自然的奥妙与无限，体悟人生的渺小与短暂，心潮与浪潮同频共振，汹涌澎湃。教育局领导说得对呀，人们总是说，孩子是祖国的花朵。既然是花朵，就应当享受同样的阳光雨露，不管是城市花朵，还是乡村花朵，都要一齐开放，你金丽萍肩负着教育公平均衡的责任啊。

想通了，金丽萍彻底想通啦！她实在太热爱幼儿教育，也意识到了自己的责任。

要么不干，要干就干好，把它干得漂漂亮亮、让别人羡慕嫉妒恨。这就是金丽萍的脾性！她自己这么认为，运河二幼的老师，还有运河街道领导也这么评价。

彼时运河二幼总园园址在博陆镇，外表实在寒酸，内里更是问题多多。活动室人均使用面积不足2平方米，4个班孩子们睡在四楼，而且没有洗手间，存在许多安全隐患，这绝对不能允许。幼儿园又是由别的建筑改建，台阶特别高，孩子们爬上爬下很危险。这怎么行？两个老师拼用一本教材，450名幼儿只有一组大型玩具。有时甚至还发不出教职工的奖金。运河二幼距临平城区才10公里，城乡差距怎么这么大？难道农村小孩不是祖国花朵吗？金丽萍咽不下这口气。

于是，金丽萍晚上老是做梦，梦见自己得了一麻袋一麻袋的钱。醒来后，仍是两手空空，她就开始焦虑，血压噌噌噌往上升。她一次次申请要求建新园、要人员、要经费，无果。她耐着性子汇报、解释、请求。她知道街道也有街道的难处，财政捉襟见肘，心有余而力不足。但是天大地大，孩子最大，再穷也不能穷孩子。"我是为孩子们叫喊，无欲则刚，有容乃大！否则，要我金丽萍干什么？我又来运河二幼干什么?!"彼时彼刻，金丽萍美眸怒睁、理直气壮。

她多么渴望这些孩子能生活在优美环境中啊！她觉得自己这副柔弱的肩膀快撑不住这个场面了，需要有精神和信念的加持。

一次，金丽萍抓住与华师大著名专家李季湄教授对话的机遇，向李教授吐露自己目前的困境。李教授语重心长地对她说："你不能改变那些改变不了的东西，那就要想一想，你能改变什么，然后去改变它！"

对呀！一语点醒梦中人。在返程车上，金丽萍一直在思考，我能改变什么？能改变什么？政府眼前的确没有钱，唯一能改变的，就是自己，用自己擅长的专业知识给老师们上课，打开孩子们的心智。

如果有一道光，在前方隐约照亮，大家就会看到希望。儿童优先、教育公平，此刻就成为金丽萍探索前进的那道光。

自此，金丽萍将工作重心放在教育带动幼儿老师身上，一步步把大家的教育观、儿童观更改过来。然后，再由这些老师教育作用于幼儿。运河二幼的教学质量显著改善，周边乡村对运河二幼的评价直线上升。

从一个个角落开始。每个月攒一点钱，累积起来，凑成一笔。过一段时间，改造一个角落。一点点节省，一个个改造。金丽萍硬是用蚂蚁啃骨头的韧劲，把基础设施不规范的院落改造得面貌一新。

园内有个孩子很难进去的角落，金丽萍寻思着把它改造为孩子们的游戏角落。她自己画了图纸，又请教了搞美术的老公，基本定稿后，他发动运河二幼的人自己动手。这时，大厨站了出来，说让他来试一试。还有两个保安，曾做过木匠，也说愿意试试。艰难之中的相助，使金丽萍心中感觉非常温暖。几个人通力合作，结果非常成功。一块乱七八糟的菜地，变成了孩子们喜欢的乐园。

幼儿园本身就是充满幻想和创意的地方，会激发金丽萍的创造欲望和灵感。她要让运河二幼成为孩子们游玩的乐园、生活的天堂。她带人上山，挖来紫藤装缀庭园。在野外找到大石块，找人搬将进来。又用废旧轮胎做成飘荡的秋千，让孩子们在上面飘呀荡呀。

某个夜晚，金丽萍受一本美国儿童杂志启发，兀然想到，她的幼儿园应该有一辆卡通汽车，让孩子们乘坐游玩。初始，她想干脆买一辆淘汰的客车搁在园内，后来请教内行人，说那样的车不能用。金丽萍就决定自己"造"。她又找老公商量，让老公帮她画出一辆卡通汽车。之后，请园里的大厨和保安模仿着做出来，又让人在车身上画上一些儿童画。最后，特意制作了一块"浙A-运河二幼"车牌，挂上去。这辆卡通汽车"造"好后，新颖、漂亮、安全，孩子们可喜欢了。

金丽萍说自己还有一个"壮举"，来了次"先斩后奏"。

那年，金丽萍有机会去德国考察幼儿园，回来后萌生了在运河二幼园内种植一片小树林的念头。这念头很强烈，非实现不可。但是，当时幼儿园已没有地方可种树,除非挖掉一部分才做好不久的塑胶地。

一天,金丽萍在园外,看到金黄叶子的皂荚树,在秋日里显得光彩夺目。她就想到,要是将皂荚树种在幼儿园,孩子们就可以寻趣探究。于是,她拍照给一个幼儿家长,咨询这种树的价格。这个学生家长极为赞成,说他可以帮助种上一片皂荚树林。帮助?什么意思?金丽萍一时不解。那个学生家长作了解释,之前,他家二宝很会吵闹,全家人被这小家伙弄得没有办法,是园长把他家二宝教好了,全家人都很感恩。这些树,没有多少钱。他知道幼儿园经费紧张,他可以免费帮忙种好。

这个学生家长说到做到,一片皂荚树林就这样出现在塑胶跑道边上,成为孩子们的最爱。小家伙们喜欢在小树林边上"野炊"。彼时,食物香味、皂荚树香味,还有孩子们的欢笑声,混合在一起,让金丽萍心醉。

后来,有领导到二幼检查工作,发现了这个原本规划中没有的"景点",一边点赞,一边批评金丽萍的"先斩后奏"。

"批评就批评吧,只要把事办成就行。"金丽萍几乎边笑着边给我讲述这段趣事。

2016年,运河二幼新园在一处中学旧址上新建,街道一下子投入4000万元,两年时间建成。2018年,金丽萍带着大家欢天喜地地乔迁新居。

新园真大哦。占地17亩多,建筑面积12000多平方米。教学楼、生活区、游玩区分隔,各种设施一应俱全。全园有了15个大教室,三楼有个教学活动室,露天阳台竟有三四百平方米,金丽萍称之为"豪华包间"。

前不久,运河二幼被评为省现代化幼儿园,这是目前幼儿园获得的最高等级荣誉。金丽萍带着大家申报,自己写剧本、拍视频,用了半年时间。一共113个评价标准,运河二幼全部达标。教育局为此奖励30万元,金丽萍毫不犹豫,将这30万元奖金用于幼儿园再美化。

"我们家现在的环境条件可好啦,与以前不能比,简直跨过了一个大海。城区有些幼儿园还不如我们家的,我们家人均占地30平方米,比城区多了10倍。我们家有400多棵树,共40多个品种。我们家有452个小孩,35个老师,在编教师占70%以上,编外教师的待遇也在不断提高。"金丽萍就这样一口一个"我们家"地介绍着运河二幼。她的用词和口吻,这运河二幼分明是属于她金丽萍的大家庭。

环境是一个方面,更重要的是保育教育的公平。金丽萍认为,没有质量或低质量的学前教育,是愧对儿童、家长和政府的。幼儿教育与其他教育一样,有地区差异、校际差异,还存在校内差异。要努力做到班班、人人都能享受同等优质教育,因为这涉及教育公平。教学质量的核心是教师。金丽萍帮助引导运河二幼老师,提高教学质量,成为被人争着挑选的老师。金丽萍的教育理念是,寻找适合孩子成长的教学和环境。要去寻找,因为世界上没有两片相同的树叶,也没有两个完全相同的孩子。差异性教学是关键,适合的,才是最好的。对孩子要充满爱与尊重,但仅有爱不够。老母鸡也会爱小鸡,老奶奶也爱孙儿。我们的责任是专业地爱孩子,这需要专业判断,发现教学契机,促使小孩健康成长。

金丽萍这一番话,出于专业、发自内心,令人折服和信服。

2021年,区里又投资新建了11所乡村幼儿园,其中包括运河三幼。设置18个班级,招收450人,与运河二幼规模相当,年初已独立开园。眼下,运河街道所有小孩都进入了幼儿园。乡村幼儿终于享受到与城区一样的保育教育,这是她金丽萍最欣慰也最开心的地方。她没有辜负组织,也没有辜负自己。她金丽萍达至了她来运河二幼的初衷。

至今,金丽萍已在运河二幼工作了整整10年。她仍然教老师们怎么与孩儿们玩,自己也与孩子们一起玩。每天工作十二三个钟头是金丽萍的工作常态。某天,已是夜里9点30分,我向金丽萍要个视频资料,她告诉我才下班。当幼儿园"金妈妈"忙到这个程度,令人难以置信。孩子们喜欢这位"金妈妈"。金丽萍知道自己已渐渐不是"金妈妈",而是"金奶奶"。但在那些稚气的孩子面前,最亲最爱的人不就是妈妈吗?那她愿意永远做这个"妈妈",陪伴花儿盛开、怒放。

那天,幼儿园举行大型游戏野炊活动,几百名小朋友聚在一起,犹如一群群叽叽喳喳的喜鹊,雀跃着、欢笑着。紫罗兰落英铺地,小彩旗迎风飘舞。有的在"小农庄"里采摘西瓜、茄子;有的在露天厨房里包裹饺子、汤团;有的手拉手穿越藤桥索道,比赛勇敢;还有的用柳条花卉编织成花帽,戴在自己头上。阳光白云下,到处都是活蹦乱跳的身影、活泼开心的笑脸、稚嫩奶气的声音、五彩斑斓的衣衫,眼花缭乱的游戏……

置身于这样的场景,我有些许感慨与浮想。假如,出生在农村的我,从小能生活在这样童话般世界里,或许我的想象力、创造力会强许多?

渐渐地,眼前一切幻化为一座姹紫嫣红的花园。这个花园与临平其他花园联结,最终与全国各地花园联结起来,形成无边无际的花海。这是真正的花海,是人们幸福生活的具象化,是祖国和民族未来的希望啊!

一所特殊学校,温暖一座城

"五月临平山下路,藕花无数满汀洲。"这是宋代著名诗僧释道潜描写临平农历五月美景的诗句。在九百余年后,有一所以汀洲命名的特殊

运河第二幼儿园活动场景

学校,出现在临平山下。

汀洲,原本指水中的小绿地,寓意绿色和生机。一所学校取名"汀洲",寄寓着对特殊儿童生涯发展及生而平等的意蕴。

读者看到这里,也许能隐约感觉出这所学校的与众不同。

是的,它的确非常与众不同。

这是一所专门招收中度、重度残疾儿童少年的特殊教育学校。它以为每一个有特殊需要的儿童、青少年提供适宜的教育、康复、职业培训为目标,实施学前教育、义务教育、职业教育三学段的15年免费教育。目前,全校24个教学班级共251名学生。其中自闭症儿童72人,还有脑瘫、唐氏、智障等多类多重残疾学生。在学习与能力上,一些普通学校学生轻而易举的"地板",对于他们可能就是遥不可及的"天花板"。看到这,你也许能想象这所学校的特殊性,想象教学管理的难度。

不过，说句实话，不在汀洲学校工作，有些情景你还是无法想象。

汀洲学校校长张弘就这么认为。

中等个子、沉稳朴实的张弘，原先在径山小学当了8年校长。2017年，因教育系统任职交流，张弘来到汀洲学校任校长。他自我调侃说，知道自己属于校长任期交流对象，也曾想过自己被交流的99种可能。不过，怎么也没有想到会到汀洲学校任职，且一上任就担负起校址异地新建任务。但组织上就把这副担子搁在他肩上了，服从呗！

汀洲学校原在城区，不到100名学生，空间比较窄小，渐渐容纳不下。党和国家对特殊教育越来越重视，区政府决定把汀洲学校新校建设列为当年民生实事十大工程之一，开始异地新建。真的，区里一点都不吝啬，而且可说很大方。占地3万多平方米，5幢风格统一的大楼，蓓蕾形造型，用走廊连接。光基建费用就投入2.3亿元，又花了2000余万元添置教学设施设备。学校从2018年开始设计，2019年上半年建成，同年9月搬入，形成45个班级的规模，从幼儿园到职高，序列化、一贯制、全免费。住宿免费自然不用说，连牙膏牙刷都给配备上。公用经费拨付标准是普通学校的10倍，每年高达440余万元。眼下，临平区内特殊教育对象，学前教育实现了92%，义务制教育阶段达到百分百，职高教育达到85%。这些都是衡量一个地方特殊教育的硬杠杠，临平达到或超过了。能多帮助一名特殊学生，就能多挽救一个家庭。对此，张弘感觉很欣慰。

"特殊教育难，难在每一个学生都有着不同的教育、康复需要，现代化硬件仅仅是外部环境，更重要的是特教人的专业、温暖与信仰。"张弘深有体会地说。汀洲学校与其说是一所学校，不如说是200多个特殊儿童和特殊家族相护相依、共同成长的一个"大家庭"。汀洲学校的老师，有时候会比家长更了解孩子一举一动所要表达的意思。对于气温差异、音源变化,甚至内衣材质等诱发刺激而可能导致学生的极端行为和情绪,老师们了然于心。还有一些学生需要依靠药物维持每天的情绪和行为,个别极重度学生需要家长陪护就读……因为先天缺陷而产生的种种困难,让常人无法想象。有个老奶奶陪伴着孙子上课、吃饭,看到教师们对孩子无微不至的照料,忍不住流下眼泪,不停地念叨道:老师真好!学校真好!政府真好!

面对这些先天缺陷的学生,在汀洲学校,老师就不仅仅是老师,而是集教学、康复、特殊家庭专业指导与心理健康引导等诸多角色于一体,有时甚至要充当保姆角色。普通学校的老师,总是以诸如"桃李天下""金榜题名"等为荣。但在汀洲学校,老师们倾注大量心血、年复一年努力,却只是希望能让学生成为一个普通人,有时还事与愿违……一个简简单单的加减法,需要老师在课堂上十几次、几十次,甚至上百次地教学,特教老师的职业成就感与获得感可想而知。虽说,特教老师享受特教补贴,比普通学校多30%,但说句心里话,支撑特教老师坚持下来的,真不是这30%的薪酬,而是一种特教人的初心和使命。

外界对汀洲学校的老师,也怀着某种好奇。到底是怎样的一批人,愿意长年累月从事这样的特教工作?我在采访中了解到,汀洲学校有104名教职工,其中18人是区市名优教师。这百余人来自全国各地,90%以上毕业于特教专业,他们怀着不同的初衷从事特教事业。

学校德育部主任王安婷特别喜爱袁枚的那两句诗:"苔花如米小,也学牡丹开。"她说自己就是一手专业、一颗爱心、一腔情怀、一种耐心来到汀洲学校。这位毕业于南京特教学院特殊教育专业的吉林松原女孩,清秀而温柔,说起话来却充满着激情和激昂。她从心底里认可自己所从事的这一份职业,并愿为之竭尽全力。希望汀洲学校每个学生都能得到适宜的教育,实现他们"好照顾、好家人、好帮手、好公民"的人生目标。自己既是在工作,也是在做公益,家人也都挺支持,世界上还有比这更美的事吗?没有啦!她感到很知足,也很满足。当然,有些突发情形也让王安婷记忆深刻。有一次,她给学生们上着课。突然,一个学生情绪发作,不时用力敲打自己的头。她上前抱住这个学生,试图制止他的自伤行为。没想到,这个学生突然用嘴使劲咬住她肩上的羽绒服。她还是耐着性子安抚学生。事后一看,自己肩上已经青一块、紫一块……据说,几乎汀洲学校每一个老师都有过类似的经历,这是特殊学校才会遇上的事。

学校办公室主任胡斌,是丽水人,看去仿若丽水山上那些淳朴坚韧的松树。他出身于教师世家,家族里有12个老师,姑妈就是一个特教老师。胡斌从小耳濡目染,喜欢上特教工作。他2010年从台州学院特教专业毕业,进入汀洲学校工作至今。胡斌说,这些特殊的学生很纯洁,没有任何杂念,喜怒哀乐直接表现在脸上。你批评他,他不会记恨,过不了几分钟,他就会跑过来,搂着你笑。胡斌说像自己这么单纯的人,适合过这种简单的生活,因此,他蛮喜欢这些孩子。

还有生活兼语文老师赵富,在学生眼里是个"大哥哥"。"生活"两个字在前,意味着他要教给孩子们自理、自立、自强的能力。与其他班主任一样,赵富的办公桌就摆在教室里。学生年龄并不一致,许多人没有生活基本自理能力。学生小波患有自闭症,童年阴影让他对厕所有畏惧心理,不会主动向老师提出如厕请求。赵富给他准备了几条备用裤子,习惯了帮小波清理、擦身。小波对赵富比较信任,他有便意时,会用眼神向赵富示意,赵富总能及时发现。

对学生下指令也是如此。有些学生领悟能力有限,赵富明白不能在一句话中带两个以上的指令。譬如说,小波,你站起来把这个字读一下,那小波肯定无法理解。而要把意思分解开来,再用缓慢语速,有节奏感地说出来：小波，请你站起来。等小波站稳后，才能说，请读一下这个字！

这是特殊教育中常见的场景。

针对教育对象的特殊性，汀洲学校确立了"滴水教育、润泽人生"的办学理念。立足于学生成长需要，着眼于生命成长、社会适应和未来发展的高度，以生活为核心，设置语文素养、语言沟通、劳动技能、家事技能等课程。通过单元主题教育、社会实践教育，让学生在参与和体验中学会生活、融入社会、回归主流。学校还在区政府有关单位的关心及社会公益力量的资助下，在校内建设了"星起点"等系列社会生活体验基地。目前已设有咖啡吧、超市、洗车坊、家政、西点等多个生活体验、职业技能训练场所。让特殊学生在"做中学、学中用"，提升特殊学生交流、沟通、合作、融合的能力。此外，学校每月出刊《美丽洲》家校共育心理小报，向家长通报学校工作、学生进步情况，推荐科学康复知识，分享特殊家庭教育心得，让特殊家庭感受到孩子成长的幸福与希望。

汀洲学校的教学收到明显效果，对学生产生了积极影响，尤其是显著提高了学生的人际交流能力。学校还发现挖掘了一些特殊人才。有个叫源源的自闭症女孩，虽已到就读职高年纪，但表达能力却像刚刚学会说话的孩子，而且只有碰到最熟悉的老师时，才会有所回应。可老师发现，她只要一拿起画笔，一坐就是几个小时。从她入学之初，老师就精心呵护。慢慢地，小源源在绘画时，表现出常人没有的观察力和色彩辨别能力。她大胆而细腻的色彩运用，出人意料的想象力，每每让笔下的画作产生魔力！2018年，她画出了一幅大眼睛水灵灵、又充满俏皮意味的"蒙娜丽莎"。这幅画漂洋过海展览，打动了意大利赫赫有名的收藏世家贝利尼家族第21代继承人路易吉·贝利尼先生。贝利尼先生亲手将它收藏进位于佛罗伦萨的贝利尼博物馆。这意味着小源源这一画作，与达·芬奇、米开朗琪罗等名家大作放在一起展览。小源源因此爆红网络，《人民日报》、新华社、浙江卫视、今日头条等媒体争相报道，一时成为临平人、杭州人乃至国人的骄傲，还引发了社会各界对特殊学校的一波捐赠热潮。

采访最后，我把镜头切换到汀洲学校第一届职高学生毕业典礼

汀洲学校学生源源创作的《蒙娜丽莎》，被国外著名博物馆收藏

现场。

2022年盛夏，汀洲学校为第一届32名职高学生举行毕业典礼。

在欢快的背景音乐中，32名学生穿着统一的校服，鱼贯而入。途

中，大家相互击打手掌，以示鼓励。

会场上，早已坐满了学生家长和老师。大家用欣喜的目光迎接32名学生，宛若迎接凯旋的战士。

台下灯光瞬间暗了下来，仪式开始。

"同学们，12年前，你们是汀洲学校招收的第一批学生。亲爱的孩子们，你们还记得自己上学时的样子吗？"

当然会记得。舞台荧屏上，播放着照片、视频。教室、操场、寝室，学习、生活、活动、游玩……有点异于常人的脸色、眼神、形体、发言……在镜头的快速推进中，过去了12年，由儿童而少年而青年。拍一张毕业照，只需要千分之一秒，定格下来，却是12年朝夕相处的记忆。

毕业生代表致辞："我不是在最好的时光遇见你们，而是因为遇见了你们，我才有了这段最好的时光。"

老师代表致辞，祝贺同学们成功毕业。一边讲着，一边哽咽难忍、涕泪俱下。台下的学生和家长，不断用纸巾擦拭着泪水。

学生东东的奶奶站在台上，早已是泪流满面。"那么多年，你们代我管了东东。我真心感恩。"说毕，这位奶奶向着老师们深深鞠躬。旁边高高大大的东东，也学着奶奶的样子，向老师们鞠躬，感谢师恩。顿时，台下响起哗哗哗的掌声。

一个妈妈噙着眼泪对身旁的女儿说："妈妈希望你在人生道路上，可以找到自己的位置，完成自己能完成的事情。"女儿似乎听懂了妈妈的话，举起手中的花束，献给妈妈，贴着妈妈耳朵，悄悄地说："妈妈，我爱你！"之后，在妈妈脸颊上亲吻了一下。妈妈的脸笑成了一朵花。

同学们开始在舞台上表演各类节目。舞蹈、唱歌，或轻快，或笨拙，但毫无例外地认真、欢乐。就像歌里唱的"好想回到从前的时光，回到教室座位前后，故意讨你温柔的骂……"台下，一张张泪光满面的脸，一阵阵欢呼的掌声。

典礼的最后一刻，聚光灯汇集了所有的不舍之情。师生、母子、父子相拥而哭、而笑。12年，化作分别时一次真诚的拥抱。

归来时，他们仍是汀洲少年！

"白日不到处，青春恰自来。苔花如米小，也学牡丹开。"

此诗，仿佛是清代诗人袁枚专门写给汀洲学校和汀洲学校的师生们的！

此诗，似乎也是写给我们这个时代。共富社会将护佑绽放在天地之间每一个平凡而尊贵的生命。

第八章

让人们生活在山水文化间

"人,诗意地栖居在大地上。"这是德国浪漫诗人荷尔德林留下的美好诗句,更是人们对美好生活的向往。诗意,既表现为自然环境,更体现于文化氛围。在建设共富社会中,必须贯彻绿水青山就是金山银山的理念,坚持绿色发展;体现以文化人、文明育人的理念,坚持全面发展。让人与自然和谐相处,让历史与现实无缝对接,让文化与物化相得益彰,是临平建设共同富裕社会中遵循的基本原则。尊重自然与利用自然同步,重点项目与全面推进并举,则是临平的主要工作思路。

——采访札记

一幅大运河水居图徐徐展开

李敏华怎么也没有想到,在他"下岗"一段时间后,又"上岗就业",而且被派到"前线","带兵打仗"。

这个所谓"下岗"一说，是李敏华的自我调侃。他是临平本地干部，先后在运河街道、塘栖镇、临平新城管委会当过书记，转了一大圈，后来进入区人大常委会领导班子。2021年临平设区，李敏华自觉年龄已大，主动提出退居二线，成为二级巡视员。那样一来，工作上自然轻松些。李敏华感到整天没有心事，晚上睡得很香。

谁也没有料到，仅仅过了两个多月舒坦日子，区委领导就找到李敏华，说2019年底，中办国办发文，建设大运河国家文化公园。区委认为分区后，要把建设大运河国家文化公园临平段工作提到议事日程上，决定让李敏华到大运河国家文化公园临平段建设指挥部，当常务副总指挥。总指挥由区领导兼任，常务副总指挥就主持日常工作。区委领导还跟他开着玩笑，说这叫"下岗再就业"。你到退休时间，还可再干三年啊！

"就这么定了？对呀！你还有什么要说的？"区委领导问李敏华。

是呀！没有什么好说的！这说明组织上对自己过去的工作很肯定，对自己很信任。这还有什么可说的？对组织安排，不能讨价还价，不能犹豫不决。对这一点，李敏华这个老共产党员心里蛮清楚。再说，能在临退休之前，干一件大事，有些还可留下来，传诸后世，还有什么比这更有意义的呢？没有了，没有了！

李敏华走马上任后做的第一个作业，就是钻研关于大运河的历史和文化。

对于大运河，李敏华自然不是一无所知，他毕竟长在运河边，也曾在运河边工作多年。但以前对大运河的了解，也就止步于隋炀帝开运河已有1400多年历史、运河是世界遗产等等。现在自己来保护建设大运河，仅有这些远远不够。李敏华为自己开列了一张书单，一本本阅读，一点点记录。

于是，李敏华开始认识大运河。据专家研究，临平与大运河结缘，最早可溯源至公元前500年前后，那还是遥远的春秋时期，距今少说也有2400余年历史。那个时期，长三角地区再度进入温暖周期，河流相互交织，湖泊星罗棋布，为开凿小型运河提供了自然条件。秦王扫六合、天下立三十六郡后，开凿陵水道，延伸至钱唐，直通之江。临平极有可能是陵水道经过之地。甚至有专家言之凿凿地认为，陵水道即是后来上塘河故道。李敏华不是专家，他没有研究，对此结论，他没有发言权。但接下来运河的历史就有史料可稽。隋炀帝开挖京杭大运河，唐代临平疏浚夹官河，宋代疏浚上塘河，时任杭州通判苏轼曾主持过开挖事宜。元末明初，群雄之一的张士诚，暂据苏杭，征发民工20万，开浚下塘河，河面宽达20丈，被人称为"新开河"。自此，运河经由塘栖直通杭州。现在人们口中的大运河，包括隋唐大运河、京杭大运河、浙东大运河三大部分，蜿蜒2700多公里，跨越地球十多个维度，通达五大水系。文化玉带、舳舻千里、渔火延绵、物阜民丰，惠及历朝历代成千上万老百姓。真是人类奇迹、世间瑰宝哦！如果保护不好，传承不下去，真是对不起列祖列宗啊！

读书增智，读书明理。李敏华读大运河，读出来的却是责任感、紧迫感。他了解大运河国家文化公园是国家级重大文化工程，临平只是其中一小部分。在大运河2700多公里中，临平段为29公里，仅占百分之一稍多。但整体是由局部构成，总长是由段落连接而成，点的延长就是线，百分百就是一百个百分点叠加。做领导工作多年的李敏华，这点道理门儿清。保护好这29公里，就是他李敏华的人生责任。

大运河临平段实际状况到底如何？哪些需要保护？哪里需要修复？哪些应当开发？此刻，李敏华觉得自己若明若暗、似清非清。既然组织上那么信任自己，我李敏华有责任把它彻底搞个清楚，开个车，跑马观花不行，浮光掠影不对。所谓"不入虎穴，焉得虎子"，不进运河，怎知运河？李敏华下决心步行考察大运河临平段全程。对，把29公里走个遍。

李敏华让人找来一顶宽大的麦秸凉帽，身着白色T恤，脚蹬旅游胶鞋，并把鞋带系得紧紧的。手里拿上一瓶矿泉水，带着三四个人，沿着大运河，开始徒步考察。

8月，江南正是赤日炎炎如火烧的辰光，空气闷热，没有一丝丝风。从远处看，大运河两岸似乎平坦，但走进去后，才发现岸边其实并没有路。不少地方，已被辟为枇杷园。有些地段，因多年无人通行，杂树拦道，盘根错节，荆棘丛生，蚊虫乱飞。大多数路段，他们只能猫着腰，一边用手拨拉开杂树荒草，一边用手驱赶着昆虫，走起来倍感吃力。有的地方根本走不过去，李敏华一行只得抓住河岸石，手脚并用，惊险爬过。那情景，犹如穿越栈道。李敏华额头的汗珠顺着脸颊流下来，有时渗进嘴里，有点咸涩。他竟有意识地品咂一下。在李敏华的记忆里，自己已有很多年没有这样流汗了，今天就让它尽情地流个透，祛除体内杂质，权当看医生了。

等李敏华和众人走完半天路程，浑身皆被汗水湿透，脸上不知什么时候涂满了土灰。有的额头上还留下被树墩碰撞后的肿块，模样有点怪异。大家你看看我，我看看你，忍俊不禁。

考察的艰辛犹在其次，关键是眼前看到的场景令李敏华焦急。29公里长的临平段，开设着大大小小几十个码头，差不多一公里一个，密密麻麻、遥遥相望。船来船往，人流车流，一派生意兴隆的景象。李敏华却从中看到了另一面：沿岸"低小散"的沙石码头，漫天飞扬的尘土，嘈杂喧嚣的噪声，被船缆磨破树皮的老树，杂乱无序的民居，紧挨着河道的厕所……李敏华觉得，这场景，宛若自己慈祥美丽的母亲被迫穿上一件破衣烂衫，还被人在脸上涂抹上锅灰一般。现状与人们想象中的大运河该有的神采风韵，真是大相径庭。这样的场景与人类遗产的称号格格不入呀！我们难道是这样保护人类杰作的吗？李敏华痛心疾首！

每到这些码头，李敏华会停下脚步，走进乱糟糟的堆场和仓库，询问来龙去脉，进行算账分析，然后默默记下有关数据。

当然，考察中也有惊喜发现。李敏华找到了几棵五六十年以上树龄的大树。他像遇见老朋友般，丈量好树身，把方位尺寸详细标注下来，再用双手摩挲着，跟它们对话。他在且行且走、边行边思中，已酝酿出保护这些老树的方案。

就这样，李敏华花了四个半天，终于一步不落、一寸不漏地把大运河临平段走了个遍。在之前，没有人这样走过，以后也许会有人走？但他们必定是在景致绿道上漫步或疾走。像李敏华走过的那种路，再也没有啦！

想到这里，李敏华稍感欣慰。

步行考察结束后，李敏华把大家召集在一起，一连开了几天会，让大家当诸葛亮，集思广益，谋划设计大运河国家文化公园临平段的规划方案。

恰在这时，区委又明确将科创城与大运河文化公园合二为一，通盘考虑，同步建设。这一下子打开了李敏华等人的思路。李敏华认同这样的理念：支撑一个区域发展的，必然是产业，没有产业就没有人才、没有人气。李敏华幽默地说，要多一些背电脑包的人，少一些拎蛇皮袋的人。

临平段大运河国家文化公园和科创城该怎么建设？李敏华整天与胖墩墩的潘建东副主任泡在一起。潘建东是规划局派出来的，科班出身，长期负责规划工作，是一把好手。

接着，两人召开一个个"神仙会"，请来专家学者、文化名人、人大代表、政协委员、镇街干部、运河沿岸村民，充分听取意见，集思广益，努力追求完美。

方案在众人琢磨酝酿中逐渐显出轮廓。李敏华把建设临平段大运河国家文化公园概括为三个"再"字：环境再造、文化再生、产业再兴。以生态起笔，以文化落笔，串珠成链、嵌玉为带。

环境再造方面，还河于民，还绿于民。开展大整治、大提升，拆除沿大运河两岸所有码头。对，是所有码头，30个，一个不留。将必需的码头迁址到第二运河上。同时，沿着运河修复全长29公里生态走廊，修建景观绿道。对，同样是全程，一米都不能少。通过绿道，串联起宁静的水乡和千年的运河，串起悦动的节奏和健康的生活方式。李敏华委托专门机构算了一笔账，拆迁成本，加上建设费用，约需120个亿。卖地，寄希望于塘栖古镇核心段9公里，可以筹集到大部分资金。20公里郊野段景观绿道建设需要投入35个亿，基本上没有回报，净缺口28个亿。后来区里决定，将崇贤街道土地板块纳入其间，也许可弥补上这一差额。

文化再生方面，主要围绕大运河和塘栖古镇做文章，讲好大运河故事、塘栖故事。沿着运河，自北向南，建设水岸崇贤、四维春晓、三家河渡、运河藕遇、古亭官漾、鸭兰星火等六大景观界面，融入博陆鱼羊美食文化、塘栖枇杷节等元素。同时，复建大善寺等名胜古迹，传承弘扬宋韵文化，兴建小型博物馆群，力求小而特、小而精、小而美。这也是区委领导的思路。据说，美国就有这样的做法，变分散式博物馆为集群式博物馆，从而产生集聚效应。临平也可以尝试一下。

产业再兴方面，李敏华主要考虑在城市肌理里植入科技创新、文化创新元素，形成动能更强、要素配置更优的产业生态系统，大力推动产业、城市、人文、科技深度融合。区委领导曾指出过，如果仅仅把临平段大运河国家文化公园设计成一个古镇，便没有多大意义。你再怎么做，也比不过乌镇。应当把历史古镇、文化公园与科创城结合起来，才能形成自己的特色，才能在大运河文化谱系中，占有一席之地。李敏华高度认同这个思路，并把它体现在总体方案中。

方案草稿形成后，李敏华与区分管领导一起，再三推敲斟酌、反复修改，然后决定上报。

那时，李敏华自己心中也没有底。尤其是规模宏大、难度巨大的拆迁补偿方案，区里通得过吗？而拆迁，是前提和基础。如果没有空间，没有环境，一切免谈。

不久，李敏华列席了区委召开的专题会议。令李敏华没有想到的是，区领导一致同意这一方案。区委主要领导还明确表态，坚决拆，不搞例外。如果有政府工作人员犯事、干预此事，坚决查处！李敏华由衷感觉到，区里一班人站得高、看得远、想得深啊！从短期看，这样做，临平GDP肯定会下降，会影响所谓的"政绩"。但从长远看，文化的意义和价值不可估量。这种意义和价值，不仅仅局限于临平，而会是全国意义、全球价值。临平区这一班人，具有这种文化意识和历史意识，难能可贵呀！李敏华更增添了信心和勇气。

真的，拆迁是需要信心和勇气的！过去人们常说，天下第一难是计划生育，现在政府开始鼓励生育，难事变成了好事。现在，天底下第一难是拆迁哦！

10月，区里为此召开沿河四镇街干部大会，发出拆迁动员令，沿河镇街成立拆迁工作专班。同时，需拆迁的码头及相关企业名单，上墙公布，涉及综合整治面积82万多平方米。

一场轰轰烈烈又略带悲壮的拆迁大战由此擂响战鼓。

追溯起来，大运河两岸码头的拆迁，以前也不是没有动过念头。但后来，拆着拆着，就拆不动了。负责此次具体拆迁工作的陈雁霄分析说，码头也有准入门槛，里面关系错综复杂。这次一下子要拆掉30个码头，涉及72家企业、140户村民。其中有4个渣土水泥码头，别看破破烂烂的小码头，油水多得很，有的一年获益上亿元。你要去动人家的奶酪、割人家身上的肉，人家能舍得吗？

这样，五花八门的事情、稀奇古怪的理由都出来了。有个码头采用"拖"字诀，还振振有词地提出，29公里大运河，你总得留几个吧？难道临平今后不用沙石土料啦？要留，就留我们这个吧？有一个码头，在拆除码头的同时，需要迁移加油站。对方提出要求，你把我们这个小的加油站拆掉，要在合适的地方给我们新建一个大的加油站，否则，门儿都没有！还有一个码头狮子大开口，在赔偿款之外，另索要1个亿。说要拿这1个亿在全国各地建雷锋纪念馆。分明是调侃揶揄，听听都要把人气死。还有几个是出租码头，产权方经做工作后已同意拆迁，但承租方不答应，甚至带着员工去镇政府上访。当然，其中还有威胁的，也有暗示送钱通融的。陈雁霄说，看上去是一场拆迁战，实际上是一场心理战。各色人等，纷纷上台出场表演。他们稍有不慎或恐惧，不是被拉下水，就是当了逃兵。

李敏华、陈雁霄他们能做的，就是"阳光拆迁"，口径统一、一视同仁，绝不搞亲亲疏疏。没有一个区里领导或明或暗地说情、打招呼、说暧昧话。没有一个管理人员收受过码头一分钱、一份礼。在这件事上，各级领导就是铁板一块，没有任何缝隙，表现得非常超脱。指挥部联系第三方，安排人员，一家家评估、谈判、签约，公开公平公道。所有程序透明统一，绝不给拆迁对象留下任何漏洞和口实，绝不给自己留任何情面和余地。事实证明，在各种利益纠缠的复杂局面下，越是公开，越是过硬，才越是有说服力和震慑力。

至去年底，谈判、签约基本完成。从今年初开始，拆迁全面铺开。快刀斩乱麻，集中于一个较短时间段，马不停蹄、人不卸鞍，势如破竹、干净利落。三个不配合拆迁的码头，被强制性清场、停产。到3月底，沿岸码头拆迁基本完成。

说"基本完成"，是因为有三个码头还在洽商谈判中。这三个码头情况更为特殊，有的还涉及央企。我们再给李敏华他们一点时间吧，相信他们最终一定能处理好这棘手的三个码头。

壬寅盛夏，李敏华陪着我踏访大运河文化公园临平段建设现场。

李敏华还是去年考察时的一副打扮：宽大的草帽盖住额发，一条擦汗毛巾搭在胸前，胶鞋沾满了运河岸边的泥土。年近花甲的他，身板骨显得极其硬朗。

昨天傍晚下了一场透雨，今年以来的极端天气有所收敛。但明晃晃的太阳依旧，热浪滚滚依旧。

目光所及，运河上，不时有一串串拖轮缓缓驶过。拖轮卷起的涟漪轻轻拍打着堤岸，犹如弹奏着一首首轻音乐。两岸码头已拆迁一空，昔日码头公路上马达轰鸣、烟尘飞扬的情景不再，显得空旷而安静。河岸景致绿道已建设了一部分，仔细一看，基础是水泥，路面敷设着暗红色混凝土小石子，路迹清晰而不艳丽，与周边环境极为协调。负责施工的建设队伍日夜不停，工地上紧张有序，绿道正快速向前延伸着。

李敏华指着脚下绿道告诉我，绿道2.5米至3米宽，让来往行人交会时有足够空间。本来，他设想在上面敷设透水沥青。后经专家论证，透水沥青容易渗水，可能会影响到堤塘牢固。他听进去了，改用暗红色混凝土石子。他们对绿道外侧堤岸作了加高加固，这样可以兼顾防洪。保留下原有的巡塘、河堤碑石，让游人在漫步中遇见历史实物。原先河堤上所有的香樟、水杉、杨柳，一律保留，哪怕因此让绿道稍稍转弯。然后，在29公里长堤上，栽上桃树柳树，形成一棵桃花一株柳的景观带。"只此青绿"的大运河临平段绿道犹如画轴般缓缓展开，不断延伸，目前已贯通。

说到这里，李敏华显得有点兴奋，他用毛巾快速抹去额头渗出的汗珠，站在大运河边，给我描绘着未来。大运河国家文化公园临平段，打造的是生态带，29公里绿道贯通，自成景观。同时是一条文化带，让经过这里的人感受运河历史、蚕桑文化，领略工业遗存风貌。还是一条共富带，串联起古镇、美丽乡村、1986文创园、现代农业观光园。它会与大运河沿线其他国家文化公园特色迥异。上千亩的荷花、上万亩的稻田、成片的油菜花，人们可在沿岸欣赏田园风光，感受大自然的天然野趣与旖旎多姿。以文汇人、以景引人、以城聚人。

正在建设中的大运河国家文化公园（临平段）

这是李敏华心目中的大运河，也是已形成规划的大运河临平段。

需要建设的项目很多。李敏华一边走，一边如数家珍般介绍着。塘栖"微度假""亲子游"等方案思路，已经区里讨论通过，下一步就是深化设计、变为现实的事。乾隆行宫、江南园林酒店，已出初步设计，有望成为"网红打卡地"；还准备筹建家具、铜艺、时尚、丝绸、网络文学博物馆等，形成小型博物馆群；还有，准备复原大善寺，结合庙会文化，建设庙会街、江南风物街。

一个个构想和一串串名词从李敏华口中飞出，描绘着诱人前景。我惊异于李敏华那个有着宽阔前额的脑袋里，居然装了那么多奇思妙想。

我开玩笑地说出这个想法。李敏华却郑重地摇摇头，谦虚地说，这是众人的智慧、大家的功劳。自己做的只是收集各方思路，然后把它们整理成方案的工作。

说话间，李敏华把我带到一处雕塑前。

这是一群纤夫雕塑，形象栩栩如生。几个纤夫光着上身，弓着腰，甚或贴着地面，双臂与身姿基本平行，正吃力地拉扯着肩上的纤绳，坚毅地向前迈进。雕塑边上，立着一块木头匾额，上书"运河纤夫古道"。还有一段文字："历史铭记：一代代纤夫背水牵滩，用他们的双脚，踩出了一条纤夫古道。他们代表了中国劳苦大众的一种民族气节，是推动中华民族不断克服困难的一种精神力量！"

面对着这组雕塑，李敏华有感而发。我们现在也是纤夫。

纤夫，多么生动而传神的形象。李敏华及百万临平人、亿万中国人，都是新时代的纤夫。大家朝着中华民族伟大复兴的方向，勠力同心，长途跋涉，奋力把中国这艘巨轮拖向梦想的彼岸。

一馆尽收江南景

在临平城区众多建筑物中，江南水乡文化博物馆无疑是一个别致的所在。设计者化用吴冠中先生名画《江南民居》，作为博物馆外立面造型，突出江南水乡建筑风格。衬以木格花窗，再在周边开凿出一泓清水，让粉墙黛瓦、天光云影徘徊其间，相互辉映。怪不得游客们说，这建筑本身就是一幅绝美的江南水乡图。

为这样一幅美景图从纸面上走下来，博物馆三任馆长陆文宝、王祖龙、吕芹及其团队"创作"了许多年。

那还是大余杭时期。临平城区原有一座小型江南水乡文化博物馆，以良渚文化中的玉琮作造型，费孝通先生题写馆名。2003年对外开放，每年接待几十万人，还开展了学术研究。彼时，陆文宝任书记、副馆长，吕芹就是在开馆后第二年来的。她读的是北师大历史文献专业，听说余杭博物馆招聘，不远千里跑来，并毫无悬念地被录用。

10年后，该馆逐渐显示出不适应。临平地区发展太快了，快得历史老人都有点跟不上趟。还有，经过多年研究发掘，人们对江南水乡文化有了许多新的认识和领悟，需要通过博物馆这样的平台告诉世人。于是，区里开始酝酿改造翻新，派人到陕西、湖南、江苏等地考察学习，看看人家怎么建、怎么管，我们怎么办。这个过程显得有点漫长，前前后后用去4年。

2017年，江南水乡文化博物馆新馆项目由陆文宝启动、在王祖龙手里正式立项，决定保留玉琮形老馆，兴建新馆1.3万平方米，投入2.1亿元。彼时余杭财力雄厚，拿出一两个亿，真不是什么难事。

难事还是集中在博物馆的模式上。原有玉琮馆基点很高，新馆怎么突破、怎么创新？自然，这些难事先后落在陆文宝、王祖龙、吕芹及其团队成员的身上。

首先要考虑博物馆功能。过去玉琮馆，主要就是展示，规模不大，文物不多，相对比较简单。现在，展厅面积扩大一倍多，怎么展，就成了个问题。大家感到要与时俱进，完善博物馆功能，适应现代人尤其是年轻人的需求。在保持展示功能的同时，增加社区教育功能和互动功能。所以，馆长与团队商量，增设文创区、休闲吧，开展博物馆文化共建、文化共享。之后，博物馆通过社会招投标，吸引杭州晓峰书屋前来洽谈合作事宜。博物馆向他们无偿提供275平方米空间，但要求晓峰书屋每年开展不少于60场免费文化活动，为周边老百姓提供文化服务，同时开发博物馆文创产品。这一设想后来落地，晓峰书屋与新馆同步开张。

团队碰到的第二个问题，是怎样将博物馆建成为江南水乡文化研究中心。该馆历来有学术研究的传统，与省内外一批高校保持着交往，但大多是高校借场地、借资料而已。现在，有了那么好的条件，吕芹设想让博物馆自身成为主角，把江南水乡文化、文献汇集起来，开发并建立数据库，为全国全世界服务。是的，这个数据库能为全国全世界研究中国江南水乡文化的人提供帮助，大家目光和标尺就是那样高远。博物馆邀请国内外专家研究，如浙师大、华东师大、复旦大学、人民大学等一批教授，也包括港台地区专家，还有日本、英国、德国学者。真别小看那些老外，他们对中国江南水乡文化的痴迷程度，一点不亚于国人；某些研究领域的深度，还会让国人汗颜。能让自己的研究成果面世，而且是在这样一个高档高雅的博物馆内展示，那些专家学者都愿意，甚至很踊跃。这样，他们也就具有了与吕芹差不多的热情。

一次次开会，线下、线上，还有通信。团队认真听取他们的意见建议，采纳他们最新研究成果，尽量融入新馆的设计策划和展示中，同步建设数据库。待新馆建成时，一个容纳了江南水乡文化文献的数据库基本建成，并向社会开放。

再一个就是布展风格。原有玉琮馆以时间为轴、场景复原为主，相对比较容易。当下博物馆大多颠覆了原先写实性、复原性为主的布展手法，注重写意与写实结合。这个转变颇有难度。譬如一位写实画家，一向画惯了素描和工笔画，现在却要他去画泼墨山水，甚至是抽象画，跨度不可谓不大。但再难，也得变过来。团队在专家学者点拨下，转变博物馆传统的讲述方式，以历史为暗线，以板块为明轴，设置了"地域的江南""经济的江南""生活的江南""文化的江南""转型的江南"五大板块，把江南的地域特征、水乡文化、经济格局、生活方式以写意方式呈现出来。基调清新愉快，画面诗意盎然，带着些许江南小清新小情调，符合当下人们特别是青年人的欣赏趣味。

思路明晰、风格确定后，最后的难题便是实际建设。方案是一回事，能不能准确呈现又是另一回事。博物馆建设中一个普遍存在的矛盾是，搞文博的人不懂建筑，搞建筑的人不懂文博。俗话说，隔行如隔山。因为不懂，在理解、交流、契合时，就会产生偏差。有偏差，就会发生争执甚至争吵。谁也不能说谁错，但谁也说服不了谁。这时已任馆长的吕芹就成了披挂上阵的穆桂英，斗智斗勇。一些沉浸式场景，文博有文博的方式，建筑有建筑的标准。经过洽商、磨合、妥协，最后双方折中处置，尽量兼顾。涉及文物安全的，吕芹团队绝不让步。监视展陈文物，必须做到无死角，能联动报警。建筑单位做不到，吕芹就带着人催着对方去改进、去实现。

吕芹团队用心至多至细的，大概要算展陈"镇馆之宝"独木舟。这只独木舟出土于茅山遗址，马尾松材质。全长7.35米，深度0.23米，宽0.45米。这是国内考古界目前发现的最长、保存最为完整的独木舟，具有极其珍贵的历史文化价值。出土后一直被珍藏着，"养在深闺人未识"。这次，宛若新娘第一次亮相，吕芹一定要让它"一朝闻名天下知"，倾其全力保护好它、展陈好它、介绍好它。为此，团队制定了单个保护展陈方案，让专家将独木舟连同淤泥一起运来，再用药水洗刷干净，冷冻脱水定型，采用全球首创的修复技术进行修复。最后，让它躺进用百万元制作的保护池中，惊艳地向世人亮相。果真，独木舟成为博

中国江南水乡文化博物馆展陈的考古界迄今发现最长、保存最为完整的远古时代独木舟

物馆的吸睛点之一。

开馆那天，线上观看仪式的人数达到121.6万，这人数，比临平全区常住人口还多哩！许多家新闻媒体作了报道，江南水乡文化博物馆，

立马成为网红博物馆。

直到那一天，吕芹及其团队才确信，他们成功啦！

采访那天，吕芹穿着一套黑色职业装，将一束秀发随意地绾在脑后。不胖不瘦、不高不矮，眼睛大而灵活，说着一口标准的普通话，是吕芹留给我的印象。

吕芹告诉我，那天，开馆仪式顺利结束，观众雀跃、领导表扬，她却真想大哭一场。想哭，并不是说她不高兴，而是表明她当时心情十分复杂。有开心，也有辛酸苦辣的回味，感觉自己和团队3年多的付出没有白费。她想起自己从去年八九月份进入最后冲刺阶段，每天都是倒计时，没有周末和休息的概念。尽管有时布展到凌晨2点，但早上8点，她和团队人员仍会准时出现在现场。因为每晚很迟回家，与女儿作息时间岔开，一连许多天都没见到女儿。开完馆，吕芹第一次坐下来，从从容容地与家人一起吃晚饭。女儿说了句，妈妈已有好多天没跟我一起吃饭了呢。吕芹听女儿这么一说，再也控制不住自己，眼泪啪嗒啪嗒地掉进碗里。

采访完吕芹，我随游客步入展厅。

因防范新冠疫情，参观者并不是很多，我得以从容自如地游览。或驻足端详，或浮想联翩，走进临平的历史场景里。

烟波桨声里，何处是江南？不同的人有不同的回答。

气象学家说，江南是"黄梅时节家家雨"。

语言学家说，江南是"醉里吴音相媚好"。

经济学家说，"东南财税甲天下"。

诗人说，"游人只合江南老"。

士绅说，"此中耕读两相宜"。

老百姓说，"此处胜天堂"。

江南，令多少人梦绕魂回的江南，应该是一个动态的多元的概念。它，不仅是个地域，还是一个经济、文化、心理、美学的概念。

解读的文字，是诗意的，也符合游客心理。

在宽敞明亮的展厅里，我邂逅了那只独木舟。它被一个巨大的基座托举而起，悬于空中，一眼望去，宛若一位颀长的美女仰躺着，似在滔滔不绝地诉说着她的前世今生。

思路穿越时空。我来到六千余年前的临平地区，依稀看见临平先民们从厚实原始的茅草屋中走出来，在树木茂盛、河网纵横的杭嘉湖平原上劳作和活动。智慧的人们将巨松挖成独木舟，制作出远古时代的"航空母舰"，迎着清流急湍，划桨而行、溯流而上。河岸两边，一片片井字形稻田，稻浪随风翻卷，似有稻香漫溢过来。

视线往后，我看到了临平茅山田野上留下的一串"牛脚印"，那是从茅山原址移过来的一块泥土化石。留在微凹缓坡上的"牛脚印"，厚重而阔大。我联想到一群劳作的耕牛，正跋涉于泥田之中。它们是耕牛，还是肉牛？它们是"牛"，还是其他蹄齿形动物？专家们也还存疑。专家们管专家们争论或考证，游人们和我感兴趣的是，这样的蹄齿动物脚印，怎么会留下来，历经风雨侵蚀而不湮灭？专家们解释道，当这群牛踩踏过后，附近钱塘江立时涨起大潮，潮水带来的沙土把这些牛脚印覆盖上，侥幸形成泥土化石，这才遗存下来。如果专家们这个解释成立，那样的巧合也是考古史上的奇迹。仅凭这一点，临平人足可自豪几辈子。

"牛脚印"给我带来无限遐思。我似乎听见"啪嗒""啪嗒"的蹄声向当今传来，幻化为2008年北京奥运盛典在鸟巢上空出现的"光影足迹"。它，还向天穹传去，演变为中国航天员在浩渺宇宙中留下的闪光足迹。

远古先民伴随着"啪嗒""啪嗒"的牛脚印，走过一段路程，走到茅山边上的玉架山，在此形成仅次于良渚遗址的次中心。六个相邻环壕，构建成一个约15万平方米的史前聚落。人工筑就土台、居住址、广场、墓穴等。先民们在此生活作息、祭祀行礼，死后下葬于此，遗留下一批高等级贵族墓葬和8000余件随葬品。至20世纪70年代，玉架山遗址无意间露出冰山一角。2011年，玉架山全貌和历史价值才被今人认识，获评为全国十大考古新发现。不久的将来，玉架山遗址公园将成为临平新地标。

独木舟顺流而下，穿过夏商周，经历王朝兴衰、迭代更替，春秋争霸、战国纷争，驶入秦国大一统疆域。由考古证据串联起来的临平历史文化，自先秦至东汉，形成连绵不绝的文明谱系。数千年间，吴越文化、荆楚文化、中原文化在这块土地上交汇融合、对接碰撞，演绎一出出威武雄壮的人间活剧，由此给临平历史涂抹上多元多彩的厚重底色。东汉末年，正值群雄逐鹿之际，浩如烟海的历史文献中第一次出现"临平湖"这一地名。且有耆老呼喊："此湖开，天下平；此湖塞，天下乱。"民间还流传着一桩奇事：东吴赤乌十二年，也就是公元249年，临平湖遭遇壅塞。当地人在清理湖面时，发现一只宝鼎，一时引起轰动，由此进入陈寿所著《三国志·吴录》中。原本属于自然变化引发一地一隅的湖水涨落，却成为衡量天下兴衰治乱的尺度，由此可见彼时临平人的眼界与豪气。

临平进入世人视野，无疑与隋炀帝开凿江南运河、联通南北相关，经由临平通往杭州的上河成为大运河主航道。至北宋，临平湖水面开阔，点点洲渚、片片荷花，稻田桑叶相间，渔舟藕蓬嬉戏。苏轼、王安石、秦观、沈括、杨万里、释道潜等数百位诗人描绘过藕花汀洲的美景。"风蒲猎猎弄轻柔，欲立蜻蜓不自由。五月临平山下路，藕花无数满汀洲。""谁似临平山上塔,亭亭。迎客西来送客行。"

北宋南迁而偏安一隅,无疑是王朝悲剧和百姓灾难。但临平却由此变成京畿之地,扼守杭州北方门户。史载宋高宗曾八次驻跸临平,筹划军国大计。还留下诸如迎候母后、临平山题字等趣闻逸事,供后人发挥,也给临平地区的宋韵文化增添了诸多素材。

明清两代,苏杭一带成为丝绸织造业中心,临平手工缫丝业随之兴起。每当蚕熟茧成时,机声轧轧,遍及乡野。值得记上一笔的是,康乾盛世的余晖,曾几度辉映临平。塘栖作为康乾二帝南下的行宫所在,樯桅林立、旌旗蔽日,万民空巷、人声沸天。"一时箫鼓闹如雷,齐向长桥河边来。"彼时的塘栖,被誉为江南名镇之首。

人事有代谢,往来成古今。塘栖昔日的辉煌已走入历史,转身成为今日江南水乡文化博物馆"江南名镇"的展示内容。那座大运河上唯一的七孔桥——500余年前建的广济桥,至今仍如卧虹般存在,向游人们诉说着自己的身世和价值。当今诗人赞美道:"七孔石桥,七个月亮架起的江南名桥。五百年,济渡过太多岁月和人生。"

缓步走进"生活的江南"展厅,全息投影呈现出江南人日常生活场景。古旧的农田水车,已渐渐远去的桑园和缫丝作坊。临街傍水唯茶馆,夹岸人家皆枕河。中流击水的赛龙舟,哗啦啦的水声与岸上人群的呼喊声相呼应,闹猛异常。别致的画舫上,船客在观赏一种古时候极为流行的少女"水秋千"……这些仿真画面,会触发游客对昔日江南水乡旧景的怀念,泛起淡淡的忧伤,也会引发游客对如何保持江南水乡特色的思索。

一百个游客心目中会有一百个江南。山水形胜之江南,文脉绵长之江南,繁华富庶之江南,婉约典雅之江南,闲适散淡之江南,经世致用之江南,开放进取之江南。说到底,江南是人文的江南。临平是江南水乡的组成部分，这没有问题。但临平如何成为具有标识性的江南水乡，却大有文章可做。

展厅最后部分显现的是"江南四季"。春季：桃花次第绽放，春燕展翅而来，亭台楼阁掩映在绿色之中。夏季：接天莲叶，池荷怒放，孔明灯上升，树丛里知了鸣叫。秋季：园林里秋石嶙峋而立，户牖渐次打开，枫叶悄然飘落。冬季：瑞雪飞舞，屋檐垂下冰柱，视野所及，遍地玉树琼花。

游客走过四时更替，阅尽千年变迁。人们接纳江南水乡文化的熏陶，一种热爱江南、保护江南、建设江南的情愫便会油然而生。

这，大抵也是吕芹团队的愿望吧！

公共文化之光洒向大街小巷

坐落在临平街道上的文化艺术长廊，作为老百姓身旁的公共文化场所，无疑是临平人的最爱。

初夏某日，我慕名前往临平文化艺术长廊考察游览。

长廊南入口处，几棵墨绿大树、三块白色巨石散落在一坡草地上，显现一片绿意、数点白色，构成寓意深刻的图景。一堵花岗岩矗立其上，墙体上镶嵌着"临平文化艺术长廊"字样。开放、亲民、舒适、独特，是南入口处给人的第一感觉。

年轻的街道干部小陈陪在边上，喜滋滋地做着讲解。这个文化艺术长廊一部分原先是机关所在地，周边围着几条逼仄、破旧的弄堂，建筑密度较大，配套公共空间缺失，老百姓进出感觉不便，多有呼声。2018年，原余杭区决定在老城有机更新中，对这一区块进行更新，打造一条长达600米的文化艺术长廊。"600米，够长的吧？它占地53亩多，室外景观面积3万多平方米。区里投了6亿多呢！长廊以'共融'为主题，通过形、音、书、画四个公共区域进行串联。有戏曲交流中心、智慧图

坐落于闹市区的临平文化艺术长廊

书馆、文化艺术交流中心、室外舞台等。我们一个个看过去吧？"

如果从空中俯瞰，文化艺术长廊呈现南北向不规则的长条状，犹如一条翡翠玉带镶嵌在城区。其间植物青翠、花树繁茂。因是休息日，不少市民带着孩子在长廊里玩耍休憩，也有一些老人在长廊大理石地面上，演练着太极拳。

我们走进一幢新颖别致的江南民居式建筑内。小陈告诉我，这是临平街道曲艺传承基地。排练厅四壁，挂满曲艺界名人名师照，电视荧屏播放着曲艺讲坛。厅内，有两对师徒正在教练。一个女孩演练着以杨乃武与小白菜故事为蓝本的杭州摊簧《淑英救弟》，一个老师模样的长者在给予纠正。另有一个女孩在用琵琶弹奏杭州摊簧《遥望西湖》。大概是初学不久，动作还比较生疏，抑或是见几个陌生人进去，有点紧张。

她总是弹拨不到位，惹得在旁指导的老师有点着急，声色俱厉地指点着。点点滴滴，可感受到地方曲艺在临平的普及程度。据悉，临平正在承办全国曲艺"牡丹奖"赛区比赛呢。前不久，区里曾邀请全国曲艺名家巩汉林、盛小云来临平指导教学，不知有没有到此处来？

"没有来。巩老师、小云老师在临平时间很短。"小陈代为回答我的问题。她接着说："但大家都知道这事，临平街道也在申报曲艺之乡呢！"

我们缓步走过绿树丛中的篮球场，不小心与垂下来的花朵来个"亲密接触"，与踩着独轮车滑行着的小朋友打个招呼，然后慢速登上被青草覆盖的土山，来到室外舞台。

"这个室外舞台蛮有名气的哦。已举办各类演出百余场次，是居民欣赏或参与演出的打卡地，浙江交响乐团每年都会来这里演出。"小陈见缝插针地介绍着。去年来演出时，不巧碰上大雨。交响乐团演奏非常成功，台下观众尽情欣赏。真是高山流水遇知音呀！演出结束，台上一遍遍谢幕，台下观众久久不愿离去。演员们连续谢了四次幕，观众还是不忍离开。最后，演员们也深受感动，他们冒雨走下舞台，在观众中间再次演奏起来，众人一起呼应。彼时，真的分不清哪是泪水，哪是雨水。

此刻，夏雨初霁，阳光透过薄薄的云层，投射到文化艺术长廊的空间里，显得特别亮丽。绿树花丛间，一群身着彩色衣衫的大妈大叔，伴随着《我和我的祖国》音乐声，正翩翩起舞。一招一式，像模像样。他们脸上荡漾着幸福的笑容，犹如经夏雨洗涤的天空那般明净清亮。

这是临平街道"夕阳红"舞蹈团在排练，准备参加全区大赛呢！小陈一边向我做着介绍，一边转身对着领舞的一位大妈喊："大妈，有作家来采访，你过来聊聊！"

那位大妈闻声停下领舞动作，步子轻盈地走了过来。那些正跳着舞的大妈大伯，还有一些围观群众，见她如此，也都一齐聚拢过来。看得出，她在这班人中的威信很高。

我笑着请问："大妈您尊姓大名呀？"

谁知，这位大妈并不直接回答我，而是转身对着那些舞伴问："我洋不洋呀？""洋！"众人异口同声回应道。"美不美呀？""美！""全不全呀？""全！"众人一声声呼应。"所以，我叫杨美娟！"说完，这位杨美娟大妈哈哈大笑起来。

众人跟着杨大妈笑，我也被引笑了。她的那份自信、幽默、爽朗，在同龄人中并不多见，你要不笑都不行。

杨大妈自述从小就爱好唱歌跳舞。知识青年上山下乡运动中，她去了黑龙江生产建设兵团，当了8年兵团战士，也当了8年兵团文艺积极分子。返城后，进入丝厂工作，直到退休。退休后怎么过，是个大问题。自己身体蛮健康，她和老伴每月合计收入一万多元，家里吃吃用用足够，根本不必担心。这要感谢党！自己是个党员，就想到来这里唱唱歌、跳跳舞。自己身体健康，就为国家省下很多医药费。这是关键，也是她唱歌跳舞的初衷。啧啧，不由得敬佩这位杨大妈。开口就是国家，一动想到天下。把自己健身与国家负担挂起钩来，真有境界。然后，她就说到她属虎。

"属虎？那就是1950年？看不出呀！杨大妈很年轻哩！"我由衷地说。真的，杨大妈身材保持得极好，脸上没有什么皱纹。

"跳舞呀！年龄不是问题，人人都可冻龄。"杨大妈仰着头，开心地大笑着。

这个"夕阳红"舞蹈团，是杨大妈十多年前组建的，现在扩展到400多人。参加舞蹈团没有什么条件，只要喜欢就可以。团员全是退休人员，大多住在文化艺术长廊附近。有的是闻讯赶来报名的，有的是朋友间相互介绍着来的，还有的是杨大妈到处闲逛时，看到那些身材好、跳得好的人，邀请人家加入的。平时，杨大妈自己先模仿着学，学会后带着大家跳。别看成员都是退休老人，"夕阳红"舞蹈团曾参加过全国秧歌比赛，获得二等奖呢。特别是2016年，参加全国"夕阳红"舞蹈大赛，他们从27支比赛队伍中脱颖而出，获得"夕阳红钻石奖"。"钻石，就是第一啦！"杨大妈用略带点骄傲的口吻说着，然后转身向着舞蹈队的人们问："是不是呀？""是！""对！"她身后的大妈大伯们齐声附和着。

"那平时呢？"我好奇地问杨大妈。

"平时，就像今天一样，我们每天都来排练。现在，跳舞环境这么好，有正规舞台，场地足够大，还有那么多观看的人，大家跳舞积极性就更高啦！"杨大妈说毕，优美地一招手，舞蹈团迅速摆开阵势，《我和我的祖国》音乐声再度响起，众人又开始手舞足蹈。

告别"夕阳红"舞蹈团，我们继续往北走。路过整洁漂亮的幼儿园，穿过榆树、枫树和月季花交织的林荫道。在荷叶田田的水池旁，看见十几个小朋友在妈妈照看下，正在嬉戏玩耍。我们跨过横亘在马路之上的S形天桥，然后踏着台阶，登堂入室，进入临平智慧图书馆。

智慧图书馆，真称得上"智慧"满满，已成为杭州市网红图书馆。该馆建筑面积2800平方米，藏书8万余册，阅览座位200余个，每年投入经费200万元。馆里配有人脸识别仪、智能书架、智能借阅柜、智能机器人、VR一体机、24小时自助借阅机等设施，实现图书馆业务全流程智慧化，打造出"智汇客厅""星空影院""耳朵森林""身临其境"等十余个阅读场景。

进门，我瞄了一眼显示屏，见当天已有36人进馆，借阅了186本图书。

沉浸式阅读、互联网听书、智能借阅等为读者提供便利。

传统书架实现了智能操作。我试着在显示屏上搜索书名《百年大党正年轻》，"啪嗒"，该书所在的第2排书架B面1层立马就亮起蓝色指示灯。

还有送书机器人，正在轻松自如地来回走动，说着温情脉脉、悦耳动听的女声："请叫我临临！""临临"，这是临平人的昵称。

在童书间，设有儿童坐卧床。几个儿童在大人陪伴下，或倚或躺，翻看着婴幼儿读物，显得极为舒适快活。成人阅读处，宽阔的阅览室里坐着一批勤奋的读者。边上还设有单人间、双人间，几个戴着眼镜的女孩，正在彼此隔离的单间中阅读。其中一个似在用手机与外界悄声通着话。因是单间，彼此互不影响，也就没有引起旁人的反应。

置身于临平文化艺术长廊的智慧图书馆内，细细观察，静心思考，你会有很多感想与联想。记得阿根廷作家博尔赫斯曾说过，如果真的有天堂，那一定是图书馆的模样。图书馆是承载和传播文化的重要场所，也是公共文化的重要体现。我曾多次去国家图书馆查阅资料，见识过高大的建筑与浩瀚的书库。眼前这个街道图书馆的智能化、自动化、亲民化程度，与其相比，已毫不逊色，甚至某些方面有所超越！

惊讶，惊叹，之后是点赞！

自然，临平区对公共文化服务的探索不仅仅止步于有形建设。他们针对互联网时代人们对文化消费的新需求，以数智赋能公共文化服务。实现文化保障"零门槛"、线上线下"一卡通"、文化服务"一键享"，创新推出全省首个"临享·文化保障卡"，并于2022年9月10日，即第38个教师节，在江南水乡文化博物馆举行该卡的上线仪式。

"临享·文化保障卡"为电子虚拟卡，面向社会公众开放，不限户籍、年龄等，实现真正的"众乐乐"。该卡分为"悦悦卡""临临卡""平平卡"。"悦悦卡"定向发放给低保户和优秀教师、劳动模范等特定人群，普通市民申领"临临卡"，外来游客则可申领"平平卡"。目前已有37家文旅体企业入驻文化保障卡平台，提供32项基础权益，137款近8000件文体旅产品，涵盖文化、体育、旅游、非遗、文博等多个类别，还设有亚运产品。

国庆节期间，文化保障卡开始使用，积分商城国庆特辑上架研学免费游、美食早餐券、大剧院门票、非遗衍纸体验、百县千碗美食红烧羊肉等1500余份文旅体产品，持有文化保障卡者"触手可及"。尤其是体育场馆门票，深受众人欢迎。在临平体育中心，市民点击文化保障卡兑换场地免费使用，篮球馆、羽毛球馆内人头攒动、场面热闹。一位正与朋友们打篮球的赵先生说，文化保障卡提供的福利激励他出门，参加体育锻炼，这比节日期间闷在家里玩手机强多啦！

此后，发放申领活动逐渐转向乡村。10月中旬，运河街道12个村同步开展申领活动。媒体记者摄录下新宇村活动现场：村文化礼堂内，摆放着一轴图文并茂的易拉宝，上面详细列出申领文化保障卡的操作步骤。穿着红马甲的村干部指点着易拉宝，向一群村民耐心介绍"临享·文化保障卡"的好处和使用方法，如何通过下载"悦临平App"申领，如何通过场馆或活动获取积分，享受区内文化旅游企业消费折扣。持卡者可享受购书优惠、体育场馆免费锻炼、酒店免费住宿，还有红烧羊肉……超多的文化福利。"来来来，我办一张！""还有我，我也要一张！"村民们异常踊跃，以先享为快。不一会儿，上百张文化保障卡被村民申领一空。

一清早绕着临平山公园跑上几十分钟，感受有氧运动带来的酣畅快感；大中午，躲进家附近的24小时图书馆，在知识和信息的天空翱翔一会儿；月光里，看一场藕花洲大舞台的精彩演出，用欢声笑语驱散一天工作的疲惫……且由"临享·文化保障卡"陪伴着，政府买单或享受优惠。这似乎是昔日梦境中的事，在临平已成为现实。公共文化的阳光，通过虚幻而真实的数字技术，正逐渐普洒到大街小巷，投射进寻常百姓家。

探索公共文化的社会化之路

连丹丹在采访中说，自己当上南苑街道综合文化站执行站长，纯粹缘于一场街头的"偶遇"。

用网络语言表述，连丹丹是一枚标准美女，爱睁着一双大眼睛直视着对方说话，走起路来始终保持着一种文艺范儿。说话时，思维呈现跳跃性，语速极快。眼下，她和十几个同事一起，运作着这个3200平方米的南苑街道综合文化站，做得风生水起。

记得2019年初夏某天，连丹丹路过临平时代广场，无意间一瞥，惊讶地发现原先一家商业银行的大招牌不见了，取而代之的是"临平区南苑街道综合文化站"几个大字。

连丹丹的惊讶不是没有道理。这个文化站所在位置，是临平新城"CBD"的"C"位，东接临平区市民中心，西边邻居是临平新城管委会，北边挨着有名的写字楼群。在租金最贵地段，不开银行，改设文化站，连丹丹觉得南苑街道这事办得真有魄力。

连丹丹当时的身份是临平区美丽洲文化发展基金会副秘书长。这个基金会，是彼时全省第一个县区级非公募文化公益基金会。推动这个基金会成立的，是一位文化情怀很浓的区领导。担任这个基金会"头"的，也是一位具有浓厚文化情怀的前宣传文化系统干部周锋。

"美丽洲文化"，名字听起来蛮"美"；做的事，也蛮"美"。这几年，他们一直致力于在地文化的保护、挖掘、展示，热心于对民间文化文艺人才的培育扶持，为临平文化发展与繁荣，贡献着暖暖的力量。

基金会牵头设立了一个民间非营利组织:"临平城市种子文化交流中心",由连丹丹负责打理。为啥取名叫"城市种子"?连丹丹说,文化是一个城市的种子,美丽洲基金会要在这个城市播撒文化的种子。

那天,连丹丹看见南苑文化站的牌子后,有点小激动。南苑街道租了地段最好的房子来搞文化空间,这件事很有意义。那我们基金会能不能把运营工作争取过来?

周锋支持连丹丹的想法,还专门给南苑街道党工委书记应世明打电话咨询此事。应世明在电话中简洁明确地答复道:于情,他欢迎"美丽洲文化"这样热心于文化公益的机构参与;但于理,街道要走公开招标程序。就在此之前,街道刚刚决定,要尝试公共文化社会化、公益化,公开向社会招聘综合文化站管理机构。

应世明还在电话中"透露"了一个信息,苏杭一带有两家实力很强、也很有场馆运营经验的企业,已来现场踩过点,有意向投这个标。

"是骡子是马,牵出来遛遛。"招投标程序有个标配,就是要起草一份标书。从某种角度讲,标书是决定招投标成败的关键。标书难度在于,竞标团队要在标书中,全面、清楚阐述自己的文化理念、经营思路、方案设计、操作细则和保障措施。

周锋是土生土长的南苑人,乡土情结很浓。如果能为家乡文化事业做点事,于公于私,他都全力支持。当晚,周锋就把自己对于街道公益文化的认知、理念和活动、工作思路,一一形成文字。很快,一份《南苑文化生长计划》出现在电脑荧屏上。这个计划包含"五大工程":一是文化服务平台提升工程。要以更优服务、更实举措,将南苑街道综合文化站打造成"365天不关门的家门口的文化家园"。二是"南苑滚灯"传承发展工程。"滚灯"是国家级非物质文化遗产,对这张南苑文化的"金名片",要做好保护、传承和创新文章。研究、提炼好滚灯文化、滚灯精神，让优秀传统文化活起来、走出去、传下去。三是"雁南飞"文化聚育才工程。要把工作、生活在南苑或南苑籍在外文化文艺人才汇聚拢来。四是"风情南苑"精品打造工程。通过媒体看南苑、大家写南苑、名人访南苑，创作文化文艺精品展示南苑之美，讲述精彩的"南苑故事"。五是"文明南苑"素质提升工程。组建南苑文化志愿者团队，开设"文明南苑大讲堂"，用文艺形式宣传好"最美南苑人"。

第二天，周锋把这份内容翔实的计划书交到连丹丹手上，计划书还附着一张便笺，上面龙飞凤舞地写着一段文字："我们不是单纯去运营南苑文化站，而是要在南苑文化站播撒文化种子，结出文化果实。作为社会组织，参与这一次投标，义在利前，不要想着是做一场生意，而是要做好一场公益。"

周锋"理了思路"，就转身走人。他把接下来拉扯队伍、完善方案、参与投标等活儿，都"压"给了连丹丹。

那段时间，连丹丹每天晚上把自己关在办公室里做功课、写标书。连丹丹写东西有个习惯：环境必须安静。只有环境安静下来，自己的心才能安静下来；只有心安静下来，屏幕上的文字才能顺畅地流淌出来。她待人们下班走完，草草扒上几口晚饭，躲进洗浴室冲一个凉。然后，安静地坐在办公室，开始敲击键盘。

就内心而言，连丹丹很想获得南苑街道这个公共文化服务项目。一方面，她希望尝试开展街道基层公益文化服务活动，另一方面，南苑街道这个综合文化站，基础条件不错，且位于商业核心圈，颇具社会影响力。如果中标，就有可能探索出一条公共文化社会化的创新之路。因此，她充满激情和渴望，也调动了自己多年的知识积累。

几个夜晚加班下来，工作方案有了大体轮廓：根据综合文化站结构布局，在一楼开设"书香南苑"板块，组织"南苑读书会"。杭州要开亚运会，就再打造一个亚运主题图书展区。在二楼朝南区块开设"动感南苑"板块，打造充满阳光的"百姓健身房"。二楼还有空间设立"风雅南苑"板块，开辟排练厅、报告厅和书画室，开办琴棋书画类讲座、培训和茶艺、香道、花艺、国学主题培训；还有以"滚灯文化工作室"、南苑非遗画坊为主题的"经典南苑"板块……

坐在电脑前，连丹丹一会儿思如泉涌，一个个设想、一段段文字喷涌而出，一会儿又懊恼自己缺少灵感，头脑空空如也，文章出现瓶颈。恨铁不成钢啊！一急一恼，连丹丹忍不住伏在电脑前，扑簌簌地流下眼泪。当然，她不允许自己哭很长时间，那不仅影响工作，也影响美容呢！如果第二天有人看见她哭肿的眼睛问起，她这样一位倔强好胜的女性，怎么回答呀？

于是，连丹丹很快用手背揩去眼角的泪花，继续全神贯注地击打键盘。说来也怪，这么一哭之后，仿若思路霍然贯通，屏幕上的文字竟毫无障碍地流畅起来。

标书交上去之后，照例，连丹丹应该轻松些。但实际上，第二天，她却比起草标书时更显忐忑不安，记不清一整天干了些什么。明明眼前事情很多，却觉得没事可干。她顾虑重重，总觉得自己在起草标书时，某些方面没有考虑周全和成熟。总是思索着，会不会最终因自己的失误而影响大家的积极性，使得他们这家成立不久的文化机构失去一次绝好的机遇。

第三天中午开标。连丹丹终于等来招标代理公司的电话："美丽洲文化"胜出！呼啦啦，众人一看中标了，立刻欢呼雀跃起来。"中啦！我们中啦！"仿佛中了个彩票巨奖，声音分贝比平时提高了八倍。直到此刻，连丹丹才确信自己团队竞标成功，立时感觉有些疲倦，一下子跌坐在椅子里。

事后才知道，"美丽洲文化"精心打磨的方案，打动了评委，获得高分。南苑街道党群服务中心主任张长发说，他当时看到这个"有血有肉"的运营方案，就觉得这个社会组织很用心，这次招标招对了人。

签约之后试运营。连丹丹带着团队十多个人接手管理，然后是各种加班和忙碌，并不断优化方案。规划，调整，添购，布置，预告。2021年9月24日，南苑街道综合文化站暨区图书馆、文化馆南苑分馆正式开馆，免费向市民开放。

开馆仪式上，连丹丹还特意邀请杭州文化学者王群力，在馆内举办第一个文化讲座"文化是什么？"。200余名观众到场，现场气氛十分热烈。

开馆获得预期成功，连丹丹踢出了第一脚。

进入常态后，连丹丹才真正感觉到了考验与挑战。

他们立志打造一家"365天不关门的家门口的文化家园"。每天从早上8:30一直开放到晚上8:30，加上前后打扫卫生和整理，每天实际运营时间在13个小时以上。周一馆休，也安排值班。如果有业余团队借场地排练，也照样开门。基层文化站这么"开门"，在全国可能是唯一一家。

原先的预判也与现实略有差异。原本连丹丹一门心思想策划组织一系列高质量文化活动，让市民在家门口享受"文化大餐"。但在日常工作中，她更像一个"文化管家"，要完成街道交付给综合文化站的不少事务。工作量由此增加不少，每天忙得团团转。但连丹丹觉得，能为街道文化工作尽一份心、出一份力，是好事，她要尽可能把街道安排与文化站重大活动结合起来、融成一体。一年后，街道文联成立，连丹丹还担任了副主席兼秘书长。

在连丹丹办公室里，叠放着几大本厚厚的台账，记载了一年时间内他们组织的100多场文化活动。

翻开这些文化档案，看见著名曲艺表演艺术家翁仁康，来此唱过"百善孝为先"莲花落专场；故事大王丰国需，带着徒弟来此讲过故事；代表南方小品第一次登上中央电视台春节联欢晚会的许晓明，来此演过《汇报咏叹调》。也有知名文化学者郁震宏和作家袁明华，来此讲过宋韵临平和古海塘的历史；还有江南演奏过钢琴、大学生走过时装秀。更多的是，当地木兰拳协会、大方歌舞团、滚灯艺术团等，在这里一展风采……

连丹丹的手机里还保存着不少短视频，那是他们团队精心策划设计的文化体育活动。随意点开，就可看到如下场景：

"五一"劳动节，乒乓球馆内击球声、呐喊声响成一片。一场小而精的乒乓球比赛，取名为"上阵父子兵"。居住在周边楼宇的12对父子，手携手走进球馆，双双对垒，互不相让，厮杀得难解难分，场面异常激烈。新冠疫情期间，文化站适当控制现场观众人数，但街道喜欢乒乓球赛的人实在太多太多，连丹丹团队就想到"云享精彩"的视频直播。于是，现场扣人心弦的比赛场景，通过网络，实现了场内场外同频共振。

一场"沉浸式"体验活动在文化活动室展开。悠扬婉转的古琴声，修身适体的宋代服饰，动作流畅的点茶画汤技艺展示。"欲把西湖比西子，淡妆浓抹总相宜""昨夜雨狂风骤，浓睡不消残酒"，朗朗上口的宋诗宋词，豪放与婉约的韵味扑面而来。接着，才子组、才女组登场，围绕宋韵文化和临平历史文化常识展开PK。古琴声落，身着宋服的居民逐一亮相，进行三分钟即兴表演，演示自己穿越到宋时生活的言行。一些略带夸张的动作，引发台下观众笑声，将活动推向高潮。

夏夜，南苑文化站与浙江理工大学服装学院联袂推出"宋韵市集、精品南苑"活动。之前，浙江理工大学国际时装技术学院与南苑街道文化站合作，设立大学生美育基地，这一活动，就是为美育基地量身定制的。此刻现场，打扮成宋代仕女的大学生耐心细致地指导小朋友们用折纸折叠宋代服饰，绘制宋韵扇子。小朋友们睁大眼睛，全神贯注，认真模仿着。伴随着一折一叠、一笔一画，宋韵文化似汩汩春水，流淌进少儿之心……

在连丹丹心目中，他们团队做得最好的，还是文化公益活动。文化公益，就是无偿为老百姓提供文化服务。连丹丹认为最顶级的文化公益，应该是让老百姓自主表演、自我享受、自我获益。

这个想法，连丹丹也是逐步萌生的。

接手文化站后，连丹丹很快进入角色，寻思着他们这个文化站怎么服务更多居民。是呀，文化文化，关键在于怎么个"化"法？她关注起社区内大妈大伯的广场舞。稍有空闲，她会踱到广场上，去观察那些跳舞的大妈大伯们，与他们聊上一会。渐渐地，连丹丹获悉，这些大妈大伯都是瞒着自己子女出来跳广场舞的，因为多数子女都不赞同。在部分子女心里，老爸老妈就是做些家务事呀！但这些大妈大伯有活动锻炼的需要，也有文化娱乐的愿望呀！对，文化站要做这个组织工作，让大妈大伯们把这些愿望堂堂正正地公开出来，并得到实现。让那些子女们懂得老人们也有精神文化生活的需求，从而更懂老人，更理解老人，更好地赡养老人。

这么一想，连丹丹立马觉得自己的站位高了起来，角度和思路也跟着发生了改变。她告诉那些大妈大伯们，文化站有很大的场地、很好的设施，完全可以让他们使用。"真的呀？"那些大妈大伯们开始还有点不太相信，或者说是将信将疑。"世界上真有那么好的事？免费？不要钱？那多好呀！"连丹丹一迭声地回答："对，不要钱！场地、音响、灯光，都不要钱，还免费提供矿泉水。"老人们看着这位眉清目秀的姑娘，就信了她。

从此，南苑街道文化站成了老人们的新归宿，大家亲热地喊这个漂亮姑娘为"小连老师"。

要把这些原先整天埋头于锅灶之间的大妈大伯组织起来进行表演，的确不是件轻而易举的事。有的老人方言口音很重，说不准普通话，还有的老人甚至不识字。连丹丹团队给80多名大妈大伯上音乐课，围绕节目做文章，让他们先登台，然后一个字一个字地教学，一个动作一个动作地排练。这些大妈大伯自嘲是七八十岁学跌打——有点晚，但都学得极其认真。一段时间排练下来，逐渐像模像样了。

元宵节后不久，是2月25日吧，连丹丹清晰地记得这个日子。装饰一新的剧场，观众席上坐满了前来观看的居民，其中大部分是连丹丹邀请的大妈大伯的子女及子女的子女们。这些人接到文化站的邀请时，始而惊愕，继而疑惑，终因好奇而跨入剧场。

南苑街道综合文化站组织的丰富多彩的居民文化活动

这是老人们的高光时刻。80多名大妈大伯化好妆，穿上演出服，自信沉静地走上舞台，表演舞蹈、合唱、声乐、旗袍展、手语等节目，一字一句、一招一式，颇有几分表演范儿。坐在台下观看的子女们都惊呆啦！真想不到，平时围着锅灶转、拖着小孩走的父母，此时此刻判若两人。瞬间，大家看见了自己父母的另一面，那是在寻常生活中看不见的风采。继而领悟到，老人有自己的精神世界和文化需求，父母们有文艺才能，应该过上丰富多彩的文化生活。大家纷纷站起来，为自己的父母鼓掌、拍照、欢呼，剧场一时成为亲情的海洋。场景令人感动，也催落了连丹丹的泪水。

这场景被媒体记者拍摄下来，放在"强国论坛"上播放，《人民日报》《光明日报》《浙江日报》的记者，也都关注到这个小小文化站释放的活力，纷纷前来采访报道。南苑街道综合文化站作为公共文化社会化的典型，逐渐声名鹊起。

超山赏梅，寻觅日常生活中的诗味

古往今来咏梅诗词不计其数，其中三首经典名作尤为人们所推崇。

其一：林逋《山园小梅》

> 众芳摇落独暄妍，占尽风情向小园。
> 疏影横斜水清浅，暗香浮动月黄昏。
> 霜禽欲下先偷眼，粉蝶如知合断魂。
> 幸有微吟可相狎，不须檀板共金樽。

写尽梅花的绰约天姿与清幽香气。

其二：王安石《梅花》

墙角数枝梅，凌寒独自开。
遥知不是雪，为有暗香来。

写尽梅花的独特个性与高洁风骨。

其三：毛泽东《卜算子·咏梅》

风雨送春归，飞雪迎春到。已是悬崖百丈冰，犹有花枝俏。
俏也不争春，只把春来报。待到山花烂漫时，她在丛中笑。

写尽梅花的傲雪斗志与谦逊品格。

赏梅，实在是一件雅事和趣事。

赏梅去哪里？自然是到临平超山。超山梅花天下奇，拥有"三绝"。

早春二月，寒意料峭。江南刚从漫长的雨雪天气和低温中走出来，开始显现其俏丽的春姿。运河两岸，曼妙柳枝绽露出绿色，宛若一位准备换装的美女，给游人以无穷的想象。

临去超山之前，再次拜读了文学家郁达夫的美文《超山的梅花》。

超山的梅花，向来是开在立春前后的；梅干极粗极大，枝叉离披四散，五步一丛，十步一坂，每个梅林，总有千株内外，一株的花朵，又有万颗左右；故而开的时候，香气远传到十里之外的临平山麓，登高而远望下来，自然自成一个雪海……

渐近超山时，已见一枝枝、一丛丛红白相间的梅花在车窗外匆匆掠过，似是文章的序言、戏剧的序幕，亦如一位位充满盛情的导引美女，先声夺人，把游人们的目光和神思引导进超山梅林。

驾车的朱师傅说，这几天正是超山赏梅的最佳时段。今天恰是周末，天气又好，超山周边的道路很堵，赏梅的人会爆满。哇，这真好！我就是想轧个闹猛。

车到东门，真如朱师傅所言，停车场上早已满满当当，门口热闹如市。因是疫情期间，游人戴着五颜六色、形状各异的口罩，但即便如此，也掩饰不住脸上欣喜的神情。

进得园门，恍若进入一片花海。迎面的超山展露出真容，犹如一个身材颀长的睡美人。

游客们，大多是青年夫妇家庭，父母牵着小孩的手，漫步于梅枝花丛间，面露喜悦之色。而最兴奋的，莫过于那些顽皮的小朋友。他们拽着父母的手，东跑西颠、欢呼雀跃。还有几个小朋友，对准梅树，吹出无数个气泡泡。那些气泡飘浮在盛开的梅花之间，在阳光映照下，显现出各种色彩，形成一种梦幻般的场景。

东园，是"十里梅花香雪海"的核心区，亦是超山梅花"三绝"之"广"处。沿着超山的弧线，布满了白梅。环视之间，犹如展开一匹巨大的银练，缠绕在超山底部。明亮的春阳洒在烂银也似的梅林上，花瓣近乎透明。无数蜜蜂跳跃飞舞于花瓣之上，正忙着工作。此刻渐觉柔和的春风，挟带着梅花独特而高贵的沉郁、淡雅、清幽、绵长之气，扑向行人。游人沉浸在这样迷人的香阵里，自然会想起"千树万树梨花开"的盛大和"千万雪花凝枝头"的壮观，要不陶醉都不可能。

在梅花中，红梅是被人们赞颂最多的品种，红梅，甚至成为梅花的代称。在超山，红梅被种植在路径两旁，形成醒目的景观带，远远望去，云蒸霞蔚。游人穿行其间，依稀觉得自己在云霞之上浮游，那感觉十分美妙。

在红梅林间，我遇到一对自称是绍兴人的小姐妹。老乡见老乡，格外喜洋洋。于是，便聊了起来。这对小姐妹自称在杭州做大数据前端工程师，利用星期天来超山玩赏。她俩穿行于红梅丛中，还用青春的红唇亲吻红梅，摆拍各种姿势录制视频。问到网络工程师也喜欢赏梅呀，这两个小姑娘竟然哈哈哈大笑起来，现在杭州互联网发达，在超山赏梅的游客中，说不准百分之七八十的人，都是从事互联网行业的呢！

看着这对打扮时尚靓丽，脸上满满胶原蛋白的姑娘，我蓦然觉得红梅也恰似那些热情奔放、红颜迷人的青春少女。希望人们从红梅的盛开与凋谢中，感悟韶华易逝、青春可贵。

根据园区工作人员的指点，我转过几个弯，爬上一座几十米高的山坡，在梅林中找到了仰慕已久的绿萼梅。绿萼梅是梅花中的珍品，仿若莲花池中的仙子、人间的隐士。它的树身与别的梅花似乎并无二致，奇特的是它的花蕾。未开的绿萼梅蓓蕾呈现出淡雅的浅绿色，盛开后的花朵则是晶莹的玉石色。靠近仔细欣赏，你会看到六片花瓣，那橙色的花蕊、浅黄色的花须。那份高贵和俏丽，给人以遗世独立、倾国倾城之感。此谓超山梅花"三绝"之"奇"也。

沿着茂林修竹，漫步踱过梅花牌坊，仰头端详上面镌刻着"十年不到香雪海，梅花忆我我忆梅"。这两句话摘自吴昌硕大师诗作《赏梅诗》："十年不到香雪海，梅花忆我我忆梅。何时买棹冒雪去，便向花前倾一杯。"吴昌硕生前自号"梅痴"，离世后筑墓于超山，使超山于梅花美景之外，平添金石文化印痕。

随着人群，我漫步至大明堂、宋梅亭。

人们熟知中国有五大古梅，即楚梅、晋梅、隋梅、唐梅、宋梅，超山占其二，此谓超山梅花"三绝"之"古"意。独此一项，足见超山在中国梅界地位之隆，无出其右！

宋梅

　　宋梅被一圈石壁围护着，石壁内植有书带草与麦冬。宋梅树身约有两米高，树皮已脱落殆尽，附生着一层层绿苔，越发显示其悠久。躯干上端，斜生出十余条枝干，虬枝横逸，粗细不一。枝上开放着白梅、红梅、绿萼梅，显然是今人嫁接的成果。宋梅的年代及真实性其实不可考，但游人们还是愿意在它面前待上一会，纷纷与它合影留念。与其说是欣赏它的风姿，还不如说是尊崇它的沧桑，或者说是引发出游人自身的沧桑感。

　　除宋梅外，游玩超山必需的打卡地，则是唐梅。

　　拾级而上，跨槛而入，又是别有洞天。这里便是唐梅所在处。先见宋，后谒唐，仿佛时间倒流、光阴交错。

　　唐梅的主干呈现一个倒"L"形，姿态不同凡俗、极其靓丽。从躯干边上斜伸出四五截断枝，末梢部分疏密有致，顶端开着一簇簇白色梅花，显现出旺盛的生命力，令人叹为观止。

郁达夫在《超山的梅花》文中也议论道，所谓"唐梅"，其实也是一种猜测。究竟如何，得去请教植物学家。在我看来，唐梅树根上的绿苔和陈痕足以说明它的古老及坚韧，游人们宁可信其有，笃信它历经千年而风骨不朽，赞誉它漂亮的风韵，至于是唐，还是宋，抑或是明清，反而不用去深究啦。

唐梅

倘若是冰天雪地里赏梅，超山会是一番什么景象呢？我遐想着。彼时的它们一定是粉团玉琢、红装素裹，凌寒傲雪、风姿万千，红梅与白梅相间，虬枝与寒风互动。红梅越发显得鲜艳，白雪越发显得皎洁，活泼泼一幅傲雪报春的画图。

我一时浮想联翩、诗兴勃然，草就七律一首："超山如黛万棵梅，雪海幽香宇内魁。宋叶唐枝追古迹，红妆绿萼映春腮。苦寒只待东君唤，颜色欣为百姓开。盛世方宜观胜景，游人络绎不思回。"

第九章
形塑共富社会的精神标识

  共同富裕社会，是物质富足和精神富有的社会。浙江的说法是"富口袋"的同时"富脑袋"。我理解的精神富有是，在当代中国，以社会主义核心价值观引领并主导人民的精神生活，不断促进物的全面丰富和人的全面发展。全社会成员追求共同的精神信仰、理想信念、道德价值和美学规范。人们的精神世界丰富而充沛、精神状态积极而向上、精神文化生活充实而愉悦，精神世界的个性化、差异化受到尊重，灵魂有趣而多彩。自然，这是理想化的描述，但应当成为我们达至精神富有、建设共富社会的长远目标。

——采访札记

赓续先驱者的红色基因

  1927年6月某天夜里，天空翻卷着乌云，一阵阵沉闷的雷声由远及近,预示着一场雷雨将至。

鸭兰,一个四周被水荡包围着的村庄。水荡里长满了茭白、芦苇,间杂着一蓬蓬荷花,一艘艘小舢板从芦苇荡里划进划出。村南端有幢两层楼老房子,黑暗中亮着一盏马灯,摇曳的微弱的灯光映照着十来张黝黑的脸孔。如果有人能穿越时空进入,你会看到马东林、马国华、马九成、马云州、马阿祥、马来伯、马幼良、马有顺、马春松、姚培金等人瞳孔中透射出的目光,显得无比坚定和明亮。此刻,这幢旧宅正见证一个庄严仪式:中共杭县第一个农村党支部宣布成立,马国华任支部书记、马九成任副书记。

那是中国革命最低潮、白色恐怖最猖獗之际。"四一二"政变,国民党军队四处抓捕共产党人和进步群众,悬赏告示贴满大街小巷,无数共产党员躺倒在血泊之中。正是在这样的夜晚,鸭兰村在领头人马国华带领下,不惧腥风血雨,勇敢地举起反抗的旗帜。

在鸭兰村人眼里,马国华家里做着小生意,也有一些田地,并不愁吃穿,岳父马九成还是村里的富户。但很少有人知道,马国华是位热血进步青年。平时,他将家乡出产的茭白、莲藕等运到杭州出售,买一些日用百货回乡。在做生意中,马国华结识了共产党人马东林。马东林见马国华思想进步,又有能力,不久发展他加入党组织,并指示他回鸭兰村发展党员、伺机建立党组织。

鸭兰村地下党支部成立后,着手开展革命斗争。马东林、马国华等人利用合法的农民协会发动组织群众,很快在周边四个村建立起党支部,并成立了中共西镇区委,马国华担任区委书记。马东林、马国华做了两件惊天动地的大事。一是在1927年10月,召开万人大会,开展减租减息运动。二是于1930年5月19日举行西镇武装暴动。后来,武装暴动失败,因叛徒出卖,年仅22岁的马东林被抓后壮烈牺牲,马国华也锒铛入狱。

红色革命转入低潮,但共产党人在村村寨寨点燃的革命星火并没有熄灭。若干年后,春风吹又生,终成燎原之势。1949年,中国换了人间。

距1927年94年后的5月份。区委组织部副部长、"80后"干部叶敏被派往鸭兰村所在的崇贤街道,担任党工委书记。上任不久即接获通知,区委决定在中国共产党诞生100周年纪念日前夕的6月26日,安排区里四套班子成员和部分区党代表接受一次革命传统教育,参观鸭兰村党支部旧址陈列馆,重温誓词,并召开新一届常委扩大会。

彼时已是5月,离区委确定的时间节点仅剩一个多月。

中共杭州地区第一个农村支部——鸭兰村党支部旧址陈列馆

上任伊始,有不少事需要处理。但多年机关和乡镇工作的经历,培养了叶敏的政治领悟力和执行力,让她很容易分清事情的轻重缓急,毫不犹豫地把此事放在工作议程的第一位。

说来也巧，叶敏对鸭兰村党支部历史比较熟悉，而且，原先那个鸭兰村党支部旧址陈列方案，最终是在叶敏手里完成的。彼时，叶敏担任区委组织部分管组织工作的副部长，农村党建和党史资料研究，属于叶敏分工范围。

叶敏记得，自己曾多次深入鸭兰村调查研究、了解情况。她把村党委书记赵伟兴等人找来，听他们介绍鸭兰村党支部的红色历史和纪念物现状。鸭兰村党支部1927年建立，属于杭州地区最早成立的农村党支部。但建立鸭兰村党支部旧址陈列馆一事，却始于1999年。那年，余杭市召开农村工作会议，市、乡、村书记都参加。做农村工作的人，习惯上将此称为三级干部大会，时任鸭兰村支书赵庆忠自然在列。会议中途休息时，组织部王部长找到赵庆忠，问他："老赵，鸭兰村党支部旧址在哪里？"赵庆忠一下子被王部长问住了，老老实实回答，具体地址在哪里，他也不知道。王部长要赵庆忠回村搞搞清楚，说市里要在那里立一块碑。

赵庆忠回来后，立马开了个支部会，让党员们提供线索。会上，鸭兰村老书记说他知道，因为他曾参加专案组，了解过这段历史。他明确告诉赵庆忠，鸭兰村成立党支部的会议是在村民马九成，也就是马国华岳父家那幢两层楼里开的。

情况上报后，市里极为慎重，专门派党史专家前来考证，确认无误。

非常遗憾的是，那幢两层楼因年代久远已被拆除，只留下一堵墙。

一堵墙也十分珍贵呀，至少可以确定那幢老屋的位置和朝向。好像当时余杭财政也比较拮据，市委领导指示，先在旧址边竖立一块碑。

不久，余杭撤市设区，那块纪念碑文的落款就改为余杭区委、区政府。

纪念碑于建党80周年之际落成。碑文高度评价了杭州地区第一个农村党支部——鸭兰村党支部的历史价值"名扬简册、千秋俎豆,忠贯日月、万古云雷"。阐明竖立此碑意在树古者之风范,表宅里之遗模,告慰先者,激励后人。发扬传统、同心同德,为早日实现先辈之夙愿而努力不懈。

2007年,恰逢鸭兰村党支部成立80周年,时任区委书记来鸭兰村调研,见到那堵仅存的墙壁摇摇欲坠,已明显属于危房。当即指示有关部门拨款恢复旧址,并把旧址周边池塘买下来,开辟旧址活动广场。这才有了后来人们见到的复原的老屋、旧址陈列馆和活动广场。

上述情况,是叶敏从村里一些老党员和年长的村民中听来的。她还登门请教过区党史办公室的几位专家。她把各方讲述的事实、提供的史料都纳入陈列方案中。所以,旧址展出后,各方反响不错。

虽然对旧址情况颇为熟稔,而且经手管过具体的展陈工作,但那么多区领导集中到一个村开会的活动,在叶敏工作生涯里还是头一次。更何况,2021年是中国共产党百年华诞,这一活动更显特殊意义,每个环节都要精益求精,容不得一丝差错呀。

叶敏再次来到鸭兰村,站在旧址前,静静地凝视着。

这是一幢传统的农村民居。两层、四间,黑瓦盖顶,常见的灰色墙体,已见斑驳,正中镶嵌着金色党徽。三级青石台阶,延伸出一个十来平方米砖石铺筑的平台,可供人们瞻仰,或举行小型活动。

那天,身材颀长、面容姣好的叶敏,默默站在旧址前,任秀发飞扬、任思绪翻滚,领悟如何进一步提升完善旧址的价值。如何把一个拥有悠久红色革命历史的村庄,打造成为大运河畔一颗璀璨明珠?

时间紧急,容不得叶敏优柔寡断。再说,叶敏也不是优柔寡断的人。对看准了的事、必须要做的事,她有着一般女干部所没有的那种果敢与魄力。叶敏仅用一天时间就完成洽谈签约,限期一个月完成工程建设。

旧址提升改造工程按照倒计时展开。叶敏带着大家,对展陈的内容、栏目、文字、图片、实物等进行调整充实。运用蜡像实景模拟,增加声光电等设备,丰富展陈形式,提升感受效果,使红色历史更真实、更丰富、更感人,为前来参观者提供"沉浸式"学习体验。在限定时间内,新增的"薪火初心""宣誓广场""琴音赞歌"等九大区域景观先后完成,停车泊位、公共厕所等陆续配套。同时,为展现崇贤街道干部的精神风貌,让区领导更形象地了解崇贤街道情况,叶敏组织人员做了一排展板,届时放在醒目位置。还有什么遗漏吗?似乎没有啦!叶敏这才稍稍放下心。

但老天似乎特意要考验考验叶敏。就在叶敏自认为万事俱备时,天气预报却让叶敏犯了难,6月26日,也就是区委确定的会议日,天有大雨。

天有大雨,气象预报员轻飘飘的一句话,却把叶敏愁得够呛。如果天下大雨,车辆怎么进出?淋雨问题怎么解决?展板放在何处?

会议日期已定,不可更改。天要下雨,谁也没有办法。叶敏能做的,就是充分准备。雨伞是必需的,还得准备雨衣吧?叶敏让大家找来塑料薄膜雨衣。还有,陈列馆要注意防潮,大家如果穿着湿淋淋的皮鞋进去,肯定不好,叶敏又让大家准备好鞋套。总之,但凡叶敏能想到的,她都做了周全安排。在这方面,充分显示出女干部的细心、细致和细腻。

当天早上,天真的下起大雨。叶敏虽做了周到安排,但一颗心还是悬着。谁知,离规定时间还有十来分钟,鸭兰村上空居然现出一轮大太阳,灼眼的光线照得大地一片明晃晃的,只有地上还是湿漉漉的。这下，叶敏高兴坏了，开心死了，同时也觉得不可思议呀！居然，居然，这么凑巧，老天这么给力呀！

区四套领导班子成员和一部分党员代表在阳光中走下中巴车，来到鸭兰村党支部旧址。大家站在宣誓墙前，举起右拳，重温入党誓词。在即将迎来建党100周年之际，大家回到临平红色历史的起点上，用铮铮誓言同第一个农村党支部的创立者进行一次穿越时空的对话，回望中国共产党人的初心使命，新一届领导班子与党员干部感慨万千、激情满怀。

仪式结束，区领导集体参观旧址陈列馆，认真听取讲解、仔细观看展品。参观完旧址，大家步行去村文化礼堂参加临平区委第一届常委会扩大会议。叶敏事先让人把展板摆放在路边显眼位置。此刻，她陪同着区领导和党代表，要言不烦地介绍起崇贤街道发展情况。介绍思路清晰、展板图文并茂，区委主要领导带头鼓掌，大家一起鼓起掌来，叶敏瞬间有点激动，觉得今天真是个好日子！

今天，叶敏面对着我，说着这一切时，感觉那天的情景，历历在目，仍有些小激动。在叶敏心中，鸭兰村既是一个红色基地，又是一个共同富裕示范点。重大活动毕竟少而又少，关键是在日常工作中如何赓续红色血脉，将革命先辈那种为理想而献身的基因传承下来，内化于心、外化于行，成为崇贤街道发展的精神动力。

独特的红色资源，是精神世界里的金山银山，也是物质共富的金山银山呀！如何赓续红色血脉、发展鸭兰村，是我关注的焦点。那天，我在鸭兰村开了个小型座谈会，请鸭兰村现任党委书记赵伟兴、老书记赵庆忠、老党员马茂仁，农村职业经理人冯胜万，还有马九成曾孙马伟文给我介绍鸭兰村的昨天、今天和明天。

早年，鸭兰村是水乡里的水乡，四周全是水荡，进出完全依赖船只。男婚女嫁，也用小船迎亲，成为鸭兰村独特一景。故周边老百姓形容鸭兰村是"鸭子才能游进来的地方"。鸭兰村原地名很雅，叫"鸭澜"，是说鸭子游过，会引起一圈圈微澜。后来，村里人嫌"澜"字太繁复，就取"兰"字替代，遂叫成鸭兰村。

从村名可见，该村陆路交通十分不便，与现代快节奏生活极不适应。前几年，才修通出村道路，但也仅有三四米宽，车辆进出需要避人。

鸭兰村支部旧址先后被列为浙江省第一批革命文物名录、杭州市党员教育基地、青少年爱国主义教育基地，成为杭州地区著名的红色薪火传承地。区里非常支持鸭兰村开展红色旅游，陆续投入几千万元，架桥铺路，打通交通堵点。眼下，平坦宽阔的乡村公路直通鸭兰村，公路两边种满鲜花和绿植，连接起千家万户，游客可乘坐大巴车直达。

5年前，赵伟兴担任村党委书记。他召集党委一班人，一次次开会，研究如何赓续红色血脉、挖掘利用好历史赋予鸭兰村独特的红色基因和禀赋，确立了"薪火鸭兰、大美鸭兰"的奋斗目标。通过读原著、查资料、访后代、寻足迹、请专家等多种方式，提炼出鸭兰村精神的"四个薪火"：敢于追梦、勤于圆梦的梦想薪火，勇于革故、精于实干的创造薪火，百折不挠、自强不息的奋斗薪火，凝心聚力、相融共生的团结薪火，并在旧址旁建立起"薪火廊亭"，供游人驻足思悟。

村党委将发展红色旅游作为鸭兰村主要工作，村里成立了旅游公司，把全村5个支部152名党员组织起来。有的做宣讲员，有的参加红色旧址维护队。村里还外聘农村职业经理人冯胜万当旅游公司经理。这小伙子是江苏人，学生时代就是班级党支部书记，对红色资源一往情深。来到鸭兰村后，策划设计了一系列红色旅游项目和活动，并把红色文化与水乡文化、运河文化、绣花文化、古琴文化结合起来。

于是，村民们看到一幕幕这样的场景：数不清的机关企事业单位党组织来鸭兰村党支部旧址，为党员们上党课，重温入党誓词，进行革命传统教育。浙江大学、浙江工业大学、中国计量大学一批批师生来到鸭兰村，开展社会实践活动，进行红色研学游。几个戴着红领巾的少儿，用稚嫩童声为大哥哥大姐姐们唱起介绍鸭兰村红色历史的歌曲：

> 我不曾看见，百年前那片黑暗。
> 课本告诉我说，那时望不到明天。
> 我不曾听见，百年前山河呜咽。
> 先辈告诉我说，到了破碎的边缘。
> 那个年岁山河凋残，
> 那个年岁家国黯淡，
> 那个年岁我们需要呐喊。
> 星星之火，在大运河边点燃。
> 镰刀与锤头，澎湃的力量改地换天。
> 信仰之光璀璨，
> 初升的朝阳不怕乌云弥漫。
> 鸭兰的点点星火，
> 在杭县遍地燎原。

2021年，鸭兰村接待以红色研学游活动为主题的游客3万余人次。红色研学游活动带火了村级集体经济，全年收入200余万元；同时增加了村民收入，全年人均收入48713元。美丽乡村扩面工作同步推进，绿化美化木桥头、西鸭兰、东鸭兰三个区块，形成示范带。一眼望去，白墙红瓦的农居、迎风摇曳的荷花、沿湖修筑的走廊，给鸭兰村红色底蕴平添上一份绿色时尚的风韵。

壬寅盛夏，鸭兰村绿。临平区委、区政府主办的"薪火鸭兰·共富来临"——纪念中共杭州市第一个村支部成立95周年暨首届大运河1927红旅文化节启动仪式在鸭兰村举行。

"那一年，在嘉兴南湖红船上，诞生了伟大的党。那一年，在江南水乡村庄里，诞生了大运河畔第一个村支部。那一年，当10个人的力量凝聚成一团星火，势不可当的红色征程，悄然在这个'只有鸭子才能游进去'的村庄坚定开启……"激昂抒情的朗诵声从鸭兰村传出，在大运河畔水乡回旋。

情景剧《红色印迹》精彩上演。该剧以1927年鸭兰村成立党支部的历史事实为题材，经过精心编排，重现党支部成立时的生动场景。剧情带着人们回到那风雨如晦的年月，感受先驱们的革命初心和磅礴力量。

星火燎原，精神代代传。临平青年宣讲团的配乐朗诵《鸭兰薪火永相传》和合唱歌曲《星火》，表达了年轻一代传承鸭兰薪火、赓续红色血脉、传承和光大伟大建党精神的壮志豪情。

突然，纪念活动出现高潮，全场观众因此"破防"：革命先烈、鸭兰村党支部创建人马东林的孙女马平登上舞台，与现场观众见面。她从叶敏手中接过其祖父的刺绣画像，一时激动不已、哽咽不止。"自小，我就经常听父亲讲起爷爷的故事，他敢为人先、为人民抛头颅洒热血的精神是留给我们最宝贵的财富。"

崇贤街道党工委副书记、办事处主任杨文杰与浙江大学、杭州师范大学、浙江传媒学院、中国计量大学、中国美术学院、浙江理工大学等高校签约。各所大学将发挥各自所长，开展红色文化研究与教学实践，并助力崇贤的古琴斫制、手工刺绣等非遗项目和特色农产品。

"今天，我们纪念鸭兰村党支部成立95周年，具有重要意义。这既是致敬革命前辈,又是砥砺初心使命,为干事创业、推进共富建设积蓄精神力量,凝聚广泛共识。"

那天在舞台上,叶敏如此动情地说。

阿勒临平格年轻人

青年是国家的未来。青年强则国家强。同理,青年也是区域的未来,青年强则区域兴。青年的视野决定了区域的视野,青年的自信决定了区域的自信,青年的气质决定了区域的气质。一个区域青年的整体状况,可以反映区域的大体现状,并推测出区域的发展潜力;一个区域青年的精神追求和实践模式,将在很大程度上决定区域走向哪里、能走多远。

从这个认知出发,我觉得应该为"阿勒临平格年轻人"点赞。

"阿勒临平格年轻人"的说法,用的是临平方言。如果换成普通话,则叫"我们临平的年轻人",自然也包括"新临平人"。

李浩强就是其中一位。

采访李浩强的那天下午,途中天气突变,瞬间暗了下来。一时夏雨滂沱、水幕如帘。那种猛烈与直率,跟李浩强的创业经历颇为相似。

穿过雨帘,进入办公室,见到一个身着蓝格短袖的小伙子。我一时心下疑惑:采访的对象是他?正想开口询问,不料小伙子用双手示意,让我坐在沙发上,然后说:"对不起,我先吃几口饭,马上就好,马上就好!"

我习惯性地看了一眼手机,此时已是下午2时32分,怎么到现在才吃饭?

李浩强解释道,一个接一个的会,忙到现在才顾得上吃。未待说完，便趴在桌沿边，狼吞虎咽般吃起水饺来。立刻，小小办公室便弥漫开一种面食气味。

我这才近距离观察眼前这个年轻人。他身材清瘦，皮肤稍黑，阳光、坦诚。眼镜后面，一双眼睛特别灵活，闪烁着一种特殊的光芒，使人感觉出他的聪慧。

李浩强的叙述平和、朴实，与他那间狭小简易的办公室十分相宜。如果事先不被告知，你很难相信这是一间高科技公司CEO的办公室。

回忆从中学时代开始。李浩强被杭二中师生视作学霸，品学兼优，成为少有的学生共产党员。他还曾报考过军校，因视力不达标未能如愿，就选择上中国药科大学，攻读生物工程专业，直到硕士毕业。

毕业后一段时间，李浩强和另外两个同班同学进入上海一家著名药物研发机构工作，扎扎实实干了一段时间。但不久，他们就想离开上海。上海的生活成本太高了，高得这几个刚工作的大学生承受不起。当然，这只是离开的一个原因。另一个更重要的原因是，工作一段时间后，李浩强和另外几个同事怀揣梦想，萌发了自主创业的念头。自主创业，必须找块合适的土壤，找一个生活成本相对低些的地方，让未来的企业员工买得起房，能安定下来打拼事业。这个适合年轻人创业、生活成本较低的地方在哪里？

"临平呀！临平有个开发区，蛮适合你们的。"正当李浩强寻寻觅觅的时候，一个曾在杭二中当过老师、后来调临平工作的干部，向李浩强推荐道。"放心吧，老师还会骗你吗？"这个干部还补上这么一句有分量的话。

2015年11月，李浩强和另外三个联合创始人来到临平开发区，租赁了园区内一间毛坯房，注册了一家药物研发公司。为这家公司的名称，李浩强和三个同学费尽了脑筋。后来，决定用"皓阳"两个字，光明，向上，这正是李浩强和他的伙伴们追求的境界。

初创时期，李浩强用诚意和技术能力打动了最早的天使投资人，获得了第一笔宝贵资金，用于装修场地、添置设备及人员招聘。

转眼过了年，房子还在装修中，李浩强等人开始四处出击。迈开第一步，真不容易呀！不知客户在哪里。几个创始人虽然掌握了生物药物研发的某项专门技术，而且在国内处于领先地位。但从学历看，他们既不是"海龟"，也不是"土鳖"，人家一时接受不了你。

研发业务市场打不开，谈了一年，皓阳公司只做成了一笔业务：帮助一家新药公司开展一个新药物的部分研发，对方支付给皓阳公司一两百万研发费用。他们就用这笔钱，维持公司运转，度过了艰难的第一年。

创业最困难的是第三年。手头项目还没有完成，合作方款项尚未到账。有一两个月，公司账上实在没了钱，一时连发工资都有点困难。创始团队商量了一下，一咬牙，决定确保普通员工工资，停发四个创始人自己的工资。勉强支撑着，等待春暖花开。

李浩强介绍到这里时，自我调侃说，以后如果皓阳公司成为知名企业，需要编些故事。说明由科学家转变为CEO，实际上没有不可逾越的鸿沟，但也不能太顺利。"哈哈哈。"他粲然一笑。此刻，你会觉得李浩强的确蛮阳光、蛮可爱！

机会终于在坚韧的等待中来临。2017年暮春，经朋友牵线搭桥，北京有家上市企业委托皓阳公司研发一个新药项目。李浩强等人加班加点，用一年半时间，在商定的期限前，不折不扣完成研发任务。李浩强介绍说，那个项目研发工作量非常大，IND（新药临床研究申请）申报时的技术方案、文稿，装了好几个纸箱。如果把那些方案叠加起来，比人还高呢！对方十分满意，不但如数支付了上千万元研发费，而且主动提出投资5000万元，支持皓阳公司发展。

这一下，皓阳公司扩展到60多人，并在开发区新买了一幢五层3400平方米的大楼，进口了一批研发设备，还在上海租赁了2000平方米实验室，用于前沿研究。

走出瓶颈期的皓阳公司开始提速，平时积累的口碑化作了信息。国内外一些知名制药企业接踵而至，不少订单自己找上门来，其中还有十几家上市企业。2020年，公司营收4000万元，2021年达到9400万元，2022年肯定破亿元。李浩强对此充满信心。其实，他最大的期待不是公司规模，而是研发创新质量，一定要做到业内公认的最佳，让合作伙伴以成为皓阳客户为荣耀。李浩强自己带头学习，并带着研发团队补充各类知识，竭力淡化上下级理念，引导员工勇于挑战，鼓励科研人员直接反驳，以保证皓阳公司的技术始终站在生物医药研发最前沿，与欧美国家保持同一水平。眼下，由皓阳公司为客户或合作伙伴所研发的药物，已进入临床或即将进入临床的有十几个，这就是李浩强的底气所在。

当然，困难还是有的。2022年上海疫情对企业造成较大影响，因客户大多在上海，有的订单因疫情而推迟或取消。尤其是在心理上，给公司员工带来巨大压力。区里领导来问李浩强，有没有困难，李浩强坚定回答，有，但自己可以克服。这是因为李浩强已经历过比这更困难的岁月。再说，市场问题，最终要靠企业自己解决，政府帮不上这个忙，何必再为政府领导添堵增压呢？

这，就是李浩强政治上的清醒之处和生活中的聪明之处。他兼任着企业党支部书记，经常为18名党员讲党课。他同时是区政协委员。在政协大会上，李浩强结合企业实际和自身体会，提出构建"热带雨林式"人才结构、满足人才精神需求的建议，获得热烈掌声。

说到财富，李浩强说自己很看得开。在皓阳公司股份构成中，李浩强仅占10%左右，比例很小。犹如这幢大楼里这间小小的办公室一样。他对财富的核心观点是，赚钱的目的是为了身心愉悦。如果赚了钱，心情不高兴，那就南辕北辙、适得其反啦！

如果说，李浩强是个矢志创新、仰望星空的年轻科技人员，那么，出生于运河边上的胡明，则是个钟情于脚下土地、有着遥远梦想的青年农民。

胡明是大运河畔胡桥村人，出生时，地球已旋转入20世纪90年代。也许是受舅太公和母亲的熏陶，胡明从小就喜欢中国传统文化，对那些坛坛罐罐的东西特别感兴趣。读初一时，村里搞拆迁，在附近挖出一口汉代水井。别的孩子也就当作一个段子讲讲而已，胡明不是。他骑着自行车，绕着这口汉井转悠了半天。后来实在忍不住，居然冒着危险，下到井底，七淘八挖，竟然捞出一块汉砖。他把这块汉砖当作宝贝，乐颠颠地搬回来，藏在家里。

因为热爱，所以痴迷。自此以后，胡明就迷上了收藏。一边读书，一边跑到四乡八村收集旧物。收来后，将它们分门别类放在家里最好的位置。胡明至今还记得，一次，他去海宁农村收集旧物，找到了一块银圆，他毫不犹豫地用220元人民币买下了它。

高中毕业，胡明应征入伍，当上汽车兵。胡明觉得蛮好，雷锋叔叔不也是汽车兵吗？自己跟雷锋叔叔一样光荣。部队驻扎在华山一带，经常演练。有一次跨区演练，胡明碰到了司令员。司令员颇为平易近人，还与胡明聊了几句。这是胡明生活至今碰到的最大的"官"。现在空闲之时，胡明还会想起此事，作为自己的精神动力。

两年军队生活结束，胡明复员回到老家。他用退伍安置费买了一辆二手面包车，跟着老爸做生意，销售防盗门、瓷砖等建材。慢慢地，胡明赚了一些钱。按照胡明老爸的说法，此后，胡明开始"不务正业"

了。他仍有一搭没一搭地做着生意，却把主要精力放在收藏上。好在胡明的客户大多在农村，这与他收集农家旧物的轨迹基本一致。

说来，胡明也是有运气的人。一次去海宁长安镇做生意，碰到一个"藏友"，闲谈间聊起有件旧礼器，问胡明想不想见识一下。胡明自然高兴。那个"藏友"打开自己的仓库间，捧出那个礼器大鼓。胡明眼尖，一看鼓面上"全城世家"的字样，心里怦然一跳。他曾在朋友家见过一块镌刻着"全城世家"的糕模，友人告知他这是国学大师章太炎家族的尊号。据说，太炎先生祖先曾救过一城百姓，故被誉为"全城世家"。那次，胡明用40元买下了那块糕模。今天不经意间遇到"全城世家"的物品，他能不兴奋嘛！

胡明将手鼓放到眼皮底下，像个文物鉴定家一般，反复端详起来。只见上面写着几行字："全城世家章家村章姓公记置办用。法币记洋玖仟元正，民国三十五年杏月吉立"。胡明在经年累月的收藏中，已具备了比较丰富的知识。他立马明白，这是1946年农历二月，章氏族人为祭奠章太炎先生仙逝10周年而准备的礼器。

这一下，胡明如获至宝，出了一个较高价钱，从"藏友"处买了回来。

随着网络时代来临，胡明的收藏视野逐渐开阔，琢磨着改变一家一户"跑地皮"的原始方式，利用现代技术进行收藏。他组建了一个微信群，把全省486名"藏友"聚集在群里。大家相互交流、展示藏品，各取所需、各爱所爱、各美其美，其乐融融。

收着收着，胡明收藏的物品越来越多，也越来越丰富。旧式农具、器皿、店铺匾额、地契、古钱币等，已达万余件。家里堆的、放的，全是。胡明觉得这样下去不行，这么多收藏品放在家里，万一出点事故，岂非竹篮打水一场空？再说，他胡明搞收藏的本意，并不是弄几件古董自我欣赏。从开始收藏起，胡明就有个梦想，要在家乡运河边创办一个农耕文化展览馆。把他收集到的藏品旧物件展示出来，让更多的老百姓欣赏它们、知道它们、爱惜它们。

从2018年起，胡明开始酝酿此事。他清楚，虽说是个人收藏品展示，但一定要得到政府支持，那样，才会被社会认可。他广泛发动朋友寻找场地，也通过他所在的民革组织，反映意愿，结识领导。经过上上下下几番争取，区里同意胡明的请求，将街道经济合作社一幢房子出租给胡明，用作展览场所。

眼看梦想即将实现，胡明显得很是兴奋。未来的展览馆该取个什么名字呢？运河、农耕，这些词都应该用，但胡明考虑还应该有个更文雅点的名称。他想到了农耕文化、良渚文化都与玉有关，玉锛、玉琮、玉璧、玉环、玉刀……玉又是美好高洁的象征。他决意要用带"玉"的字。于是，胡明打开词典，把所有带"玉"的汉字都找出来，然后一个个挑选。最终，胡明选定了"珩瑆"这两个字，玉色光华。对！这个馆，就叫"珩瑆运河农耕文化民俗馆"，与大运河农耕文化相适应，也与胡明心里的初衷相吻合。

2020年10月，丹桂飘香中，胡明梦寐以求的杭州珩瑆运河农耕文化民俗馆正式成立，向社会公众开放。

壬寅盛夏酷暑的一天，胡明陪着我参观民俗馆。我这才见到胡明本人。瘦高的个子，长脸型，理着一头短发，皮肤黝黑得像大运河的纤夫，一双不大的眼睛，透射出一股坚毅的目光。

民俗馆不算大，几百平方米，展出了胡明用心收藏的五六百件藏品。因地方狭窄，有些藏品摆放得密密麻麻，且看得出，整个展陈并没有很好地进行系统设计，序列上稍嫌紊乱。但即使这样，参观者还是能感受到，作为一个农民的自发收藏，藏品之丰、类型之多、涉及之广、珍稀之罕，还是令人惊叹。我在这里见到了章太炎家族的礼器大鼓，还见到了清末民初的地契，家庭使用的瓷罐、纺车、兜篮，还有放置在周边场地上的稻桶、蚕匾。这些展品，能引发人们对农耕社会的亲切回忆，有一种恍若隔世的熟悉感。

胡明告诉我，这里展陈的仅仅是他收藏的很少一部分。他利用老爸的生意关系，在海宁市许村创办了海宁珩琭运河农耕文化民俗馆，将2000多件藏品放在那个馆里展陈："陈老师，愿不愿意去看看？"

"当然愿意呀！"我二话没说，就跟随胡明父子俩驱车前往许村。

说是隔市隔县，其实许村离东湖街道极近，二三十分钟车程。眨眼之间，胡明引着我走进"海宁珩琭运河农耕文化民俗馆"。

这是个仿古建筑院落。白墙黑瓦、木板门窗、雕花楼道，再衬上丝绸红带，营造出一种浓烈的农耕文明氛围。展厅面积600余平方米，内设8个展厅、10余个系列，展示着各个历史时期民间留存下来的生产生活物件，"十里红妆""蚕桑文化""耕织文化"，反映出当地古民居、古民俗、古民风、古文化。

我在蓑衣、草鞋前驻足，回忆风雨交加中春耕秋收的生活场景；在水车前徘徊，想起干旱年代手脚并用、蹬踏车水的艰辛；在犁耙前沉思，仿佛看到老父躬耕的身影；在风车前端详，很想再次用手扇动谷粒。还有，改革开放初期的收录机、黑白电视机。这些近在眼前的事物，转瞬之间，也将成为被人遗忘的旧物。对生于农村，且较长时间在农村工作的我而言，这些场景和物品何其熟悉、何等亲切。它们引发了我心理上强烈的共鸣共情。从这个角度看，胡明做这些事，真的极具意义。

与李浩强、胡明不同的是，年轻的"抱抱侠"刘玉金，却因其生活中一个极其自然的举动，温暖了许多人。

准确日期是2022年10月21日傍晚，因为有现场视频佐证。

那天，正值交通晚高峰时段，在临平市区振兴西路和顺达路交叉路口，一名需要扶着助行器的阿姨，在迅疾来往的车流中踽踽而行。穿行马路时，阿姨不慎掉了鞋子，因为无法弯腰捡拾，只好边走边踢着鞋子，慢慢向前挪动。她的身边，如潮涌般的车辆一时出现拥堵，但没有一辆车鸣笛催促。

正在此时，一个身穿电信工作服、骑着电动自行车的小哥路过此处。只见他迅速停车，快步走到马路中间。先是搀扶，后来干脆一手抱起行走不便的阿姨，一手推着助行器，准备把那个阿姨送过去。此时，一个路人走来，帮忙拿走助行器。这个小哥把阿姨抱到路边，挥挥手，离开现场。

这暖心一幕，被现场一个热心网友拍摄下来，上传到网上。这段画面很快冲上热搜，被数万网友点赞，《人民日报》微信公众号也发了消

青年农民胡明个人筹建的"珩珵运河农耕文化民俗馆"

息。受感动的网友给这个小哥取名为"抱抱侠"。还有网友赞叹道，那一刻，真的觉得这座城市很美很温暖。这个小哥抱起的，不是自己的亲人，而是一个素不相识的陌生人。

新闻止笔处，文学方开端。

经区里有关人员联系，故事发生两天后，我视频采访了这个电信小哥。

小哥叫刘玉金，是山东临沂人，壮实敦厚，体重90公斤，典型的齐鲁汉子。一接通视频，刘玉金竟一迭声地说着："不好意思，不好意思。我是老百姓，见不得大人物。与这么'大'的作家交谈，平生第一次。"那神情，不像是做了一件大好事的人，而像一个做了错事、站在老师面前的小学生。自然显露出来的淳朴，让人感觉他犹如鲁西南山区的一株红高粱。

视频里，刘玉金朴实地介绍自己，叙述事情的经过，还原着真相与细节。

刘玉金是临沂市兰陵县人。兰陵县，地处鲁西南，是革命老区。他老爸也是共产党员，很在意政治荣誉，但重男轻女思想特严重。刘玉金出生前，家中已有三个姐姐，但老爸坚持要个儿子。结果，刘玉金作为"计划外生育"的儿子来到这个世界上，老爸为此还受了处分。

长到16岁，刘玉金考进山东法律学校，读大专班。他坦承当时自己学习成绩并不好。因为在学校，他与同学谈起恋爱。当然，恋爱的对象后来成了他爱人，但当时有点"过热"。

2011年，刘玉金来到临平打工。彼时，没有经验，也没有钱。他卖过菜、摆过摊。白天跑快递，晚上送牛奶，还在超市做过仓库保管员。

这样的境况下，刘玉金却做了一件大好事。当然，他从来没有给人透露过这件事，是我穷追猛打，打破砂锅问到底，才"发掘"出来的。

不过，由此更说明，刘玉金前几天做的好事，真不是偶然。

那是2013年深秋，天气已转凉，人们都穿上了毛线衫。一天，刘玉金在卖菜途中，突然看到前面不远处，一辆装菜的三轮车连人带车翻下沟去。他连忙把自己的三轮车停在50米开外的地方，然后，快步赶到出事车辆边上。见一个中年妇女倒在沟里，口中吐着白沫，腿上流出不少血。刘玉金事后才知道，她是癫痫症发作，把不稳方向，才掉到沟里。那时，社会上正争议要不要扶起倒地老人的问题，不少人怕讹上自己。但刘玉金全然不管那些，把那个妇女拉扯上来。他并不懂救护知识，只是拼命掐她的人中，把她救醒过来。之后又打了120急救电话，待救护车运走病人后，他才离开出事地点。

就在这一年春节前夕，临平电信在体育馆招聘电信维修师傅。这工作比自己有一搭没一搭的打零工强吧？刘玉金一听到这消息，就赶到临平体育馆应聘面试，当即被录用，把刘玉金乐得一蹦三尺高。经过三个月实习期，正式成了中国电信杭州临平分公司开发区支局的一员。介绍到这里，刘玉金似乎觉得单位名称实在太长了，插了一句"不好意思"，仿佛这单位名称是因他而拉长似的。

在开发区电信支局，刘玉金是装修班长，主要负责上门给用户安装宽带、进行维修。工作时间不太固定，用户情况不同，需求不同，每每忙到晚上七八点钟。刘玉金工作上从不马虎，获得省市区电信系统优秀员工，还参加过2021年度浙江省电信技能大赛。刘玉金的工资收入也足以养家糊口。所以，他觉得很满足，小日子过得滋滋润润。2021年9月，他把妻儿户口从老家迁了过来，让娘俩成为名副其实的新临平人。

回忆起那天的场景，不少细节仍历历在目。

那天傍晚，准确地说是傍晚5点30分，刘玉金接到一个用户电话，说是家里遥控器失灵，希望能现在立刻马上检修一下，因为晚上要看

《新闻联播》。这种事常有发生,刘玉金已习以为常。他放下电话,背上工具袋,转身骑上电动自行车就出发。心想,修个遥控器,用不了多少时间。修好即可回去,家中老婆儿子还等着他共进晚餐呢!

走到振兴西路和顺达路交叉口,刘玉金停了下来,他发现前面车辆发生拥堵,却没有汽车鸣叫喇叭。这是怎么回事呀?刘玉金是近视眼,稍远些的情形看不清晰。待他走到路中间,才看清发生了什么事。一个五六十岁腿脚不便的阿姨,借助着助行器,从南向北走到马路中间。只见她一手扶着助行器,一手提着两只绣花鞋子,正步履蹒跚地走着。刘玉金猜想,阿姨可能心急慌忙之中,走脱了鞋子。看得出,她很焦急。她显然意识到,她已影响到交通,许多车辆在等待她走过马路。但事情就是这样,越是焦急,却越是迈不开步子,她一时显得手忙脚乱。

见此情景,刘玉金立刻停好自己的电动自行车,赶到这个阿姨身边,先蹲下身子,帮着她穿上鞋子。然后接过助行器,试图搀扶着她走过马路。

这个阿姨连声夸赞着刘玉金,刘玉金都被阿姨夸得不好意思起来。但她的动作实在太慢了,慢得像定格了一般。这样不行,那么多汽车排队等候着呢!越快越好呀!刘玉金一时着急,也怕阿姨说过多的好话。再说,他的眼睛余光告诉他,有不少人看着他,也有人在拍视频。刘玉金便二话不说,单手抱起阿姨,用另一手拖着助行器,小跑起来。

"单手抱呀?"我忍不住插问一句。刘玉金笑着说,自己平时健身,体力很好,能平推100公斤,单手可举起42公斤重的哑铃。那个阿姨个子并不高,才1米5左右,体重也就百来斤,刘玉金根本不觉得重。此时,路边冲过来一个中年人,帮着刘玉金推走助行器。这样,刘玉金就腾出手来,用双手抱着阿姨快速跑到马路边。待阿姨抓住助行器、站稳身体后,刘玉金在众人赞誉的目光中,有点慌慌忙忙地离开了。

有趣的是，刘玉金这一抱，抱出了名，采访的、表扬的，都出现了。所在单位自然不必说，又送鲜花又送奖金，还给他颁发了见义勇为积极分子证书，连老家领导也打电话来表扬他。还有刘玉金的400多个用户，争着刷他的单。同事们刷到哪家新闻媒体的报道，都会告知刘玉金。刘玉金告诉我，他觉得这事宣扬得有点夸张了，内心感到挺不安："不就是抱了一个行走有点不方便的老阿姨，举手之劳呀！"

令人想不到的是，刘玉金老妈和他爱人都很淡定。老妈告诫他："儿呀，老老实实工作，安静一点好！"在一家企业当文员的爱人，半喜悦半调侃地说他："刘玉金，就这点事儿，你还想当'网红'呀？"

说刘玉金想当"网红"，还真别冤枉他。你看他对着视频镜头那一脸憨厚的神情，根本不像个"网红"呀！

基层治理，一道永远答不完的考题

美国社会心理学家马斯洛有个著名的人类需求五层次理论。他将人的需求划分为生理需求、安全需求、归属与爱需求、尊重需求、自我实现需求，并将安全需求放在第二位。所谓安全需求，是指人对安全、秩序、稳定及免除恐惧、威胁、痛苦的需要。

这对于我们认识在实现共富中基层治理的地位及意义有启迪作用。概而言之，基层治理是建设共富社会的基础，是人们安居乐业的前置性条件。平安是福。临平一些基层干部形象地说，平安是"1"，后面都是"0"，如果没有了这个"1"，后面再多的"0"都没有意义。

乔司街道的方敏和赵振凯都这么说。

方敏是一个雷厉风行的女干部，担任着街道党工委副书记，分管党建、党群工作；赵振凯是一个心思缜密、善于归纳的青年人，现任街道人武部副部长，直接负责基层综合治理工作。

话题，从早年的乔司镇说起。

早年，乔司是个建制镇，地理位置独特，以服装加工业名闻遐迩，曾首创全国第一个乡镇社会治安综合治理中心。后来，杭州城市逐步东扩，一批批服装租赁企业涌入乔司镇，带来大量外来人口。当年镇上常住人口仅3万多，而外来人口有30多万，相当于一个中等县的规模。这些服装租赁企业，大多规模小、分布散、流动性大。一旦经营不善，企业倒闭，老板跑路，拖欠职工工资。由此引发劳资纠纷，免不了发生围堵打斗场景。镇村干部整天被纠缠在这些矛盾之中，压力山大。

长期这样下去肯定不行。乔司镇开始探索化解劳资纠纷的治理思路。他们广泛征求企业主、职工和出租户意见，出台了乔司镇租赁企业管理办法，提出建立租赁企业缴存职工工资保证金制度，按照企业面积和职工人数，确定缴存数额，从2万元到10万元不等。然后，将这笔钱集中存放在银行，专款用于支付企业拖欠的职工工资。

措施出台后，镇里分村包干、责任到人，行政压力和思想工作双管齐下，效果相当不错。当年全镇1800来家租赁企业，百分百缴存了职工工资保证金，总额达4000多万元。

有媒体曾做过这样的报道：四川籍员工兰中云，在乔司街道葛家车村一家服装加工厂上班。他和43名工友，已有半年多没有拿到工资。正当他们准备找老板算账时，却发现老板从人间蒸发。兰中云和工友们只得求助乔司街道。乔司街道劳动监察中队受理此案后，一边安慰兰中云等人，一边启动"讨薪绿色通道"，通过提取该服装加工厂的工资保证金、变卖厂内设备和成品衣服等办法，筹集资金，终于让兰中云和工友们拿到了拖欠的工资。兰中云感激地说："要不是你们帮忙，我们44个人的18万工资肯定泡汤啦！"

乔司街道这项在全国首倡的制度，根治了欠薪顽疾，彻底解决了外来员工的后顾之忧，缓和了企业劳资纠纷，维护了职工合法权益，为社会所称道。所以，职工工资保证金制度沿用至今，总额已达1.6亿元。方敏以自己联系的方桥村为例，说明其作用。方桥村有6000余家小作坊服装企业，从业人员10多万。三年时间里，共发生2500余起劳资纠纷，涉及7600名员工和9500余万元工资，均靠职工工资保证金制度得以完满解决，没有发生社会动荡。

随着社会进步，对基层综合治理提出新的要求。乔司街道作为基层治理的先行者，积极探索数智治理新模式，尝试推行全域网格化管理。

赵振凯就在这样的形势下被调到街道综合指挥室工作。2019年6月，指挥室搬入新建的乔司街道综合治理中心大楼，旧貌换新颜。

这是一幢7000多平方米的独立建筑，七层楼，灰土色水泥墙、暗蓝色玻璃窗，显出其厚重朴实。据赵振凯介绍，这是全国第一个乡镇级综合治理中心。乔司街道的综合治理中心，是真正的"综合"，体现大平安理念。这里包括了公安派出所、文化站、城市管理、综合执法、平安办公室、公共法律服务站、指挥室等，彻底打破各自原先的隶属关系，统一接受综合治理中心领导，按照各自职责分工，负责处理各类案件和社会管理事务。

赵振凯津津乐道的是全域网格化管理。所谓全域，自然是指全覆盖，没有被遗忘的角落。在物化世界里，"网格"显然是虚拟的；但在电子世界，网格却清晰存在。赵振凯指点着指挥室内的荧屏，一一给我介绍。城区以小区楼幢为一网格，农村以村民小组为一网格。这样，乔司街道就被划分为165个网格。通过监控视频和智能门禁等工具，将每一网格内的人、房、企、事、物都纳入其间，形成网格化管理的基础。每一网格，配备"一长三员"。网格长由社区和村干部担任，配备专职网格员152名，还有一批兼职网格员，聘请党员干部兼任。还吸收群众，特别是出租屋的房东参加，形成人人参与、人人都是平安社会建设者的格局。

网格长？网格员？我觉得有点意思。社会前行时，会不断涌现新职务、新词语。这两个名称，大概也应当算。

从赵振凯口中，新名词还在不断冒出来。全科网格员、五星级网格员，这些都是全域网格化管理中创造出来的新词，目的是培养激励年轻人。向社会招聘的网格员，全部30岁以下、大专以上学历，对于这些年轻人，建立起上升通道。在政治上，引导年轻人向党组织靠拢；在身份上，通过招考社区干部的途径，促其发展。

基层治理千头万绪，新的难点堵点不断出现。有鉴于此，辛丑阳春时节，乔司街道开始谋划整体性智慧治理体系，在全区率先筹建"乔司街道全域网格化智慧治理——云上中心"，相当于构建起"城市小脑"，探索"一网智治"的新路。该"城市小脑"具有"数字+党建""数字+治理""数字+经济""数字+城管""数字+服务"五大智能模块，设置"红乔先锋""共富关怀""警源管理""欠薪预警""消防管理""智慧城管""智安小区"等九大特色场景。

赵振凯如数家珍般，一五一十地介绍这些模块与场景，其中的"警源管理"系统，引发我浓厚的兴趣。"警源管理"系统主要运用大数据、物联网、云计算技术，并以智能化思维联合街道社会治理综合指挥中心和综合治理队伍，实现街道区域内警情、火情、城管等事件实时监测、高效流转和闭环管理。一旦在社会应急指挥联动平台上出现警情，数据体系会在一秒钟内把警情数据上传到"云上中心"数字治理平台，同步语音通知综治队。系统还会自动形成信息收集、分析研判、分类处置、跟踪反馈的处置闭环。这样就实现了线上平台与线下综治队伍结合，

"小脑"联动"手脚"的应用模式。

"城市小脑"接报警情后,需要派出所出警。因此,一人多警、一警多人、情感跟踪的"三预警制"应运而生。一人多警,是指一个人每月报警次数超过三次以上,安排专人归档处置、跟踪回访,从源头上降低重复报警数量;一警多人,是指涉及5人以上群体性纠纷警情,根据矛盾纠纷类型第一时间联动相关职能部门、属地村社,形成共同参与的管控闭环;情感跟踪,是指开展为期15天的情感回访制度。这种回访,对家庭纠纷有很好的劝阻作用。老百姓觉得警察老是上门,脸上难为情,矛盾渐渐自然化解。自建立"云上中心"以来,乔司街道没有因家庭情感问题发生过民事转刑事案件,就是最好的证明。

赵振凯颇为自得地说,这个"三预警"制度属于乔司街道首创。

通过采访乔司街道,我基本弄清了临平镇街一级综合治理的情况。那么,如果我的视线再下移一级,扫描一下社区呢?带着这个想法,我采访了星桥街道汤家社区书记张剑成。

张剑成是一个高个结实的小伙子。长着一身黧黑的皮肤,似乎蛮适合在社区一线工作。他的性格像阳光般明亮通透,一张嘴巴能说会道。张剑成把自己比喻成"社区医生",因为在他看来,社区是社会治理中最底层的基础一环。社会整体就像一个人,而社区犹如人的毛细血管,只有毛细血管畅通,人才能健康活跃。他每天就是做这个毛细血管的疏导工作,那,不就是"社区医生"嘛!

汤家社区是个特殊而复杂的社区。整个社区因拆迁安置而形成,不同楼型都具备,张剑成说这里是"拆迁安置全形态"。住户中各种人员都有,大多数原是农民,管理起来难度极大。农村是"熟人社会"。在村里,端上一碗饭菜,边走边吃、边吃边聊,一餐饭可以游遍全村。还有,就是农村中自然形成的亲情关系,会有意无意左右居民心理情绪。

而城市社区则是"陌生人世界",往往以邻为壑。农民从开始融入城市社区,到最终成为真正意义上的城市居民,有个脱胎换骨的过程。

能否帮助住户顺利完成这个蜕变,也就成为张剑成在治理汤家社区中的必考题。

三年前,张剑成怀着一腔热血、带着几分梦想,身揣街道领导面授的"锦囊妙计",到汤家社区任党委书记。

下沉到社区后,张剑成做的第一个题目是"1+N+X"。这自然不是一道数学题,而是一道党建题。张剑成解释说,"1",指的社区党委班子;"N",是走访居民户数;"X",则指走访中自己发现或群众提出的问题。汤家社区党委班子有5名成员,每人带一个走访组,成立"红脚印"临时党支部,每两周开展走访入户,以10户或N户为一组。

张剑成自己带头走访,宣讲生活富裕富足之后,怎么追求精神上的自信自强,做到邻里关系和睦和谐。走访第一家时,他主动选了一个社区公认的"难缠户"。从晚上6点30分,聊到9点30分。张剑成坦率地告诉我,开始时,那家主人冷言冷语相对,中间还为一些问题发生争执。但到最后,对方终于被感动,谈得非常融洽。那家主人说,那么多年,没有干部到过他家,你张剑成这么深入,没有话说的。只要做的事有利于大家,他不会阻拦。

党委委员们也深入到农户,了解居民思想情绪,帮老百姓算账。收多少、用多少、余多少,还准备干什么、怎么发展,算得居民心里清清爽爽。

张剑成和同事们一起,坚持走访到年底。跑遍了社区570户人家,收集了一大批问题。经过合并同类项,梳理出281件事。这些事非常具体,涉及社区居民生活的方方面面。但一家一户解决不了,需要社区或街道解决。张剑成将这些事排列出一份清单,印成一本小册子,社区干部人手一册，照着去解决。到我采访那天，已解决了253件。还有28件暂时解决不了，纳入社区发展规划之中，已向社区居民反馈。这个做法，受到汤家社区老百姓广泛好评，张剑成自我感觉也不错。

大走访还有一大收获是，真正搞清了社区内每户家庭的情况。党员、复退军人、志愿者、残疾人、医生、教师、独居老人等，这就为张剑成建设社区管理大屏提供了精准信息。

张剑成指着管理大屏对我介绍说，在临平，汤家社区探索社区数字化管理比较早，现在已建立一个指挥平台，形成三个应用场景。说完，张剑成用鼠标导引着，打开"红临E家"数字化小区党建板块和"汤家E治理"小程序，只见每家每人的情况一目了然，最后一栏是身份标识，标注着"党员""医生""残疾人""志愿者""独居老人"等。屏面上还有问题分类：简单问题1435件，已解决1421件；复杂问题73件，已解决73件；疑难问题12件，已完成11件；高频问题原因分析……这，简直比家庭账本还清楚明了呀！

社会综合治理的基础在社区，而社区的细胞是楼道。所以，张剑成认为，建设一支拉得出、用得上、过得硬的楼道管理队伍，是社区管理的重要环节。

大概为证明所言不虚，张剑成带着我在汤家社区12幢楼宇间转悠。我看到，每个楼道都有块公示牌，公示牌以红色的党徽、飞舞的红旗作背景图案。上面贴着楼道长、党小组长照片，还有党小组成员名单。从照片上不难看出，这些人大多是年轻党员。

在锦绣三区8号楼，我和张剑成邂逅了楼道长方平。

方平是汤家当地人，农民出身，瘦高个。一串金项链戴在脖子上，随着他身姿的变动而闪闪烁烁。

站在自己管理的楼道边，方平与我聊起楼道长那些事。他开着一家拖车小公司，赚点小钱。20年前入了党，被评为优秀党员，他觉得要对得起这份荣誉，愿意为大家做点好事，故常常参加社区组织的"锦绣公益"活动。一次两次，方平渐渐为大家所熟知。后来，就被楼道内住户推举为楼道长。

"楼道长，恐怕在所有官职序列里都找不到的吧？"方平说到这里，笑出声来。他却把楼道长当作一份重要工作看待，负责联系楼道内128人。利用空余时间，上门了解住户情况，并建了一个楼道住户微信群。然后，在群里发一些反诈骗的信息、案例，提醒大家，避免上当受骗。新冠疫情流行以来，方平的工作量显然大为增加，除了做好疫情防控宣传和通知外，有时还要披挂上阵，穿上白大褂，到核酸检测现场扫码，维持秩序。他管理的楼道内，住着一半农村户，需要回村耕种田地。有的仍习惯于将农具带进带出，有的喜欢敲敲打打、高门大嗓，还有些农村老人不会乘坐电梯。这些小事杂事琐碎事，似乎都是他这个楼道长要管的事。方平耐心地教育他们、引导他们，希望他们保护环境、注意清洁卫生，帮助他们逐步融入社区、融入现代生活。

"做楼道长工作，完全是尽义务，没有任何报酬。"待方平大略说完他的情况后，张剑成补充道。

"唯一的报酬是一张荣誉证书。"方平幽默地说。不过，他已很满足啦！

我能理解方平此时此刻的心情。精神上的满足、心理上的愉悦，是任何所谓"报酬"都无法替代的吧！

第十章
从参差十万人家中走出来的"临平十家"

家是最小国,国是千万家。家是社会细胞,也是人类具象。共富社会这个宏大目标,归根结底还是要落实在千家万户、一人一事上。每个家庭走向共同富裕的途径和方式不同,每个家庭追求物质富足、精神富有的目标也不同。共富社会应是一个绚丽多彩的社会,也是一个各美其美、美美与共的社会。有鉴于此,我从临平数十万户、百余万人中,精选了十户家庭,做了白描式采访记录。所谓一斑窥豹、一叶知秋、一滴水见太阳。读者或可从中察看临平人当下的生存境况和精神状态,看到临平人走向共富社会的一个个足迹。

——采访札记

全国"五好家庭"中的女警官

我是从新闻媒体上知晓丰晓莹一家被评为全国"五好家庭"的,但见到女警官丰晓莹,却是在一个与外界隔绝的特殊场所——临平看守所。

人们大多从影视剧中看到过这样的画面:高墙、电网、岗哨、沉重的监所大门、一长溜的监室,无处不在的监视器,一脸警惕的监管人员,气氛严肃而沉闷……

因创作需要,经审批,我被破例获准进入临平看守所采访。

临平看守所教导员丰晓莹,也就是那位全国"五好家庭"的女主人,此刻一身警服、英姿飒爽,把我引领进看守所大门。她边走,边用对讲机协调处理着工作。

进入监区重地,任何人都不准带手机,她这位教导员也不例外,对讲机成为丰晓莹与同事联系的主要工具。看上去,此刻的丰晓莹显得干练、果断,甚至有点勇猛,与人们心目中的贤妻良母形象截然不同。

走廊通向深处,墙壁上爬满藤蔓,各色小花灿烂着。如果不是值守的武警提醒你,你会以为这只是一个普通的办公区。

第一次走进这样的环境,近距离观察这些特殊人群,我的内心有点兴奋和好奇。

临平看守所是个大所,关押着几百号人,涉嫌诈骗、盗窃、醉驾、杀人、组织卖淫等的,都有。丰晓莹特别强调,他们中的大多数还未经法院审判,还不是法律意义上的"犯人",只是暂时在押。

正是监所放风时间,时长是一个小时,在押人员可在监室边的小天井里自由活动。有的洗衣洗澡,有的聊天取乐,有的做操锻炼,有的蹲坐望天,并不像外界想象的那么沉闷和凶险。即便是那几个戴着手铐脚镣、穿着橙色识别服,也就是丰晓莹所说的"重刑犯",脸上也看不出什么绝望神态。丰晓莹指着其中一个女重刑犯说,这女人是暴力犯罪,前不久判决刚刚下来。我顺着丰晓莹的手指望去,只见一个年轻女人正安静地梳洗着她的一头长发，神色自若，丝毫看不出是重刑之人。我心里咯噔一愣：这女人心理该有多么强大啊？

大概是为了让我更真切地了解看守所详情吧，丰晓莹把我带到一个准备重新改造装修的空置监区。

这里原是女监区，是丰晓莹刚到看守所当副所长时工作的地方。看上去，房子老旧、环境较差。丰晓莹走到509室前，指着门口墙上尚存留着的牌子告诉我，这间就是她当年主管的监室。

我定神一看墙上，果真，509室，主管民警：丰晓莹。

推开虚掩的门，一股霉湿味扑面而来。已腾空的监室，残留着当年的痕迹。6米多高、30多平方米的空间里，最突兀的，自然是那一长溜通铺。正面墙上，贴满了在押人员制作的墙报、剪纸：向日葵、飞舞的蜜蜂和蝴蝶图案，"新年快乐"字样……从这些残留物中，我仍可感受到在押人员那种渴望走出高墙、飞翔于天空的急迫心境。

2019年8月，丰晓莹从临平拘留所调任临平看守所当副所长。看守所工作责任重大，不能出丁点儿差错。一出错，不是坐牢，就是"脱衣裳"。丰晓莹说的"脱衣裳"是公安系统内部的行话，意思就是改行走人。

初始，所里给她分配的面上工作不算多，让她把主要精力放在主管两个女监室上，以便她尽快熟悉监管业务。丰晓莹刚到看守所工作时，感觉压力蛮大，甚至有点焦虑。晚上不能听到对讲机声响，对讲机一叫，她就会紧张，唯恐发生什么情况。有天晚上，刚好轮到丰晓莹值夜班。模模糊糊睡到深更半夜，对讲机里突然传出值班民警报告，有个在押人员不小心磕碰，造成大动脉出血。丰晓莹一听，真有点吓坏了，一骨碌从床上爬起。一边穿衣，一边快走，一边指挥。幸亏值班医生非常有经验，很快帮那人止住了血，丰晓莹才算放下心来。

主管女监室的工作，丰晓莹很快做得有条不紊。监管工作很具体、很琐碎，尤其是女监室，鸡毛蒜皮、婆婆妈妈的事特别多。俗话说，三个女人一台戏，那十来个女人在那么狭窄的空间里，24小时待在一起，该有多少台戏呀？在押的，什么人都有。有的还讲点道理，有的根本不讲理，有的还很凶狠，会动手。丰晓莹说自己就像一个操心的保姆，事无巨细都得管。"当然，做警察，不能一味和气，该凶的时候也要会凶，恩威并施，才能让她们服帖你。"丰晓莹说，她凶起来的时候也很厉害，不少女在押人员怕她。

管了几个月，509监室开始有了变化：11月份，监室黑板报获得优胜奖；12月，509监室被看守所评为文明监室。丰晓莹觉得自己通过了第一次考试。

谁承想，新冠疫情不期而至。看守所人员密集，一旦让疫情蔓延进来，后果不堪设想。媒体上曾有监狱和养老院大批人员感染新冠疫情的报道，让看守所主要领导及上级主管单位领导高度警觉，也让丰晓莹如临深渊、如履薄冰。当时全社会对新冠疫情所知甚少，大家一时有点茫然、不知所措。

在疫情原因未明之前，看守所按照上级要求，严防死守。从2020年2月1日，也就是正月初八起，采取物理隔绝措施，实行最严格的全封闭管理，把大院内外人员彻底分隔开来，防止交叉传染。

这样一隔离，看守所出现许多新情况：办案人员提讯暂停，律师会见暂停，已决罪犯投监暂停……看守所一时人满为患。一口蓄水池，水满即溢，看守所也是同理。尤其是那些湖北籍在押人员，因为不知家人有没有患病、有没有危险，他们一天到晚向监管民警打探消息，急得像热锅上的蚂蚁，情绪变得非常糟糕与暴躁。其实，监管民警也并不了解湖北疫情详情，这就给监室监管工作造成极大困难。

更要命的是，监管民警本身也实行封闭式勤务管理。正常上下班制度中止，不准出去，不能回家。

丰晓莹与其他所领导一样，开启了"长班"工作模式，轮流带班，白天晚上守着看守所，直到第一阶段结束的9月7日。

最长的一次，丰晓莹连续25天没有回家。与家人的联络交流全靠手机。丰晓莹爱人孙宇做标准化检测工作，老是出差，一个月有25天，不是在出差，就是在出差的路上。丰晓莹白天晚上扑在工作上，偶尔也会思念她的两个宝贝儿子，就与儿子通个视频电话。孩子年幼，自然不理解他们的妈妈为什么一天到晚不回家，开始时，嚷嚷着让她回家。后来，见妈妈只是嘴上答应而实际不回去，小家伙居然不愿意再与丰晓莹视频通话。回忆到这里，坚强的丰晓莹，眼眶内噙满泪水。

过了一段时间，看守所的提讯工作和律师会见等陆续恢复。提讯和会见需要彼此面对面。开始时，大家都没有经验，为防止双方交叉感染，就用玻璃软膜隔开。玻璃软膜解决了防疫隔离问题，但交流的声音怎么传递？有人借鉴银行窗口客户对讲机的用途，突破了这一难题。后来，看守所配备了远程提讯和视频会见设备，解决了疫情防控与刑事诉讼之间的矛盾。采用视频形式，既能减少办案人员进入监所，避免给监所带来风险，又能确保刑事诉讼依法进行。

在回忆介绍这些时，丰晓莹讲的都是看守所的事、集体的事、大家的事。其间，丰晓莹作为所领导，参与的尝试，花费的心血，只有她自己知道。

2021年端午节，区公安局领导找丰晓莹谈话。告诉她，临平设区后干部调整，组织上决定让她担任看守所教导员。

教导员？就是看守所主要负责人。这太突然啦！丰晓莹一点思想准备都没有。听局领导这么说，丰晓莹着实吓了一跳。自己资历能力都不够，工作岗位比较单一，担任现职时间也不长，怕挑不起这个担子，辜负组织上的期望。谁知，局领导不断鼓励丰晓莹，给她讲解当教导员的诀窍，还跟她开了个玩笑，说："你丰晓莹连公安大学都考下来啦，还怕这个教导员不成？"

这，哪跟哪呀？考大学简单呀，就是靠分数。而现在，她得跟所长和上百名同事一起，管理好几百个这特殊的人，这担子实在有点沉重。

丰晓莹硬着头皮上任。之后的大半年，她的感觉就是一个字：累。累得晕晕乎乎。当然，在累的过程中，丰晓莹感觉自己一下子变得成熟和老练了。

转眼到了辛丑除夕之夜，看守所100多名民警都在封闭区过年。丰晓莹提前给局里送了报告，给全所民警准备了节日纪念品，还给这些民警家属写了一封言辞恳切的慰问信，捎去慰问品。她把自己平时拍摄的照片，作了剪辑加工，配上音乐，制作成短视频，发在民警家属微信群里，让大家分享。她还特意叮嘱后勤，给值勤民警精心准备了丰盛的年夜饭。餐后，组织大家看春晚、做游戏。

除夕之夜，临平看守所内外充满了欢声笑语。丰晓莹自己觉得很是满意、很有意思。

采访丰晓莹之后，我一直想见见她的老公，看看"五好家庭"的男主角，那位女警官背后的忙碌男人。

那是一个周末，丰晓莹告诉我，她老公孙宇出差终于回来了，并约我在一家星巴克咖啡店见面。

孙宇给人的第一印象就是个子高、身材魁梧，与身高169厘米的丰晓莹站在一起，颇为般配。孙宇一口标准的普通话，与他出生地张家口有关。这位"80后"，读的是中国计量大学质量管理专业，现在一家标准化研究所工作,是一名高级工程师,以跑现场为主。所以,三天两头,不,是一年有300天以上都出差在外。

孙宇说话不多,但很幽默。他和丰晓莹相互补充着,回忆着他俩的恋爱故事和家庭琐事。

两人的结缘并不是一见钟情,也不是巧妙邂逅。也许都忙于工作,或囿于交友圈,到了该谈婚论嫁时,孙宇和丰晓莹都还是单身。2011年初夏,经一个热心邻居牵线搭桥,孙宇要到了丰晓莹的QQ号。通过几次断断续续的聊天,彼此有些好感。老是线上隐身交流,总不是办法,两人便约定在线下见面。

第一次见面,孙宇选在杭州银泰百货商城的一个小餐馆里。点菜时,孙宇说自己耍了个"小心机",点了一个千岛湖鱼头。这鱼头,丰晓莹也记得,只是至今不知孙宇所说的"小心机"是什么,孙宇慢慢解密道,有高人告诉他,从一个人吃鱼头中,能看出人品和性格。"啊?居然还有这样的事?"丰晓莹直呼惊讶。是的。那天,孙宇看见丰晓莹第一筷夹的是鱼脖子下面的鱼肉,而没有将筷子伸向巴掌肉。孙宇一看,行,这女孩行!厚道,朴实。这才有了以后的交往。"天哪!你这个家伙好坏!要是我当时先吃巴掌肉呢?""那,就没有后来的故事,也就没有我们的婚姻了呗!"孙宇居然实话实说。

问起夫妻之道,孙宇略一思忖,推一推鼻梁上的眼镜,莫测高深地说:"家庭里主要靠思想觉悟、彼此默契,形成共同的生活目标。丰晓莹这个女人,最大的特点是特别善良,有责任心。照理说,她接触的是社会阴暗面,整天面对的是特殊人群,但她总是带着善意去看人看事。在她眼里,大多是好人。这一点特别难得。"孙宇说完此话,深情地看了妻子一眼。丰晓莹竟被孙宇这番话弄得泪眼婆娑,说老公平时在家里从不表扬她,今天是第一次听他这么评价自己,真是自己的知音。

我笑着对丰晓莹说:"那你也找一些话表扬表扬他呀!"

丰晓莹侧着脸,认真地想了想。然后一脸真诚地说:"孙宇是典型的理工男,直线思维,但对家庭很有责任感。那些家庭建设规划、小孩教育、假期旅游等,都由他安排。他工作特别忙,当然也在为家庭忙。只要他不出差,就在家烧菜做饭,管孩子学习玩耍,而我就可以偷懒一天。"

看着这对相互表扬着、深深依恋着的夫妻,我忽然明白了这个最美家庭美在哪里。

"鱼鹰"之家

沈剑芬和沈永华说起自己的婚姻,两人都承认似乎是有姻缘的。

沈剑芬与沈永华都是丁河村人,但分属两个自然村。沈剑芬所在的村叫虾笼埭村,沈永华出生在何家弄村,两个自然村相隔500米。

听听虾笼埭这个村名,就知道以前该村人以打鱼捉虾为生。打鱼用鱼鹰,捉虾用虾笼。

鱼鹰也叫鸬鹚,是一种专司捕鱼的水鸟。

沈剑芬从小就认识鱼鹰,喜欢鱼鹰。放学回家路上,她爱站在丁山湖边,看着渔民将一只只鱼鹰放飞湖中。随后,鱼鹰便会叼着鱼儿浮出水面,站到小船一侧,等待渔民从它嘴里取出鱼来。鱼鹰那种勤勉、奉献的形象,深深地烙印在她幼小的心灵里。

听沈剑芬说,她与沈永华从小学起就是同学。只是,她比沈永华低一级,所以,严格说来,沈永华是她的师兄。那时一对小屁孩,什么也不懂。师兄也罢,师妹也罢,偶尔在一起玩玩笑笑,根本没有想到日后会成为夫妻。

初中毕业，非常巧合，两人先后进入塘栖镇一家民营企业，成为同事。即使那样，两人还是普通的同事关系，一个做裁剪，一个烫衣服，你看看我，我看看你，并没有擦出什么爱情火花之类。问是什么原因，沈剑芬归结为自己晚熟，沈永华则说自己当时脑子不开窍。一年后，沈永华应征入伍，两人从此断了联系。

一晃四年过去，沈永华退伍回家。在家闲了几个月，后来经人介绍到一家银行当保安。工作稳定后，才觉得自己应该找对象结婚啦，就托自己的姨妈帮忙留心人选。

说来也真是机缘巧合。沈永华姨妈与沈剑芬姑妈在同一家丝厂工作，自然会在一起聊起侄儿侄女的婚事。一聊，才知道沈剑芬这几年也没有谈婚论嫁。巧啦！侄女没找对象，侄儿没有女朋友，正好一对呀！

姑妈与沈剑芬一说此事，她倒是心里怦然一动。四年多，两人谁也没找对象，冥冥之中，似乎就在等着对方？心里就认了一半。

而沈永华更不得了，听姨妈一说，急不可耐地拖出摩托车，就往虾笼埭村开去。他自认为熟悉沈剑芬家，上学时天天从沈剑芬家门口经过。谁知，沈剑芬家早已异地盖了新房。沈永华一脸尴尬，问了半天，兜了一圈，才找到沈剑芬的新家。沈剑芬听完沈永华的这番遭遇，忍不住哈哈大笑。

这一笑，好事就成了八分。再加上沈永华勤奋、朴实，没有任何不良习惯。在沈剑芬还没有完全点头之前，丈母娘先点了头，且不要沈永华任何聘礼。沈永华直接拿钱买了家具家电床上用品，放进新房，扎扎实实地节省了一笔贷款利息。

婚后第二年，女儿出生，取名为沈心蕾。

盛夏的一天，我赶赴丁河村，采访沈剑芬。

丁河村坐落在漂亮的丁山湖畔，是远近闻名的花园村。全村12个自然村，3700多人。沈剑芬在村里管财务，负责村集体的"三资"管理。

我在村办公室里见到了沈剑芬。她，个子不高，上身一件纱罩衬衫，下着牛仔短裤，齐额刘海，淡淡金黄色头发，眼角眉梢见不到皱纹，胸前挂着一个细细的项链坠，显得干练而时尚。外在形象看上去，要比她的实际年龄小许多。

沈剑芬坦言，她的家、他们夫妻间并没有多少惊天动地和罗曼蒂克的事，就是老百姓那种平平淡淡的日常生活，但家庭和睦、夫妻和谐。每年沈剑芬生日，实实在在的沈永华不送鲜花，也不买蛋糕，一大早在家做上一碗长寿面，既表达了贺意，还可充当早餐。大家在外面忙工作，家里"很民主"，但大事小情由她说了算。沈永华在家里的位置摆得还是蛮正的。说到这里，沈剑芬偷偷抿嘴一乐。

家乡迅速改变着面貌，给沈剑芬夫妇提供了一个又一个机遇。

2004年，沈永华进入塘栖镇交通站工作，一年后，担任中队长。第二年，升任副大队长。

2005年，丁河村招聘村干部，沈剑芬勇敢报名竞聘，在众多竞争者中脱颖而出。村里班子分工，她任村妇女主任，分管村里财务工作。

记不准确，沈剑芬一家从什么时候开始做志愿者的。几年前，丁河村党委从本村历史和生产实践中概括提炼出"深入基层、潜心工作、回报百姓"的"鱼鹰精神"，总结出"潜下去、摸上来、抓落实"的鱼鹰三步工作法。鱼鹰精神和鱼鹰工作法极大地调动了丁河村党员干部的工作积极性，也启发了沈剑芬的工作思路。她把村里有特长的女党员、女代表、女干部组织起来，成立"鱼鹰嫂"志愿队，她自告奋勇担任队长。初始时，她们邀请早期教育机构到村里，先是辅导"鱼鹰嫂"，学着给村里的孩子们做泥塑、米塑，让孩子们玩得开心、长得健康。后来，沈剑芬将"鱼鹰嫂"志愿队的工作重点放在垃圾分类和美化庭院上。刚推行时，村民们不太习惯，也不喜欢，需要上门做工作、做示范。沈剑芬带头学习，学会后，再来辅导"鱼鹰嫂"们。然后，将70多名"鱼鹰嫂"分了工，每人负责包干15家农户，这就把全村800多家农户全包啦！"鱼鹰嫂"们一次次上门作说明，希望成人为孙儿辈做榜样。同时，一个个手把手做样子，教他们如何实行垃圾分类，如何使用智能设备，保存积分，兑换物品。一段时间下来，村民逐渐改变了态度和习惯，由"要我做"，变成"我要做"。

沈剑芬因为工作出色，被选为杭州第丨三届党代表。

对"鱼鹰嫂"志愿队的考验，主要还是新冠疫情。丁河村人员流动量大，属于重点防控地区，需要上门入户做宣传，落实防控措施。这任务，本来交给村里男同胞们去做。但一段时间下来，村党委发现大老爷们不适合做这些工作，提起防控话题来扭扭捏捏、三言两语了事。沈剑芬主动请缨，由"鱼鹰嫂"志愿队接过这个担子。女同胞与女同胞说话，细腻、贴心，会聊家常，讲着讲着，就把防控要求夹带着说进去啦。眼下的中国农村，大多由女人当家。也就是说，"半爿天"差不多支撑住大部分天空。女主人明白了、弄懂了，全家也就差不多明白了、弄懂啦，效果特别好。丁河村没有出现一个病例，"鱼鹰嫂"志愿队因此获评杭州市抗疫先进单位。

也不是没有遗憾。新冠疫情第一年，正值女儿沈心蕾高考，天天在家上网课。沈心蕾英语很好，曾获得全国21世纪英语演讲一等奖，高考目标学校自然定得很明确。沈剑芬带着"鱼鹰嫂"们，忙得昏天黑地。沈永华在民兵应急小分队，也忙于疫情"救火"。夫妻俩整天不着家，也就没有人为沈心蕾做饭，女儿只好餐餐吃盒饭。沈心蕾很懂事，能理解老爸老妈的责任。不过，有时也会调侃老爸老妈一句：别的同学都在微信群里晒爸爸妈妈做的好菜好饭，她却只能晒老爸老妈买的盒饭。高考成绩出来，沈心蕾考得不太理想，沈剑芬觉得自己有责任，免不了鼻子一酸。但她还是忍住了，背过身就到村里工作。

其实，沈永华和沈心蕾也是志愿者积极分子。沈永华从2018年起，参加了塘栖镇的"栖愿江"志愿者服务组织，但凡塘栖镇上发生急难险重事件，都会出现他的身影。还有，沈永华是塘栖镇上有名的"一把剪"。他在部队学会了理发，退伍后，把这个技艺保持下来。每周三中午，雷打不动地参加塘栖镇上的志愿服务活动，义务为老百姓理发，一直坚持至今。我跟沈永华开玩笑，你现在当上镇综合治理办公室领导了，再这样理发，有没有什么想法呀？

"没有想法。我是共产党员，又是沈剑芬的老公。只要老百姓需要，我一定会坚持理下去。"敦实、黝黑、大眼的沈永华这么回答我，语气中充满诚恳和豪气。

女儿沈心蕾生活在这样的家庭，自小耳濡目染，养成了志愿服务之心。很小的时候，沈剑芬和沈永华就带着她参与志愿活动。读高中时，沈心蕾已是一名成熟的志愿者，考入宁波大学后，成为大学生志愿队伍的组织者，被评为学校优秀大学生。

一家三口，都姓沈，都在如鱼鹰般生活着、奉献着。唯其如此，沈剑芬一家被人们誉为"鱼鹰"之家，被评为2021年度浙江省最美家庭。

阿虎师傅的修鞋摊

我赶到乔司街道党群服务中心时，还不到早上9点，但阿虎师傅的修鞋摊早已开张服务啦。

阿虎师傅，四邻八乡都这么称呼他。他今年正好70周岁，佝偻着身子，脸型瘦削，头发灰白，双手青筋毕露，一双眼睛却炯炯有神、灵光活泛。他上身穿一件白色衬衫，外罩一件红色马甲，上面喷涂着"胡阿虎党员志愿者"字样。看到阿虎师傅的第一眼，我犹如看到一株在悬崖边倔强生长的野藤。

修鞋地摊设在大楼檐廊下，由三张椅子围就。阿虎师傅拉开架势，屈身坐在一把帆布小椅上。椅子前，摊放着一块油腻腻的长方形帆布，帆布上摆满各种修鞋用的刀具、针线、胶水，边上还有小型缝边机、小砂轮。不远处，一台旋转着的风扇。酷暑高温中，吹过来的都是热风，只能起到空气流通的作用。

室外气温很热，40摄氏度以上。我坐下不一会儿，就觉得衬衫湿答答地贴到背脊上。

反观阿虎师傅，很奇怪，他的脸上、身上，竟然没有汗珠。也许是经年累月的历练，让他变得如此耐热抗寒。

半蹲半站着的三名女性，迫不及待地将自己手中需要修补的鞋子递给阿虎师傅。

王女士将一双胶鞋递到阿虎师傅手中。这双胶鞋破损得很厉害，半个鞋底都已脱落。阿虎师傅托起鞋，看了几眼。然后，敏捷地从原料堆里找出一块橡胶皮，"咔嚓""咔嚓"，很快剪出一个"U"形。接着，将这个"U"形橡胶皮贴到那双鞋底上，用胶水凝固，用榔头敲定。最后，用电动锉刀锉齐。几分钟后，一双修补结实的胶鞋就放到那个王女士手上。

王女士为阿虎师傅的修鞋技术点赞。阿虎师傅颇为自得地说，他修的鞋太多了。所以，什么鞋都能修，难不倒他。

又一个年轻女士凑近阿虎师傅，递上一双漂亮的童鞋。一打听，这个女士姓胡，与阿虎师傅的爱人同村。她经常到这里修鞋，今天修补她女儿的童鞋。这双鞋，她女儿穿了没几次，觉得丢掉太可惜。阿虎师傅接过鞋来,仔细一看,发现粘贴线被磕碰掉了,需要重新黏合。不巧的是,阿虎师傅今天带的黏合剂已用完,需要另取。他略带点歉意地对胡女士说,你把鞋子放在这里,在鞋底写上你的电话号码,待我修好,打电话给你,你再来取。好不好?

胡女士自然一迭声地回答,好的好的呀!

我看到这情景,禁不住问了一句:"您听了阿虎师傅这番话,有何感想?"

胡女士脱口而出,阿虎师傅真好,我自愧不如啊!

送走这些希望现场修补的人员,技艺娴熟的阿虎师傅,一边修补起人们留下的鞋子,一边接听修鞋者的询问电话,一边与我聊起自己,聊起近20年的义务修鞋经历。

阿虎师傅的童年,其实与同龄人无异,虽家境贫困,但不缺父爱母爱。谁知9岁那年,他突然得了小儿麻痹症,高烧一直未退。家里没钱看病,父母亲只好眼睁睁看着儿子在病痛中挣扎。高烧退后,连续三年大病,莫名其妙地生了一种脓疮,一天到晚流脓。坐不是、睡不行,只能侧身躺在床上,痛不欲生、生不如死。人们告诉阿虎父母,这种脓疮只有动手术才能好。但父母亲去哪里弄钱给小阿虎动手术呢?小阿虎只好靠自己硬撑着,下肢慢慢就成畸形。

也许是小阿虎命不该绝。到14岁时,病体稍好。小阿虎看到自己腿瘸了,没办法参加农业劳动,就向父母提出,他想学一门手艺,养活自己。学什么呢?学修鞋。没有钱拜师傅,再加上身上流脓,自己闻起来都臭,更何况师傅?于是,小阿虎只好跟定一位修鞋师傅,躲在远处自学。时间一长,那位修鞋师傅有点不忍心,就偶尔教他一些修鞋技术。他每天背着修鞋箱子出门,晚上在家里,就着灰暗的灯光练习包鞋头,缝了拆,拆了缝。阿虎虽身有残疾,但心灵手巧,学得很快。慢慢地,阿虎师傅修补的鞋子已像模像样了。

第二年,阿虎师傅被吸纳进乔司镇手工业社,成为百作之匠。政府给阿虎师傅发了个执照,允许他摆摊修鞋。后来,阿虎师傅与同样患有脊髓灰质炎的爱人结了婚,政府还允许阿虎师傅爱人在他鞋摊边上摆烟摊,两人相依为命,勤俭持家。随着中国经济发展,阿虎师傅一家的生活逐渐好转,他的身体也奇迹般地好转。他不再需要吃药,每天都能修鞋。

阿虎师傅是懂得感恩的人。自己生活稍有好转,他就想到回报社会。他忘不了邻居的好,他们在阿虎师傅家最困难的时候,送来饭菜、衣服。他也忘不了政府的好,给他工作,还给他分配房子。阿虎师傅说,他身体有疾,但精神没有病;腿脚不灵便,但双手灵活。他可以为社会做点好事。

从此,阿虎师傅走上了志愿服务的道路。他利用自己一技之长,开始到附近乔司养老院,免费为老人们修补鞋子。修着修着,他与养老院老人们结下了情谊。老人们亲切地称他为阿虎师傅,期待着阿虎师傅每月两天上门修鞋的时光。

2003年初,乔司养老院要搬家,而且搬得较远。老人们跟阿虎师傅说,今后路远了,阿虎师傅修鞋不方便了,我们怎么办?阿虎师傅劝慰老人们别着急,他以后还会上门,为他们服务。老人们以为阿虎师傅也就这么一说,并没有太往心里去。

一段时间过去,养老院真的搬走了,阿虎师傅一下子找不着。他一瘸一拐地跑到街道办事处去问,然后一路找过去。因为第一趟路线不熟悉,再加上阿虎师傅行走不便,花了一个多钟头,才找到养老院所在的和睦路。新任院长还以为阿虎师傅也想进养老院,便开口婉言谢绝。阿虎师傅知道对方误解了自己,便把自己的来意一五一十作了说明。新院长闻说之后很欢迎,养老院的老人们自然更欢迎。

此后,阿虎师傅便成为养老院的常客,老人们把阿虎师傅当作自己的亲人。阿虎师傅的行动感动了人们,乔司街道5个有手艺的人,主动找到阿虎师傅,申请加入他的志愿者小组,一起为老人们服务。

好事传千里。阿虎师傅及其他人的善举,很快被乔司街道和区残联组织获悉。街道和残联商量,为阿虎师傅配备了一辆残障人士专用车,提供义务服务所需的材料、工具,并将阿虎师傅的志愿服务点定在临平人民广场,设立96345服务点,每月20日向社会提供服务,风雨无阻、雷打不动。至今,阿虎师傅用废了9辆残障人士专用车,志愿者队伍已扩展到百余人,为社会提供无偿服务2万多人次。"最美志愿者胡阿虎"已成为临平志愿服务领域一块响当当的品牌。他被评为"杭州好人""浙江最美志愿者",拥有两个微信群和近千名粉丝。老百姓认识他,领导也认识他。经常有记者来采访他,百度上有介绍他的文章、视频。"蛮多的,蛮多的。"阿虎师傅毫不掩饰他的开心与高兴。

聊着聊着,阿虎师傅就聊到他的家庭。患病的爱人前几年走了,他很难过。"现在已从悲痛中走出来啦。"他说,"做人心态要好,眼下这么好的生活,过去连做梦都不敢想。住着100多平方米的房子,每月2600多元社保养老金,还要什么呢?真的别无所求啦。"尤其是儿子和孙子,说起来真让阿虎师傅心花怒放。儿子今年43岁,身高183厘米,孙子18岁,身高190厘米,都生得高大魁梧、相貌堂堂。而且,都很善良,乐于公益事业。这不就是他胡阿虎一辈子做公益最好的回报吗?社会和政府待他那么好,他要对社会和政府更好。只要自己一天能爬得起来,就坚持做一天公益。

干完手中所有的活,阿虎师傅这才抬起头来认真打量了一下我,然后乐呵呵地说:"我们认识,也是缘分,一会儿加个微信吧!"

我赶紧接话:"好呀,好呀!"

"您贵姓?"阿虎师傅问。

我答道:"免贵,姓陈。"

"哦,小陈呀!"看看,阿虎师傅居然叫我小陈。其实,我只比他小3岁。

午餐时间已到,阿虎师傅结束志愿服务,用手支撑着小凳,"S"形地挪动其矮小的身体,一步一步移到那辆狭小的残障人士专用车旁边。然后身手敏捷地坐上去,发动起来,慢慢驶入当午烈日下。我蓦然觉得,阿虎师傅那矮小弯曲的身影渐渐变得高大起来。我知道,那是阿虎师傅精神世界的显现:简单、纯粹、至诚、高尚。

小林黄姜的传人徐建荣

壬寅初夏,在东湖街道姚家埭村口,一个接一个的生姜大棚,犹如波澜起伏的海面,一阵阵夏风送来小林黄姜特有的那股清香。

徐建荣站在阳光下,看上去像个地道的农民。他个子适中,清瘦、精干,皮肤本就黝黑,又穿着一件黑色T恤,整个人就接近土色。只有T恤上绘着一只展翅欲飞的大鹏,似乎传递着他的雄心。此时,他用手在我眼前画了一道弧线:这一片80亩生姜地,已建了43个大棚。那边,还有200亩姜地,是露天种植。

说完,徐建荣直接把我领进他的生姜大棚。眼下正值小林黄姜拔节生长期。大棚内,一垄垄姜苗已有尺把高,细竹般的枝秆上,斜生着一瓣瓣青绿色的叶片。一眼看去,那形象有点近似短根芦苇。

大棚内没有可坐之处,我干脆蹲在地上。徐建荣左手拿着一瓶矿泉水,右手翻看着生姜叶片,检查有没有"姜瘟病"症状,一边给我讲述小林黄姜的故事。

关于小林黄姜的故事，可以扯得很远，甚至带着民间传说的色彩。

据说，神仙吕洞宾经常下凡为百姓治病。有一次来到小林这地方，见遍地都是桑树，景色颇佳，吕洞宾心里喜欢，就多看了一会儿桑林。突然间，桑树上掉下一条毒蛇，着地后变成一只甲鱼。此时恰巧有个农夫经过，见到地上的甲鱼，喜滋滋地捡起来带回家，准备食用。吕洞宾觉得此物系毒蛇所变，农夫吃后，肯定性命不保。他心生善意，就化作一老翁出现，劝告农夫此物有毒，不能食用。谁知农夫并不在意，只是在蒸煮时，放入一物。蒸熟后，大快朵颐，一点没事。吕洞宾大为惊异，一问农夫，才知他在蒸煮甲鱼时，放进了小林产的黄姜，化毒为药矣。

上述故事，自然是民间传说，只是用来增加小林黄姜的传奇色彩，当不得真。但《新唐书》确有记载，小林黄姜是中国最早栽培的姜种之一，唐时已被列为贡品。北宋《太平寰宇记》也记载，康定年间盛产，并以其块大、质黄、味香而得到世人追捧。现代科研证明，小林黄姜之所以独特，根源还在其生长的小气候。小林一带土质为小粉土，地势较高，旱涝可控，晴晴雨雨，湿度恰到好处，特别适合黄姜生长。植物也讲精气神呢，吸收了日月精华的小林黄姜跟别物不同，既香又辣。姜精油含量高达3.5%，为普通生姜的10倍。此外，还含有1.8%的蛋白质以及丰富的维生素，有祛寒、发汗、镇呕、祛风、化痰等功效。

这些知识，是2011年徐建荣翻阅地方志和科学书籍时找出来的。当然，有些现象连现代科学也无法解释。徐建荣是小林人，似乎遗传了黄姜的基因。幼小时就听父母亲和乡邻谈论小林黄姜，使得他心里萌生了一个强烈愿望，要把具有独特地理标志的小林黄姜产业恢复起来，让它重新焕发青春，造福当地百姓。于是，他离开本村，来到姚家埭这个适宜种黄姜的地方。找生姜专家合作，成功选育出早熟高产的小林黄姜株系，并进行扩种繁殖。之后，进行小林黄姜土壤改良，攻克连年种植的障碍。研究小林黄姜贮藏技术难题，使得贮藏期延长一年。开展姜苗催芽试验，解决大面积种植中姜苗的需求。徐建荣犹如一个不断旋转的陀螺，十几年来，每年，甚至每天都有关于小林黄姜的新想法、新念头产生，不断思考着如何把小林黄姜产业做得更好。近年来，徐建荣着手完善小林黄姜传统种植和制作技艺，推动这些技艺列入区级非遗名录。

种姜，仅仅是徐建荣日常生活的一部分，更重要的一部分是，他经常在思考和谋划，怎么让小林的乡亲们用黄姜共同富裕。2016年，徐建荣牵头成立了小林黄姜农民专业合作社，在实践中探索"基地+农户+市场"的发展模式、"基地轻生产、农户轻资产"的共富模式。农户以土地入股、务工就业等形式，加入合作社、参与合作种植，由合作社向农户提供生姜种子、技术服务及农业保险，农户负责标准化种植，提供优质产品，然后由合作社统一收购，供应市场。目前，小林黄姜合作社采收的产品，已在盒马、明康汇、物美等超市上架销售，生意红火。

对于农业的风险和农民的顾虑，土生土长的徐建荣自然清清楚楚、明明白白。有些农户有后顾之忧，担心万一黄姜发生姜瘟病或者遭遇天灾，歉收了怎么办？合作社有个保底价：最低不低于每斤3元。同时，徐建荣为每个黄姜大棚都上了农业保险。他告诉我，即便遭受极端恶劣天气，或者黄姜严重病害，颗粒无收，凭着他给大棚上的保险，也能保证每亩地不少于6000元收入。这样，可以让农户放心大胆去种。

根据市场需求和徐建荣的管理能力，最佳规模应该在2000亩左右。你问为什么不扩大？他也想扩大。因为现在小林黄姜知名度提高，市场需求量很大。但国家保护永久基本农田，不准粮田改种经济作物。所以，徐建荣眼下正试着在生姜田里种水稻，水旱轮作、改良土壤。

我插嘴说："这是一个好办法呀！"

徐建荣笑笑："这是被逼出来的办法。如果这条路能走通，那小林黄姜的天地可就开阔啦！"徐建荣露出非常期待的神情。

问起徐建荣的家，他觉得特别温馨和幸福。爱人在公司管财务，收钱付钱，管得非常认真细心。这样，徐建荣就不必再去操心那些琐碎事。夫妻俩有一对宝贝儿女，儿子在当地读小学五年级，女儿已是大二学生，转眼就可毕业。

我与徐建荣边聊边走出大棚。此时，从周边大棚里陆续走来几个姜农。徐建荣给我介绍说，这些都是他的合作者，共七户人家，其中两户是村里推荐的低保户。有的租赁大棚自己种植，有的管理着大棚。现在，村里和街道把徐建荣这种搭帮致富的做法叫作共同富裕，把小林黄姜大棚称作"共富棚"，徐建荣本人被评为杭州市劳动模范。

徐建荣坦言，开始时自己并没有那么高大上，只觉得别人有困难，随手帮一帮而已。后来才发现，通过产业这个"孵化器"，的确可以帮到不少农户，产生共富效应，产业共富、劳动共富。

沈桂根老人，就是被帮扶的一个。老沈现年70岁，身体健朗，只是家庭不幸。老婆生癌症，医疗费花了100多万。女儿又出了车祸，花去20多万元。一个农家，接连出事，债台高筑，再没有钱买社保，全家靠每月2000来元的低保费维持生活。老沈平时打点零工，补贴点家用。但那种打工，三天打鱼，两天晒网，极不稳定。今年2月，村里牵线搭桥，把老沈介绍给徐建荣，让他来种黄姜。种姜活儿要求细致耐心，劳动强度并不大，老沈完全吃得消。徐建荣手把手教他种姜技术，拔草、施肥、用药、喷水，每天给他开200元工资，每月付一次。这些钱，刚好够老沈一家日常开支。离家又近，老沈非常安心，对徐建荣很是感激。

同来的人中，有个中年农民谢学东。他家就住在黄姜大棚的那一头，可谓临棚而居。老谢一家四口，是典型的低保户。妻子发生脑梗后长年瘫痪在床，生活上全靠老谢照顾。这样，老谢就无法出门打工，儿子尚未成家，家中还有个老母亲。今年，村第一书记把老谢作为特困户介绍给徐建荣。徐建荣一口答应下来，给老谢免费提供一个黄姜大棚，还送他黄姜种子和技术。眼下，老谢大棚内的黄姜苗长势良好，丰收有望。

谢学东真心诚意地说，徐建荣待他绝对好，一心一意帮助他。他现在一边种植黄姜，一边养土鸡。

此时，徐建荣在边上插话道，老谢养鸡养得不错。他有个想法，通过朋友帮忙，再辅导辅导老谢，争取把规模搞大些，办成一个养鸡场，帮助老谢彻底摆脱贫困。

徐建荣说着这些，老谢眼里似有泪花在滚动。

我想调节一下略显沉闷的氛围，便开了个玩笑："老谢，这养鸡场真的办起来了，你怎么感谢徐建荣呀？"

"杀一只土鸡，感谢他呀！到时候，你也过来哦！"谢学东朗声笑着说。看来，老谢还是一个颇为乐观的人。当然，他的背后，站着徐建荣，他有理由乐观。

徐建荣指指人群中的黄金福说："可以请老黄说说，他是另外一种类型。"

老黄年近古稀，看上去保养得法，红光满面。他说自己也是农民，对土地有感情。前几年，村庄拆迁，土地被征用，他搬到临平城里住，家里不愁钱。但闲着没事干，就到处打听哪里可以种地。结果找到徐建荣，用3000元，算是优惠价，承包下一个大棚，学着种黄姜。徐建荣教他种姜技术，产品由合作社统一品牌、统一收购、统一销售。老黄笑眯眯地说，他早上从城里开车出来，干上大半天活，买上点农村土特产，然后回家洗个澡，烧几只土菜吃吃，觉得浑身舒坦。这个大棚，今年估计能收四五千斤黄姜，刨去成本，能净赚1万来元，那就够满意的啦！

老黄还告诉我一件有趣的事，与他同时拆迁的村民，听说老黄种姜的事，都跃跃欲试，明年想搭帮着来徐建荣这里租大棚，种植小林黄姜哩！

我遐思，待到小林黄姜收获期，姜农们从地里拔出一蓬蓬饱满成熟的小林黄姜，收获满满的幸福感；而徐建荣从小林黄姜中闻到的，则是沉淀了千年才有的风土至味。

张国顺的家庭农场

"搞农业是因为喜欢，喜欢才有乐趣。我的乐趣主要在枇杷、丝瓜、西瓜。"

张国顺开着车，准备带我去看他的家庭农场。小车行驶在平坦漂亮的乡村公路上，轮胎接触柏油路面，发出吱吱吱的声音，一切显得如此和谐。盛夏的阳光透过挡风玻璃，洒在这个新型农民身上，其脸庞泛着古铜色的光泽。

他是柴家坞村人，但家庭农场在泰山村，两村隔着十几里路，路上正好聊天。

张国顺自谓对农业的兴趣爱好似乎与生俱来。他从小在枇杷树下出生，闻着枇杷香味长大。枇杷成熟时，只要站在枇杷树下，张开小嘴巴，"哧溜"一声，金黄色的枇杷就会从树梢掉下来，掉进张国顺嘴里，甜透他的心。初中毕业，他考进一所财会中专学校，懵里懵懂地读了两年，被分配到一家发电厂当会计。干了没有几个月，张国顺就不想干了，一天到晚与算盘、数字打交道，离他所喜欢的土地、枇杷、西瓜、丝瓜太远了。太远了，闻不到泥土味，张国顺心里就不舒坦。

不舒坦就要回到舒坦的位置上，就像卫星需要回到属于它自己的飞行轨道一样。张国顺一边攻读浙江大学农学院函授班，一边开始着手找"对象"。很显然，这个"对象"，就是张国顺钟情的种植业，枇杷、丝瓜、西瓜。

谁知正在兴头上的张国顺，被老爸兜头浇了一盆冷水，一直当着农村电工的老爸，居然不同意张国顺搞农业种植。不同意的理由很简单，搞农业人苦。自己已苦了一辈子，他不想让儿子继续苦卜去。孝顺听话的张国顺，拗不过老爸，只好暂时放弃了搞种植的念头，转而做点服装加工生意，赚点小钱。

然而，搞种植的念头始终火烧火燎般炙烤着张国顺。待老爸一离世，张国顺自己可做主了，便毫不犹豫地转向农业。

那年，张国顺33岁，还是一个小伙子哩。张国顺后来承认，当时自己就凭着一腔热情，还没有形成系统的想法，更不要说什么前瞻性。大部分同学也不赞同，说这么聪明能干的张国顺，居然继续种地，太可惜了。也有一些同学预计，张国顺现在是头脑发热，一定会半途而废。

随同学们去说吧，张国顺准备走自己的路。他拿出做服装生意时积攒下来的4万元，以每亩500元的价格，向村里租了80亩地，开设家庭农场。听人家说什么好，就种什么、养什么。他挖鱼塘、种枇杷、种丝瓜，还养了3000只鸡。结果，一年下来，亏得一塌糊涂。枇杷刚种下去，自然还没有收成。丝瓜卖不出去，即使勉强卖了，也抵不上成本。3000只鸡，则血本无归。算算账，一共亏掉16万元。不但把以前赚的钱亏光，还欠了一屁股债。

这第一棒打击，把信心满满的张国顺直接打晕在地，打出了毛病，年纪轻轻的他竟然在医院躺了好几天。张国顺心里明白，表面上是亏钱，实际上是亏了面子。而争胜心强的张国顺，最不愿意亏的就是面子呀！

很多人认为张国顺此路不通，必定会改行。张国顺自己也想过放弃。但他对农业的确有兴趣，有兴趣就会坚持。再说，他不想被人家说中，他张国顺不是一个半途而废的人！

第二年，重整旗鼓再开张。他砍掉小而杂项目，集中土地、集中精力种丝瓜。但因为技术不过关，到年底，丝瓜项目仍亏损了五六万元。为弥补亏损，把家庭农场支撑下去，张国顺在种植丝瓜的同时，做些蔬菜中介，买进卖出，赚点差价，这样苦苦支撑了两三年。

转机出现在2013年。前几年默默做的铺垫工作开始显现效果，杭州市场逐步接纳了张国顺种的丝瓜。

所有的瓜果蔬菜，都与一个地方的小气候小环境有关。张国顺告诉我，塘栖一带的小气候特殊，土层肥厚、河流纵横、水汽充沛，特别适合种植枇杷、丝瓜、甘蔗、西瓜之类。张国顺一直以来注重做精做专，实现差别化发展，培植"奇异蔬果"。

张国顺选择塘栖本地香蕉丝瓜作为主打品种。这种香蕉丝瓜在塘栖种植历史很悠久，悠久到什么程度已不可考。它是塘栖本地人喜欢的蔬菜。丝瓜个头不大、产量不高，但它抗氧化，烹饪时不用放味精，全天然味道。丝瓜烧熟后肉不会变褐，口感软糯微甜，在市场上能卖出好价格，比普通丝瓜贵出三分之一。这样，就能抵消它产量较低的不足，让张国顺赚到较多的钱。2013年，农场获利30万元，一举扭亏为盈，打了个漂亮的翻身仗。之后，每年盈利均在三五十万元，走上平稳发展的道路。农场规模也扩大至400余亩，张国顺管技术，他爱人管质量，成为名副其实的家庭农场。

说话之间，张国顺已将车开到农场边上，利索地停好车，带着我走进他的丝瓜园。

这块地有30亩大小。一眼望去，一垄垄丝瓜架，犹如一支支身披迷彩服的队伍，被坚固高耸的大棚覆盖着。翠绿色的丝瓜藤蔓上，开着金黄色的丝瓜花。丝瓜花的形状近乎喇叭，或仰头向天，或低垂敛眉，看上去十分华贵漂亮。绿叶黄花间，悬挂着张国顺所说的那种"香蕉丝瓜"。它与人们常见的长条丝瓜不同，一截截、一段段，形如黄瓜。张国顺指着它们，颇为自得地告诉我，这就是"香蕉丝瓜"，现在市场上批发价每斤6元，每亩可产5000斤。这样，一亩地收入3万元左右。张国顺还有一个拳头产品：黄皮丝瓜，上市更早，价格更高，每亩收益在四五万元。

说完这些，张国顺转身对着正在巡查的农友喊，大棚温度太高了，赶紧打开，让丝瓜透透气。农友问道，场长，打开多少时间呀？张国顺说，15分钟。那个农友依令而行。

场长？我感觉这称呼蛮新颖别致。张国顺解释道，他不喜欢人家叫他农场主或张老板，还是场长这个叫法好，亲切、自然，与土地和农场有关联。

农友启动自动闭合装置，头顶上大棚徐徐打开，棚内外空气开始流通。我这才注意到，丝瓜与枇杷树间隔种植，形成一蔬一果一蔬的格局。张国顺解释说，塘栖枇杷用大棚，他是第一家，效果不错，可以提早上市。提早，意味着较高的价格和收益。

话题，就转到塘栖枇杷上来。在张国顺家庭农场里，现有10来亩枇杷园，每亩产量800斤左右，都是塘栖最好的品种，一种叫"硬条白沙"，一种叫"软条白沙"。尤其是"软条白沙"枇杷，个头不大，但皮薄肉嫩，汁多味甜，口感绝佳。据说，它属于国宝级果品，限制出口。

眼下，张国顺觉得自己已基本做到了质优，难题是怎么做大数量？

2019年初夏，采购商盒马慕名来找张国顺采购枇杷。进到他的家庭农场后，见到了香蕉丝瓜。这样，他们就枇杷丝瓜一起邀，进入盒马销售渠道。开始时每天几百市斤，现在达到每天500公斤，还是供不应求。

那为啥不扩大扩大呀？是的，他张国顺也想扩大，但没有劳动力。果蔬种植业中采摘和疏果等环节，机器干不了，得用人工。现在年轻人不太愿意干这种农活。张国顺开出每小时20元的工钱，还是招不到年轻人。那，就只好请老年人干啰。眼下，张国顺家庭农场聘用了17个中老年员工，每月每人大概支付5000元工资，这也算是共同富裕吧？同时，张国顺已组建了塘栖枇杷科技公司，吸收5个农户参加。大家抱团取暖、抱团发展，收集枇杷花，做枇杷膏，进行枇杷深加工，形成一个系列，让附加值超过枇杷果品本身。

在农场休憩处，我和张国顺惬意地品着清香的枇杷花茶。张国顺说，农产品种植，是他的乐趣所在。他最快乐的事，就是朋友或客人品尝他亲手栽培的蔬果。朋友或客人脸上露出的笑容，会使张国顺陶醉。那是任何金钱买不来、做不到的呀。

兀然，我发现墙壁上有一张彩绘照片，上面写着一段张国顺自拟的话：人生如歌，初心未能忘。心若有梦，慎终与追远，坦荡向前走，艰辛抛身后。既耕亦已种，时还读我书。这一片沃土，便是我的诗与远方。

哦，脚下的土地、头顶的果蔬、共富的农户、笑颜的友人，就是这位新型农民张国顺心中的诗与远方。

生活在历史街区里的电商夫妇

临平艺尚小镇东端，有个历史街区。闹中取静，中西合璧。几十栋风格各异的别墅，沿街区排列。一条弯弯曲曲的仿古石板路，穿过郁郁葱葱的绿林，构成一条深邃的历史文化隧道。同时，它用现代网络联通世界，使自己演变为时尚地带。

郑乔骏夫妇俩的三家村藕粉电商专营店，就开设在街区深处。别墅前，一条清澈小河；别墅后，红花绿叶，还有阵阵悦耳的鸟鸣。

别墅三层。一层客服室，二层运营部，三层设计部，七八台电脑，五六名员工，每天24小时不间断接单、答问。氛围显得自然、简单、轻松。

郑乔骏对这个地方很满意，对自己的职业选择很满意。顺便说一下，黎丽对自己选择郑乔骏当老公，也很满意。

夫妇俩的共同记忆始于中国美术学院。那是2006年，郑乔骏和黎丽双双考入中国美术学院环境艺术设计专业，成为令人羡慕的天之骄子，开始浪漫的大学生活。入校后，第一堂课是军训，男女生分开，跟着军事教官学习立正稍息，喊着"一二三四"。军训是程式化的，有点枯燥，好在中间还有篮球赛。篮球是郑乔骏的强项，高中时代，体格魁梧的他，就是校篮球队队员。那天，留着一头鬈发的他，在篮球场上辨识度极高。只见他拿出看家本领，不断变换姿势，传球、带球、3分球，一时吸睛，风头无两。惹得围观球赛的那些女生，拼命为他鼓掌、欢呼雀跃。郑乔骏在投球空隙，用眼睛余光一扫，蓦然发现围观女生中，有一对秀丽眼眸，朝他开心地笑着。

就那一瞥，郑乔骏内心一热，似乎感受到强烈的电光火花。他记住了那个高个、苗条、清秀、文静女生的眼神和满满的文艺范。

军训结束后分班，郑乔骏惊喜地发现，那美女竟是同班同学，名叫黎丽。真是天设良缘啊！这叫不叫一见钟情？郑乔骏不知道。黎丽有没有看上他？这不重要！但他知道，他必须现在、立刻、马上展开凌厉攻势、穷追猛打，把这位美女追到手。此后几天，上课时，郑乔骏尽量往黎丽座位跟前凑。下课后，郑乔骏装作"差生"，向黎丽"请教"课程内容。他还"曲线救国"，疏通关节，频频邀约黎丽的室友吃饭看电影。这些都需要花钱。郑乔骏这才意识到，原来爱情需要钱。不过，郑乔骏最不缺的就是主意。他很快发现，美院附近有一批人，假借美院师生招牌，给一些学生做辅导赚钱。这个事，我们也可以做呀！郑乔骏的确具有经商天赋，无师自通。于是，他邀请几位老师和同学，正儿八经地办了个辅导画室。不但赚到了钱，而且把黎丽请入画室兼课。近水楼台先得月，搭就了郑乔骏的恋爱通道。

到了第七天，对，是军训结束后第七天。郑乔骏记得很清晰很准确。又一次同学聚会中，郑乔骏和黎丽离开人群，他也不管对方是否脸红，直截了当地问：黎丽，你可不可以做我的女朋友？这些天来，黎丽自然是有感觉的，感觉彼此已经很熟很熟。但毕竟才七天，毕竟是女孩子，需要某种矜持。黎丽当时脸红红的，嗫嚅着说，她考虑考虑。郑乔骏见黎丽没有明确拒绝，感觉有戏，就追补了一句：考虑可以，我给你三天时间。

那个三天，真是漫长，也难挨。在郑乔骏心里，似乎过了三年。三天过去，郑乔骏没有等来黎丽的答复。但不答复也是一种答复呀！郑乔骏大喜过望。按照他自己的说法，当即找到黎丽，"发起总攻"，一举把黎丽拿下。

快节奏的爱情故事开局良好而顺畅。郑乔骏似乎完成了一件大事，就把主要精力转移到读书创业上，他要向别人证明，在郑乔骏这里，爱情、学业、事业三者可以兼顾。他的画室收入不错，并在其中获得关于市场、经营、税收、品牌的一些知识，成为他后来经营电商的启蒙。

两人大学毕业，步入社会。郑乔骏在省林业厅下属一个单位从事环境设计，黎丽则进入一家勘察设计院。干了没多久，郑乔骏就感到自己并不适合这种按部就班的节奏，他要创业，走自己的路，并在走路中历练自己。

说干就干。郑乔骏把女友黎丽也"拖下水"，一起注册了一家小型广告公司，试着泛舟商海。

广告公司并没有赚多少钱。但在做广告的过程中，郑乔骏了解到临平地区有不少农特产品。譬如，超山青梅、塘栖枇杷、塘栖甘蔗、运河甲鱼等。特别是临平出产的三家村藕粉，色白微红、润滑细腻、营养丰富、口感绝佳，南宋时即为贡品，属于杭州地标性美食之一。西湖藕粉临平产，临平藕粉却少人问津，大多限于口口相传、耳濡目染，知名度不高、覆盖面不广。临平藕粉曾抓住了父辈们的胃，也一定能抓住当代年轻人的胃。郑乔骏深为家乡特产鸣不平，发誓要让三家村藕粉走向全国，成为"国民食品"。实现途径就是电商。眼下电商如火如荼，遍及全球，前景看好，自己和黎丽懂得设计、会拍视频，做电商是扬长避短。

主意拿定，准备了半年，郑乔骏和黎丽注册了一家名为"堂玺启迁"的电商企业，并与三家村藕粉公司签订代理销售协议，正式入驻阿里巴巴天猫商城。这家名称拗口、含义复杂的电商专营店，老板连同员工，只有三人。不过无意间，他们成为全区首家农产品电商专营店。

那是2013年盛夏，电商专营店开业当天，一个十分闷热的江南夜晚。郑乔骏和黎丽跑进跑出，已忙了一个白天，没见一份订单。他俩一会儿担忧线路有问题，一会儿怀疑平台对接不畅，弄得心神不定、寝食不安。临近深夜，他俩坐在电脑前，眼巴巴地盯着电脑荧屏，盼望着阿里巴巴开门。兀然，"叮"的一声，屏幕瞬间一亮，第一份订单飞来。他俩神情一下子兴奋起来，赶紧打开订单。见是一个北京顾客下的单，购买一袋三家村藕粉。这是电商专营店开业第一单哦，郑乔骏像迎接头胎儿女一般喜悦和慎重。后来，这个顾客经常在线购买三家村藕粉，郑乔骏才知道，这是一个晚年移居北京的杭州人，年轻时经常食用西湖藕粉，记忆深刻。现在年纪大了，但仍思念故乡风物。北京找不到藕粉，自己不会上网，遂委托女儿帮忙网购。女儿工作忙，直到深夜才下的单。这就是郑乔骏他俩在半夜三更才收到第一单的原委。

有了第一单，自然会有第二单、第三单。接下来的四年，正是中国电商业发展黄金期。经过四年辛苦，郑乔骏和黎丽的电商专营店，网销额从300万元飙升至5000万元，营业场地增至400多平方米，有了16名员工。郑乔骏被评为区劳模、"十佳农村实用人才"。

如果不是2016年那场考验，郑乔骏也许会这么顺风顺水地做下去，一直做三家村藕粉的网络销售代理商。

2016年春夏之交，郑乔骏代理网销的三家村藕粉产品遭遇了一次商誉危机。原来，三家村藕粉公司是家村办企业，所在村有些农户小作坊也跟着制作藕粉。为帮助那些小作坊制作的藕粉打开销路，好心的公司老总同意其他小作坊使用三家村藕粉商标。谁知有的农户弄虚作假、以次充好，竟用番薯替代莲藕，致使三家村藕粉产品出现严重的质量问题，被央视"3·15晚会"曝光，声誉一落千丈，企业濒临停产。

区农业局领导找到郑乔骏，告知此事，希望郑乔骏尽量帮帮三家村藕粉公司。

怎么帮？唯一可行的办法是与三家村藕粉公司合作联营，增加优质藕粉产品供应，扩大市场覆盖面，用良币驱逐劣币，帮助企业挽回市场信誉，渡过难关。

由此，改变了郑乔骏的电商经营之路。

为顾及三家村藕粉公司的面子，开始时，郑乔骏并没有向对方说明自己的营救方案，只是向三家村藕粉公司大量订货，在电商市场主打"刀削片"藕粉。原价进、原价出，高价进、低价出，有时甚至搞活动，免费赠送。一些实在卖不掉的藕粉，只好暂时储存在仓库里。这么来来回回一折腾，郑乔骏一下子倒贴进去600多万元。

600多万元，自然不是小数字。"秘密"很快被管财务的黎丽发现，郑乔骏"斩而不奏"的做法，引发了黎丽的强烈不满，夫妇俩爆发了自认识以来的第一场"家庭大战"。在黎丽看来，郑乔骏太感情用事。既然做电商，就要赚钱，哪有赔钱赚吆喝的道理？现在把全家几年来辛辛苦苦赚的钱都倒贴进去，万一对方企业倒闭，这些钱不都打了水漂？黎丽越气越说，越说越气，差点夺门而出、离家出走。

彼时，郑乔骏的确感受到了压力。他也认为黎丽说的话是事实、有道理。好在两人情感基础好，不至于吵崩。郑乔骏分析着劝说着，夫妻俩心平气和地展开讨论。一场争吵，逼着夫妻俩商量出一个救人救己的计划。

时间一久，正宗的三家村藕粉渐渐在市场上站住了脚，事实真相也终于浮出水面。三家村藕粉公司获悉真实情况后，大为感动。企业觉得郑乔骏夫妻俩这么做，真是仗义。但他们绝不能让郑乔骏承担全部损失，主动提出负担一半费用，并进一步密切彼此的合作。

就这样，一家现代电商企业与另一家传统企业相互帮衬着，走出了困境。

郑乔骏并不满足于此，他要向电商的高端行走。藕粉属于中式养生冲饮品类，过去以老年人为主销对象。如何让年轻人喜欢上藕粉，是郑乔骏多年来一直在思考的事。藕粉的品质和营养价值明摆着，关键是赋予藕粉以文化价值和文化属性，需要有商品背后的故事。这些属性和故事，包括形状、包装，要让年轻人喜闻乐见，产生体验冲动。还有，网络销售用户黏性强、复购率高，产品有固定的粉丝群，要不断在网上聚集客流量。一旦客流量多了，产品就容易"出圈"，会产生蝴蝶效应。

这些年来，郑乔骏主要就在研究这些事，有成功，也有失败。早先销售藕粉，大多一斤袋装，数量太多，不适合现代人饮用习惯。他就将藕粉产品改为小包装。前几年，他还超前推出了"独立碗装"。也许因为太超前，结果这种"碗装"形态折戟沉沙，直到现在才流行开来。网购者百分之九十以上是女性，比较讲究营养美颜，忌讳多糖多热。郑乔骏就千方百计研发无糖或低卡路里藕粉，还有"五黑"藕粉。目前，郑乔骏电商店网购藕粉品种已达23种，可谓各式各样、林林总总。但郑乔骏觉得还远远不够，电商店应当满足各种人对藕粉的需求与想象。他细分人群、细分场景，力争线上线下把三家村藕粉品牌做到最大。

黎丽现在的身份比较特殊。她既是电商店"老板娘"，又是一个7岁女孩的妈妈。女儿已上幼儿园中班，自然要分出一部分精力抚养她。让黎丽十分满意的是，郑乔骏与她非常默契。郑乔骏在电商店里忙得脚底翻天，只要一回到家里，拖地烧饭，照顾女儿，一件不落，内外兼顾，毫无怨言。这样的老公，真对得起自己七天之内的选择！

不久前，郑乔骏获得全区"农产品致富带头人"。郑乔骏与别人谈及这个荣誉时，幽默了一下：自己还没有致富，而是走在致富的路上。

开老底子面店的一家子

一个临平籍朋友向我推介，临平街上，一对沈姓父子开着一家老底子面店，已有30余年，口碑颇佳，是名副其实的勤劳致富典型。今天他自己特意从外地赶回来，就是为了吃上一碗老沈家的面条，建议我不妨去看看、尝尝。

我素来不吃面条，但朋友关于这家面店的三言两语，却引发了我浓厚的采访兴趣。

循迹而去，我走到这家坐落在临平将军殿弄52号的"临光面店"。

面店很小。当街一幢两开间的小屋，是人们记忆中上世纪八九十年代常见的那种式样。两层，外立面贴着的小格子瓷砖，早已显得斑驳陈旧。楼层中间，外挑出一个不足一米宽的小阳台，阳台正面横排着"临光面店"四个字。大概也是因年代久远，字面无甚光彩。与街弄斜对面漂亮光鲜的临平第一小学校舍相比，这家面店显得有些寒酸与落伍。

站在面店门口，一种怀旧情愫油然而生。也许，面店主人求的就是这效果？而来这里吃面的不少顾客，需要的也是这种感觉与回忆？

推门而入，是另一种感觉：都是普普通通的家具，但整洁如新；角角落落，清清爽爽、干干净净，没有个别小饭店那些黑黝黝、脏兮兮的场面。正是早餐时间，一层10多张小餐桌，早已座无虚席。后至的顾客，只好端着面条上二楼。小小餐厅里，响起哧溜哧溜的吃面声。

面店老主人沈明森，正在点餐机前忙碌。他剃着一个光头，圆墩墩的脸庞，油光满面，眉眼上扬，掩饰不住那股开心劲儿。他向每个顾客询问：要什么品种的面条？食材是什么？多一点还是少一点？佐料要什么？咸淡口味怎样？烧炒的软硬程度如何？然后，把顾客的这些要求一一输入电脑，打印出来两张纸，一张递到顾客手里，另一张则交给后厨。

我忍不住插了句："沈老板，问这么多问题，不是蛮麻烦吗？"

沈老板微微一笑："眼前麻烦，后头就不麻烦啦！"

我一时未解其意，沈老板抽空笑着解释道："你把每个顾客的需求都了解清楚，然后记录下来，可以避免就餐中出现麻烦。因为是事先大家沟通好的，白纸黑字，不会发生争执。是吧？"

原来如此。想起有些就餐场合争得面红耳赤的事，我不得不对沈老板的细心肃然起敬。

等忙过一阵子，吃早面的顾客陆续散去。沈老板夫妇把我领上二楼一个僻静处，你一言我一语，开始回忆他们的创业经历，还有，包含其间的辛酸与不易。

沈明森和爱人原是海宁人，早年在长安镇居住，做点小本生意，吃穿不愁。谁知，天灾人祸会降临到寻常百姓身上。20世纪80年代末，一场人为的大火，把他们商铺的存货烧为灰烬。货烧了，但进货的钱仍需支付。最后，法院判决，沈明森夫妇欠债14000元。沈明森不是不明事理、不讲道理的人。他也知道，欠债还钱，天经地义。他甚至"慷慨大方"地让那些债权人到自己家里，把但凡值钱的家具电器等统统搬走，冲抵欠款。但那时，"万元户"还是凤毛麟角，一个工人月薪才七八十元。14000元，该是多大一笔数字啊！

待在老家不行。靠自己这点微薄收入，猴年马月才能还清这笔"巨款"？1990年，沈明森夫妇与临平一个朋友商量，搬迁到临平，寻找赚钱的机会。

临平也不是盛产金子的地方。初来乍到，沈明森夫妇一时摸不到赚钱的门路。恰在此时，爱人又怀了孕，家庭负担将越来越重，沈明森四处拼命找活干，养家糊口。后来，看到朋友家开着一个小旅馆，似乎还蛮赚钱。思考良久，他决意开个小餐馆。那个朋友很是支持，借给他2000元，用于支付房租，添置一些必需的厨具炊具。

彼时，人穷志短、马瘦毛长。沈明森并不敢放手大干。他向所在居委会租了一间已倒闭的小吃店。那间小吃店房子又小又破。沈明森也顾不得什么店铺形象，没有装修，没有雇人，甚至没有挂上店牌。悄悄地向工商部门登记注册，简单打扫了一下墙壁楼板，一家"工农新村面店"就这样开了业。

俗话说，万事开头难。虽说沈明森一家平时爱吃面，但吃人家烧的面，与自己烧给人家吃，是完全不同的两码事呀！但沈明森是个认准了路不回头的人。他要依靠自己的勤奋、聪明和本领，养活一家人，还清债款。这个念头，强烈地支撑着他。从烧第一碗面开始，沈明森就决心烧出自己的特色。他烧一碗面，看着顾客吃完，真诚地征求顾客意见。之后，在烧第二碗时改进，再烧第三碗。沈明森至今记得清清楚楚，当第一天营业全部结束，夫妻俩关上店门，开始盘点手中钞票时，一下子兴奋起来。第一天营业收入42元！

接着，第二天，52元，第三天，62元，每天差不多增加10元。等到某天盘点、看到手中钞票已超过100元时，夫妻俩高兴极了，兴奋得差点跳起来！几个月后，儿子出生，更是喜上添喜，沈明森觉得每天的天都是蓝的，每天的面都是鲜的。

后来，面店生意越做越好，一天营业额能达到三四百元。没用几年，沈明森还清了过去认为如大山般的债款，并开始有了余款。

工农新村面店开到1994年，临平经济发展迅速，居民生活水平逐步提高，前来工农新村面店吃面的顾客越来越多。沈明森觉得，一间店面实在满足不了大家吃面的需要。经过考察遴选，他选中了现在的店址，先租后买，并取名为"临光面店"。沈明森给笔者解释说，"临光"，倒过来读，就是"光临"，他希望有更多顾客到他的店里吃面。还有，"临光"，在临平话里，谐音"灵光"，他沈明森要灵光些，把面店生意做活做好。

沈明森真的做到了。目前，每天光临临光面店的顾客有几百人，一碗面从二三十元至四五十元不等，每每人满为患，营业收入噌噌往上升。沈明森观察，顾客中有百分之三四十是回头客，经常光顾。有的天长日久，甚至成为朋友。有些居住在外地的熟人朋友，自驾车过来吃面。如笔者的那个朋友就是。他从沈明森开面店时就开始吃，一直到现在还念念不忘这老底子面的味道，隔三岔五会来面店撸一碗。更有趣的是，有的顾客从临平一小读书始，就嗜好临光面店的面条。后来毕业工作，直至自己有了小孩，还会带着小孩到临光面店，一边吃面，一边给小孩讲述自己孩提时在临光面店吃面的往事。这时，是沈明森最感幸福的时刻，他会忍不住凑上去，与父子俩聊聊往日的岁月。

问起成功奥秘，沈明森回答得很干脆。临光面店的成功，一靠质量，二讲卫生。说起确保质量，沈明森有一套自己的理念和办法。他主张"我有我味"，不去简单模仿别的店家，不搞扩张经营。他首要坚持的是，食材必须鲜活高档。他有一批经过严格挑选的定点供货商，宁可价格贵些，但食材一定要好。稍有不好的，就坚决退回，绝不将就。每天计算好必需的食材，所有食材不过夜，让顾客吃得放心。为精确预测食材，尽可能减少浪费，沈明森平时十分注重季节转换、气候冷暖、天晴下雨、节假忙闲等情况。因此，30年下来，没有顾客反映或投诉临光面店食材质量问题。好的食材到手后，还要精心清洗，讲究现杀现做，一碗一锅，满足每个顾客个性化的要求。笔者进店时看到的个性化点菜下单做法，沈明森沿用了几十年，已成为店规。

说到卫生，沈明森也有自己的一整套规矩：临光面店只卖面条，不卖其他；只开日店，不设夜宵；只卖小菜，不卖烟酒。店中所有碗筷，高温消毒、定期淘汰。我询问沈明森为何这样做，他回答说，这样店里就会清清爽爽，不会乌烟瘴气、乱七八糟。虽然这样可能少赚些钱，但他是个喜欢做事的人，不太看重钱财。夫妻俩有社保收入，家里还有存款，够用就好。

30年中，值得沈明森回忆和骄傲的事自然不少，但他却给我讲了如何对待员工的事，使我印象深刻。后来，面店生意越来越兴旺，夫妻俩实在忙不过来，就聘请了几个外省来的员工。他给这些员工远高于同行业的薪酬，还毫无保留地教给他们烧面的技艺。等到这些员工掌握了技艺，他竟动员这些员工回家开店创业。有时，还跑到那些员工开店的地方，亲自示范，那些被聘用被帮助的员工每每激动得说不出话来。

说到未来，沈明森说，两年前，他已把面店交给儿子媳妇在打理。自己和老婆只是每天到面店转一转，能帮上忙的地方搭上一把。帮不上忙时，看看这场面也开心，觉得心满意足。

我在临光面店见到了老沈的儿子。小伙子叫沈志怀，刚好而立之年，大专毕业，高个、清瘦，交谈时略带点腼腆，但表达出来的意思，却很有主见。他对老爸三十年如一日的坚持不懈充满了敬意和敬畏，直言自己很难达到其老爸的境界。他告诉我，他并不能保证自己一辈子管理临光面店，但他会尽自己努力，争创百年老店，使临光面店成为临平的一个地标、一个代名词、一段历史。

这就蛮好！

农民斫琴师

如果不是有人引导，你很难在鸭兰村上千农户中找到马岳思家。

车子沿着乡村小径，穿过荷花池、稻田，七拐八弯，最后停在一幢挂着"马岳思斫琴技能大师工作室"的农家楼前。

这是一幢与周边农舍毫无二致的房子。只有在进入堂前后，才能发现它的雅致之处：墙壁居中，镶嵌着一个红木制作的篆体"琴"字。"琴"字下方，置放着一张古琴。右侧即是琴室，一架宽大的木案上，也有一张古琴。古琴上方，不知是哪位书法家题写的"大音希声"四字。这样的场景，使人顿生敬意。

马岳思从工坊中走出来，与笔者握手。他的手粗糙，甚至可以说是极其粗粝，握上去，有点触摸岩石的感觉。他个子不高，不胖不瘦，灰白头发上沾满了木屑，套在身上的那件半新不旧的T恤上，全是斑斑点点的油漆。粗看上去，马岳思颇像一个木匠或漆匠。

马岳思让笔者坐进琴室里，傍着古琴坐下。他自己则坐在笔者对面，开始滔滔不绝地讲述他的故事。只有在此时，你才会感觉到，但凡斫琴者，都是高人。马岳思其实是个善于表达的人，是个有着极高艺术天分、沉迷于斫琴的人。

那是很久很久以前的事，但在马岳思脑海中，仿佛还是发生在昨天的事。1962年出生的他，属虎。在贫穷的鸭兰村，他连一只猫都不如。为生活所迫，马岳思从15岁起就跟着别人学木匠、做家具。因为聪明和勤奋，他做的家具开始有点小名气，做着做着，马岳思把木匠活做到了杭州城里。

那是1987年吧，马岳思被人请到杭州卖鱼桥一户人家打家具。这家女主人是教师，姓李，十分喜欢古琴。马岳思称她为李老师。周末时，李老师会在家里练琴。琴声被正做着家具活的马岳思听到了。那声音犹如天籁，真是优美动听呀。它袅袅婷婷地飘进马岳思的耳朵，似乎一下子穿透了他的耳膜，猛烈地撞击到他中枢神经的一个特殊部位，然后带着一种极度的愉悦感，从天灵盖上冲出。马岳思震惊了。这是什么乐器演奏的音乐呀？居然这么好听！他这才注意到李老师在弹奏的乐器。马岳思不认识它，更叫不出它的名称。李老师略显自豪地告诉他，这叫古琴。

古琴？这就叫古琴？马岳思立刻喜欢上了它。然后，他一打量，古琴并不复杂呀！一块木板，把中间掏空一些就是。在已能打造精致家具的马岳思眼里，这古琴很简单嘛！马岳思暗暗打定主意，他要做一张古琴，让人们看看。

回到鸭兰村老家，马岳思找出一块杉木板，开始动手制作古琴。那时，他还没想到拍照，只是凭着记忆，仿照女主人家里那张古琴的模样，鼓捣了一个星期，终于做成了一张外形仿真度极高的琴坯。但马岳思不会上琴弦，只得抱着琴坯，再次来到杭州。七说八说，央求女主人帮忙找人上个琴弦。女主人被马岳思感动了，答应带他去见自己的老师徐匡华。

马岳思并不知徐匡华是何许人也。女主人就告诉马岳思，徐匡华先生是大名鼎鼎的新浙派古琴大师、西湖琴社社长。徐先生经常与"江南箫王"宋景濂演出琴箫合奏曲，广受好评。徐先生原是杭州第四中学的地理老师，退休后，担任浙江省老年大学古琴队艺术指导，她就是这个老年大学古琴队一员，跟着徐先生学古琴演奏呢！李老师还告诉马岳思，徐先生是位热心人，教学生从不收费。

就那样，机缘巧合，马岳思见到了徐匡华先生，并忐忑不安地递上自己仿制的那张琴坯。徐先生拿起那张琴坯，翻来覆去地端详了很久，缓缓说道："你这张琴坯，外观上做得很像。但古琴不是家具，只要外形做好就行。做古琴，关键在于音质。"

音质？那时的马岳思对于古琴真是一无所知。徐先生非常耐心地从头讲起。讲音乐原理，讲古琴的奇、古、透、静、润、圆、清、匀、芳，古人谓琴之"九德"，讲古琴的斫造工艺，从选料、裁锯、刨制、挖槽、黏合、推灰、打磨、徽位。徐先生一直讲着、讲着，一口气讲了两个多小时，却把毫无音律基础的马岳思给讲蒙了。马岳思叹气道："妈呀，有那么复杂啊！那我就不做了，放弃了。行不？"

"不行！"徐先生竟然提出，他在推广古琴，跟他学古琴的人越来越多，但苦于市场上买不到合适的古琴，"你来帮我做古琴吧！"

什么？让他马岳思来做古琴？是真的吗？

是真的！徐先生坚定地点点头。古琴大师已经看出了马岳思的天赋与执着。

"可、可我什么都不懂呀！"马岳思自己显得信心不足。

不要紧，你跟着我就是，老师会教你的。你只负责做古琴，把古琴做好后，交给我，由我向学生们推荐。

真的？这真是太好啦！徐老师！

从此，马岳思踏上了漫漫的斫琴之路。

徐先生一次次来到鸭兰村，手把手教马岳思制作古琴，讲材质、尺寸、工艺，更多的是讲音律、声韵、窍门。

斫古琴，最好是用梧桐木。但适合做古琴的梧桐木很稀少。在徐先生指点下，马岳思采用云杉木斫琴。这种云杉木，树身高大挺拔，枝杈少，经自然界风吹雨打，吸收超声波多，比较容易产生音波。马岳思反复试验、打磨，终于试制成功第一张真正意义上的古琴。外形美观古朴，整体形状仿照凤凰身形，分头、颈、肩、腰、尾、足，且音质古朴、音色清纯。徐先生极为赞赏，充分肯定马岳思的聪慧与精心。

古琴销路不用愁，由徐先生负责。每卖一张琴，马岳思能收到七八十元制作费。一年下来，马岳思可以斫琴百来张，也就意味着，他一年可收入万把元。那时，农村"万元户"还是挺让人羡慕的呢。更何况，后来，学习古琴的人越来越多，古琴价格也就水涨船高。马岳思成为鸭兰村一带最早脱贫奔小康的人家之一。

但马岳思并不满足。在给徐先生做专职斫琴师的10年中，他掌握了许多有关斫琴的知识与技能，已不满足日复一日、年复一年的重复劳动。他要突破，他要突围，他要打造一张自己满意的古琴。

一直等到徐先生驾鹤西逝,一直等到为徐先生斫琴20年之后,马岳思才开始真正按照自己的理解、思路和技艺斫琴。

古琴的好坏优劣,取决于多个因素,斫琴师的决定性作用,就是将最佳的因素组合匹配好。马岳思在斫琴实践中慢慢领悟到,一张好琴,自然需要好的材质、琴弦、工艺等,但关键点在于"音箱",也就是古琴术语里所谓的"龙池""凤沼"。马岳思介绍到这里,领笔者进入他的斫琴工坊,从挂满半成品的墙壁上,随手取下一块琴坯,用手指点着琴坯中间的两个凹槽:这就是"龙池"和"凤沼"。

马岳思坦言,开始时,自己也不懂,后来在徐先生点拨下,才慢慢弄懂。演奏者弹拨琴弦,使之晃动,晃动的琴弦会发出震颤的声波,声波投射到板材上,产生振荡,就会发出声音来。但光懂得这个原理还远远不够,因为这个原理一般斫琴师都懂,但为什么不同的斫琴师斫制出的古琴差异会那么大?徐先生走后,有七八年时间,马岳思一直在思考这个问题。他摸索、领悟、试验、修改,总是不得其门而入。

一个盛夏傍晚,马岳思走在乡村小径上,一边还在冥思苦想。稻田里响起一阵阵青蛙叫声,那一声声蛙鸣,清亮悦耳、此起彼伏,像是青蛙们在演奏一场特殊的音乐会。蓦然,一个念头掠过马岳思的脑海:小小青蛙,为什么能发出那么响亮的叫声,而且传得那么悠远?原理是啥?对斫琴有什么参考意义?这一念头,让马岳思激动不已。他立即从田间抓了几只青蛙回家,反复观察、研究。他终于发现,青蛙口腔下的"共鸣箱"十分厉害。青蛙原本微弱的声音就是通过这个"共鸣箱",瞬间被放大,才发出与它体量不相称的音量。古琴不也是运用共鸣原理弹奏的吗?它的共鸣箱不就是"龙池""凤沼"吗?对,斫制出理想的"龙池""凤沼",就能使古琴达到最佳的发声效果。

从此,马岳思将研制重点放在"龙池""凤沼"上。他用七八年时间，孜孜以求，摸索斫制古琴"龙池""凤沼"的绝技。他采用仿生原理，创造凹凸不同、形状各异的木板造型，构造大小不一、距离不等的蜂窝布局，形成不同的"共鸣箱"，从而让古琴发出他想要的声音，达到新的境界。

马岳思斫制的古琴成为市场上的"紧俏货"，一张古琴价值几十万元，还供不应求。不少人慕名而来，有位北京琴师，竟然不远千里，找到鸭兰村，向马岳思求购古琴。

似乎为了让外行的笔者感受自己的琴声，以证明所言非虚。马岳思一下子摆开三张古琴，逐一弹奏。即刻，小小农舍，回荡起古朴、深沉、浑厚、清亮、悠扬的琴声，瞬间把人带入那种原始、旷远、宁静的世界……那真是一种绝美极致的享受啊！让人入迷，令人陶醉。

眼前的马岳思并没有陶醉。他坦言，生活富裕早已没有问题。他雄心勃勃，开始为古人古琴古谱"纠错"，让古琴变得更完美更高雅。同时，他希望有个更大的空间和舞台，让更多的人了解他的斫琴技艺。能够让他马岳思呕心沥血几十年所得的斫琴技艺不至于失传，渴望有人与他一起研制和传承祖国的古琴艺术。让更多的人欣赏并喜欢上这门老祖宗留下来的文化遗产，让古琴斫琴成为鸭兰村及崇贤街道乃至临平的文化名片。

真诚而美好的梦想，应该实现，也可以实现吧？我将马岳思的心愿转告给了崇贤街道党工委书记叶敏。没有想到的是，叶敏说，街道正在考虑策划此事。

上下同欲者胜。

聋哑夫妇的发屋

在塘栖古镇上,"晓珍发艺工作室"并不显眼,甚至可以说,它被众多的小店小铺淹没在一条长街里,犹如生活海洋中的一叶小舟。它的两边,不是烟酒铺,就是小吃店,沿街还停靠着一长溜各色轿车,勾勒出寻常的百姓生活场景,弥漫着浓浓的人间烟火味。

发屋的门面宽也就三米左右。推门进去,约有七八米纵深,状如一条短弄堂。右边墙上,粗线条地画着一幅偌大的美发图,似乎是发屋的标识物。左边墙上,则是几排各式各样的奖状,展示着这家发屋主人的荣光与艰辛。

一块小小说明牌映入我的眼帘:"您好,我是聋人。您想要怎样的发型?请以笔代语或将发型图片给我看。谢谢!"我心里不禁怦然一动。

此刻,聋哑理发师王晓珍正在给一个青年女士美发。她的丈夫、同样是聋哑人的董华良站在一边,眼神透射出满满的欣赏与羡慕。晓珍的婆婆恰巧也在发屋,见我和手语翻译进门,便热情招呼着,端出一盘已切开的西瓜,让我们尝尝塘栖特产,降降温。

晓珍朝我看了一眼,算是打了招呼,然后低下头,继续忙碌着手中的活。我正想开口与她交流,手语翻译告诉我,聋哑人唯一交流的方式就是手语,但此时晓珍正双手并用,无法腾出手来与我交流。

我这才醒悟过来,暂停交谈的想法,静下心来,观赏晓珍的美发技艺。

这真的可以称作艺术。只见个子娇小的晓珍,此刻全神贯注、十分投入。她右手握着电吹风,左手虚虚地执着一把梳子,一双明眸紧盯着女顾客的一头秀发,用极其娴熟的技艺做着发式,或拉伸,或盘旋,或熨烫。不一会儿,一个时尚漂亮的发型呈现在众人面前。接着,晓珍用剪子利落地剪掉女顾客脖颈上的短发,掸去掉下来的发丝。然后,她用征询的目光朝那个女顾客看了看,似乎在问:您看,这样行吗?

女顾客显然非常满意。她是外地人,在塘栖镇上工作,每次都到晓珍发艺工作室理发。她觉得晓珍理的发式很好看,蛮喜欢。女顾客用手语向晓珍表示感谢。手语致谢的动作是:弯下大拇指,跷动几下,这是表示谢意。此刻,晓珍笑了,笑得很灿烂、很清纯、很好看。

因是工作日下午,顾客不多。趁着空当,靠着那个有着十余年手语翻译经历的女士,我对王晓珍夫妇做了一次特殊访谈。

话题,自然从成因开始。

王晓珍是个"80后",出生在淳安,就是那个有着许多水岛的地方。两岁那年,突然发起高烧。妈妈把她送进医院,打了许多退烧针。等高烧退后,晓珍发现自己已听不见、说不出,成为一个聋哑人。在痛苦中,她长到11岁,也就是她女儿现在的年龄。那年,父母听说淳安县开办了聋哑人学校,就把她送进去,读了6年书。晓珍说,那6年,文化课程其实很少,主要学到的是怎么适应社会,怎么与人交流。

6年后,晓珍从聋哑学校毕业,被分配到一家福利厂工作。具体做什么呢?晓珍给我们解释比画了半天,我一时听不明白。晓珍显得有点着急,反复用手语比画和介绍,直到我明白,晓珍那时做的工作是编织渔网。因千岛湖经常捕鱼,需要很多渔网,晓珍的工作就是将分片的渔网连结成整张网。看到我"听"明白,晓珍才如释重负,粲然一笑,微微露出那副洁白漂亮的牙齿。

如此做了一年,晓珍觉得这活没多少意思,便想到社会上闯闯。于是,她回到淳安乡下开了家小杂货店。谁知,小店生意并不好。因为自己是聋哑人,听不见、不会说,顾客来了,不知对方要什么。几次冷遇之后，人家就不再上门购物。

晓珍被迫改行，找到一家理发店，一边帮忙打杂，一边学习理发技艺，一晃又是6年。

也许是冥冥之中的缘分，某天，晓珍所在的理发店，来了一个"不速之客"。高高大大的个子，身强力壮。一问，是临平塘栖人，自小聋哑，名叫董华良。董华良不知从哪里听说，淳安有家聋哑人理发店，于是不远千里，前来拜师学艺。

董华良就这样留了下来，与晓珍成为同门师兄妹。时间稍长，晓珍发现这位师兄很善良、很勤劳，从不说谎骗人。董华良对晓珍的理发技术很佩服，而且晓珍长得蛮漂亮，各方面都很优秀。渐渐地，彼此产生好感，越走越近。董华良虽然聋哑，但人其实蛮聪敏，懂得一些讨女孩子欢心的"小伎俩"。他发现晓珍喜欢吃肯德基的大鸡腿，便经常跑到肯德基买鸡腿，送给晓珍。他自己则坐在边上，看着晓珍大快朵颐，似乎自己也很过瘾。晓珍在不知不觉间喜欢上了这个同病相怜的董华良。

回忆起董华良的求爱情景，晓珍忍不住大笑。我的好奇心陡增，聋哑人是怎么表达爱慕之意的？希望他俩描述一下当时的过程。在我一再恳请下，这对聋哑夫妇开始"叙述"。

那是2003年金秋季节的一个晚上，师兄妹照例到外面散步。走着走着，董华良突然请王晓珍停步，晓珍似乎预感到他俩之间可能会有什么事情发生。正在她疑惑或曰期待时，只见董华良打出了手语：用力拍着自己的胸脯，然后，将大拇指和食指卷成一个半圆，放在自己下颏处，接着，用两手指着晓珍。手语翻译告诉我，这套手语的意思是：我喜欢你！哦，原来董华良在向晓珍表达自己的爱意啊！彼时，晓珍脸上显现出某种羞涩，但她还是勇敢地伸出自己的双手，手掌向上，然后，将双手往里收拢，握手成拳。这是什么意思？手语翻译兴奋地告诉我，晓珍说：我接受！董华良又比画着，说自己当时一步上前，把晓珍搂在怀里，久久不愿松开。

真是太有意思啦！在无声世界里，聋哑人的示爱方式竟是如此奇特。他们虽无法用有声语言表达卿卿我我、恩恩爱爱，但他们有相互懂得的动作，还有各种丰富的表情！

之后，就是顺理成章的结婚。晓珍嫁到塘栖镇，成为董华良的媳妇，并在董华良所在的三文村，开了一家理发店。生意时好时坏，夫妻俩日夜辛劳，理发店的日子勉强过得去。

唯一不同的是，晓珍的名气越来越大。她在各级政府、残联的帮助和推荐下，参加各种各样的技能培训和比赛，且频频获奖，成为区、市、省以至全国的技术能手。更令人惊喜的是，2023年春季，在法国梅斯举行的第十届国际残疾人职业技能竞赛美发项目中，晓珍技压群雄，一举夺金，被人誉为从小镇走出的"无声理发师"登顶国际最高荣誉奖台。

说起这些赛事，晓珍显得很兴奋、很享受。她特别回忆介绍了2019年参加第六届全国残疾人职业技能大赛的过程，眼里噙满泪水。

那次大赛在杭州市郊举办，规模很大，强手如林，晓珍感到"压力山大"。大赛前，组委会先对参赛选手进行为期两个月的培训。但培训学校距离住地有20分钟路程，每天来回跑6趟，就是两个钟头。本就文弱的晓珍，不巧又患了感冒，身体极不舒服。几天走下来，鞋子磨破了。晓珍回到宿舍，一个人躲起来哭鼻子。她觉得自己的身体和心理都受不了，准备退出比赛。不知怎么的，晓珍的心思被培训老师知道了，这位老师就到宿舍做晓珍的工作，鼓励她坚持下去。更让晓珍感动的是，这位老师为鼓励晓珍，自己竟放弃骑车，改为步行，每天6趟，陪同晓珍上下课。这一下，真的把晓珍感动了。老师那么好，社会那么好，她有什么理由放弃？就这样，晓珍咬着牙齿坚持下来，最终夺得美发项目第一名，并获得全国技术能手荣誉称号。晓珍用手语"说"，当获悉自己获得大赛第一名时，她非常感谢政府，是各级政府给她这样一个残疾人提供了机会和平台。自己之前吃的所有苦头都值啦。之后，浙江省巾帼建功标兵、国际残疾人职业技能竞赛国内选拔赛第二名等荣誉，联翩而至。

与铺天盖地的荣誉同时来的，还有晓珍夫妇的幸运。2020年初，董华良老家被列为拆迁户，当地政府给了一笔补偿金。两人几乎同时想到，要开一家自己梦想的发屋。夫妇俩托人打探、东寻西找，花了很长时间，终于在塘栖镇上租到了这间屋子。店面不大，总共22平方米。但晓珍认为，这就足够了。两人像布置新房一样，打扮着这间美发工作室。等到取店名时，晓珍与老公董华良一起商量，并让董华良先说。董华良真诚地对晓珍说："你的技术比我好，名气比较大。说我的名字，没有人知道。说你的名字，大家都知道，就用晓珍的名字吧！"那时，晓珍笑了，觉得这个男人真好，看来这个老公找对了。

晓珍发艺工作室开张后，因为晓珍的名气和技艺，有不少晓珍的"铁杆粉丝"跟踪而来。董华良估算，在理发人群中，老顾客约占百分之三十，其余是慢慢结识的新顾客。有的慕名而来，有的甚至坐公交车远途赶过来。

交谈之间，又有老顾客进门理发。这是一个精干的中年人，姓赵。他自述找晓珍理发已有五六年时间，从村里老店跟到这家新店，为此，每次要多跑七八里路，但他愿意。问为什么，他回答得很实在。晓珍理发手艺好，达到大店师傅水平，但她只收中等技师的费用。而且，精工出细活，即使顾客再多，她还是一板一眼慢慢做，让他佩服。

看来，晓珍发艺的生意还不错？董华良点着头，为我约略算了一下账。这间店面,一年租金4万元,这是成本大头。其他洗理用品和水电费等,每年约2万元。这样,全年成本费用约6万元。平均每天理发收入约为500元,一个月1.5万元,全年18万元。除去成本开支,夫妇俩月入1万元左右。另外,还有政府发放的残疾人补助,每人每月100元。这些钱,已足够夫妇俩和女儿开销啦。女儿今年11岁,下半年开始读小学五年级,生得聪敏漂亮、伶牙俐齿。公公婆婆对晓珍和孙女都非常满意,一家人和和睦睦、和和美美。

对于这样的生活状态和家庭关系,晓珍感到十分满意。问她还有什么愿望,开朗阳光的晓珍莞尔一笑,答复"说"她会继续这样生活下去,还会想办法再提高自己的技艺。"说"完这些后,她转过头,深情地指着董华良,说自己心理上对董华良有点依赖。希望董华良下半辈子除了理发,能更多地陪陪自己。

朴实厚道的董华良,此时咧开嘴,发自内心地笑了起来,与晓珍的笑、全屋人的笑汇合在一起。

这对聋哑夫妇的笑没有声音,但她俩的笑容,却是对其内心世界最好的注释与传导。

一个农村低保户家庭调查速记

如果不是带路的塘北村党委副书记朱建坤语气笃定地告诉我,这就是村里低保户俞炳金家,我一时还不敢确认眼前这幢半新旧三层农舍会是一家低保户住宅。

我站在俞炳金家门口,用目光扫视了一下房前屋后。正是单季稻拔节分蘖时节,扑入眼帘的是一片葱绿、清波荡漾。一排排农舍新旧不一、豪简有别,呈现出现阶段农民富裕的不均衡性。而连接家家户户的村级公路，一样整洁平坦，又显示出某种公平。

朱建坤似乎看出了我的疑惑，在边上解释道，塘北村共1358户，5600多人。全村有低保户79家、低保边缘户8家、特困户3家，共计90户，占全村总户数6.63%。在比较富庶的临平农村，所有低保户和低保边缘户的居住条件都还可以，早已不是过去人们印象中的灰暗小屋、家徒四壁。他们的相对贫困，大多是由突发性天灾人祸造成的。属于真正的困难户，区镇村三级都有基本保障，还有"大爱临平"兜底托底。应该说，临平是全国农村中救助体系最完善、力度最大的地方之一。

主人俞炳金的回忆和介绍，似乎印证着朱建坤的说明。

俞炳金一家三口住在这幢三层两开间的楼房中。房间内外，打扫得干干净净、清清爽爽，看得出主人的生活态度和卫生习惯。

应我之请，三人围坐在八仙桌旁，相互补充着，叙述他家的故事。男主人俞炳金，说话声分贝很高。他理着一头短发，戴着块老式手表，穿着蓝色短袖，因天热，敞开着怀。女主人俞金梅，70来岁，典型的高个加"三高"患者，蹙着眉头，偶尔插几句话。孙女俞哲悦，19岁，长发披肩，黑短裙、海军衫。正碰上学校放暑假，她回老家陪伴爷爷奶奶。看得出，性格很内向，不是我提问，她不插嘴。

从头说吧。73岁的俞炳金是地地道道的农民，务了半辈子农。50岁出头时，附近有人办起一些工厂，他就进了一家小厂当保安。当时农村已开始办理农民社保，但俞炳金一打听，需要一次性交纳7万多元。他哪里有那么多钱？不要说7万元，就是700元也拿不出，于是只得放弃。这就成了俞炳金眼下经济困难的根源。如果现在能享受社保，他家也不至于成为低保户。说到这里，俞炳金显得不无遗憾。

假如仅仅是这些，俞炳金家还不至于陷入困境。事情出在女儿俞坤娣的婚姻上。女儿在当地一家丝厂打工，找了一个来自外地的司机，做上门女婿。开始时，两人似乎马马虎虎还过得去。2003年，孙女俞哲悦出生。后来，他俩经常闹矛盾，于是女婿就不回家。女儿因此认定老公有了外遇，一气一急一怒，一时想不开，居然偷偷地喝下一瓶农药，撒手西去。

女儿离去，对俞炳金一家自然是致命一击。那个女婿从此不再上门，也不再承担小孙女的抚养费。千斤重担，一下子落在俞炳金夫妇身上。

真是祸不单行。俞哲悦读小学三年级时，头上生了大疮，一直医治不好。小哲悦被迫剃了光头，每天用茶水洗头，然后包扎起来，流着脓水去上学。俞炳金夫妇看着小孙女这副受罪的样子，真是心疼得要命。后来，总算在塘栖镇找到一个老中医，花了2万多元，才算治愈。

本来家里就穷，又为小孙女治疮花去大笔钱财，俞炳金一家经济上越发拮据，他被迫向别人借债2万余元。眼看着一家快要支撑不下去，俞炳金心里有点悲观。

就在俞炳金一家步履维艰之际，全区开始普查低保户和低保边缘户。塘北村被列为普查试点，区人大常委会主任直接联系塘北村。

那天，塘北村党委副书记朱建坤来到俞炳金家调查摸底。俞炳金实事求是、一五一十向这个村干部说了自家的情况。朱建坤一问一算，觉得俞炳金家完全符合低保户条件。后经村两委会讨论通过，向上级政府建议，将俞炳金家列为塘北村低保户。

低保户政策，就像一张安全网，把俞炳金一家彻底兜了起来。

俞炳金拿出一个记事小本子，一笔笔给我算起账来。政府每月给予全家低保养老金3039元，加上两人的养老社保金650元，加起来3700元左右。家里还有一亩多土地，每年土地流转收入1200元。每月免费用电15度。自己家里种着蔬菜，还有自产菜油，一个月也就花上三四百元。

家庭主要开支是供孙女俞哲悦读大学。家里虽然困难，但一定要把孙女培养成人。孙女去年考上杭州下沙一所大学，下半年读大二，申请了助学减免，每年给学校交纳8000多元学杂费即可。家里每月给孙女1000元生活费，两项相加，一年约需2万元。正常年景，这样的收入足够用了。逢年过节，镇村两级还有慰问金和礼品，俞炳金显得蛮满意。

那，如果生病或有其他事情呢？人生旦夕祸福，谁能保证一生无病无痛？我想再深入一步。

特殊事情，政府会特殊处理。俞炳金告诉我。他讲了自己的两个事例。

去年，俞炳金突发腰椎间盘突出，住进医院。手术完毕，他算了一笔账，医疗费用共花去5万余元，按照农村医保政策，国家负责2万多元，应自费2.9万元。俞炳金是低保户，区镇村三级共给他补助了2.9万元。最后，真正由自己负担的只有238元。村里还打电话来，说有什么困难，还可以考虑再补助。俞炳金接到这个电话有点激动，一迭声地说："能报销那么多，我俞炳金已心满意足，心满意足了！"

还有一件事就是这房子。俞炳金介绍说，这套两间三层的房子，是以前他与叔叔合盖的，每家一间。时间一久，显得十分破旧。于是，叔叔家另盖了新房，提出把这一间旧屋卖给俞炳金。俞炳金当然想买，但没有钱，便试着向村里说了说。村里一商议，将俞炳金列为低保户危房改造人家，反映到镇上。镇上也没有多少钱，正在商议中，被联系塘栖镇工作的区人大常委会主任知道了，就跑到区财政局去协调，终于批来6万元。俞炳金用4.5万元，买下叔叔这间房子。还用剩余的1.5万元，对旧房进行了简单的加固和粉刷。

后来，老板电器集团的"亮厨行动"走进他家，提供了整套油烟机和灶具。水电费、电视收视费等全部减免。还有一名热心人士，给他配上了一套整洁漂亮的厨具。这些厨具炊具设备，与城里人无异，他俞炳金家"一步登天"啊！

　　这些事，让俞炳金一家人很是感动。他们从内心感谢共产党，感谢人民政府！

　　头顶上的旧电扇慢慢地转悠着，似乎也在倾听俞炳金一家缓慢的叙述。这是发生在大家身边的一个真实故事，是剖析临平社会肌理最细微处的一种呈现。

跋

以老虎为生肖的壬寅年即将过去。

人们在评价当前国际形势时用得最多的一个词是：不确定性。

而中国却是确定的。一个确定的中国，给一个不确定的世界注入强大的定力。

毫无疑问，2022年中国的主轴是，迎接党的二十大、庆祝党的二十大、学习贯彻党的二十大精神。

我对临平区的采访创作，就在这样宏大的背景下展开。这使得关于共同富裕之题，更具备了某种历史的厚重感。

采访期间，我住在临平区委党校学员宿舍。

党校坐落在临平山麓。在偌大的城区中，党校宛若一个精致的盆景。春天里，院内古树郁郁、修竹苍苍，喜欢抢先的迎春花、粉红媚人的杜鹃花、艳红欲滴的石榴花，次第开放。加上从临平山上漫溢下来的负氧离子，整个小院仿佛成了一个天然氧吧。至盛夏，高温突破历史极值，连续40多天笼罩着临平，小院同步变成一个蒸笼。每天如火焰般喷射的阳光，一簇簇绿叶蜷曲枯萎，一块块园地竟见龟裂。伴随我进进出出的，除了明晃晃的骄阳，还有一串串汗珠。

经过近四个月、216人的采访，我对临平区建设共同富裕社会情况有了抽象和具象的了解。

窃以为,临平区委、区政府根据中央精神和浙江省委、省政府的要求,在建设共同富裕社会中体现出时代性、阶段性、区域性的特质。

一是站位高端,理念先导。他们深刻认识到,实现共同富裕,让人民过上物质富足、精神富有的生活,是中国共产党人的初心、宗旨和使命,是中国特色社会主义制度的本质要求,是中国式现代化的鲜明特征,也是人民群众的共同心愿。从而,把建设共同富裕社会,与履行区委、区政府的职责统一起来,把远大目标与现实奋斗结合起来,以此统一全区干部群众思想。

二是全域统筹、城乡同构。他们深刻认识到,共同富裕的本质,是一种科学"公正"合理的均衡。于是,用共同富裕的视域,重新审视临平的经济资源、政治环境、文化条件、社会构成、生态禀赋及各种元素,树立全域观、全局观、系统观,完善区域发展战略,重构资源布局,突出发展重点,补齐相对短板,实现区域、城乡、人群的协调发展,用有限资源打造出"最大蛋糕"。

三是着眼未来、科技引领。他们以超前目光、前瞻性思维谋篇布局,大力推进"未来工厂""未来社区""未来乡村""未来人才"的孕育,引入先进理念,采取激励措施,营造舆论氛围,将政府引导与主体自导结合起来,增强内生动力,引导区域内企业、社区、乡村、人才在未来竞争中,立于数智化前沿,区域发展富有潜力,共同富裕充满后劲。

四是创新机制、尊重群众。临平区委、区政府在所有制问题上,坚持"两个毫不动摇";在发展路径上,贯彻新发展理念;在发展动力上,坚持改革开放和人才兴区;在分配机制上,努力培育橄榄型社会;在工作安排上,首先解决群众急、难、愁、盼事项。同时,尊重企业和群众的首倡精神，保护人民主体的积极性、创造性，创新共同富裕体制机制，百花齐放、百舸争流。

五是抓好"两袋"，赢得"双富"。他们全面理解共同富裕的含义，既抓钱袋，又抓脑袋，实现物质富足、精神富有，避免社会和人群出现"精神贫困"现象。他们在文化建设和精神文明方面动了不少脑筋，想了许多办法，提出了新时代临平文化工程的规划、目标、行动，串珠成链、增光添色，取得明显成效。干部队伍精神状态颇佳，群众心气高昂，社会风清气正，好事美谈不断。

六是自我加压，务实低调。临平是个新设区，百端待举。区委、区政府没有因"新设"而降低标尺，以起跑即是冲刺的精神状态，争创共同富裕示范区样板。同时，在推进共同富裕过程中，不提过高目标，不喊空洞口号。一事一事谋划、扎扎实实推进，使得临平建设共同富裕事业呈现雷声不大雨点大、口号不多获益多的良好局面。各方愿意参与、百姓评价颇高。

在学习领会党的二十大精神时，我体会到，走向共同富裕社会，是一个漫长的渐进的历史积累过程，它将伴随中国特色社会主义从初级阶段到高级阶段的全部历史。共富永远在路上。只有"底"，没有"顶"；只有"更好"，没有"最好"。急不得、慢不得。急于求成不行，按兵不动也不对。因势利导、有所作为，关键是要把握好度，掌握好节奏。在这方面，临平提供了值得各地借鉴的思路与经验。这也是我愿意把临平的做法写出来，推介给读者的主要缘由。

需要说明的是，根据临平区委、区政府主要领导的意见，区级四套班子成员的名单没有出现在本书中，但他们那种踔厉奋发、务实稳健的精神风貌，已留在临平286平方公里的土地上，留在150余万新老临平人的记忆中。历史，是公正的；人民，不会遗忘那些当下奋斗在临平的身影。

  非常感谢为本书采访创作提供过帮助的部门、单位和个人。临平区委宣传部、区社科联统筹协调了本书采访、创作、出版的全过程，沈威、沈晓峰、黄强炜等同志付出了大量心血。区社科联陈海芳女士，帮助我联系落实采访对象，并陪同采访，很是辛苦。

  非常感谢浙江文艺出版社。该社领导高度重视，工作人员精心编校，使得拙著以精美样式面世。

  最后，非常感谢我的好友、著名书法家樵夫先生为拙作题写书名，为拙作增添文气。

陈崎嵘
壬寅冬日　完稿于杭州古运河之畔